HEYNE BÜCHER

SCIENCE FICTION

Ein Verzeichnis aller BATTLETECH®-Romane
finden Sie am Schluss des Buches.

Blaine Lee Pardoe

Die erste Bürgerpflicht

Einundfünfzigster Band im
BATTLETECH®-Zyklus

Deutsche Erstausgabe

WILHELM HEYNE VERLAG
MÜNCHEN

HEYNE SCIENCE FICTION & FANTASY
Band 06/6251

Titel der amerikanischen Originalausgabe
MEASURE OF A HERO
Deutsche Übersetzung von Reinhold H. Mai

Umwelthinweis:
Dieses Buch wurde auf chlor- und
säurefreiem Papier gedruckt.

Redaktion: Joern Rauser

http://www.heyne.de
Printed in Germany 2001
Umschlagbild: FASA Corporation
Umschlaggestaltung: Nele Schütz Design, München
Technische Betreuung: M. Spinola
Satz: Schaber Satz- und Datentechnik, Wels
Druck und Bindung: Elsnerdruck, Berlin

ISBN 3-453-18778-4

Gewidmet meiner wunderbaren Ehefrau Cyndi und meinen Kindern Victoria Rose und Alexander William. Meinen Eltern, die mein Interesse an Spielen und am Schreiben gefördert haben, als es noch keinerlei Sinn ergab. Einem meiner Lieblingsautoren: Harry Turtledove, der mir zahllose Stunden Unterhaltung beschert hat. Und allen meinen Freunden, die dieses verrückte Hobby ertragen müssen, das ich mir da zugelegt habe – Bücher zu schreiben.

Und wie immer meiner Alma Mater, der Central Michigan University.

Was macht einen Helden aus? Die Umstände, der Zeitpunkt, die Bereitschaft, mehr zu tun als man erwarten dürfte... All das spielt natürlich eine Rolle. Aber es ist nicht alles. Ein wahrer Held erweist sich nicht bei einer einmaligen, einzigartigen Gelegenheit. Wahre Helden beweisen ihre Qualitäten immer wieder auf dieselbe heldenhafte Art und Weise, und mit einem hohen Maß an Stil und Persönlichkeit, das sie nicht in Vergessenheit geraten lässt. Sie sind mitten unter uns, als Polizisten, Feuerwehrmänner, möglicherweise ist sogar gerade jetzt einer in demselben Raum, in dem Sie diesen Roman lesen.

Bei der Arbeit an der Figur des Archer Christifori habe ich über Männer wie Frank Luke, Felix von Luckner, Joshua Lawrence Chamberlain und andere wahre Helden nachgelesen. Ohne es zu wissen, haben sie ihren Beitrag zu diesem Buch geliefert. Ich mag Archer. Er hat Erfahrung, ist aber nicht verbittert, und zu Beginn des Buches hat er bereits sein Teil für Volk und Vaterland geleistet. Das ist eine Menge.

Ich will nicht vergessen, die Unterstützung guter Freunde wie John Kendrick zu erwähnen, der mich mindestens einmal in der Woche aus dem Haus geholt hat, um im Piedmont von Virginia nach längst vergessenen Relikten des Bürgerkriegs zu suchen. Es war die beste Entspannung, die ich mir hätte wünschen können. Dank gebührt auch all den anderen BattleTech-Autoren und Bryan Nystul, die geholfen haben, das Bild des Bürgerkriegs und seiner bevorstehenden Entwicklung aufzubauen. Donna Ippolito verdient allein dafür meinen Dank, dass sie all das so kurzfristig mitgemacht hat.

Ich bedanke mich bei Cullen Tilman dafür, dass er mir dazu verholfen hat, in West Virginia mit North American eine Wildwasserfloßfahrt zu unternehmen, die es mir ermöglicht hat, den entsprechenden Abschnitt dieses Buches zu schreiben. Und ich möchte auch die Beiträge anderer guter Freunde wie Greg Johnson, den Hosiks, den Druhots und den Rivenburgs zu diesem Buch dankbar anerkennen.

Schließlich geht mein Dank noch an die Söhne Virginias, die im ›Angriffskrieg des Nordens‹ gefallen sind, und den Berichten, die sie über einen echten Bürgerkrieg und seinen Einfluss auf unsere Geschichte hinterlassen haben. Ich glaube, inzwischen ist es uns endlich gelungen, die Yankees in ein übertriebenes Selbstgefühl einzulullen. Wie man so sagt: »In einem Bürgerkrieg gibt es keine braven Bürger.«

PROLOG

Feldlazarett Einsatzgruppe Bulldog, Lutera, Diana Kerensky-Sternhaufen, Clan-Raum

8. April 3060

Archer Christifori fühlte sich ohnehin schon nicht allzu gut, aber wenn er sich bewegte, wurde es noch schlimmer. Bei drei gebrochenen Rippen und reichlich Zerrungen gab es im Grunde keine Stellung, in der er keine Schmerzen gehabt hätte. Er hatte Schmerzmittel bekommen, aber die hielten ihn irgendwo zwischen Agonie und Bewusstsein in der Schwebe.

Er starrte hoch zu dem Ventilator, der sich langsam an der Zimmerdecke drehte, und fragte sich, wie lange er noch in diesem Feldlazarett festsitzen würde. Er hoffte auf nicht mehr als ein paar Tage. Er riss frustriert mit dem rechten, unverletzten Arm wohl zum hundertsten verteufelten Mal an den Laken und versuchte, eine halbwegs ertragbare Stellung zu finden.

Es war eine erbärmliche Woche gewesen. Monate eintöniger Raumreise aus der Inneren Sphäre in den Clanraum waren in einen Augenblick blanken Terrors explodiert. Einsatzgruppe Bulldog war erst vor wenigen Tagen im Diana-System eingetroffen, und keinen Augenblick zu früh. Operation Schlange, der zweite Arm des gemeinsamen Feldzugs gegen die Clan-Invasoren, war von den Clannern bis auf einen kleinen Rest kampffähiger Einheiten aufgerieben worden. So weit entfernt von der Heimat fehlten Schlange die Menschen und das Material, alles was nötig gewesen wäre, die Vernichtung der Nebelparder zum Abschluss zu bringen.

Archers Einheit, die 10. Lyranische Garde, war mit Bulldog auf Diana gelandet. Er erinnerte sich noch daran, wie das Landungsschiff durch die Gewitterwolken des Planeten gestoßen war. Er und der Rest seiner Einheit hatten angeschnallt in den Mechcockpits gesessen und auf das Signal zum Öffnen der Abwurfluken gewartet. Sie hatten Befehl gehabt, den Rückzug der Northwind Highlanders zu decken, die im dicken, stinkenden Morast der Dhuansümpfe gegen die Parder gekämpft hatten.

Im Dämmerzustand zwischen Wachen und Ohnmacht hörte er Schritte auf dem Gang. Es war nicht das leise Schlurfen der weichsohligen Schwesternschuhe, sondern das vertraute Klirren von Sporen, das unverwechselbare Markenzeichen der Offiziere der Vereinigten Commonwealthstreitkräfte. Er hob den Kopf, um zu sehen, wer sich näherte, und mehrere verschwommene Gestalten traten in sein Gesichtsfeld.

»Major Christifori«, hörte er einen der Männer sagen. Archer blinzelte, um seine Augen zu fokussieren.

»Sir«, krächzte er und hob den gesunden rechten Arm zum Gruß, obwohl er flach auf dem Rücken lag. Victor Steiner-Davion, den Kommandeur nicht nur seiner Einheit, sondern auch der gesamten Einsatzgruppe Bulldog, erkannte er sofort, im Gegensatz zu den Offizieren in seiner Begleitung.

»Ich habe die Einsatzberichte gelesen, die Colonel MacLeod über Ihre Entsatz- und Rettungsmission verfasst hat, Major«, stellte der Prinz mit einem leichten Lächeln fest. »Das war ein verteufeltes Ding, das Sie sich da geleistet haben.«

Archer schüttelte schwach den Kopf. »Nicht wirklich, Sir. Ich habe nur meine Befehle befolgt.«

Der Prinz neigte den Kopf zur Seite. »Ich kann mich nicht erinnern, den Befehl zu einem Absprung mitten in die vorrückenden Nebelparder gegeben zu haben, Major.«

Archer schloss die Augen. Die Erinnerung strömte in sein umnebeltes Gehirn.

Das Landungsschiff zitterte. »Captain Strong, bringen Sie uns genau zwischen die Northwind Highlanders und den Parder«, befahl Archer.

»Geht klar, Major«, drang Strongs Antwort aus dem Neurohelmlautsprecher. »Noch eine Minute bis zum Abwurf. LZ wird umkämpft.«

Er schaltete auf die Frequenz der BefehlsKompanie. »Uns bleibt nicht viel Zeit, also hört gut zu. Unsere Mission lautet, die Highlanders zu entsetzen. Diese Leute haben einen Blutpreis für diese Operation entrichtet, und wir sind hier, um dafür zu sorgen, dass sie lange genug überleben, um den Sieg gebührend feiern zu können. Wir verteilen uns auf breiter Front zwischen den Pardern und den Highlanders. Gefechtslinie mit BefehlsLanze links, Einsatz in der Mitte, Pirscher rechts. Eure Befehle sind klar. Kein Jaguar darf zu den Highlanders durchbrechen.«

»Sir«, fragte Lieutenant Moss. »Sie sind uns zahlenmäßig und an Bewaffnung überlegen, Kompanie Beta ist in zwanzig Minuten hier. Sollten wir nicht so lange warten?«

»Unsere Kameraden da unten sind durch die Hölle gegangen. Wir werden zu Ende bringen, was sie angefangen haben. Denkt daran: Kein Parder kommt durch!«

Archer öffnete die Augen langsam einen Spalt weit. »Eure Befehle lauteten, die Northwind Highlanders zu entsetzen, Sir. Wenn ich gewartet hätte, hätte das gute Krieger zum Tode verurteilt, und es waren schon zu viele gefallen.«

Der Prinz nickte. »Meine Bemerkung war nicht als Kritik an Ihrem Vorgehen gemeint, Major, sondern als Lob. Sie haben nicht nur reichlich Boden gewonnen, sondern darüber hinaus ohne zu zögern die Initiative ergriffen. Den Berichten zufolge, die Ihre Lanzenführer abgeliefert haben, haben Sie persönlich sechs Nebelparder-Mechs gleichzeitig gestellt. Das war eine erstaunliche Leistung.«

Archer atmete tief ein. Die Erinnerung hatte ihn noch immer nicht ganz losgelassen.

»Ich zeichne zahlreiche schnell näher kommende Banditen, alle Gewichtsklassen«, meldete Lieutenant Friscoe über die Kommverbindung. In seiner Stimme schwang Angst mit.

Die Kurzstreckensensoren von Archers Lichtbringer *lieferten auch kein sonderlich aufmunterndes Bild. Es standen viel zu viele Parder-Mechs im Feld und sie hetzten die Highlanders wie ein Rudel tollwütiger Hunde.*

»Okay, Leute, hier und jetzt präsentieren wir die Rechnung für Schlange. Die Clanner haben ihre Gefechtsregeln selbst außer Kraft gesetzt, also macht keine Dummheiten. Ihr habt den ausdrücklichen Befehl, mehrere Ziele anzugreifen… alle und jeden. Feuert auf alles, was auch nur versucht, durchzubrechen.«

*Der erste Mech, zu dem er Sichtkontakt bekam, war ein Clan-*Geier. *Seine fleckig-graue Tarnbemalung war schon an mehreren Stellen verbrannt und zertrümmert. Der Kampfkoloss kam links über den Kamm und bewegte sich an der Flanke der Kampflinie entlang. Der Pilot versuchte nicht einmal, Archer zu stellen. Er verfolgte die durch das Sumpfland der Umgebung zurückweichenden Highlanders. Auf den nach hinten geknickten Vogelbeinen schien der Omni durch Christiforis Sichtfeld zu hüpfen.*

Archer drehte den Torso des Lichtbringer *und kippte den Steuerknüppel vor, um das Fadenkreuz über den auf dem Sichtschirm vorbeihetzenden* Geier *zu ziehen. Er schaltete drei seiner mittelschweren Impulslaser auf denselben Feuerleitkreis und bewegte seinen Mech stetig vor, um die Entfernung konstant zu halten. Er presste den Feuerknopf. Leuchtend smaragdgrüne Lichtpfeile zuckten durch die Luft und in Seite und Rücken des Parder-OmniMechs. Die Energieimpulse trafen ins Ziel. Der Mech schüttelte sich. In seiner Panzerung öffneten sich tiefe Krater. Der staksige Sprint des Omnis verlangsamte sich, als der Clanner abbremste und sich zu dem neuen Gegner umdrehte.*

Archer bewegte sich weiter den Hang hinauf, als ein Sprinter *ebenfalls vorbeizurennen versuchte. Ohne sich um einen zweiten* Geier *zu kümmern, der geradewegs auf ihn zuhielt, riss er das Fadenkreuz über den hellbraunen* Sprinter *und feuerte die Extremreichweiten-Laser ab. Die Temperatur im Innern der Kanzel stieg für einen Augenblick sprunghaft an.*

»Landungsschiff Hill *von Harnisch. GAZ?«, stieß er ins Mikrofon des Neurohelms, während er krampfhaft mit den Augen blinzelte, um sie vor dem beißenden Schweiß zu schützen, der ihm von der Stirne tropfte,*

»Harnisch von Hill. *Wir erreichen Sie in zwölf Minuten.«*

»Fünnef wären besser…«

»Die Berichte übertreiben, Sir«, erklärte Archer. »Das Landungsschiff Kompanie Betas war nur wenige Minuten entfernt. Meine rechte Flanke knickte ein, aber die Mitte und die Linke hielten. Ich wollte nur auf so viele Parder wie möglich schießen, um sie an mich zu binden statt an die Highlanders.«

»Der Rest Ihrer Kompanie war schließlich gezwungen zurückzuweichen, aber Sie haben die Stellung gehalten.«

Archer wurde rot, als er den Respekt in der Stimme des Archon-Prinzen hörte. »Sir, Ihr leitet die 10. Garde schon lange genug. Ihr wisst, dass Gefechtssituationen in der Regel fließend sind.«

»Aber nicht so, Major. Bei Ihrer Bergung waren sie bereits ausgestiegen. Ihr Mech hatte fast neunundachtzig Prozent der Panzerung verloren. Um Ihre Position lagen sechs OmniMechs und drei Elementare, und dem Gefechts-ROM Ihres *Lichtbringer* zufolge haben Sie die allesamt abgeschossen.«

Der Masakari *stolperte, als Archers einziger noch verbliebener schwerer Laser sein Knie traf und der Aktivator in einer dumpfen Explosion und weiß-grauen Qualmwolken auseinander flog. Er pflügte mit solcher Wucht durch den schlammigen Bo-*

den des Hangs, dass Archers selbst schon reichlich zerbeulter Kampfkoloss unter der Erschütterung zitterte. Archer humpelte an dem umgestürzten Sprinter vorbei, den er wenige Minuten zuvor erledigt hatte, und suchte gleichzeitig mit seinen Blicken und der Nahortung des Lichtbringer das Schlachtfeld ab.

Ein grauschwarz gestreifter Galahad kletterte rechts von seiner Position den Kamm herauf. Der Mech war schon lange vor dem Eintreffen von Archers Einheit durch die Mangel gedreht worden – ein Überlebender der langen Schlacht um Diana, der um das Überleben seines Clans kämpfte, seiner Kultur. Der Galahad richtete die Gaussgeschütze beinahe müde hangaufwärts. Archer konnte es dem Piloten nachfühlen. In den letzten zehn Minuten hatte man seine Einheit deutlich zurückgedrängt und sein eigener Mech war mehr Altmetall als Kampfmaschine.

Er zielte mit den vier verbliebenen mittelschweren Impulslasern und dem einen noch einsatzbereiten ER-Laser auf den Galahad. Irgendwie schaffte er es, als Erster zu feuern und eine Energiewalze aus grünleuchtenden Lichtimpulsen und feuerroten Strahlbahnen gegen seinen Widersacher zu schleudern. Zwei der Impulslaser schossen vorbei und zerkochten den Morastboden an den Metallfüßen des Mechs. Der schwere ER-Laser bohrte sich in den Kopf, geradewegs ins Cockpit.

Der Clanner antwortete mit zwei Gaussgeschossen, silbrigen Kanonenkugeln aus solidem Metall, die mit Magnetimpulsen auf Überschallgeschwindigkeit beschleunigt wurden. Eines flog weit vorbei, aber das andere grub sich in die papierdünne Panzerung über der rechten Torsoseite des Lichtbringer. Der BattleMech sackte nach hinten, und auf der Cockpitkonsole flammten grelle Warnlämpchen auf. Eine Hitzewelle traf Archer wie eine heisse, nasse Decke. Warnlichter flackerten auf der Schadensanzeige. Sein Mech starb ihm unter dem Hintern weg.

Er konnte die Maschine kaum noch aufrecht halten, um das Ziel nicht aus dem Visier zu verlieren. Er erfasste den Galahad in dem Augenblick mit den mittelschweren Impulslasern, *in dem sein Mech auf einen der Elementare trat, die er wenige Minuten nach Beginn der Schlacht erledigt hatte. Archer feuerte gleichzeitig mit dem Clan-MechKrieger. Er wartete nicht auf den Einschlag. Er legte die Hände um die Schleudersitzkontrollen und riss mit ganzer Kraft an dem Ring. Ein Schwall kalter Luft schlug über ihm zusammen, er hörte Metall knirschen, ein heller Lichtblitz nahm ihm die Sicht. Dann rissen seine Erinnerungen schlagartig ab.*

»Ja, Sir«, stellte Archer nur fest. »Ich habe sie wohl tatsächlich alle getötet.«

Der Archon-Prinz klopfte ihm sanft auf die Schulter und lächelte. »Wir sind hier mit den Aufräumarbeiten fertig, Major. Morgen fliegen wir nach Strana Metschty, wo ich dieser Invasion ein für allemal ein Ende machen werde. Aber vorher, Major Christifori, ist es mir noch ein besonderes Vergnügen, Ihnen in Anerkennung besonderer Tapferkeit in der Tradition der ursprünglichen Sternenbund-Verteidigungsstreitkräfte das Sternenbund-Ehrenabzeichen zu verleihen.« Im harten Licht der Deckenlampen funkelte der Orden auf seiner Handfläche.

Archer winkte mit seiner unverletzten Hand kraftlos ab. »Sir, bei allem Respekt, das hat sich Einsatzgruppe Schlange mehr verdient. Deren Mitglieder haben Monate gegen die Parder gekämpft, ich nur ein paar Minuten. Ganz sicher verdient einer von ihnen dieses Abzeichen mehr als ich.«

»Keine Bange, Major. Ich habe heute schon so viele von diesen Abzeichen an Mitglieder von Schlange verliehen, dass ich es beinahe müde bin. Nur zwei Mitglieder von Bulldog sind für diese Auszeichnung vorgeschlagen worden, und in beiden Fällen kamen die Vorschläge von Schlange-Kommandeuren. In Ihrem Fall hat Colonel MacLeod von den Northwind Highlanders die Empfehlung abgegeben. Er hat Ihre Aktion von einer Position tiefer im Sumpf aus beobachtet.«

Archer war geschockt. Er blickte auf den Orden, den der Archon-Prinz ihm in die Hand gelegt hatte.

»Er ist aus Panzerung gegossen, die von Parder-Mechs abgeschmolzen ist«, stellte Victor fest und schloss Archers Finger um die Auszeichnung.

»Meine Schwester«, stammelte Archer. »Ich werde ihn ihr geben.« Das Metall lag kühl in seiner Hand und es schien, als würde es genau dorthin gehören. »Sie hat den Familienbetrieb auf Thorin die ganze Zeit, seit ich fort bin, ohne irgendeine Hilfe weitergeführt. Ich konnte nicht einmal heim, als unsere Eltern starben. Wir zwei sind das Einzige an Familie, das wir haben, und ich habe ihr versprochen, dass das hier mein letzter Feldzug wird.«

Archon-Prinz Victor nickte. »Die Familie ist wichtig. Die VCS will Sie nicht verlieren, aber in diesem Leben gibt es mehr als eine Verpflichtung. Auch ich habe eine Schwester, die mir viel bedeutet.« Offensichtlich sprach er von Yvonne, der jüngsten Steiner-Davion. Seine Schwester Katherine schien mehr daran interessiert, die Macht ihres Bruders an sich zu reißen, als irgendwelche Blutsbande zu pflegen. »Ihre Schwester kann stolz auf Sie sein. Sie sind ein Held. Das Ehrenabzeichen ist seit dreihundert Jahren nicht mehr verliehen worden. Es ist eine besondere Ehre, und es erfüllt mich mit noch größerem Stolz, dass Sie ein Mitglied meiner persönlichen Einheit sind: der 10. Lyranischen Garde.«

»Sie verdient es mehr als ich«, murmelte Archer schläfrig, in Gedanken noch immer bei Andrea.

Der Archon-Prinz nickte. »Mein Vater hat mir einmal erklärt, dass Orden und Auszeichnungen weniger für die sind, die sie tragen, als für den Rest der Gesellschaft. Sie geben den Menschen etwas, das sie bewundern, etwas, nach dem sie streben können.« Archer glaubte, einen sehnsüchtigen Ausdruck in den blauen Augen des Archon-Prinzen zu sehen, so, als wünschte er sich, sein

Vater könne noch leben und sehen, was sein Sohn erreicht hatte.

»Hanse Davion war ein großer Mann«, stellte Archer fest. »Wenn er das gesagt hat, muss es stimmen.« Seine Zunge war schwer von der Wirkung der Medikamente. »Sir«, brachte er schließlich doch noch heraus. »Danke.«

»Nein, Major«, antwortete Victor Steiner-Davion und drückte Archers gesunde Hand, die immer noch den Orden umfasste. »Ich danke Ihnen.«

Buch Eins

Der Rebell des Einen ist des Anderen Patriot

»... Doktor Talman, Sie beobachten die politische Lage in der Inneren Sphäre schon seit langem. Mich würde interessieren, was Sie von den jüngsten Unruhen im Vereinigten Commonwealth halten. Nehmen wir zum Beispiel die Probleme auf Solaris VII.«

»Nun, meiner Ansicht nach haben die Medien die auf Solaris gemeldeten Zwischenfälle in ihrer Darstellung völlig aus dem Zusammenhang gerissen.«

»Aber mogeln Sie sich damit nicht um das Thema herum, Herr Doktor? Ich habe Sie um eine Einschätzung des vom Archon ergangenen Befehls zur Unterdrückung der Davion-Anhänger gebeten, der eine neue Welle von Protesten im gesamten alten Vereinigten Commonwealth ausgelöst zu haben scheint, die mit eiserner Faust niedergeschlagen wurden.«

»Sie und Ihre Zuschauer werden sich selbst ein Urteil bilden müssen, Frau Forrester. In der Geschichte gibt es zahllose Beispiele fähiger und bewunderter Herrscher, die gezwungen waren, den Buchstaben des Gesetzes zu übertreten, um den Frieden zu wahren. Die Situation of Solaris war nur ein unbedeutender Zwischenfall, der von den Medien weit über Gebühr aufgebauscht worden ist.«

– Ausschnitt aus einem Interview mit Dr. Stephen Talman
von der Universität Thorin in *Im Angesicht der Welt,*
Antenne Donegal, Thorin, 30. August 3062

1

Wir beginnen die Sendung mit der Bekanntmachung des Herrschaftsrats von Thorin, dass Archon Katrina Steiner die 15. Arkturusgarde nach Thorin versetzt hat. Die Ankündigung wurde von zahlreichen führenden Persönlichkeiten des zivilen Lebens begrüßt, löste jedoch auch kleinere Unruhen so genannter Davionisten aus. Gruppen von Demonstranten, die mit Schildern mit der Aufschrift ›Denkt an Solaris‹ vor dem Regierungsgebäude aufmarschierten, wurden von der Polizei aufgelöst.

– Ausschnitt aus der *Thorin-Abendschau*,
Antenne Donegal, Thorin, 30. September 3062

Ecol City, Thorin
Provinz Skye, Lyranische Allianz

23. Oktober 3062

Archer Christifori sah hinüber zur *Angelfire,* einem Raumtransporter der *Union*-Klasse auf dem Landefeld des Raumhafens, deren Triebwerke in Erwartung der Startfreigabe loderten. Das Firmenlogo von Christifori Express, ein von Ringen umgebener Planet über den gelben Lettern CE, schimmerte im Licht der dunkelgelben Sonne Thorins. Er kam immer an den Raumhafen, wenn sich eines seiner Schiffe auf den Weg machte. Sein Vater hatte es früher ebenso gehalten, und es schien ihm eine Tradition, die wert war, erhalten zu werden.

Sein Kommunikator fiepte zweimal und er schaltete mit einem kurzen Tastendruck auf Empfang. »Hier ist die *Angelfire*«, hörte er den Skipper des Landungsschiffs sagen. »Der Hafenmeister hat uns grünes Licht gegeben, Herr Christifori.«

Archer hob den Kommunikator an den Mund. »Gute Reise, Kapitän Fullerton. Versuchen Sie, etwas Glengarry Ale zu ergattern, wenn sich die Gelegenheit bietet.« Er schloss die Verbindung und beobachtete, wie die gewaltigen Fusionstriebwerke unter dem kugelförmigen Rumpf des Schiffes hochfuhren. Langsam stieg die *Angelfire* auf den weißglühenden Feuerzungen der Schubtriebwerke in den Morgenhimmel. Wenige Sekunden später erreichte ihn das Donnern der Triebwerke, ein tiefes Wummern, das er am ganzen Körper spürte. Es erfüllte ihn mit Stolz, das Schiff stetig hinauf ins All steigen zu sehen.

Eine Hand auf seiner Schulter brach den Zauber. Er drehte sich um und sah seine Schwester Andrea. Sie war einen guten Kopf kleiner als er, aber von kräftiger, muskulöser Figur.

»Lee Fullerton ist also unterwegs«, stellte sie fest und sah mit leicht geneigtem Kopf dem Schiff hinterher, das schnell zu einem kleinen Punkt am strahlendblauen Himmel schrumpfte.

»Es wird ein gewinnträchtiger Flug. Der Transport von Ersatzteilen und Munition fürs lyranische Militär hat sich plötzlich zu einem Mordsgeschäft entwickelt.«

Andrea runzelte ein wenig die Stirn. »Wenn der Archon nicht so wild darauf wäre, Davions zu unterdrücken, bräuchte er den Regimentern auch keine Ersatzteile zu liefern.«

Archer lächelte nachsichtig. Er kannte ihre Meinung. Andrea hielt nicht viel davon, wie sich die Dinge in der lyranischen Hälfte des Vereinigten Commonwealth entwickelten, und die Schuld für diese Entwicklungen gab sie dem Archon. Katrina Steiner hatte in den letzten zwei Jahren ihre Herrschaft gefestigt, und in Andreas Augen stellte sie dabei ihre persönlichen Ambitionen über das Wohlergehen der Lyraner.

Katrina war immer noch äußerst beliebt, aber sie hatte die Lage nicht völlig unter Kontrolle. Es war ihr gelungen, ihrem Bruder den Thron des Vereinigten Commonwealth abzujagen, während er im Kampf gegen die Clans unterwegs gewesen war, aber jetzt war er zurück. Und auch Victor hatte treue Anhänger. Er war nicht nur der Erstgeborene Hanse Davions und Melissa Steiners, darüber hinaus war er auch ein echter Kriegsheld. Er hatte keine Anstalten unternommen, den Thron zurückzuerobern, aber falls er sich doch noch dazu entschloss, würde er keine Schwierigkeiten haben, Helfer zu finden.

Katrina hatte immer der Steiner-Hälfte des Reiches den Vorzug gegeben, und zur Zeit traf das besonders zu. Wenn es hart auf hart ging, schien sie grundsätzlich gegen die Davionisten zu entscheiden. In den Davion-Hochburgen ihres ausgedehnten Reiches waren Proteste immer häufiger geworden, und Katrina hatte ihren Truppen gestattet, die Davion-Bürger brutal niederzuknüppeln. Selbst sonst ruhige und zufriedene Lyraner wie Andrea Christifori waren entsetzt. Hier ging es nicht um Gefechte zwischen Soldaten, es ging um Militärs, die auf offener Straße die Zivilbevölkerung dezimierten.

»Du hast deine Ansicht deutlich geäußert«, stellte Archer ruhig fest. Seine Schwester hatte mehr als einen langen und beißenden Kommentar in der führenden Tageszeitung der Hauptstadt verfasst. Der jüngste war vor zwei Wochen erschienen, und inzwischen sammelten sich immer mehr Menschen hinter ihrer Kritik an der Handlungsweise des Archons.

»Ich wünschte, ich könnte dasselbe von dir sagen, Archer«, erwiderte Andrea. »Du bist derjenige von uns beiden, der auf Thorin Ansehen und Bekanntheit genießt. Wenn du dich gegen den Archon äußern würdest, hätte das ein größeres Echo.« Er sah, dass sie sein Ehrenabzeichen immer noch an einer langen Kette um den Hals trug. Es war wie ein festes Band zwischen ihnen.

Archer hatte einen wahren Heldenempfang erhalten, als er zum Thorin zurückgekehrt war. Das Ehrenabzeichen, eine Auszeichnung, die seit den Tagen des alten Sternenbunds niemand mehr erhalten hatte, hatte ihn augenblicklich zu einer planetaren Berühmtheit gemacht. Es hatte Paraden und Empfänge zu seinen Ehren gegeben, die er in Andreas Begleitung besucht hatte. Verschiedene Konzerne hatten ihm lukrative Werbeverträge für ihre Produkte angeboten, aber Archer hatte dankend abgelehnt. Sein Name und Konterfei standen nicht zum Verkauf. Gute Männer und Frauen waren für sein Überleben in den Tod gegangen und er würde aus ihrem Opfer keinen Profit schlagen. Die einzige Ehrung, die er akzeptiert hatte, war der Oberbefehl über die Planetare Miliz gewesen.

»Ich war ein MechKrieger, Andrea, kein Politiker. Ich halte nichts davon, dass der Archon Truppen einsetzt, um Menschen zum Schweigen zu bringen, die jedes Recht haben, ihre Meinung zu sagen, aber das heißt nicht, dass ich gewillt bin, Ärger zu machen. Außerdem gibt es für mich keinen Anlass, mich in diese Angelegenheit einzumischen.«

Ecol City war nicht der einzige Ort, an dem sich katrinafeindliche Tendenzen ausbreiteten. Auf beiden Kontinenten Thorins war es zu Protesten und Unruhen gekommen, besonders, seit auf den Straßen von Solaris VII der offene Bürgerkrieg zwischen Steiners und Davions ausgebrochen war. Solaris City war eine so perfekte Miniaturausgabe der Freien Inneren Sphäre, dass der Konflikt auf beiden Seiten hitzige Gefühle ausgelöst hatte. Archer konnte den aufziehenden Sturm fast schmecken. Wie lange konnte es noch dauern, bis er ausbrach und alles hinwegfegte, was auf seinem Weg lag?

Er warf einen Blick auf die Uhr und schüttelte den Kopf. »Ich muss weg.«

»Ja, unsere neuen Wärter sind da«, kommentierte sie bitter.

»Die Anwesenheit der 15. Arkturusgarde auf Thorin macht sie nicht zu unseren Wärtern. Ihre Verlegung hierher ist nichts weiter als Teil der normalen Truppenrotation innerhalb des Freedom-Theaters. Glaub mir, das Militär verlegt ständig Einheiten.«

»Und jetzt musst du dich melden und ihrem Kommandeur die Füße küssen«, schalt sie.

Archer versteifte sich etwas. »Das stimmt nicht, Andrea. Ich habe den Befehl über die Thorin-Miliz. Oberst Blücher ist Teil der regulären Armee. Was ihm den Oberbefehl über die gesamte planetare Verteidigung gibt. Theoretisch ist er mein Vorgesetzter. Seiner Akte zufolge ist er ein respektierter Karrieremilitär, also dürften wir bestens miteinander auskommen.«

»Dann beantworte mir eine Frage, Archer. Wir liegen weitab der Clanfront, und weit entfernt vom Territorium jeder anderen Macht, die ein Interesse daran haben könnte, unsere Welt zu erobern. Um genau zu sein, seit dem 2. Nachfolgekrieg ist Thorin nicht mehr Ziel eines Angriffs gewesen, und das weißt du auch.«

»Worauf willst du hinaus?«

»Wovor soll die Garde uns beschützen?«

Archer runzelte leicht die Stirn und drehte sich um, ohne zu antworten. Er hatte einen Termin einzuhalten.

Die 15. Arkturusgarde war in einer kleinen Festung einquartiert, die vor rund dreihundert Jahren in einem Gebiet errichtet worden war, das inzwischen in den südlichen Vororten Ecol Citys lag. Die ursprüngliche Festung war durch ein Orbitalbombardement verwüstet worden, als das Lyranische Commonwealth Thorin im 1. Nachfolgekrieg erobert hatte, aber sie war später wieder instand gesetzt worden. Trotzdem trug der stumpfgraue Granit der Außenmauern noch heute tiefe Brandspuren, und an manchen Stellen war er bis zum Boden aufgeplatzt.

Im Verlauf der Jahrzehnte hatte sich auch die Stadt erholt, aber das Gebiet um die Festung wirkte bis heute heruntergekommen und nur ein blasser Schatten der wohlhabenden Vororte im Norden. Archer wusste, dass die Festung ein komplettes Bataillon Truppen fassen konnte. Seine eigene Basis lag weiter außerhalb am Westrand der Stadt. Für Archer hatte die Festung eine besondere Bedeutung. Sie stammte noch aus den Tagen des Ersten Sternenbunds, und er war einer aus der Hand voll Thoriner, die Mitglied der wiedererstandenden Sternenbund-Verteidigungsstreitkräfte geworden waren.

Er zeigte der Wache am Tor seine Papiere. Der Soldat überflog die Dokumente und winkte ihn durch. Archer marschierte mit militärisch exaktem Schritt über den Stahlbeton und seine Absätze knallten laut darauf. Am Eingang des gewaltigen Mechhangars blieb er kurz stehen und betrachtete das rege Treiben im Innern. Eine komplette Kompanie BattleMechs ragte in den Gerüsten der Wartungskokons auf. Techs krabbelten geschäftig wie Ameisen über die Metallkolosse, um sie einsatzbereit zu halten.

Sechshundert Jahre war es inzwischen her, dass der BattleMech entwickelt worden war und das Antlitz des Krieges für alle Zeiten geändert hatte. Die grob humanoiden und fast drei Stockwerke hoch aufragenden Kampfmaschinen bewegten sich mit Geschwindigkeiten von teilweise über neunzig Stundenkilometern und verfügten über genügend Feuerkraft, um einen ganzen Panzerzug des 20. Jahrhunderts auszulöschen. Ein Mech konnte mit Raketen, Lasern und Autokanonen im Handumdrehen einen ganzen Häuserblock in Schutt und Asche legen. Noch jetzt, nachdem er die Kampfkolosse jahrelang selbst im Kampf gesteuert hatte, fühlte Archer Ehrfurcht vor der schieren Macht dieser Titanen.

Während er noch so dastand, kam ein etwas kleinerer Mann aus dem Innern des Hangars zu ihm heraus. Während Archers Milizuniform hellgrün war, trug er die dunkelgrüne Ausgehuniform der Lyranischen Allianzstreitkräfte und die dazugehörigen hohen schwarzen Stiefel. Sein schwarzes Haar war kurz geschoren, und an beiden Schläfen rasiert, um einen besseren Kontakt mit den Sensoren des Neurohelms zu ermöglichen. Die Rangabzeichen auf den Schultern kennzeichneten ihn als den Mann, wegen dem Archer gekommen war: Oberst Felix Blücher.

Archer salutierte, als der Oberst ihn erreichte.

»Oberstleutnant Christifori, nehme ich an«, eröffnete Blücher das Gespräch.

»Herr Oberst.«

Der Oberst musterte sein Gesicht. »Ich habe einiges über Sie gehört, Oberstleutnant. Ihre Leistungen während der Clan-Invasion und in Einsatzgruppe Bulldog sind berühmt.«

Archer nickte einmal kurz. »Sie haben mir etwas voraus, Oberst Blücher. Ich weiß über Sie nur, was in der dünnen Akte stand, die man mir hat zukommen lassen, und die enthielt kaum Einzelheiten.«

Blücher lächelte dünn. »Ich habe erst vor kurzem den Befehl über die 15. Arkturus übernommen. Bis zu Oberst Wrights Unfall diente ich im Pandora-Theater.«

Archer sah an ihm vorbei in den Mechhangar. »Sie haben da eine beeindruckende Ausrüstung mitgebracht, Herr Oberst.«

Blücher nickte. »Ja, Bataillon Alpha neigt zu schwerem Gerät. Selbst für alte Kämpen wie Sie und mich haben diese Maschinen noch einen gewissen Zauber, habe ich Recht?«

»Ja, Herr Oberst.« Für einen kurzen Augenblick verspürte Archer Sehnsucht nach alten Zeiten und anderen Welten. »Ich habe Ihnen die Aufstellung meiner Einheit mitgebracht.« Er reichte dem Oberst den Schnellhefter.

»Sie meinen *meiner* Einheit, nicht wahr?«, fragte Blücher schmunzelnd.

Archer konnte eine gewisse Überraschung nicht verbergen. »Natürlich, Herr Oberst. Als ranghöchster regulärer Offizier auf Thorin unterstehen wir Ihrem Befehl.«

»Das sollte keine Beleidigung sein. Ich habe nur eine Neigung zur Förmlichkeit. Ich befürchte, das ist ein Charakterfehler, mit dem ich leben muss.« Blücher überflog den Inhalt der Akte kurz, dann klappte er den Schnellhefter zu und schob ihn sich unter den Arm. »Sieht aus, als hätten Sie etwa ein Bataillon Truppen.«

»Wir verfügen über eine Kompanie Panzereinheiten und Luft/Raumelemente, eine komplette Kompanie BattleMechs sowie Infanterie.«

Blücher fixierte ihn mit tiefblauen Augen. »Und wo liegen deren Loyalitäten, Oberstleutnant?«

Diese Frage konsternierte Archer erst recht. »Sie sind loyal, Herr Oberst«, antwortete er schließlich.

Blücher grinste und schlug Archer auf die Schulter. »Ich muss mich für meine direkte Art entschuldigen, aber Sie müssen verstehen, dass ich hier bin, um sicherzustellen, dass Thorin ein friedlicher Teil der Lyranischen Allianz bleibt. Sicher haben Sie von den Berichten über Unruhen in manchen unserer Systeme gehört, die von dem Archon feindlich gesinnten Fraktionen angestachelt wurden.«

»Meine Leute stehen loyal zur Regierung«, stellte er entschieden fest.

»Dann werden wir keine Probleme haben«, erwiderte Blücher. »Was ich Sie als Nächstes fragen muss, ist persönlicherer Natur. Sie sollen wissen, dass es nicht beleidigend gemeint ist, aber ich habe Berichte über diese Welt erhalten, die mich zwingen, diese Frage zu stellen.«

»Fragen Sie, Herr Oberst.«

»Wie sieht es mit Ihrer persönlichen Loyalität aus, Christifori?«

Archer zuckte mit keinem Muskel. »Ich bin ein loyaler Bürger Thorins. Politik interessiert mich nicht, Herr Oberst. Was diese rebellischen Aktionen betrifft, kann ich nichts befürworten, was das Leben Unschuldiger in Gefahr bringt. Wenn Sie mich fragen, ob ich hinter dem Archon stehe, muss ich Ihnen antworten, dass ich die Angemessenheit einiger ihrer jüngsten Maßnahmen bezweifle, aber nur, weil ich keine Einschränkung unserer Rechte als freie lyranische Bürger gut heißen kann. An meiner Loyalität haben jedoch weder jetzt noch in der Vergangenheit jemals Zweifel bestanden.« Wie um diesen Punkt zu unterstreichen, warf er einen kurzen Blick auf die drei Zeilen mit Auszeichnungen auf der Brust seiner Uniform, darunter die mit dem Cameronstern, der sein Ehrenabzeichen repräsentierte.

»Ich verstehe voll und ganz, Oberstleutnant Christifori. Man hat mir allerdings zu verstehen gegeben, dass Ihre Schwester einen kürzlich erschienenen Kommentar verfasst hat, der zum Widerstand gegen den Archon aufrief. Das hat im Generalstab Besorgnis ausgelöst, dass Sie sich möglicherweise auf die Seite bestimmter Rebellen hier auf Thorin schlagen könnten. Man wollte eine offizielle Untersuchung einleiten, aber ich konnte meine Vorgesetzten davon überzeugen, dass es besser wäre, wenn wir erst einmal miteinander redeten, bevor sie voreilige Schlüsse ziehen.«

»Haben Sie die Antwort erhalten, die Sie sich erhofft haben?« Archer konnte eine Spur von Verärgerung in seiner Stimme nicht unterdrücken.

»Ja, das habe ich. Aber vielleicht gestatten Sie mir als Mitoffizier, Ihnen einen Rat zu geben. Ihre Schwester sollte bei ihren Kommentaren etwas mehr Zurückhaltung üben. Wir haben nicht das richtige politische Klima für Widerspruch.«

»Meine Schwester ist die einzige Familie, die ich noch besitze, Herr Oberst. Unsere Eltern sind beide gestorben, während ich unterwegs war, um die Freie Innere Sphäre gegen die Clans zu verteidigen. Sie ist alles, was ich noch habe. Ich will sie beschützen, aber ich werde nicht versuchen, sie daran zu hindern, ihre Meinung frei zu äußern. Sie mögen der Auffassung sein, dass derzeit nicht das richtige Klima herrscht, um abweichende Ansichten öffentlich zu machen, doch ich meine, gerade jetzt ist das notwendig. Wenn Sie damit Schwierigkeiten haben, schlage ich vor, dass Sie sich direkt mit ihr auseinander setzen.«

»Das ist nicht nötig. Ich wollte nur von Anfang an Unstimmigkeiten zwischen uns vermeiden und dafür sorgen, dass wir einander offen und ehrlich gegenübertreten.«

»Damit habe ich keine Probleme. Aber jetzt hätte ich eine Frage an Sie, Herr Oberst, wenn Sie gestatten«, gab Archer zurück. »Wie denken Sie darüber, was sich in unseren Systemen abspielt?«

Blücher hob die Augenbrauen. Er schien beeindruckt davon, wie schnell Archer aus der Defensive in die Offensive wechselte. Als er ihm antwortete, kicherte er sogar leise. »Oberstleutnant Christifori, ich stehe als Militär in einer langen Tradition. Seit den Zeiten des ursprünglichen Sternenbunds hat es keinen Zeitpunkt gegeben, zu dem nicht mindestens ein Blücher in Diensten der lyranischen Streitkräfte gestanden hätte. Ich ziehe es vor, gegen andere Soldaten in den Kampf zu ziehen. Ich habe dieses Bataillon nicht nach Thorin gebracht und meine beiden anderen Bataillone nicht nach Murphrid, um Zivilisten niederzuknüppeln. Verstehen Sie mich nicht falsch.« Seine Stimme wurde ernst. »Ich bin mehr als bereit, die Lyranische Allianz gegen jeden Feind zu verteidigen, auch wenn er aus ihrem Innern kommt. Ich freue mich nicht darauf, und sollte es dazu kommen, werde ich keine Befriedigung daraus ziehen. Aber ich habe einen Eid auf den Archon geleistet. Katrina Steiner repräsentiert Recht und Gesetz der Allianz. Sie ist unsere rechtmäßige Herrscherin, und es ist meine Pflicht, ihr zu dienen. So, da haben Sie Ihre Antwort. War es das, was Sie sich erhofft haben?«

Archer zögerte kurz mit seiner Antwort. »Ich hatte keine Erwartungen, Herr Oberst.«

Blücher streckte den Arm aus und schüttelte ihm die

Hand. »Wir beide sind so verschieden nicht. Im Grunde des Herzens sind wir Soldaten. Sie sind jetzt bei der Miliz, aber Sie haben lange Jahre an der Front zugebracht, in einigen der blutigsten Schlachten der letzten hundert Jahre. Wir sind beide im Cockpit unserer Mechs dem Feind gegenübergetreten. Wir haben beide dem Tod ins Auge gesehen und es überlebt. Ich bin überzeugt, Archer, dass wir uns im Laufe der Zeit gut kennen lernen und sogar zu Freunden werden können. Und ich hoffe von ganzem Herzen, dass es so kommt.«

Archer fasste die Hand seines neuen Kommandeurs fester. »Wir haben tatsächlich viel gemein, Herr Oberst«, war alles, was er darauf antworten konnte, ohne sich untreu zu werden. Sein Blick driftete hinüber zur Festung, auf deren Innenhof die Morgenwache die Fahne der Lyranischen Allianz hisste. Es ging kein Wind und die Fahne hing schlaff am Mast herab.

Der Anblick erschien Archer wie ein bedrückendes Omen. Konnte das ein Zeichen sein?

Stunden später saß er in seinem Büro hinter dem Schreibtisch und machte eine ganz und gar nicht militärische Figur. Er lümmelte sich mit gelockerter Krawatte und offenem Hemdkragen in seinem Sessel und betrachtete das Schlachtfeld aus Papier, das sich vor ihm ausbreitete. Rechnungen, Kaufaufträge, Requisitionen, Berge von Formularen, die seine Aufmerksamkeit beanspruchten.

Es hatte eine Zeit gegeben, als ihm das Leben einfacher erschienen war, aber dies war Vergangenheit. Er war immer noch Offizier, wenn auch nur an den Wochenenden. Er genoss die Verantwortung, seit seiner Rückkehr gemeinsam mit Andrea das Geschäft zu führen, aber ihm fehlten die Aufregung und Gefahr seiner früheren Laufbahn. Als er auf die Stapel von Ausdrucken starrte und im Geiste durchging, welchem er sich zuerst widmen sollte, klopfte es an der Tür. Sie öffnete sich, bevor er reagieren konnte, und seine Schwester trat ein.

»Du siehst mitgenommen aus«, stellte sie fest. »Hat dich der Papierkrieg so geschafft?«

Archer grinste. »Einer meiner Kommandeure hat mal gesagt, das papierlose Büro wird es erst an dem Tag geben, an dem die papierlose Toilette erfunden wird. Aber das ist es nicht.« Er schob einen Teil der Papiere zur Seite und schnitt eine Grimasse. »Der neue lyranische Kommandeur und ich hatten nur eine kleine Unterhaltung, das ist alles.« Er hatte einen langen Tag hinter sich, in dessen Verlauf er die Truppeneinteilungen, Aufstellungen und so weiter für seine Miliz und die neu eingetroffene Arkturusgarde durchgegangen war. Danach hatte er die letzte Stunde damit zugebracht, über das Gespräch mit Oberst Blücher zu grübeln. In dessen Gegenwart hatte er sich nichts anmerken lassen, aber die bloße Tatsache, dass irgendjemand Zweifel an seiner Loyalität haben konnte, erschütterte Archer gewaltig.

»Ärger?«

Er schüttelte den Kopf. »Nein, er wollte nur sichergehen, dass wir auf derselben Seite sind.«

»Und welche Seite ist das?«

Archer zuckte die Schultern und stützte sich mit den Unterarmen auf den gerade freigeräumten Teil der Schreibtischplatte. »Da liegt das Problem, Andrea. Im Augenblick sind die Fronten ein wenig unklar.«

Sie setzte sich in einen der Sessel vor seinem dunklen Holzschreibtisch. »Ich hoffe, du hast wegen meiner Ansichten keine Schwierigkeiten bekommen.«

Archer zuckte leicht die Achseln. »Naja, *erwähnt* hat er sie. Dein Kommentar scheint den Oberst ein wenig erschüttert zu haben. Man stelle sich vor: du, eine Revolutionärin.« Er schmunzelte.

»Das hat er gesagt?«

»Nein, nicht mit diesen Worten, aber er schien der Ansicht zu sein, dass du ein zu großes Risiko eingingest.«

Sie griff über den Schreibtisch nach seiner Hand. »Es tut mir Leid, Archer. Ich wollte nie, dass du für meine Aktivitäten oder Meinungen Rechenschaft ablegen musst.«

Er lächelte sie beruhigend an. »Vergiss es. Ich habe schon früher gelernt, dass es ganz gesund ist, einen Kommandeur über bestimmte Aspekte seines Lebens im Dunkeln zu lassen. Außerdem schulde ich dir mehr als fünf Minuten Gardinenpredigt.«

2

Die zivilen Unruhen und Proteste im Vereinigten Commonwealth haben weiter zugenommen. Teilweise wird sogar der Rücktritt Archon Katrina Steiners gefordert. Es treffen auch Berichte über vereinzelte Demonstrationen gegen Victor ein, allerdings nur aus dem lyranischen Raum. Katrinas Gegner erklären, ihre Verwaltung habe den Adel der einfachen Bevölkerung gegenüber zu stark vorgezogen und ein Absinken des Lebensstandards – besonders in abgelegenen Welten – auf ein Niveau zugelassen, wie es seit dem letzten Nachfolgekrieg nicht mehr vorgekommen ist.

– Dana Powell, *Tag im Bild: Atreus und Innere Sphäre,* WLFW, Liga Freier Welten, 30. Oktober 3062

Ecol City, Thorin
Provinz Skye, Lyranische Allianz

1. November 3062

Ein dünner Rauchvorhang stieg aus den Trümmern des Restaurants auf, als Felix Blücher durch die Sicherheitsabsperrung trat. Er schmeckte Staub und Ozon in der Luft, und aus den Trümmern stieg ihm Verwesungsgeruch in die Nase. Es roch nach lange verdorbenem Essen, obwohl die Explosion erst zwei Tage her war.

Die Lage des Foolery – nur einen Block von der Festung – hatte es schnell zu einem Lieblingslokal der Arkturusgarde werden lassen. Jetzt existierten nur noch die Rückwand zum Nebengebäude, dessen zerborstene Fensterscheiben noch immer nicht ganz von der Straße gekehrt waren. Der Rest war ein einziger riesiger Hügel aus zerschmetterten Ziegelsteinen, Betonbrocken, Rohrstücken, Leitungsfetzen, Metallschrott und vereinzelten persönlichen Effekten der Explosionsopfer.

Blücher selbst hatte erst vor wenigen Tagen noch hier gegessen, und es hätte nicht viel gefehlt, und er wäre am Abend des Unglücks, das nahezu alle im Gebäude befindlichen Personen das Leben gekostet hatte, wieder unter den Gästen gewesen, so wie einige seiner Leute.

Schlimmer noch, es schien sich weder um einen Unfall noch um einen Zufall gehandelt zu haben. Nach dem, was er in den ersten Berichten gelesen hatte, gab es Hinweise auf Sabotage.

Sein Adjutant, Leutnant Luther Fisk, kam herüber, als er Blücher den Schaden begutachten sah, einen Stiefel auf den auf der Seite liegenden Eckstein des Hauses gestellt. Blücher fing einen Hauch vom Rasierwasser des Mannes auf. Es war teuer und schien dem Oberst irgendwie für einen Offizier unangemessen.

»Wie sieht es mit unseren Leuten aus?«, fragte er ohne lange Umschweife.

»Einer tot, drei in kritischem Zustand«, antwortete Fisk.

»Und die Zivilisten?«

»Acht tot, zwei verletzt.« Fisk klang, als rede er über Vieh, nicht über Menschen.

»Was für eine Verschwendung«, meinte Blücher, mehr bei sich als zu seinem Adjutanten. »Gibt es irgendwelche Hinweise darauf, wer das getan hat, oder warum?«

Fisk schüttelte den Kopf. »Ich weiß nichts Genaueres, Herr Oberst, und die Einheimischen behaupten alle, keinen Schimmer zu haben, wer dafür verantwortlich sein könnte. Aber wir beide wissen es besser.«

»Tatsächlich?«, täuschte Blücher Unwissenheit vor.

»Wer anders als Davion-Loyalisten? Das war ein gezielter Terroranschlag. Sie haben gegen unsere Stationierung auf Thorin protestiert, und jetzt bringen sie unsere Leute um.«

Blücher drehte sich um. »Hundert Demonstranten mit Plakaten, auf denen sie faire Behandlung fordern, kann man wohl kaum als mordlüsterne Terroristenbewegung bezeichnen. Sie sondern Vermutungen ab, Leutnant. Ich brauche Fakten, keine Spekulationen.«

»Ich stelle nur logische Schlussfolgerungen an«, erwiderte Fisk. »Es hat seit Jahrzehnten keinen Terrorakt auf

Thorin gegeben. Jetzt erleben wir erst Demonstranten, die den Rücktritt des Archons fordern, und kurz danach einen heimtückischen Anschlag auf unsere Truppen.«

Blücher deutete mit einer ausholenden Armbewegung auf die Schutthalde. »Hat die Spurensicherung irgendetwas zu Tage gefördert?«

»Sie nehmen an, dass eine Bombe die Gasleitungen im Keller zur Explosion gebracht hat.«

»Sie nehmen an? Sind sie sich nicht sicher?«

Fisk zögerte. »Nun... Es wurden Hinweise auf Sprengstoff gefunden. Schießpulver, um genau zu sein. Keine Splitter, wie sie für eine Bombe typisch wären, aber die Untersuchung ist noch nicht abgeschlossen.«

Blücher schüttelte den Kopf. »Das ist wertlos. Es könnte nicht mehr sein als die Überreste im Keller eingelagerter Munition, die von der Explosion erfasst wurde.«

»Herr Oberst, der Militärische Informationsdienst hat einen Hinweis erhalten, dass es sich um einen gezielten Anschlag handelte: Das Werk einer oder mehrerer Zellen einer organisierten Widerstandsbewegung hier auf Thorin.«

»Existieren dafür greifbare Beweise?«

»Noch nicht, Herr Oberst, aber das ist nur eine Frage der Zeit.«

Blücher rieb sich die Schläfen, wie um plötzliche Kopfschmerzen zu lindern. Das gefiel ihm nicht, ganz und gar nicht. Luther Fisk verdankte seinen Posten politischem Einfluss. Der ehrgeizige junge Offizier drängte Blücher geradezu verbissen zu Maßnahmen, die ihm ganz und gar nicht behagten. Fisk war ein junger Mann mit einem einflussreichen Vater, kein echter Militär, dessen Hauptinteresse dem Wohlergehen seiner Einheit, seiner Leute galt. Ihn interessierten mehr die Politik und die Aussichten, von einer bestimmten Situation zu profitieren. Blücher hatte sich ganz einer ehrenhaften Militärlaufbahn verschrieben, und seiner Auffassung nach stank diese Haltung nach düsteren Gassen und rauchvernebelten Hinterzimmern.

Aber diesmal hatte sein Adjutant vermutlich Recht. Das hier sah ganz nach einem Terroranschlag aus. Und es passte zum Muster der Berichte über Sabotage gegen lyranische Truppen auf anderen Garnisonsplaneten. Aber es gab keine handfesten Beweise, auf die man Gegenmaßnahmen hätte stützen können. Flüsternde Stimmen in der Dunkelheit, Gerüchte, Verleumdungen, Spekulationen – das reichte nicht. Felix Blücher war ein Pragmatiker, der handfeste Beweise verlangte, bevor er Entscheidungen traf.

»Ich werde Ihnen sagen, was wir tun, Leutnant Fisk. Wir werden eine Pressemitteilung herausgeben, in der wir feststellen, dass wir einen Terroranschlag vermuten, die Untersuchung aber noch nicht abgeschlossen ist. Wir werden betonen, dass wir hier sind, um den Frieden auf Thorin zu wahren, einer Welt, die der Archon als ein Juwel des Ersten Sternenbunds hoch schätzt. Setzen Sie den Text dementsprechend auf und legen Sie ihn mir morgen früh vor.«

Fisk leckte sich nervös die Lippen. »Herr Oberst… darf ich frei sprechen?«

Blücher forderte ihn mit einer Handbewegung auf weiterzureden.

»Herr Oberst, wir haben ein komplettes Bataillon auf Thorin. Die 15. ist eine ausgezeichnete Einheit. Warum setzen wir sie nicht im Polizeieinsatz ein? Wir könnten bekannt geben, dass wir damit die Interessen und das Leben der Zivilbevölkerung für den Fall schützen wollen, dass wir es mit Terroristen zu tun haben. Eine schwer bewaffnete Militärpräsenz auf den Straßen würde die wirklich loyalen Bürger beruhigen und gleichzeitig eine klare Botschaft an diejenigen schicken, die für diesen Anschlag verantwortlich sind.«

»Fisk, ich bin historisch sehr interessiert. Ich verstehe, was Sie sagen wollen, aber ich fürchte, Sie haben die Implikationen nicht wirklich zu Ende gedacht. Falls wir es hier tatsächlich mit überzeugten Terroristen zu tun haben, wird es sie nicht im Mindesten abschrecken, wenn wir unsere Truppen auf die Straßen schicken. Damit würden wir unsere Leute nur zu Zielscheiben machen. Außerdem sind BattleMechs zwar gewaltige Kriegsmaschinen, aber für Ordnungsaufgaben sind sie miserabel geeignet. Wenn wir sie so einsetzten, wäre ein erneuter Zwischenfall vorprogrammiert, ein Zwischenfall, der uns auf lange Sicht alle teuer zu stehen kommen könnte.«

»Aber die loyalen Lyraner dieses Planeten…«

»Werden dieses Unglück als das betrachten, was es ist: eine tragische Explosion, die das Leben von Zivilisten ebenso wie Soldaten gekostet hat. Zugegeben, sie werden keinen BattleMech an jeder Ecke sehen, aber wenn sie morgen früh aufwachen, *werden* sie Thorin wiedererkennen.«

»Herr Oberst, Sie haben den MI-Bericht gelesen. Er identifiziert eine Reihe von Aufrührern, die unter der Zivilbevölkerung von sich reden machen, Personen, die den Rücktritt des Archons fordern. Wollen Sie das ebenfalls ignorieren?«

»Sie haben Recht, Fisk. Es gibt verschiedene Personen hier, die das Potenzial zum Rebellen haben. Und genau deshalb werden wir ihnen keinen Anlass zur Revolte liefern. Ich werde heute noch Anweisung geben, diese Personen zu einem Gespräch herzubringen. Es wird kein Verhör werden und wir werden sie auch nicht hier festhalten. Ich möchte sie treffen und unsere Position mit ihnen erörtern, damit wir so früh wie möglich zu einer Verständigung kommen.«

Fisk war sichtlich schockiert. »Herr Oberst! Es wäre ein Kinderspiel, sie festzunehmen. Die Feststellung eines

Terroranschlags würde Ihnen jedes Recht geben, sie auf unbestimmte Zeit zu arrestieren. Wie lautet das alte Sprichwort: ›Schlag der Bestie den Kopf ab, und der Körper stirbt von selbst‹? Verhaften Sie diese Rebellen jetzt, bevor sie eine Eskalation betreiben können, und wir können die Revolte zermalmen, bevor sie beginnt. Andere Regimentsführer haben diesen Weg beschritten, und der Archon hat ihre Maßnahmen nicht widerrufen.«

Fisks Argumentation war verlockend, beinahe verführerisch, aber Blücher ließ sich nicht davon mitreißen. »Wie ich bereits sagte, beschäftige ich mich in meiner Freizeit ausgiebig mit Geschichte. Wenn man eine Rebellion fördern will, braucht man nur zu versuchen, sie auszulöschen. Revolten sind wie Feuer: Je stärker man bläst, desto schneller breiten sie sich aus. Wenn wir diese Leute ohne handfesten Grund einkerkern, machen wir sie in den Augen der Leute auf der Straße zu Märtyrern. Damit würden wir all denen, die sich noch nicht entschieden haben, wo sie stehen, einen deutlichen Grund liefern, sich gegen uns zu wenden. Nein, mein Befehl steht. Und ich erwarte eine diskrete Ausführung. Keine Presse. Keine Infanterietrupps, die irgendwelche Haustüren eintreten. Das ist nichts weiter als eine höfliche Einladung zu einem Gespräch mit dem Kommandeur der planetaren Garnison. Wir werden nichts unternehmen, was Widerstand auslösen könnte. Haben Sie das verstanden?«

Fisk wirkte niedergeschlagen. »Jawohl. Aber Sie haben die Liste der Namen gelesen, Herr Oberst?«

Blücher nickte.

»Sie wissen, dass die Schwester von Thorins großem Kriegsheld, Oberstleutnant Christifori, auf der Liste der Verdächtigen steht?«

Fisks spöttischer Tonfall gefiel Blücher ganz und gar nicht, aber er ließ sich nichts anmerken. »Ich weiß, Leutnant. Sie werden sie ans Ende der Liste setzen. Oberstleutnant Christifori ist eine Person des öffentlichen Interesses auf dieser Welt. Ich möchte ihn zunächst von unseren Absichten informieren, damit er sich nicht übergangen fühlt.«

»Vielleicht sollte er in Anbetracht einer Schwester, die öffentlich den Archon angreift, als Kommandeur der Miliz zurücktreten.«

»Benutzen Sie Ihr Hirn, Fisk. Archer Christifori ist kein Mann, den man sich zum Feind macht. Er ist hier hoch angesehen, ein respektierter Geschäftsmann und ein Kriegsheld. Thorin ist in mancher Hinsicht wie eine Kleinstadt, und Christifori ist der Hecht in diesem Karpfenteich. Wenn Sie ihn angreifen, greifen Sie gleichzeitig jeden an, der ihn bewundert und zu ihm aufsieht.«

»Tut mir Leid, Herr Oberst«, steckte Fisk zurück. Ihm war anscheinend klar geworden, dass er zu weit gegangen war. »Aber als Ihr Adjutant bin ich verpflichtet, Sie auf Möglichkeiten hinzuweisen. Es war keine Respektlosigkeit Ihnen oder dem Milizkommandeur gegenüber beabsichtigt.«

Blücher rieb sich nachdenklich das Kinn und überlegte, wie er das handhaben sollte. »Sicher handeln Sie nur aus den edelsten Motiven, Leutnant, und ich finde Ihren Eifer, ein schwieriges Problem zu lösen, lobenswert. Aber hier führe ich den Befehl, und das hat gute Gründe. Wir werden die Operationen auf Thorin und Murphrid auf meine Art durchführen.« Der Oberst hielt nicht viel von Fisk, hoffte aber darauf, ihn sich erziehen zu können. Wenn nicht, würde er immer weiter Unruhe stiften, und wer wusste, wohin das noch führen konnte? »Ich hoffe, wir verstehen einander, Fisk. Im Übrigen müssen wir eine formelle Gedenkfeier für die Soldaten organisieren, die hier gestorben sind. Ich möchte, dass das gesamte Bataillon zu ihrem ehrenvollen Abschied antritt. Anschließend werden Sie die Angehörigen der bei der Explosion ums Leben gekommenen Zivilisten ausfindig machen und ihnen Blumen und meine Beileidswünsche zukommen lassen.« Blücher wandte sich von der Szene der Verwüstung ab und ging davon. Unter seinen Stiefeln knirschte der Schutt.

»Ich kümmere mich darum, Herr Oberst. Wo kann ich Sie finden, wenn es nötig werden sollte?«

»In meinem Quartier«, antwortete Blücher, ohne sich umzudrehen. »Auf mich wartet eine Aufgabe, die ich in meiner Laufbahn schon viel zu oft erfüllen musste. Ich habe den Familien zu schreiben, dass ihre Söhne und Töchter nicht mehr heimkommen werden.«

Er ging schnellen Schritts davon und ließ Luther Fisk allein zwischen den Trümmern zurück.

3

Präzentor Martialum Victor Steiner-Davion veröffentlichte heute eine Erklärung, in der er die jüngsten Maßnahmen des Archons zur Wahrung des Friedens im Vereinigten Commonwealth verurteilt. Die Regierung versichert jedoch allen Bürgern, dass die ergriffenen Maßnahmen spürbar zur Festigung der staatlichen Autorität und zum öffentlichen Wohl beigetragen haben. Die Sicherheit auf den Straßen und den geordneten Ablauf des öffentlichen Lebens zu gewährleisten, gehört zu den obersten Zielen des Archons für das lyranische Volk.

– Offizielle Regierungsverlautbarung,
Antenne-Donegal-Nachrichtendienst, 5. November 3062

Fauquiervorgebirge, Thorin
Provinz Skye, Lyranische Allianz

6. November 3062

Archer steuerte den *Lichtbringer* den Hang entlang und stieg langsam in weiten Serpentinen zum Gipfel auf. Der Abhang war steil, an vielen Stellen erreichte die Steigung einen Winkel von fast fünfzig Grad. Auf seinem Weg strahlte die Sonne durch die Bäume und tauchte sein Cockpit in flackerndes Licht. Die Bäume standen dicht genug, um Deckung nach oben zu geben, auch wenn es in den letzten zwei Tagen keine Probleme mit Lufteinheiten gegeben hatte. Sein Problem war die 15. Arkturusgarde und ihre verbissene Verfolgung.

Das Manöver war als Versuch gedacht, die beiden Militäreinheiten auf Thoron zu integrieren und ihre Koordination zu verbessern. Archer befehligte die Thorin-Miliz gegen Oberst Blücher und seine Garde. Als Gelände hatten sie sich das Fauquiervorgebirge ausgesucht, weil es ein abgelegenes Stück Land mit einer großen Variationsbreite an Geländebedingungen und keine der beiden Einheiten sonderlich vertraut mit seinen Gegebenheiten war. Die Berge hatten runde Gipfelkuppen, aus denen ab und zu grauer Fels vorragte. Es gab verstreuten Baumwuchs, aber keine echten Waldgebiete.

Das Manöver hatte in den südlichen Hügeln einen vielversprechenden Anfang genommen. Archer war es gelungen, Blüchers Nachschub in einen Hinterhalt zu locken. Zum Glück für die Gardisten waren die Computer der BattleMechs für das Manöver darauf eingestellt worden, Gefechtsschäden zu simulieren. Hätten die Waffen mit scharfer Munition und voller Leistung gefeuert, hätte man die Explosion des Nachschubkonvois aus der Umlaufbahn sehen können.

Danach hatte sich das Blatt allerdings gewendet. Archers Infanteriekompanien waren in einem nahe gelegenen Sumpf stecken geblieben und von der Hauptstreitmacht abgeschnitten worden. Er hatte versucht, zu ihnen durchzubrechen und sie zu entsetzen, aber ohne Erfolg. Die Infanterie hatte Blücher mehrere Stunden Widerstand geleistet und Archer damit die Zeit erkauft, den Rest der Truppe hier in ihre Ausweichstellungen zu führen. Es war das höchste Gelände im Manövergebiet. Im Osten und Westen verhinderten die Felsformationen ein Flankenmanöver. Im Norden lagen enge Hohlwege und eine ungepflasterte Holzfällerstraße für den Fall, dass er den Rückzug antreten musste. Nach Süden erstreckte sich der lange Berghang fast fünf Kilometer weit. Er bot den einzigen Zugang, die einzige logische Einfallschneise.

Und Archer war vorbereitet.

»Gespenst Vier von Gespenst Eins«, sprach er ruhig ins Mikro, während er den *Lichtbringer* anhielt und zur Südseite des Hangs drehte. »Bericht.«

In seinem Neurohelm erklang die Stimme Oberleutnant Val Kemps, der rechts in Position stand. »Gespenst Eins, hier ist alles ruhig.« Kemp war nach einer Dienstzeit in den VCS zur Thorin-Miliz gestoßen und hatte in deren Reihen auch schon acht Jahre hinter sich, aber irgendwie war es ihm gelungen, in seiner ganzen Militärlaufbahn jedem wirklichen Kampfeinsatz auszuweichen. Er wusste, was er tat, aber ihm fehlte jegliche echte Gefechtserfahrung. Bis er die sammeln konnte, würden Manöver genügen müssen.

»Hammer Eins von Gespenst Eins. Sind die Hämmer schlagbereit?« Dieser Funkspruch ging an Kompanie Beta. Bisher hatte sie in diesem Manöver noch keine Berührung mit der Garde gehabt. Beta, eine beinahe komplett aus Bodentruppen bestehende Einheit, war schon früh auf diese Position verlegt worden. Es hatte Zeit gekostet, aber Archer brauchte sie, wenn es zum Kampf kam. Die Truppen unter dem Befehl Hauptmann Alice Getts würden müde, aber kampfbereit sein.

»Wir sind in Position und halten die Stellung. Hämmer Fünnef, Sechs und Acht decken die Hintertür, für den Fall eines Falles«. Gett klang entschlossen.

»Kontakt, mehrere Objekte in schneller Bewegung«, brach eine Stimme aus dem Funkgerät, die Archer als Gespenst Neun erkannte, Offiziersdiensttuender 2. Klasse Kane Livernois. »Ich wiederhole. Ich zeichne in großer Zahl von Süden anrückende Mechs.«

Archers Puls beschleunigte sich, und unter der Kühlweste brach ihm der Schweiß aus. Das Material der Weste klebte auf der Haut. Es war eine von zahlreichen Schlachtfeldern vertraute Situation. »Gespenst Eins braucht Zahlen, Neun«, gab er durch. *Ruhig bleiben,* sagte er sich. Ein Teil seiner Truppen bestand aus echten Wochenendsoldaten, die nicht annähernd so viel Zeit im Cockpit verbrachten, wie ihm lieb gewesen wäre. Das Letzte, was er jetzt gebrauchen konnte, war eine Panikreaktion, die sie zu früh zurückweichen ließ.

»Ich sehe zwei volle Kompanien, wenn nicht mehr«, kam Livernois' nervöse Antwort. »Sie kommen geradewegs... Scheiße!« Ein Donnern drang aus den Lautsprechern, als sein Mech einen Treffer kassierte. Livernois wurde angegriffen.

»Zurückfallen, Neun. Alle anderen Feuer und den Hang hinauf zurückweichen. So, wie wir es planten. Feuern und Bewegen. Auf Geschwindigkeit und Rhythmus achten.« Er suchte den Hang ab, und plötzlich erschienen auf dem Zweitmonitor, auf den er die Langstreckensensoren gelegt hatte, die ersten gegnerischen Maschinen. *Los gehts…*

Die wuchtige Silhouette eines *Atlas* erregte im selben Augenblick seine Aufmerksamkeit, in dem der Bordcomputer die technischen Daten ausspuckte. Archer ignorierte die Anzeige. Er kannte den *Atlas* und wusste, wozu ein überschwerer Kampfkoloss dieses Typs fähig war. Andere Maschinen kamen in Sicht, ein dunkelgrauer *Champion* und eine *Cicada* stiegen den Hang herauf. Die Kurzstreckenortung zeigte, wie Gespenst Neuns mittelschwerer *Schleicher* in dem Versuch die Sprungdüsen zündete, der vorrückenden Gefechtslinie der Garde zu entkommen. Das simulierte Geschützfeuer schlug in die Kampfmaschine ein, als sie an der äußeren rechten Flanke wieder aufsetzte. Ein Arkturus-*Lindwurm* schloss zu ihr auf und feuerte mit Lasern und Kurzstreckenraketen. Die Sprengkapseln der Manöverraketen detonierten in weißen Pulverwolken, um Treffer anzudeuten, während die leistungsreduzierten Lichtwerfer den bereits angeschlagenen *Schleicher* in ihrem Licht badeten.

Archer wartete nicht auf das Ergebnis. Er richtete seine schweren Extremreichweiten-Laser auf den *Atlas,* und als das Fadenkreuz grün wurde, eröffnete er augenblicklich das Feuer. Soweit er es erkennen konnte, senkten sich seine simulierten Schüsse in den rechten Arm und Torso des hundert Tonnen schweren Mechs, wo sie wenig mehr ausrichteten, als simulierte Panzerung zu zerkochen. Der *Atlas* schien zu stocken, als habe ihn der Angriff überrascht.

Archer grinste zufrieden im Innern des Neurohelms. »Auf siebenhundertfünfzig Meter hättest du keinen Treffer erwartet, was?« Die ER-Laser der Inneren Sphäre hatten eine Maximalreichweite von 570 Metern, aber Archers *Lichtbringer* war vor dem Abflug von Diana mit Clan-Waffen ausgerüstet worden. Der alte Knabe hatte noch ein paar Asse im Ärmel.

»Gespenst Eins von Hirn.« Das war Hauptmann Katya Chaffee. Die bei der Clan-Invasion schwer verwundete frühere MechKriegerin leitete jetzt die Nachrichtenabteilung der Miliz und hatte dadurch eine aktive Rolle in der sich entwickelnden Schlacht. »Ich kann einen Teil der Garde nicht finden. Zwei Lanzen befinden sich außerhalb unserer Sensorenreichweite.«

»Verstanden, Hirn«, antwortete Archer. Wenn sie nicht hier waren, mussten sie aus einer anderen Richtung angreifen. »Glaubst du, sie kommen von hinten?«

»Ich an ihrer Stelle würde es so machen«, erklärte sie. Es klang, als ob sie gleichzeitig Daten ablas, überlegte und sprach.

»Danke, Hirn. Zeit zum Improvisieren.« Er schaltete die Kommverbindung auf Breitband, sodass ihn seine ganze Einheit hören konnte. »Gespenst Eins an alle Gespenster. Weiter zurückfallen. Hammer Eins, schick besser zusätzliche Hilfe an die Hintertür, gerade genug, um sie aufzuhalten. Das Hirn teilt mir gerade mit, dass nicht alle bösen Buben hier zum Appell erschienen sind.« Dann wich er mit dem *Lichtbringer* zur Seite aus, gerade als eine simulierte Gaussgeschützkugel eines Arkturus-*Holländer* ihn verfehlte und links von ihm eine weiße Staubwolke aufschleuderte.

Oberleutnant Val Kemps *Krabbe* hatte zu lange gezögert, sich aus der heranschwappenden Flutwelle gegnerischer Mechs zurückzuziehen. Archer sah es nicht, aber er las es aus den Daten auf der Taktikanzeige ab. Seine schweren Laser bohrten sich in den Torso des hoch aufragenden *Atlas,* aber außer Panzerungsschäden erreichten sie nichts. Archer griff helfend mit seinen Extremreichweitenwaffen ein und traf erneut den Arm und die Torsomitte der gegnerischen Maschine, doch es reichte nicht aus, um Kemp wirklich eine Hilfe zu sein. Statt einfach umzukippen, rollte dessen schwer beschädigte *Krabbe* den Berghang hinab und krachte in eine *Cicada*. Beide Mechs stürzten den steilen Hang abwärts und rissen auf ihrer Rutschpartie mehrere Bäume mit.

Die Energiebahn eines schweren Lasertreffers kletterte am rechten Bein des *Lichtbringer* empor, und Archers Computer klingelte warnend, als er den simulierten Schaden berechnete und mit flackernden gelben und roten Lichtern auf der Taktikanzeige darstellte.

Archer zuckte mit keinem Muskel. Er kannte seinen Mech. Die Panzerung hatte gehalten. Er erreichte die letzte Steigung des Berghangs und drehte sich wieder zu dem an einen grinsenden Totenschädel erinnernden Kopf des *Atlas* um, der langsam hinter ihm und seiner zurückweichenden Miliz herwuchtete. Der Garde-Mech schien in gerader Linie auf ihn zuzukommen. Er feuerte das Gaussgeschütz. Die Manöverkugel detonierte auf dem rechten Torso des *Lichtbringer,* der leicht erbebte, als die weiße Staubwolke aufwirbelte. Wieder zeichnete der Computer das Schadensdiagramm satt gelb. Schweißperlen traten auf Archers Stirn, und als er sich mit der Zunge über die spröden Lippen fuhr, schmeckte er das Salz. Er hielt das Fadenkreuz über dem *Atlas* und eröffnete erneut das Feuer, schälte weitere kostbare Panzerung ab.

Plötzlich drang eine Stimme an seine Ohren. »Gespenst Eins von Hammer Eins, ich zeichne zahlreiche Banditen an der Hintertür. Ich wiederhole: Sie sind in unserem Rücken und werden in etwa fünf Minuten da sein.«

Verdammt! Fast hatte Archer genau so einen Schachzug von Blücher erwartet. Noch blieb Zeit, die Falle zuschnappen zu lassen, aber sie wurde knapp. »Verstanden. Gespenst Eins an alle Hämmer, nach Süden vorstoßen und angreifen. Gespenster, wartet, bis die Hämmer da sind. Dann Sturmangriff den Hang hinunter, so wie geplant.«

Rechts und links von seiner Position zitterte der Boden, als die Panzer an seinem *Lichtbringer* und den übrigen BefehlsLanzenmechs der Thorin-Miliz vorbeidonnerten, geradewegs auf die anrückenden Kampfkolosse der Arkturusgarde zu. Die Garde-Mechs blieben stehen und schienen für einen Augenblick wie erstarrt, als ihre Piloten sich plötzlich einer an Zahl und Bestückung überlegenen Streitmacht gegenübersahen, die wie eine Lawine auf sie zurollte.

Über eine offene Befehlsfrequenz bellte Archer seinen Leuten einen einzigen Befehl zu: »Angriff!« Sein *Lichtbringer* stürzte sich in den wilden Sturmlauf den Berg hinab.

Eine knappe Stunde später war die Gefechtsübung zu Ende. Es war knapp gewesen, und als die Kampfrichter die Punkte ausgezählt hatten, erklärten sie das Manöver für unentschieden. Der Sturmangriff hatte die Formation der Arkturusgarde zerschlagen, aber dieser Erfolg hatte nur wenige Minuten Bestand gehabt. Der Gegenschlag aus dem Rücken der Panzertruppen hatte mehr Schaden angerichtet, als Archer lieb war, aber sie hatten ihm die Zeit erkauft, die er gebraucht hatte.

In seinen Augen war es ein Sieg. Für eine aus Freizeitkriegern bestehende Planetare Miliz war es eine beachtliche Leistung, einer regulären Heereseinheit ein Unentschieden abzuringen. Er stand mit seinem Befehlsstab an den schlamm- und lianenverkrusteten Füßen des *Lichtbringer.* Sie unterhielten sich lachend über den Kampf. Katya Chaffee saß auf dem Metallfuß und kühlte sich das Gesicht mit Wasser aus ihrer Feldflasche. Hauptmann Gett, die Kommandeurin der Kompanie Beta, ging unentwegt auf ihrem Compblock die Datenanalyse des Gefechts durch und versuchte Archer zu erklären, wie sie es hätten besser machen können. Seine Leute betrachteten den Ausgang dieser Übung nicht als einen Sieg. Im Gegensatz zu Archer hatten sie sich mehr versprochen.

Ein paar Minuten lang gestattete Archer sich, wieder ein normaler Soldat zu sein. Nach Jahren im Feld, in denen er sich häufig genug nach dem Zivilleben gesehnt hatte, genoss er das Gefühl, wieder ein Krieger zu sein. Die Kameraderie hatte etwas Magisches, die unsichtbare Bindung zwischen Mitgliedern einer Einheit, die einander verstanden und als ein Team zusammenarbeiteten. Fast hätte er die beiden Offiziere gar nicht bemerkt, die sich näherten. Wie er selbst trugen sie Kühlwesten und Shorts, und beide hielten den Neurohelm unter den Arm geklemmt. Oberst Blücher erkannte er sofort. Der zweite Mann war ihm fremd.

Archer salutierte, als Blücher ihn erreichte. »Oberst Blücher, eine gute Übung«, stellte er fest.

Blücher erwiderte den Gruß. »Das war es, Oberstleutnant. Sie sind uns nichts schuldig geblieben. Die Leistung Ihrer Milizionäre haben meine Truppen beschämt.«

Es konnte einem Mitkrieger und vorgesetzten Offizier nicht leicht fallen, sich so großzügig geschlagen zu geben. Archer grinste und nickte seinem Kommandeur leicht zu. Dann drehte er sich dem unbekannten Offizier zu und streckte die Hand aus. »Ich hatte noch nicht die Ehre, soweit ich mich entsinne.«

Oberst Blücher lächelte etwas verlegen. »Darf ich Ihnen meinen Adjutanten vorstellen, Leutnant Luther Fisk.« Fisk ignorierte Archers ausgestreckte Hand und begrüßte ihn, statt sie zu ergreifen, mit einer förmlichen Verbeugung, die Archer mehr für einen Empfang bei Hofe passend schien als für ein Schlachtfeld.

»Es ist mir ein Vergnügen«, sagte er und ließ den Arm sinken.

»Das Vergnügen sollte auf meiner Seite liegen, Herr

Oberstleutnant. Sie sind ein berühmter Held.« Es lag eine gewisse Feindseligkeit in seinem Auftreten. Archer spürte augenblicklich, dass der junge Offizier ihn nicht mochte. Er sah es in seinen Augen, seiner Gestik, seiner Körperhaltung.

»Die Berichte über mein Heldentum sind maßlos übertrieben.«

»Aber heute haben Sie sich gut geschlagen. Der Oberst und ich haben die Manöverdaten analysiert, und dabei ist uns aufgefallen, dass Sie uns auf eine Entfernung angegriffen haben, die uns beide überrascht hat.«

Archer grinste und deutete mit dem Daumen über die Schulter zu seinem *Lichtbringer.* »Der alte Knabe hat noch ein paar Überraschungen auf Lager, Leutnant Fisk. Er ist mit zwei erbeuteten schweren Clan-Extremreichweitenlasern bestückt. Geringeres Gewicht und bessere Reichweite.«

»Tatsächlich«, stellte Fisk kühl fest. »Diese Information war nicht Teil der Manöverbesprechung. Es scheint, dass Ihre Miliz durch diese Überraschung einen gewissen undokumentierten Vorteil hatte.«

Archer spürte, wie die Wut in ihm aufstieg. Er brauchte sich nicht gefallen zu lassen, dass ein Junioroffizier ihn des Betrugs beschuldigte. »Tut mir Leid, wenn das übersehen wurde, Leutnant«, erwiderte er und betonte die Rangbezeichnung. »Aber dieses Versehen muss Ihnen selbst unterlaufen sein. Mit diesem BattleMech habe ich schon auf Diana gekämpft. Er ist auf einem Dutzend Planeten hier in der Freien Inneren Sphäre und auf den Clan-Heimatwelten zum Einsatz gekommen. Am Ende des Feldzugs war nichts von ihm übrig, und auf Befehl des Prinzen wurde er unter Verwendung erbeuteter Clan-Technologie wiederhergestellt.«

»Prinz Victors?«, fragte Fisk.

»Ja, Leutnant.« Archer gestattete sich eine Spur von Unmut. »Haben Sie damit ein Problem?«

»Es liegt mir fern anzudeuten, dass Sie sich auf welche Weise auch immer unangemessen verhalten hätten, Herr Oberstleutnant«, steckte Fisk zurück. »Ich war mir dessen nur nicht bewusst.« Sein Tonfall machte kein Geheimnis daraus, dass er nicht zu Prinz Victor Steiner-Davions Bewunderern gehörte.

»Natürlich«, stellte Archer langsam fest. »Ich möchte auch nicht glauben müssen, dass Sie ernsthaft der Meinung sein könnten, ein Offizier meines Ranges und Hintergrunds könnte gegen die Regeln verstoßen.« Sein Tonfall war darauf angelegt, Fisk einzuschüchtern.

Oberst Blücher trat zwischen die beiden. »Es spielt keine Rolle, Leutnant. Es war eine ausgezeichnete Übung, die gezeigt hat, dass wir beide noch einiges voneinander lernen können. Außerdem würde es ein Terabyte an Daten verschlingen, jeden einzelnen Mech unserer beider Einheiten aufzulisten, der irgendeine inoffizielle Modifikation aufweist.« Er fasste Archer locker am Ellbogen. »Archer, warum geben wir Leutnant Fisk nicht die Gelegenheit, sich mit Ihrem Stab bekannt zu machen. Ich möchte etwas mit Ihnen besprechen – unter vier Augen.«

Archer warf ihm einen fragenden Blick zu und nickte. »Hauptmann Chaffee«, wandte er sich an seine Nachrichtendienstoffizierin. »Bitte führen Sie Leutnant Fisk herum und stellen Sie ihm die Einheit vor.« Als Katya sich an die Vorstellung machte, folgte er Blücher ein Stück abseits in den Schatten einer mächtigen Eiche. »Gibt es ein Problem, Herr Oberst?«

»Nein, Oberstleutnant, nicht wirklich. Ich wollte nur, dass Sie es von mir hören, statt aus anderer Quelle. Ich nehme an, Sie sind über die Explosion in dem Restaurant vor ein paar Tagen informiert?«

»Ja. Es war kaum möglich, von den Berichten nicht zu erfahren.«

»Wir sind uns noch immer nicht sicher, ob es ein Anschlag war oder nur ein Unfall. Möglicherweise werden wir es nie endgültig klären können. Ich habe eine Liste von Personen zusammenstellen lassen, die öffentlich Stellung gegen den Archon bezogen haben. Es handelt sich nicht um Verdächtige, aber ich bin dabei, mich in privaten Gesprächen mit ihnen zu treffen, um unsere Gegenwart hier zu diskutieren und sie davon zu überzeugen, dass es in unser aller Interesse ist, wenn unsere Beziehung harmonisch verläuft.«

Archer wusste, dass das nicht alles war. »Ich habe gehört, dass derartige Verdächtige auf manchen Welten von den örtlichen Garnisonskommandeuren unter Arrest gestellt wurden.«

Blücher schüttelte den Kopf. »Ich bezweifle, dass das hier notwendig ist. Ich schließe nicht aus, dass es dazu kommen kann, aber ich habe nicht vor, dem Teil der Bevölkerung, der mit der Regierung oder dem Archon unzufrieden ist, meinerseits einen Anlass zu irgendwelchen Aktionen zu liefern.«

»Gibt es einen bestimmten Grund, dass Sie mir das erzählen, Herr Oberst?«

Blücher seufzte. Es war nur ein kurzer Seufzer, aber er brachte deutlich zum Ausdruck, wie unangenehm ihm die Situation war. »Archer, letzte Woche hat Ihre Schwester einen neuen Leitartikel geschrieben, in dem sie Archon Katrina aufforderte, zugunsten ihres Bruders zurückzutreten.«

»Die Gesetze geben ihr das Recht dazu«, erklärte Archer langsam.

»Ja, das tun sie. Aber gleichzeitig hat das dazu geführt, dass ihr Name auf meiner Liste auftaucht. Ich werde mich mit ihr treffen, so wie ich schon mit mehreren anderen Bürgern gesprochen habe, die eine ähnliche politische Haltung vertreten.«

»Warum erzählen Sie mir das, Herr Oberst?«, fragte Archer erneut.

Blücher sah ihm in die Augen. »Sie sind prominent

hier auf Thorin, Archer. Und Sie dienen unter meinem Befehl. Ich wollte, dass Sie es von mir hören, bevor man es Ihnen aus anderer Quelle zuträgt. Ich ziehe es vor, dass Sie meine Motive kennen, statt blind auf meine Aktionen zu reagieren.«

Archer nickte langsam und betont. »Ich weiß das zu schätzen, Herr Oberst. Aber Sie verstehen sicher, dass ich mich verpflichtet fühle, es mit meiner Schwester zu besprechen.«

Blücher nickte. »Ja, das dachte ich mir schon. Wie ich bereits sagte, es handelt sich um ein einfaches Gespräch, nicht mehr und nicht weniger.«

4

Auf Clinton eskalierte ein Anti-Steiner-Protestmarsch in kurzer Zeit zu einem begrenzten Aufstand, und die Garnisonstruppen der Lyranischen Allianz wurden gebeten, für Ordnung zu sorgen. Die von einer davionistischen Separatistin namens Drancy MacLaw angeführten Aufrührer weigerten sich, den Anordnungen des Militärs zur Auflösung der Zusammenrottung Folge zu leisten. Dies zog fünfundachtzig Verhaftungen und dreiundzwanzig Tote nach sich.

– Piratensender *Stimme des Untergrunds*, Thorin,
5. November 3062

Ecol City, Thorin
Provinz Skye, Lyranische Allianz

9. November 3062

Leutnant Luther Fisk wies seinen Fahrer an, den Wagen mehrere Häuser vor der Tür der Christiforis anzuhalten. Er sah aus dem Fenster und stellte zu seiner Überraschung fest, dass er sich nicht in der Art Nachbarschaft befand, in der er einen Nationalhelden zu finden erwartet hätte. Er sah einfache Wohnhäuser mit sauber gestutzten Hecken, schmalen, abschüssigen Vorgärten und Schatten spendenden Bäumen. Nichts hier erinnerte an die majestätische Umgebung, in der er selbst groß geworden war.

Er überprüfte die Pistole in seinem Gürtelholster, und die beiden Soldaten in seiner Begleitung taten es ihm gleich. Das für den Straßenkampf uniformierte Trio wirkte im Innern des eleganten schwarzen Wagens deutlich fehl am Platze. Mit den schweren Plastikschützern an Schultern und Ellbogen, ebenso wie an Knien und Schienbeinen, den kugelsicheren Westen und den Visierhelmen waren sie eher für die Niederschlagung eines Tumults ausgerüstet als für eine einfache Einladung. Ein zweiter Wagen setzte noch zwei Soldaten in der Parallelstraße ab, um zu verhindern, dass Andrea Christifori versuchte, durch die Hintertür zu entkommen.

Fisk musste in diesem Augenblick unwillkürlich an seinen Vater denken, Graf Francis Fisk von Odessa, und daran, wie grundverschieden er und Oberst Blücher waren. Der Oberst war zu weich. Sein Vater hatte ihm immer eingeschärft, dass man in führender Position keine Angst davor haben durfte, mit Gewalt für Ordnung zu sorgen. Fisk mochte den Oberst nicht. Er schien zu zögern, die ihm gegebene Macht zu benutzen. Luther Fisk war da anders.

Er wusste, Blücher hatte Christifori gewarnt, dass dessen Schwester auf der Liste der Verdächtigen stand. Fisk hielt das für einen Fehler. Seiner Ansicht nach hatte sich der Oberst damit zu weit vorgewagt und den Überraschungsvorteil aufgegeben. Es stimmte zwar, dass die Christifori nicht geflohen war, aber das war kein Beweis für ihre Unschuld. Man konnte niemandem trauen, der es wagte, sich gegen die Regierung, gegen den Archon zu äußern. Vielleicht hoffte sie nur, dem Oberst nahe genug zu kommen, um ihn zu ermorden, oder sie hatte die Presse alarmiert, um die Gelegenheit zu irgendeinem Propagandaerfolg zu benutzen. Er dachte jedenfalls nicht daran, ihr die Kontrolle der Lage zu überlassen. Der Schlüssel für Operationen dieser Art lag darin, die Kontrolle zu behalten.

»Alles genau wie gestern in Newburgh«, erklärte er den beiden Soldaten. »Unser Auftrag lautet, Andrea Christifori zu einem Treffen in die Festung zu bringen. Sie wird subversiver Aktivitäten verdächtigt, aber unsere Befehle lauten nur, sie zu einer Unterredung zum Oberst zu bringen. Verstanden?«

Die beiden hühnenhaften Infanteristen nickten. Fisk öffnete die Tür und stieg aus. Beinahe augenblicklich flankierten ihn die zwei Soldaten. Er hob den Armbandkommunikator an den Mund. »Einheit Zwo, sind Sie in Position?«

»Jawohl«, erhielt er zur Antwort.

Fisk nickte den beiden Männern in seiner Begleitung zu. Seite an Seite folgten sie ihm die lange Auffahrt zur Eingangstür des Hauses hoch, wo alle drei die Klappe des Pistolenholsters lösten. Fisk drückte die Klingel und konnte leise Glockentöne auf der anderen Seite der Tür hören, denen allmählich lauter werdende Schritte folgten. Die Tür öffnete sich halb und eine Frau wurde sichtbar. Sie war eine jüngere, kleinere Version ihres Bruders und schien in ausgezeichneter körperlicher Verfassung. Beim Anblick der Infanteristen wurde sie rot. Fisk konnte sich denken, dass es ein Zeichen von Verärgerung war, nicht von Verlegenheit.

»Guten Morgen«, sagte er. »Ich bin Leutnant Fisk von der 15. Arkturusgarde der Lyranischen Allianz. Sie sind Andrea Christifori?«

Sie nickte und öffnete die Tür etwas weiter. Ihr dunkelbrauner Rock flatterte in der Morgenbrise. »Man hat Sie mir angekündigt«, erklärte sie mit einer Spur von Widerwillen.

»Oberst Blücher lässt Sie bitten, uns zurück zur Festung zu begleiten. Er möchte sich mit Ihnen über die regierungsfeindlichen Leitartikel unterhalten, die Sie verfasst haben.«

»Haben Sie so viel Angst vor meiner Schreibe, dass Sie bewaffnete Soldaten als Geleitschutz brauchen?«

Fisk versteifte sich. »Das müssen Sie verstehen, Gnädigste. Nicht alle Personen, die wir abholen müssen, sind so kooperativ wie Sie. Außerdem sind diese Soldaten genau wie ich zum Schutz Thorins hier.«

Sie zog eine Braue schräg und verschränkte die Arme. »Ich bin mir nicht bewusst, dass wir um Schutz gebeten hätten, Leutnant. Oder beschützen Sie uns nur vor unseren Rechten als freie Bürger?«

»Wir können den ganzen Tag hier stehen und schwätzen, Fräulein Christifori. Der Oberst wartet.«

»Na schön, wenn Sie wollen, können Sie hereinkommen, während ich meine Sachen hole.« Sie öffnete die Tür vollständig und drehte sich um. Fisk folgte ihr über den Flur hinab, die beiden Infanteristen dicht hinter sich. Ihre Absätze knallten laut auf dem Holz des Flurbodens. Es war ein in dieser friedlichen Umgebung äußerst störendes Geräusch.

Im Esszimmer trat sie zu einer Anrichte, dann drehte sie sich um und sah Fisk an. »Es muss Ihnen furchtbar zusetzen, Leutnant Fisk.«

»Was, Gnädigste?«

»Eine Herrscherin wie den Archon zu unterstützen und jemanden wie sie an der Macht zu halten. Derartige Polizeistaatsmethoden einzusetzen und Leute zum Verhör zu schleppen. Können Sie überhaupt noch ruhig schlafen?«

Fisks Augen wurden schmal. Für diese Arroganz würde sie bezahlen. Vielleicht noch nicht heute, aber bald. »Ich versichere Ihnen, dass ich hervorragend schlafe. Dies ist kein Verhör, nur eine einfache Unterredung mit dem Herrn Oberst. Haben Sie vergessen, dass der Archon unser beider rechtmäßiges Staatsoberhaupt ist? Meine Unterstützung für sie ist absolut und liefert mir jede Rechtfertigung, die ich benötigen könnte. Wenn wir uns dann auf den Weg machen könnten…«

Sie drehte sich wieder zur Anrichte um und öffnete eine Schublade. »Da ist noch etwas, was ich Ihrem Oberst mitnehmen will«, sagte sie und griff in die Lade.

Fisk sah etwas silbern aufblitzen, erkannte neben ein paar Papieren die Umrisse eines Messers in ihrer Hand. Er hatte keine Zeit nachzudenken, den Eindruck zu verarbeiten. Er musste reagieren! Luther Fisk riss die Pistole aus dem Holster und richtete sie auf Andrea Christifori, als sie sich wieder zu ihm umdrehte. Ja, das war zweifellos ein Messer. Auch die beiden anderen Soldaten zogen die Waffe.

Fisk erinnerte sich nicht, abgezogen zu haben, aber

im nächsten Augenblick hörte er einen Knall, und Blut spritzte durchs Zimmer. Andrea Christifori wurde nach hinten geschleudert, dann schlug die zweite Kugel in ihren Körper ein. Sie taumelte wie in Zeitlupe gegen die Anrichte, dann fiel sie mit einer Drehung zu Boden. Das Bild brannte sich in sein Hirn ein, als die Infanteristen, die Waffen immer noch im Anschlag, an ihm vorbeitraten. Es war unnötige Vorsicht. Fisk war sicher, dass sie tot war.

Er hörte die Soldaten nicht, ebenso wenig wie Einheit Zwo, als sie die Hintertür des Hauses einschlug und hereinstürmte. Einer der Infanteristen ging in die Hocke und tastete nach einem Puls, aber Fisk wusste: Es war vergebens. Wie betäubt trat er einen Schritt vor und sah auf die Leiche hinab.

In ihren Händen hielt sie gefaltete Seiten der Zeitungen, in denen ihre Leitartikel erschienen waren. Neben ihr lag ein silberner Brieföffner. Kein Messer. Mit offenem Mund starrte er darauf hinab. Sie musste ihn versehentlich mit aufgehoben haben, als sie nach den Zeitungsausschnitten griff. Fisk sank auf ein Knie und starrte sein Opfer an. Kein Laut drang zu ihm durch. In seinen Ohren klingelte es noch immer von den Pistolenschüssen in der Enge des Zimmers. Sie trug etwas um den Hals, halbverdeckt von ihren Haaren. Er hob die blutverklebten Haare zur Seite und sah den von ihrem Blut befleckten Cameronstern. Der Geruch von Schießpulver hing schwer in der Luft, als er auf den Orden starrte. Er wusste, was er sah, und wem diese Auszeichnung gehörte.

Und Fisk wusste, dass er bis zum Hals in Schwierigkeiten steckte. So tief, dass ihn möglicherweise nicht einmal sein Vater beschützen konnte. Es war alles nur ein dummes Versehen gewesen, aber das würde ihm niemand glauben, nicht einmal Blücher. Schlimmer noch, manche Kräfte auf Thorin würden diesen Zwischenfall gegen die Garnison und die Regierung ausschlachten. Man würde sie zur Märtyrerin machen, und alles nur seinetwegen. Er konnte den Blick nicht von dem Ehrenabzeichen reißen. Er fragte sich, wie es weitergehen, was er jetzt sagen sollte.

»Ich dachte, sie hätte eine Waffe«, sagte er und deutete auf den harmlosen Brieföffner. »Sie war so verdammt streitsüchtig. Ihr habt es doch gesehen?«, fragte er und schaute zu den beiden Infanteristen hoch. Einer von ihnen nickte. »Ich habe die Klinge gesehen, Herr Leutnant«, erklärte er und schob den Brieföffner mit der Stiefelspitze näher an ihre offene Hand. Er nannte es nicht einmal eine Waffe.

Ja. Das war es. In einer dunklen Ecke seines Hirns fand Fisk die Lösung. »Sie war eine von ihnen, eine Anführerin des Widerstands gegen den Archon. Sie muss geglaubt haben, sie könnte mich angreifen oder das Messer an uns vorbeischmuggeln, um den Oberst niederzustechen.« Er streckte die Hand aus, zog die Zeitungsausschnitte aus ihrer Hand und schleuderte sie wütend durchs Zimmer.

»Gut gemacht«, sagte er, stand auf und fuhr sich nervös mit der Hand durchs Haar. »Hier ist gerade der erste Schuss zur Verteidigung der Lyranischen Allianz auf diesem Planeten gefallen.«

Fisk machte sich mit seinen Worten selbst Mut. Er sah seinen Männern in die Augen und erkannte, dass sie begriffen hatten, was ungesagt geblieben war. Er konnte nur hoffen, dass ihre Aussagen sich mit der Geschichte deckten, die er ihnen gerade geliefert hatte.

5

Prunk und Gloria waren angesagt, als Archon Katrina Steiner gestern Abend in einem atemberaubenden blauen Signori-Modell den zu ihren Ehren gegebenen Ball der Nationalen Einheit besuchte. Graf Nicholas von Odessa überreichte dem Archon eine prächtige, mit Smaragden besetzte Weißgoldbrosche. Der Archon stiftete den Schmuck wie erwartet dem Solaris-VII-Hilfsfonds für die Überlebenden der Aufstände auf der Spielwelt im September diesen Jahres.

– Holovidausschnitt aus *Vor Ort,* Antenne Donegal,
8. November 3062

Ecol City, Thorin
Provinz Skye, Lyranische Allianz

9. November 3062

»Catherine«, rief Archer durch die offene Bürotür seine Verwaltungssekretärin.

»Ja, Chef?«, antwortete sie höflich und trat in die Tür. Catherine Daniels arbeitete schon seit den Tagen seines Vaters bei Christifori Express. Sie war alt genug, um Großmutter zu sein, aber das sah man ihr nicht an.

»Bitte schicken Sie eine HPG-Nachricht nach Murphrid, an Kapitän Fullerton. Sobald er die Geschäfte dort abgeschlossen hat, soll er Kurs nach Lipton nehmen, um zusätzliche Fracht zu laden. In meinem Systemordner steckt ein entsprechender Frachtbrief. Hängen Sie ihn an die Nachricht an.«

Sie notierte sich den Auftrag auf ihrem Compblock, dann sah sie auf und lächelte. »Wird sofort erledigt, Herr Christifori.« Dann kehrte sie an ihren Schreibtisch zurück und schloss die Tür hinter sich.

Archer widmete sich wieder den aktuellen Rechnungen, als er – durch die Tür gedämpft – ihre Stimme mit jemandem reden hörte. Etwas in ihrem Tonfall erregte seine Aufmerksamkeit, eine besorgte Note. Er schob den

Bürosessel zurück und wollte gerade aufstehen, als es klopfte und sie die Tür einen Spalt weit öffnete.

»Herr Christifori«, sagte sie. »Hier ist jemand, der Sie sprechen möchte. Er sagt, es sei dringend.« Ohne auf eine Erlaubnis zu warten, öffnete sie die Tür ganz, und ein Soldat in der Ausgehuniform der 15. Arkturusgarde betrat das Zimmer. Der Soldat salutierte – unnötigerweise, da Archer Zivilkleidung trug. Er erwiderte den Gruß wie betäubt, als ihn plötzlich eine düstere Ahnung befiel. Irgendetwas stimmte nicht. Irgendetwas Ernstes.

»Oberstleutnant Christifori?«, fragte der Unteroffizier knapp.

»Ja, Hauptfeldwebel«, bestätigte Archer und stand auf.

»Es hat einen Unfall gegeben, Herr Oberstleutnant. Oberst Blücher hat mich geschickt, um Sie zu informieren.«

Es lief ihm eiskalt den Rücken hinab. »Einen Unfall?«

»Unsere Männer waren unterwegs, um Ihre Schwester zu einer Routineunterredung mit dem Herrn Oberst zu begleiten, als es zu einer Schießerei gekommen zu sein scheint. Ich befürchte, Herr Oberstleutnant, dass Ihre Schwester den Tod fand.«

Archer hörte die Worte zwar, aber er nahm sie kaum wahr. In den Jahren seiner Militärlaufbahn hatte er Dutzende Freunde und Verbündete sterben sehen. Er hatte selbst reichlich Leben beendet. Das lag in der Natur des Krieges. Aber all das lag hinter ihm. Zumindest hatte er das geglaubt.

Andrea… tot. Das konnte nicht sein. Es war unmöglich. Wie konnte sie tot sein? Er war nicht auf Thorin gewesen, als ihre Eltern gestorben waren. Aber diesmal war er hier, und er hätte in der Lage gewesen sein müssen, sie zu beschützen. Das Rauschen des Bluts donnerte in seinen Ohren, als Wut und Verwirrung sich in seinem Geist zur Weißglut aufpeitschten. Andrea… tot?

»Wie?«, fragte er mit leiser, wutgefärbter Stimme. »Wo?«

»Mir wurde gesagt, in Ihrem Haus, Herr Oberstleutnant. Mehr weiß ich nicht. Der Herr Oberst hat mich gebeten, Sie ins Zentralkrankenhaus zu begleiten. Man hat sie dorthin gebracht. Der Herr Oberst erwartet Sie dort.«

Archer schloss einen Augenblick lang die Augen. In den eigenen vier Wänden umgebracht? Wie? Warum? Obwohl sein Blut vor Wut praktisch kochte, schaffte er es irgendwie, Haltung zu bewahren. Der Mann da vor ihm trug keine Verantwortung für das, was geschehen war. Er tat nur seine Arbeit. Er würde sich seinen Zorn für die anderen aufheben, für die Schuldigen am Tod der einzigen Familie, die ihm geblieben war.

»Na gut, Hauptfeldwebel. Gehen wir.«

Sie hatten ihn in die Leichenhalle gebracht, damit er die Tote identifizierte. Es hatte nur Sekunden gedauert. Ihr Gesicht war so friedlich, so erhaben, obwohl sie niedergeschossen worden war. Man hatte Archer gefragt, ob er etwas von der persönlichen Habe mitnehmen wollte, mit der sie eingeliefert worden war. Er hatte nur einen Gegenstand an sich genommen. Jetzt hielt er ihn in der geballten Faust und fühlte das Metall in die Schwielen schneiden. Es lag kühl auf der Haut, wie an dem Tag, als er es von Prinz Victor erhalten hatte. Er hatte es Andrea als Zeichen seines Schutzes gegeben, aber als der Zeitpunkt gekommen war, hatte es ihr Leben nicht retten können.

Er stand im leeren Korridor vor der Leichenhalle und drehte sich langsam um, als er Schritte hörte. Es war Oberst Blücher. Er wirkte besorgt. Er kam näher und legte Archer wie zum Trost die Hand auf die Schulter. Archer blickte auf Blüchers Hand, dann in seine Augen. Wieder loderte die Wut in ihm auf.

»Archer«, setzte Blücher an. »Ich kann Ihnen gar nicht sagen, wie Leid mir das tut. Es ist eine Tragödie.«

Archer wollte sich auf den Mann stürzen, der die Verantwortung dafür trug. In diesem Augenblick wollte er Felix Blücher mit bloßen Händen erdrosseln. Irgendwie hielt ihn die Erinnerung an das ruhige, friedliche Gesicht seiner Schwester zurück. Für heute hatte es schon genug Tote gegeben.

»Ich will wissen, was geschehen ist.«

»Mein Justizoffizier ist noch am Tatort und nimmt die Aussagen auf. Nach der Schilderung Leutnant Fisks, der den Befehl hatte, hat Ihre Schwester meine Leute ins Haus gelassen und erklärt, sie wollte noch etwas mit in die Festung nehmen. Fisk und die anderen sahen sie ein Messer ziehen und haben in Selbstverteidigung reagiert.«

»Was? Ein Messer? Sie wollen doch nicht behaupten, dass Sie das glauben? Wie viele Soldaten haben Sie mit diesem Auftrag losgeschickt?« Bei dem Gedanken, dass Luther Fisk für den Tod seiner Schwester verantwortlich war, verkrampften sich Archers Eingeweide noch stärker. Vom ersten Augenblick an war ihm der Kerl unsympathisch gewesen. Jetzt klebte Andreas Blut an seinen Händen.

»Insgesamt vier, den Leutnant nicht mitgezählt.«

»Oberst, Sie sind alt genug, um zu wissen, wie das klingt. Wollen Sie mir ernsthaft einreden, meine Schwester hätte gegen fünf mit Schusswaffen bewaffnete Soldaten ein Messer gezückt?«

Blücher schüttelte traurig den Kopf. »Ich wiederhole nur die erste Aussage der Leute, Archer. Was meinen Sie, warum ich den Justizoffizier eingeschaltet habe?«

»Ich habe ihr gesagt, dass Sie jemanden vorbeischicken würden, um sie abzuholen. Wenn sie so gewalttätig gewesen wäre, wie Sie behaupten, hätte sie aus meinem Vorrat reichlich Waffen zur Auswahl gehabt. Das ergibt keinerlei Sinn, und das wissen Sie auch.«

»Ich versichere Ihnen, dass es eine gründliche Untersuchung geben wird, Archer. Ich verspreche Ihnen, ich werde der Sache auf den Grund gehen. Die Presse hat den Vorfall bereits aufgegriffen. Glauben Sie mir, ich habe das gleiche Interesse an der Wahrheit wie Sie.«

Archer hörte die Worte wohl, aber nach Jahren im Militär wusste er auch, dass die Wahrheit häufig genug unter den Teppich gekehrt wurde, um eine Karriere zu retten. »Ich will die ganze Wahrheit«, stieß er aus. »Die *echte* Wahrheit. Ich will, dass die Männer oder Frauen zur Rechenschaft gezogen werden, die dafür verantwortlich waren. Falls Sie dazu gehören, dürfen Sie das als Drohung auffassen. Falls nicht, als eine Warnung an diejenigen, für die das gilt.«

»Mir ist klar, dass das ein harter Schlag für Sie sein muss«, antwortete Blücher, ohne auf die Drohung einzugehen.

»Nein, Herr Oberst, bei allem Respekt, aber ich glaube nicht, dass Sie auch nur eine Ahnung haben, was das für mich bedeutet. Andrea war alles, was mir auf der Welt geblieben war. Sie war meine ganze Familie. Ich habe Ihnen vertraut und jetzt ist sie tot von der Hand Ihrer Leute. Sie war alles, was ich hatte. Jetzt hat man mir auch das noch genommen. Nur dies hier ist geblieben…« Er öffnete die Hand und zeigte Blücher den Cameronstern. Dann steckte er ihn in die Hosentasche.

»Ich werde dieser Angelegenheit auf den Grund gehen. Sie haben mein Wort als Offizier und Gentleman.«

»Gibt es sonst noch etwas, Herr Oberst?«, fragte Archer kühl.

»Wenn Sie irgendetwas benötigen, bitte sagen Sie es mir.«

Archers Augen wurden schmal. »Ja, da gibt es etwas. Ich will den Kopf des Mannes, der das getan hat.« Er konnte sich nicht einmal dazu bringen, Fisks Namen auszusprechen.

Blücher senkte leicht den Kopf, als Archer sich umdrehte und schnell den Gang hinunter zu den Doppeltüren ging, die in den Hauptkorridor führten. Es fiel ihm schwer, sie zu öffnen, weil sich auf der anderen Seite fast ein Dutzend Menschen drängten, die auf ihn warteten.

Ein Tumult von Stimmen schlug über ihm zusammen. Sie riefen seinen Namen, zerrten an seinem Hemd. Eine Stimme war lauter als die anderen. Eine junge Frau mit einer Helmkamera schob sich in seinen Weg.

»Oberstleutnant Christifori, ich bin Katie Winston von Antenne Donegal. Wir haben gehört, dass Ihre Schwester heute von lyranischen Soldaten getötet wurde. Könnten Sie unseren Zuschauern als Träger des Ehrenabzeichens und führende Persönlichkeit der Gesellschaft sagen, wie Sie sich jetzt fühlen?«

Archers Wut brach sich Bahn. Die Reporterin sah seine Faust nicht kommen, aber er war sicher, dass es gute Einschaltziffern bringen würde. Er fühlte ihre Nase unter dem Schlag brechen, und als sie nach hinten fiel, öffnete sie ihm eine Schneise durch den Mob ihrer Kollegen.

Er trat über die am Boden liegende Journalistin. »So fühle ich mich«, stellte er fest.

Als er ankam, war das Haus dunkel. Eine Hand voll Nachbarn standen auf dem Bürgersteig, aber sie machten ihm wortlos Platz und ließen ihn durch. Er wusste, dass sie aus Respekt vor seiner Schwester gekommen waren, und sie hatten Blumengestecke an der Hecke abgelegt. Er war im Büro geblieben, bis ihm die Anrufe der Reporter zu viel geworden waren. Ein Teil seiner Angestellten hatte offen geweint, andere hatten wie gelähmt an ihren Schreibtischen gesessen. Sie alle hatten seine Schwester gekannt, hatten unter ihr gearbeitet, während er fort gewesen war. Er hatte allen zwei Tage bezahlten Urlaub gegeben.

An der Haustür hing eine Nachricht der Polizei. Er las sie nicht, sondern riss sie ab und ging hinein. Als das Licht anging, sah er die Unordnung. Unter dem Vorwand der Spurensicherung hatte man alles durchstöbert, was er und Andrea besaßen. Die Autoritäten. Er ging den Flur hinab in das Zimmer, in dem Andrea gestorben war.

Das war die Stelle. Hier hatte ihr Leben sein Ende gefunden. Eine tiefe Stille lag wie ein Leichentuch über allem. Er trat zur Anrichte, an der eine Schublade noch halb offenstand. Dort hatte Andrea ihre persönlichen Unterlagen aufbewahrt und er hatte ihre Privatsphäre respektiert. Jetzt war er allein in dem großen, leeren Haus, und Privatsphäre hatte sich von einem Segen in einen Fluch verwandelt.

Archer warf einen Blick in die Schublade und bemerkte einen handgeschriebenen Zettel. Er hob ihn heraus und erkannte Andreas Schrift sofort. Sie hatte schon immer eine schönere Handschrift gehabt als er und er hatte sich angewöhnt, grundsätzlich in Druckschrift zu schreiben. Er schrieb ebenso schnell in Druckschrift wie sie in Schreibschrift. Er erinnerte sich, wie sie ihn damit aufgezogen hatte.

Er überflog den Text. Es schien die Rohfassung eines Artikels zu sein. Teilweise ihre eigenen Worte, teilweise die anderer. Sie hatte immer Papier dabei gehabt, um sich Notizen zu machen, statt einen Compblock zu benutzen.

Die erste Zeile lautete: ›Die erste Bürgerpflicht, von Andrea Christifori‹. Er las weiter.

> Wendell Phillips hat einmal geschrieben: ›Einem bewaffneten Aufstand geht immer ein gedanklicher Aufstand voraus.‹ Als loyale Lyraner betreten wir in diesen Tagen den Abgrund, der zwischen beidem liegt. Unsere Herrscherin hat auf breiter Front die Unter-

drückung eines Volkes eingeleitet, das sie gnädig zu regieren behauptet. In Wahrheit hat der Archon die Macht, die ihr die Bevölkerung des Vereinigten Commonwealths anvertraut hat, systematisch missbraucht.

Und wozu? Sie hat es zur Verfolgung ihrer persönlichen Macht getan, ihrer persönlichen Wünsche, nicht denen des einfachen Menschen auf der Straße. Stendhal schrieb: ›Der Schäfer versucht die Schafe immer zu überreden, dass ihre Interessen und die seinen identisch sind.‹ Ich behaupte, all die Proklamationen von Einheit und das übrige Geschwafel aus dem Palast auf Tharkad sind nicht mehr als der Versuch einer Schäferin, ihre Herde unter Kontrolle zu halten.

Aber ich zumindest werde nicht zusehen, wie mir meine grundlegendsten Freiheiten genommen werden, oder eine Regierung stützen, die auf Attentatsgerüchten und Gewalt gegen das Volk basiert, das sie zu schützen vorgibt. Meine Überzeugung und meine Seele stehen nicht zum Verkauf, und für die der Bevölkerung Thorins sollte dasselbe gelten.

Der Artikel war nicht komplett. An den Rändern hatte sie Notizen über mögliche Änderungen gemacht. Archer schien es, als höre er sie die Worte sprechen, als flüstere sie ihm den Text ins Ohr. Er faltete das Blatt sorgfältig und schob es in die Innentasche seiner Jacke. Dann drehte er sich um und löschte das Licht. Die Dunkelheit senkte sich wieder über den Raum, in dem Andrea gestorben war.

Er ging zur Treppe in den ersten Stock. Als er langsam hinaufstieg, war Archer Christifori allein mit seinen Erinnerungen und dem hallenden Klang seiner Schritte auf dem harten Holz.

6

In der Gefechtsakademie Robinson hat sich Arthur [Steiner-Davion] mit der Familie Sandoval angefreundet, deren Mitglieder beinahe ohne Ausnahme das Draconis-Kombinat als den einzigen Feind ansehen, der echte Aufmerksamkeit verdient. Kuritafeindliche Elemente in der Mark Draconis könnten versuchen, Arthur als Gallionsfigur zu missbrauchen – und ehrlich gesagt ist Arthur emotional genug, um anfällig für Manipulationen dieser Art zu sein.

– Geheimdienstbericht von Lieutenant General Jerrard Cranston,
SBVS Nachrichtendienst-Kommando,
für Präzentor Martialum Victor Steiner-Davion,
ComStar/Oberbefehlshaber Sternenbund-Verteidigungsstreitkräfte,
1. Januar 3062, Seite 37

Ecol City, Thorin
Provinz Skye, Lyranische Allianz

12. November 3062

Felix Blüchers Büro in der Festung war bis auf ein paar antike Gemälde, die ihn seit Jahren von einem Posten zum nächsten begleiteten, so spartanisch wie er selbst. Die Bilder waren jahrhundertealte Drucke, militärische Szenen des Soldatenlebens Mitte des neunzehnten Jahrhunderts. Er hatte sie gesammelt, weil die Uniformen und die Gesichtsausdrücke der dargestellten Männer von einfacheren, ehrenvolleren Zeiten erzählten. Einer Zeit heldenhafter Taten, in denen persönliche Tapferkeit und Ehre noch Schlachten gewonnen hatten.

Es klopfte kurz an der Tür, und Blücher strich seine Uniform glatt. Das konnte nur Leutnant Fisk sein, den er zu sich bestellt hatte. Auf der schiefergrauen Schreibtischplatte lag der vorläufige Bericht über den Zwischenfall mit Andrea Christifori. Blücher hatte die anderen am Schauplatz des Geschehens anwesenden Männer bereits verhört und seine eigenen Schlüsse über das gezogen, was sich abgespielt hatte.

Fisk betrat den Raum in kerzengerader Haltung.

»Melde mich zur Stelle, Herr Oberst«, erklärte er zackig. Blücher war nicht beeindruckt.

»Ja, Leutnant. Wir haben einiges zu bereden.« Er öffnete die Akte auf seinem Schreibtisch und überflog den Bericht. Er hatte ihn schon zweimal durchgelesen und noch ein drittes Mal zwischen den Zeilen. Er war lange genug Soldat, um zu wissen, dass die Militärgerichtsbarkeit häufig alles andere als gerecht war. Und was er beim Verhör der Soldaten gehört hatte, die beim Tod Andrea Christiforis zugegen gewesen waren, beunruhigte ihn. Blücher schloss langsam die Akte und sah Fisk lange und streng an. »Also, Fisk, haben Sie ernsthaft geglaubt, Sie könnten damit durchkommen?«

»Herr Oberst?«, stammelte der Leutnant.

»Beleidigen Sie nicht meine Intelligenz, indem Sie so tun, als wüssten Sie nicht, wovon ich rede. Ich habe mit den anderen gesprochen, die bei der Schießerei waren. Sie können stolz auf sie sein. Zum größten Teil haben sie sich an die Geschichte gehalten, die Sie ihnen vorgegeben haben. Aber einer von ihnen hat schließlich doch die Wahrheit gesagt: Sie sind in Panik geraten.«

»Ich habe reagiert, wie ich es in der Ausbildung gelernt habe, Herr Oberst. Ich sah eine Waffe und habe mich verteidigt«, konterte Fisk, aber die Spannung in seinem Gesicht verriet ihn.

»Eine einzelne Zivilistin, drei bewaffnete Männer im selben Zimmer, zwei weitere draußen, komplette Straßenkampfpanzerung, und sie wusste, dass Sie kommen. Und Sie glauben ernsthaft, sie wäre verblödet genug gewesen, ein Messer zu ziehen?« Blüchers Stimme wurde mit jedem Wort lauter. Er war außer sich vor Zorn. »Das ist ein Mangel an Urteilsvermögen, der zum Himmel schreit, Leutnant.«

»Ich tat, was ich für das Richtige hielt.«

»Und Ihr Versuch, das zu verschleiern, war…« Blücher suchte nach einem passenden Wort. »…erbärmlich.

Ich würde sagen, eines Offiziers unwürdig, aber im Augenblick schäme ich mich zu sehr, dass wir Teil derselben Armee sind, geschweige denn derselben Einheit. Was haben Sie sich dabei gedacht? Wollten Sie Ihren kostbaren Familiennamen beschützen?«

»Was Sie eine ›Verschleierung‹ nennen, geschah zu Ihrem Besten«, behauptete Fisk.

»Und wie soll ich das verstehen?«

»Wir wissen beide, dass es hier auf Thorin Rebellenelemente gibt. Wir haben die Zeichen gesehen und die MI-Berichte gelesen. Deshalb wurde die 15. auf diese Welt geschickt. Ich habe auf Ihre Anweisung eine Liste der möglichen Rädelsführer zusammengestellt, und wir hätten sie nach dem Terroranschlag auf unsere Truppen in der Bar verhaften und einsperren können. Diesmal haben wir noch etwas Besseres. Der Tod einer ihrer Anführerinnen sendet eine klare Botschaft an alle, die mit dem Gedanken spielen, sich gegen den Archon zu erheben. Der Preis des Widerstands ist der Tod. Die einzige Art, offene Rebellion zu unterdrücken ist: mit eiserner Faust.«

Seine letzten Worte entsprachen Ansichten, die Archon Katrina kurz zuvor in einer Botschaft zum Ausdruck gebracht hatte, mit der sie das Militär unter ihrer Führung einigen und motivieren wollte.

Blücher starrte Fisk einen Augenblick lang an. Er hatte Mühe, angesichts seiner bedauernswerten Dummheit nicht laut loszulachen. »Sie sind ein schrecklicher Idiot, Fisk. Sie plappern Propaganda nach wie ein dressierter Affe, ohne einen Schimmer, was Sie tun. Ja, manche Rebellionen lassen sich auf die Art niederschlagen, die Sie beschreiben. Aber in diesem Fall kann das die Lage nur verschlimmern.«

»Der Archon…«

»Der Archon«, unterbrach Blücher, »ist eine junge Frau mit der Natur einer Politikerin. Sie hat nie unter den Menschen leben müssen, die sie regiert. Mit ihnen leben und um den Erhalt ihrer Freiheiten kämpfen – der Freiheiten, die Sie zu ersticken versuchen. Ihre momentanen Aktionen zeigen keine Führungsqualitäten, sondern Verzweiflung.«

»Das ist Verrat!«, stieß Fisk wütend aus.

»Nein«, erwiderte Blücher kühl, »Pragmatismus. Sie haben diesen Menschen gerade einen Grund geliefert, sich gegen uns zu erheben. Sie haben eine hochprominente Persönlichkeit getötet, und zudem noch eine wehrlose Frau. Eine Frau, deren Bruder auf dem ganzen Planeten verehrt wird. Sie haben all jenen, die versucht sein könnten, gegen uns zu rebellieren, einen Sinn, einen Grund, eine Sache geliefert.«

»Herr Oberst, mit einer geschickt formulierten Presseerklärung ließen sich die loyalen Bürger leicht gegen Christifori wenden. Wenn Sie nichts tun, wird er eine Bedrohung für die Integrität Ihrer Einheit bleiben.« Die Besorgnis in Fisks Stimme klang echt.

»Sie sind der Einzige, der Archer Christifori für einen Staatsfeind hält. Das Einzige, was Sie erreicht haben, ist sich selbst einen gefährlichen Feind zu machen.«

»Sie sprechen mit einer derartigen Verehrung von unserem lieben Oberstleutnant Christifori. Ist Ihnen jemals in den Sinn gekommen, dass er zu den Kräften gehören könnte, die gegen den Archon kämpfen?«

»Ich schließe nichts aus.«

»Wenn Sie jetzt handeln, können Sie ihn als potenzielle Bedrohung eliminieren.«

Blücher schüttelte kurz den Kopf. »Nein, Leutnant Fisk. Wenn ich täte, was Sie vorschlagen, würde ich selbst ein Teil des Problems. Ich weigere mich, es so weit kommen zu lassen.«

»Besitzen Sie denn überhaupt keine Loyalität dem Archon gegenüber?«

Blücher sprang mit einem Satz auf und schlug mit solcher Gewalt die Faust auf den Tisch, dass der ganze Raum zu zittern schien. »Meine Loyalität steht außer Frage! Dass Sie mein Adjutant waren, gibt Ihnen noch lange keine Sonderrechte, und jetzt schon ganz und gar nicht. Ich bin absolut loyal zur Regierung und zum Amt des Archons.«

Die Impertinenz dieses jungen Spunds war kaum zu fassen. Blücher hatte im Cockpit gesessen und für das Reich gekämpft und getötet, bevor Fisk geboren war. Ohne den Einfluss seines Vaters bei Hofe hätte Luther Fisk es nie zu seinem Rang oder seiner Position gebracht. Wie konnte er es auch nur wagen, Blüchers Loyalität anzuzweifeln? Es hatte Zeiten gegeben, da man Offiziere wie ihn mit Schimpf und Schande davongejagt hätte. Heutzutage wurden sie befördert.

In der langen Stille, die auf seinen Ausbruch folgte, starrte Blücher Fisk in die Augen, und der junge Mann hielt seinem Blick nicht stand. Die Konfrontation war unverhüllt, eine unsichtbare, aber trotzdem sehr reale Barriere stand zwischen ihnen. Fisk stand immer noch stramm und Blücher sah Schweiß von seiner Stirn perlen. Es gefiel ihm.

»Wenn ich fragen darf, Herr Oberst: Was haben Sie vor?«

»Mit Ihnen? Das ist schnell beantwortet. Sie stehen unter Arrest und werden so bald wie möglich vor ein Kriegsgericht gestellt.«

Frisk sackte sichtlich zusammen. Das wütende Rot seines Gesichts wich einer fahlen Blässe. »Das kann nicht Ihr Ernst sein, Herr Oberst.«

Blücher stemmte die Fäuste auf den Schreibtisch und beugte sich zu dem jungen Offizier vor. »Es ist mein voller Ernst. Die Anklage ist bereits geschrieben und dem Generalprofos zugestellt. Vor der Tür warten zwei Wachen, um Sie in Erwartung der Kriegsgerichtsverhandlung in den Bau zu bringen.«

Fisk bebte, gerade genug, dass ein geübtes Auge es sehen konnte. Zum ersten Mal seit Beginn des Gesprächs verspürte Blücher eine gewisse grimmige Befriedigung.

»Ich werde mich an meinen Vater wenden, den Grafen.«

Das Einzige, was Blücher daran überraschte, war, dass Fisk dies nicht schon längst getan hatte. Graf Nicholas Fisk hatte großen Einfluss am Königlichen Hof, aber Blücher war nicht der Typ, der sich von politischen Wetterschwankungen beeinflussen ließ. Er war mit Leib und Seele Soldat und erkannte seine Pflicht, wenn er sie sah.

Er war auch nicht blind für die Risiken, die mit einer Aburteilung seines Adjutanten verbunden waren. Es war mehr als denkbar, dass das Oberkommando auf Drängen von Fisks Vater in das Verfahren eingriff. Aber bis dahin galten feste Regeln und Vorschriften. »Vermutlich wird Ihr Vater eine Menge Nachrichten losschicken und versuchen, reichlich Gefallen einzufordern. Aber Odessa ist weit entfernt und Sie werden feststellen, dass unter meinem Befehl die Mühlen der Justiz bemerkenswert schnell mahlen.«

Fisks Stimme klang bitter. »Ich frage mich, auf welcher Seite Sie stehen… Herr Oberst.«

»Ich bin mir nicht bewusst, dass es hier verschiedene Seiten gibt«, erwiderte Blücher knapp.

»Was planen Sie, gegen die Rebellen zu unternehmen? Was ist mit Oberstleutnant Christifori?« In Fisks Stimme lag ein Hauch von Angst.

Oberst Blücher drückte den kleinen Signalknopf an der Ecke seines Schreibtischs. Die Bürotür öffnete sich und zwei bewaffnete Wachen traten ein. Einer von ihnen hatte ein Paar Handschellen dabei. Er trat zu Fisk, zog die Arme des Leutnants auf dessen Rücken und ließ die Fesseln zuschnappen.

»Machen Sie sich keine Sorgen um Christifori«, meinte Blücher sarkastisch. »Wenn Sie sich benehmen, verspreche ich Ihnen, dass er Ihren Hals nicht in seine Hände bekommt.« Dann drehten die Wachen Fisk um und führten ihn aus dem Büro.

Archer saß im Salon des leeren Hauses, fast, als wären die Dunkelheit und Schatten des hereinbrechenden Abends alte Freunde, die zu Besuch gekommen waren. Es war ein langer Tag gewesen, und er hatte viel zu erledigen gehabt. Er hatte das Begräbnis arrangiert, auch wenn er sich kaum an Einzelheiten erinnern konnte. Einige Besucher waren ins Haus gekommen und hatten ihr Beileid für seinen Verlust ausgedrückt. Catherine Daniels hatte ihm Essen gebracht und war in Tränen ausgebrochen, bevor er sie hereinbitten konnte. Er erinnerte sich nicht an die Mahlzeit. Er erinnerte sich nur, dass er gegessen hatte, möglicherweise zum ersten Mal an diesem Tag, aber das war auch schon alles.

Hauptmann Katya Chaffee war mit Beileidswünschen der übrigen Mitglieder der Thorin-Miliz vorbeigekommen, und mit noch etwas anderem, was er dringend gebraucht hatte: Der Gelegenheit zu einem Gespräch, das ihn von dem Verlust und der Trauer ablenkte. Stattdessen hatte sie darüber gesprochen, was in der Einheit los war, die alltäglichen Routinearbeiten und Gespräche. Einen kurzen Augenblick hatte er vergessen können. Aber nach Katyas Abschied war Archer wieder allein, saß in der Dunkelheit und versuchte, sich an bessere Zeiten zu erinnern.

Als er das Klopfen an der Tür hörte, war er nicht sicher, ob es real war oder Einbildung. Er stand auf und ging langsam wie ein alter Mann in den Vorflur, den Andrea immer witzelnd den ›Empfangsraum‹ oder die ›Lobby‹ genannt hatte. Er schaltete das Außenlicht ein und öffnete die Tür. Die plötzliche Helligkeit ließ ihn die Augen zukneifen.

Oberst Blücher stand in der Tür, den langen Mantel

offen, die ledernen Ausgehhandschuhe in einer Hand. Archer nickte nur. Er war nicht im Dienst, und er hatte auch keine sonderliche Lust, vor dem Offizier zu salutieren, unter dessen Befehl der Mörder seiner Schwester diente.

»Oberst Blücher«, stellte er tonlos fest.

»Ich hoffe, ich störe nicht.«

Archer schüttelte den Kopf. »Nein, Herr Oberst. Ich war gerade mit persönlichen Angelegenheiten beschäftigt.«

»Ich wollte Ihnen nur sagen, dass ich Leutnant Fisk für den Tod Ihrer Schwester formell unter Anklage gestellt habe, bevor Sie es aus den Medien erfahren. Er wird so schnell wie möglich vor ein Kriegsgericht gestellt.«

Archers Miene blieb unbewegt. »Jemand muss für dieses Verbrechen bezahlen.«

»Er wird bezahlen, Archer. Ich habe genug Beweise gesammelt. Die Angelegenheit wird zügig geklärt.«

»Gut, Herr Oberst. Ist das alles?«

Blücher senkte kurz den Blick, dann sah er wieder zu Archer auf. »Wenn es irgendetwas gibt, was ich für Sie tun kann, Oberstleutnant, lassen Sie es mich bitte wissen.«

Archer starrte ihn mit solcher Intensität an, dass der Oberst unwillkürlich einen Schritt zurückwich. »Ja, Herr Oberst. Sie können dafür sorgen, dass der Gerechtigkeit Genüge getan wird.«

Damit schloss er die Tür und die Dunkelheit hüllte ihn wieder ein.

In der Vormittagssonne war der schwarze Anzug unangenehm warm, aber Archer ignorierte die Hitze. Er sah sich zu den anderen auf dem grasbedeckten Hang um, und las die Trauer in ihren Gesichtern. Er brachte es nicht über sich, Andreas Sarg zu betrachten, der hinter ihm stand. Es wäre zu viel für ihn gewesen. Mancher weinte. Andere wirkten benommen. Er kannte die Gefühle. Er hatte sie in den letzten Stunden alle selbst durchgemacht. Aber hier und jetzt ging es nicht um ihn oder seinen Schmerz. Es war Zeit, Abschied zu nehmen.

Er dankte Gott für seine lange Militärzeit, die ihm das Rückgrat gegeben hatte, sich gerade zu halten, obwohl er sich schwach fühlte. In der ersten Reihe der Trauergäste sah er Katya Chaffee. Sie nickte ihm zu. Archer atmete lang und tief ein und roch den Duft des Morgentaus. In der Ferne hörte er Vogelgezwitscher, leise nur, aber melodisch genug, um ihn in der Gegenwart zu halten.

»Wir sind heute hier zusammengekommen, um Andrea Kendrick Christifori das letzte Geleit zu geben«, erklärte er. »Wir kannten sie als Freundin, Arbeitgeberin, Kameradin und geliebte Schwester. Sie hat ihr Leben in dem Bemühen verbracht, anderen zu helfen, ob es in der Führung unseres Familienunternehmens war oder in ihrer Arbeit für die Gemeinschaft.« Sein Blick wanderte über die Versammelten und blieb kurz auf jedem Einzelnen ruhen. »Meine Schwester starb vor ihrer Zeit. Es war ein unnötiger Tod, ein grundloser Tod. In den letzten Wochen ihres Lebens verbrachte sie viel Zeit damit zu schreiben, in der Hoffnung, dass ihre Worte dem Rest von uns als Erinnerung daran dienen möchten, dass unsere Freiheit einen Preis hat. Ihr Tod erinnert uns, dass es zwei Faktoren gibt, die Menschen verderben können: Macht und Angst. Sie verstand das, und sie hoffte, uns davon überzeugen zu können, dass wir uns denen entgegenstellen müssen, die ihre Macht missbrauchen, ohne Rücksicht auf leere weltliche Titel und Positionen. Lasst sie uns nie vergessen.« Seine Stimme versagte für einen kurzen Augenblick. »Lasst uns nie die Botschaft vergessen, die sie uns zu übermitteln versuchte.«

Als die Menge sich wenige Minuten nach der kurzen Zeremonie langsam auflöste, kam Katya Chaffee herüber. Sie schien verändert, irgendwie seltsam, bis Archer erkannte, dass er sie noch nie ohne ihre Uniform gesehen hatte. Heute, in schwarzer Zivilkleidung, schien sie menschlicher, weiblicher als es ihm je vorher aufgefallen war.

Sie streckte die Hand aus und berührte seinen Arm. »Herr Oberstleutnant, kann ich irgendetwas für Sie tun?«

Archer schüttelte den Kopf. »Nein, ist schon in Ordnung. Und wir sind nicht im Dienst, Katya. Nennen Sie mich Archer.«

Sie nickte. »Ihre Schwester war sehr beliebt.«

Er sah den davongehenden Trauergästen nach. »Ja, sie hatte eine Menge Freunde.«

»Eine Menge von uns in der Einheit, und viele meiner Freunde haben ihre Leitartikel gelesen. Sie waren brillant. Sie hat genau verstanden, was sich auf Tharkad und in der ganzen Allianz abspielt.«

Archer rieb sich die Stirn. »Ihre Überzeugung, ihre Artikel haben sie das Leben gekostet.«

»Das macht sie umso wichtiger. Andrea würde nicht wollen, dass ihre Ideale sie ins Grab begleiten.«

»Worauf wollen Sie hinaus, Katya?«

»Ich will darauf hinaus, dass ihre Ideen weiterleben sollten. Wenn wir ihr die Ehre erweisen sollen, dann sollten wir der Botschaft folgen, die sie uns zu übermitteln versucht hat.«

Archer nickte. »Ich habe einen Artikel gefunden, den sie nicht beenden konnte. Man hat sie ermordet, bevor sie ihn zum Abschluss bringen konnte.«

»Ich bin ihr nur ein einziges Mal begegnet, Archer, als sie Sie auf Posten besucht hat. Aber ich habe ihre Artikel gelesen, und ich finde, ihre letzten Worte sollten Gehör finden... und jemand sollte nach ihnen handeln.«

Endlich drehte Archer sich um. Zum ersten Mal

schaffte er es, Andreas Sarg anzusehen, während er ins Grab sank. *Jetzt liegt es an mir, nicht wahr?*, fragte er sie stumm. Er nahm eine Hand voll Erde und warf sie ins offene Grab. *Ruhe in Frieden, Andrea. Du hast deine Arbeit unvollendet gelassen, aber ich werde sie fortsetzen.*

Dann drehte er sich zu Katya um und führte sie davon, während er über vieles von dem nachdachte, was Andrea gesagt hatte, und darüber, wie sein nächster Schritt aussehen würde.

7

Überraschend für die ganze Mark Capella griff heute die 8. Vereinigte-Commonwealth-RKG auf der wichtigen VerCom-Welt Kathil die 1. Capella-Dragoner an.

Die erst kürzlich vom Herzog von Verlo nach Kathil zurückbeorderten Dragoner sollten die Garnison von der auf einen neuen Posten versetzten 8. RKG übernehmen. Die Kämpfe dauern noch an, aber es ist bis jetzt nicht klar, was den Angriff ausgelöst hat. Zuverlässige Quellen innerhalb des VerCom-Militärs berichten, dass der Kommandeur der 8. keinen Hehl aus seinem Widerstand dagegen machte, ›die Mark Capella Feinden auszuliefern – äußeren wie inneren‹.

– Lokale Nachrichtensendung aus New Hope, Kathil,
Vereinigtes Commonwealth, 16. November 3062

Ecol City, Thorin
Provinz Skye, Lyranische Allianz

16. November 3062

Felix Blücher stand vor der Zelle und starrte in die Dunkelheit. Der Arrestbereich der Festung war schäbig und schlecht ausgeleuchtet. Außerdem lag über allem derselbe Schweißgeruch, der alle Kasernen und Arrestzellen der ganzen Inneren Sphäre beherrschte. Die Zelle mit dem stumpfgrauen Betonboden enthielt zwei Schlafpritschen, eine Toilette, ein kleines metallenes Waschbecken und einen Insassen, Luther Fisk. Er trug nicht mehr seine frisch gestärkte Uniform. Seit mehreren Tagen hatte er sie gegen eine ausgebleichte rotorangefarbene Sträflingsmontur vertauschen müssen. Er saß auf der Kante der unteren Pritsche und starrte wütend zu Blücher hoch.

Das Kriegsgerichtsverfahren war kaum mehr als ein kurzes Offizierstreffen gewesen. Archer Christifori war wegen seiner persönlichen Beziehung zum Opfer nicht darunter gewesen. Es waren drei Zeugen vernommen worden und Fisk hatte auf eine Verteidigung verzichtet. Das hatte Blücher sofort misstrauisch gemacht, aber die Angelegenheit war nach einer knappen Stunde mit einem Schuldspruch wegen Totschlags und schlechter Führung abgehandelt gewesen. Das Strafmaß hatte der Oberst persönlich festgelegt: 30 Jahre.

Felix Blücher war kein Narr. Er wusste wohl, dass die einflussreiche Familie des jungen Mannes schon an seiner Freilassung arbeitete. Aber bei all den Unruhen, die das Vereinigte Commonwealth in diesen Tagen erschütterten, überraschte es ihn trotzdem, wie schnell die Reaktion von oben gekommen war. Eine Prioritäts-HPG-Botschaft direkt vom Königlichen Hof hatte Thorin erreicht und würde mit Sicherheit für zusätzliche Probleme sorgen.

Blücher sagte lange Zeit gar nichts. Er wusste, dass sich die Lage so nicht aufrecht erhalten ließ. Fisk stand auf und trat an das Gitter der Zelle. »Sind Sie gekommen, um sich an meinem Anblick zu weiden, Herr Oberst?«, fragte er mit jener typischen Arroganz, die Blücher an ihm zu hassen gelernt hatte.

Der Oberst verschränkte die Arme und starrte den jungen Offizier an. Er verbarg seine Wut hinter einer Maske der Gelassenheit. »Sie waren ein geschäftiger kleiner Bursche, Luther«, stellte er schließlich fest.

Fisks Miene hellte sich sofort auf. »Dann haben Sie wohl von meinem Vater gehört, ja?«

Blücher sah ihn eine Weile lang nur stumm an. »Eine Nachricht des Archon höchstpersönlich ist eingetroffen. Ihr Vater muss sich Ihre Haut teuer erkauft haben. Auf Befehl Archon Katrina Steiners wurde das Kriegsgerichtsurteil revidiert. Außerdem bin ich angewiesen worden, Sie wieder als meinen Adjutanten einzusetzen. Sie sind frei.«

Blüchers Gesicht wirkte steinern und seine Stimme neutral, aber alles in ihm sträubte sich dagegen, die Worte auszusprechen. Er war ein loyaler Militär, der verstand, wie wichtig Gerechtigkeit war, um den Frieden in der Einheit aufrecht zu erhalten. Jetzt hatte der Archon diesen Stützpfeiler umgeworfen. Schlimmer noch, er wusste genau, dass die einheimische Bevölkerung das nicht hinnehmen würde. Der Archon erkaufte sich mit solchen Gefälligkeiten politische Unterstützung und Männer wie er hatten es auszubaden.

Fisk legte die Stirn an die Gitterstäbe. »Ich habe versucht, Sie zu warnen, Oberst. Mein Vater hat großen Einfluss bei Hofe.«

»Werden Sie nicht unverschämt, Fisk. Mich können Sie damit nicht beeindrucken. Auch wenn Sie einen einflussreichen Vater haben, unterstehen Sie immer noch meinem Befehl.«

Fisk schien ihn gar nicht gehört zu haben. »Wann werde ich freigelassen?«

»In ein paar Sekunden. Zuerst werden wir beide uns noch unterhalten. Sie haben nur einen Teilerfolg erzielt, mein Freund. Haben Sie ernsthaft geglaubt, Sie könnten sich jeder Bestrafung entziehen? Nicht, so lange ich hier den Befehl habe.«

Fisk lachte kurz auf. »Herr Oberst, wie ich meine Freiheit zurückerlangt habe, ist ohne Bedeutung. Sie behaupten doch, ein Geschichtskenner zu sein. Dann wissen Sie ja wohl, dass der Zweck die Mittel heiligt. Sie haben Ihre Befehle. Lassen Sie mich frei.«

»Sie kapieren es nicht, oder, Fisk? Ich werde die Anordnungen des Archon ausführen, aber als Ihr befehlshabender Offizier habe ich trotzdem noch einige Möglichkeiten.«

»Ach ja?«

»Erstens: Sie sind frei, aber gleichzeitig sind Sie mit sofortiger Wirkung zum Offiziersdiensttuenden 2. Klasse degradiert. Zweitens werden Sie auf Ihrem Schreibtisch eine Liste ihrer zukünftigen Aufgaben finden. Küchendienst, Wachdienst und so weiter. Für jemanden mit Ihrer Vorgeschichte ist das die bestmögliche Verwendung, finden Sie nicht auch, OD Fisk?«

Der junge Mann wurde kurz bleich. »Das kann nicht Ihr Ernst sein. Küchendienst?«

»Das ist mein voller Ernst.« Blücher schob seinen Magnetschlüssel in das Türschloss der Arrestzelle. Sie reagierte mit einem hörbaren Klicken. Ab jetzt konnte Fisk sie aufdrücken und den Arrest verlassen, wann immer er wollte. Stattdessen stand der frisch degradierte OD2 ungläubig in seiner Zelle und stierte den Oberst an.

»Sie dürfen wieder Uniform anlegen und können sofort mit Ihrem Dienst anfangen, mein lieber Fisk.«

Fisk schien sich zu erholen, als sei ihm gerade eine Idee gekommen. »Sie überschätzen Ihre Autorität, Herr Oberst. Wenn es so einfach war, ein Kriegsgerichtsurteil aufzuheben, dürfte es der Erwähnung nicht wert sein, den Archon mein Offizierspatent wiederherstellen zu lassen.«

»Vielleicht. Aber ich wette, dass Ihr Vater seinen Vorrat an Gefälligkeiten aufgebraucht hat, um Sie freizukaufen. So bald kann er nicht wieder auftauchen. Er würde als kompletter Narr dastehen, und den Archon mit der bloßen Andeutung, dass die Amnestie noch nicht genug war, zusätzlich vor den Kopf stoßen. Nein, ich wäre bereit, Geld darauf zu setzen, dass Ihr Papachen einige Zeit wird warten müssen, bevor er wieder etwas für Sie tun kann. Und selbst dann bieten sich mir als Kommandeur Möglichkeiten, an die weder Sie noch er auch nur gedacht haben.«

»Er wird mir einfach eine Versetzung verschaffen«, konterte Fisk.

»Ich bin mein ganzes Leben lang Soldat gewesen, Fisk. Mit einer Menge Offiziere in den Allianzstreitkräften bin ich eng befreundet, und die meisten schulden mir etwas, weil ich mich nie auf irgendwelche Intrigen eingelassen habe. Mag sein, dass Sie meinem Zugriff entkommen können, aber Sie werden den Rest Ihres Lebens danach Ausschau halten, ob ich oder Ihre andere Nemesis ihnen auflauern.«

»Welche andere Nemesis?«

Blücher grinste wie eine Katze. »Sie haben sich mit Archer Christifori einen mächtigen und gefährlichen Feind gemacht. Nach allem, was ich über ihn gehört habe, gibt es nicht viele Orte in der Galaxis, an denen Sie sich vor ihm sicher fühlen könnten. In mancher Hinsicht tun Sie mir Leid, OD Fisk.«

Archer saß an seinem Schreibtisch und bearbeitete Rechnungen. Als es klopfte, schob er die Papiere zur Seite. Die Tür öffnete sich einen Spalt, und Catherine Daniels sah herein. »Sie haben Besuch, Chef.«

»Catherine«, sagte er und ließ sich mit einem Aufseufzen zurück in die Polster des Bürosessels sinken. »Sie haben bis jetzt alle Anrufer und sonstigen Störungen abgewimmelt. Was ist so wichtig, dass Sie es nicht weiter so halten können?«

»Es sind Frau Chaffee und ein Herr Hopkins. Sie sagen, es sei wichtig, und ich habe Sie vor ein paar Tagen bei der Beerdigung Ihrer Schwester mit Frau Chaffee gesehen…«

»Sie ist eine gute Freundin, Catherine.«

»Wenn Sie mich fragen, können Sie die zur Zeit gebrauchen«, erklärte sie fürsorglich. Archer war es gewohnt, dass Sie ihn mehr wie einen Sohn als einen Arbeitgeber behandelte, und er wusste ihre Sorge zu schätzen. Ihre Gegenwart half, die klaffende Leere in seinem Leben zu füllen. Für Katya Chaffee galt dasselbe.

»Sie mischen sich wieder ein, Catherine«, stellte er mit gespieltem Tadel fest.

»Ich tue nur meine Arbeit.«

»Lassen Sie sie rein.«

Die Tür öffnete sich ganz, und sie winkte seine beiden Freunde herein. Katya trug Gefechtsmontur und erwiderte sein Lächeln nicht, als er den beiden einen Sitzplatz anbot. Als Catherine die Türe schloss, streckte

Archer den Arm aus und schüttelte dem älteren seiner Gäste, Hauptfeldwebel Darius Hopkins, die Hand. Der Mann hatte die rauen, schwieligen Hände, die man beim Infanteriekommandeur der Miliz erwartete.

»Schön, euch zu sehen«, stellte Archer fest. »Ich muss zugeben, dass es unerwartet ist.«

Trotz seiner einigermaßen guten Laune trugen beide Milizionäre eine grimmige Miene zur Schau. Katyas Stirn war faltig, und Hopkins' Mundwinkel waren unter dem buschigen grau melierten Schnauzbart nach unten gezogen.

»Irgendetwas stimmt nicht. Ich sehe es euch am Gesicht an.«

»Haben Sie es nicht gehört, Herr Oberstleutnant?«, fragte Katya. »Wir sind gekommen, sobald uns die Nachricht erreicht hat.«

»Welche Nachricht?« Er sah zwischen ihr und Hopkins hin und her.

»Herr Oberstleutnant«, sagte Hopkins. »Dieser verdammte Gardeoberst hat Luther Fisk freigelassen.«

Die Mitteilung traf Archer mit der Wucht eines Artilleriebombardements. Er starrte den Hauptfeldwebel mit offenem Mund an. Aber das dauerte nur einen Augenblick. »Das ist unmöglich. Er ist von einem Kriegsgericht schuldig gesprochen worden.«

»Blücher hat in den Nachrichten behauptet, dass der Archon persönlich das Urteil revidiert hat«, erklärte Katya. »Fisks Erzeuger hat am Königlichen Hof ein paar Fäden gezogen, um seinem Sohnemann die Freiheit zu verschaffen.«

Archer hörte es mit schockierter Ungläubigkeit. Er hatte Anweisung gegeben, niemanden durchzustellen. Falls Blücher versucht hatte, ihn zu erreichen, war er nicht durchgekommen. »Das darf nicht wahr sein.«

»Es ist wahr, mein Junge«, stellte Hopkins fest.

»Dieser Hurensohn hat meine Schwester auf dem Gewissen. Er hat sie in unserem eigenen Haus niedergeschossen, eine wehrlose junge Frau. Und jetzt ist er frei?« Seine Gedanken überschlugen sich. Wo blieb dabei die Gerechtigkeit? Wenn der Archon dafür verantwortlich war, dann wünschte er der verdammten Schlampe sämtliche Qualen der Hölle. Dann traf ihn die Erkenntnis: Andrea hatte von Anfang an Recht gehabt, was Katrina Steiner betraf.

»Blücher hat versucht, die Sache positiv darzustellen. Er behauptet, Fisk degradiert zu haben, aber er ist gezwungen, ihn weiter als Adjutant zu beschäftigen«, erzählte Katya. »Es tut mir Leid, Herr Oberstleutnant.«

Hopkins lachte verächtlich. »Er ist sogar so weit gegangen, uns einreden zu wollen, dass er die Rechte der Bürger Thorins respektiert und wir auf diese Mitteilung nicht überreagieren sollen. Dass er andere Maßnahmen ergreift, um Fisks angemessene Bestrafung zu sichern. Ich bin lange genug im Geschäft, um zu wissen, dass er nicht weit kommen wird. Diesmal ist der Archon zu weit gegangen.«

Archer nickte. »Blücher hat mir versprochen, dass der Gerechtigkeit Genüge getan wird. Ich kann es nicht fassen.«

»Ich schon«, stellte Hopkins fest. »Katie Steiner geht so in ihrer Machtfülle auf, dass sie vergessen hat: Sie arbeitet für uns und nicht andersherum.«

Archer stützte nachdenklich das Kinn in die Hand. »Sie haben Recht. Es geht nicht um Blücher. Es geht um sie, um den Archon. Sie hat ihre Macht missbraucht.«

»Wir sind gekommen, um Ihnen zu sagen, dass das ganze Bataillon hinter Ihnen steht, Herr Oberstleutnant«, erklärte Katya langsam und vorsichtig. »Gleichgültig, wie Sie jetzt vorgehen wollen.«

Archer blickte ihr in die Augen und sah dieselbe Wut und Enttäuschung, die er selbst fühlte. Er drehte sich zu Darius Hopkins um, dessen wettergegerbtes Gesicht verbittert und entschlossen wirkte.

Hopkins stand ruckartig auf. »Herr Oberstleutnant… Archer, ich kenne dich, seit du mit vierzehn in die Miliz eingetreten bist. Zum Teufel, ich habe dich ausgebildet, damit du die Aufnahme ins NAIW schaffst. Ich habe den Anstandswauwau für dich gemacht, wenn dein Vater zu beschäftigt war, und habe dir beim Studium für den Abschluss geholfen. Als du befördert wurdest, bin ich nach New Avalon geflogen, um dir zur Seite zu stehen. Als du von Diana zurückkamst, war ich da, um dich zu begrüßen. Ich bin auch jetzt für dich da, was auch kommen mag.«

Archer fühlte die Last dessen, was seine beiden Freunde immer offener andeuteten. »Wovon ihr beide redet, ist Verrat. Das wisst ihr ja wohl?« Seine Stimme war kaum mehr als ein Flüstern.

»Verrat ist ein Wort, das ein Unterdrücker benutzt, um seine Opfer zu beschreiben«, erwiderte Katya. »Wir reden vom Umsturz einer Regierung, die nicht länger die Interessen ihrer Bürger vertritt. Wir reden von Befreiung.«

»So oder so würden wir Thorin mitten in einen potenziellen Bürgerkrieg führen, wie er sich im ganzen VerCom zusammenbraut.«

»Es kann unschuldige Leben kosten, Oberstleutnant«, erwiderte Hopkins. »Aber wenn wir nichts tun, riskieren wir noch weit mehr.«

»Mach dir nichts vor, alter Mann.« Es war ein Spitzname für Hopkins, den Archer häufig verwendete, wenn sie allein waren. »Die 15. Arkturusgarde ist kein grüner Haufen. Sie werden sich mit allem auf uns stürzen, was sie haben – und noch mehr. Unsere Truppen sind gut, aber wir sind nur Miliz.«

»Der Schlüssel ist gute Planung«, nickte Hopkins.

»Und Hoffnung«, fügte Katya hinzu.

Archer sah erst zu Katya, dann zu Hopkins, und beide nickten. Er fühlte neue Energie durch seinen Körper strömen, einen Antrieb, wie er ihn seit Wochen nicht mehr gespürt hatte... nein, seit Monaten. Nicht mehr, seit er aus dem Dienst des Sternenbunds ausgeschieden war. Als Militär hatte sein Leben einen Sinn gehabt: den ehrenhaften und mutigen Feldzug gegen die Nebelparder, um die Clans zur Aufgabe ihrer Invasion der Inneren Sphäre zu zwingen. Jetzt beschützte Katrina Steiner, die sich immer als die lautstärkste Verteidigerin des Friedens hervorgetan hatte, die Schuldigen und ließ zu, dass Unschuldige abgeschlachtet wurden.

Plötzlich hatte er wieder das alte Gefühl, eine Aufgabe zu haben. »Wenn wir es tun, dann nicht als Racheaktion. Die Mission ist schnell umrissen: Wir vertreiben die 15. Garde von Thorin. Ohne sie kann Archon Katrina uns weder ihre Travestie von Justiz noch ihre kleingeistigen Gesetze aufzwingen. Thorin wird frei sein und kein Unschuldiger wird um sein Leben zittern müssen.«

»Einverstanden«, bestätigte Hopkins. Auch Katya nickte.

»Es gibt einiges zu tun, bevor wir handeln können. Blücher wird uns eine Weile genau im Auge behalten. Soll er. Wir werden unsere Planung insgeheim ausarbeiten, während wir Kraft sammeln, bis die Zeit gekommen ist.«

»Woher wissen wir, wann das der Fall ist? Wann es Zeit ist zuzuschlagen?«, fragte Katya.

»Wenn die Bevölkerung einen Grund hat, sich hinter uns zu stellen, statt bei einem Kampf nur unbeteiligt zuzusehen. Wenn das Volk von Thorin uns unterstützt, kann auch die Garde uns nicht stoppen.«

Archer sah sich in dem Zimmer um, in dem er die letzten Jahre so viel Zeit hinter dem Schreibtisch verbracht hatte. Manchmal war es ihm mehr wie eine Kerkerzelle als wie ein Büro vorgekommen. Jetzt verhielt es sich anders. Es war nicht nur Luther Fisk. Auch Archer Christifori war frei.

8

Die Regierung der Lyranischen Allianz streitet Berichte über offene Rebellion auf über einem Dutzend Allianzwelten kategorisch ab. Laut Regierungssprecherin Valerie Hart nehmen die Berichte über davionistische Terroranschläge zu, aber sie bestreitet den Wahrheitsgehalt von Berichten der Untergrundmedien, denen zufolge auf einer Reihe von Planeten offene Revolte ausgebrochen ist.

– *Nachrichten*, Antenne Donegal, Lyranische Allianz,
24. November 3062

Ecol City, Thorin
Provinz Skye, Lyranische Allianz

26. November 3062

OD2 Luther Fisk saß in einem kleinen, offenen Transporter, der den zu Fuß durch die Straßen patrouillierenden Wachsoldaten folgte. Der Fahrer steuerte den Wagen im Schritttempo die Fahrbahn entlang, während Fisk die Gesichter der Passanten studierte. Die meisten beachteten die Soldaten kaum und machten ihnen mit derselben Gleichgültigkeit Platz wie anderen Fußgängern. Andere schleuderten ihnen eisige Blicke zu, als sie beiseite traten. Ein Mann blieb sogar stehen und zwang einen der Soldaten, sich an ihm vorbeizudrängen, wobei ihre Schultern zusammenstießen. Auf dem Gesicht des Mannes stand blanker Hass.

Außenstreife gehörte zu einer der wenigen Aufgaben, die Fisk nach seiner Degradierung geblieben waren. Er war noch immer Blüchers Adjutant, allerdings nur auf dem Papier. Schlimmer noch, die Vorhersage des alten Offiziers hatte sich als korrekt erwiesen. Fisk hatte seinem Vater eine Nachricht geschickt, um gegen diese neue Beleidigung zu protestieren und sogar um eine Versetzung des Obersten gebeten. Die mit Überlichtgeschwindigkeit vom Hyperpulsgenerator des Planeten ins All gestrahlte Nachricht hatte den Grafen innerhalb weniger Tage erreicht. Nicht viel später hatte Fisk die Antwort erhalten. Sein Vater hatte nicht um den heißen Brei herumgeredet. Die Familie könne im Augenblick nichts weiter für ihn tun, und sein Sohn solle endlich lernen, auf eigenen Füßen zu stehen.

Als der Wagen langsam um die Ecke bog, ohne sich von einer roten Ampel aufhalten zu lassen, saß Fisk auf dem Beifahrersitz und kochte vor Wut. Das einzig Gute war, dass die Wachtruppen der Arkturusgarde seine Warnungen über einen Aufstand auf Thorin ernst zu nehmen schienen. Die meisten glaubten ebenso wie er, dass es sich bei der Explosion in der Foolery nicht um einen tragischen Unfall gehandelt hatte, sondern um einen bewussten Terroranschlag. Innerhalb weniger Tage hatte er die meisten von ihnen um sich geschart, indem er laut aussprach, was sie bis dahin nur gedacht hatten. Und durch seine Degradierung zum Unteroffizier war er in den Augen der Wachsoldaten ›einer von uns‹ geworden.

Ecol City, die planetare Hauptstadt Thorins, war relativ klein. Im Zusammenbruch des ersten Sternenbunds war sie durch Bombardements und Straßenkämpfe nahezu völlig zerstört worden. Die Stadt war zwar, genau wie die alte Festung, wieder aufgebaut worden, aber ihren alten Glanz hatte sie nie wieder erreicht. Andererseits hatte Fisk bei einer Sicherheitsüberprüfung kurz zuvor ein paar der anderen Städte des Nordkontinents zu sehen bekommen, und trotz des eher bescheidenen Eindrucks war Ecol City eines der dynamischeren Bevölkerungszentren des Planeten.

Er hielt Thorin noch immer für ein metaphorisches Pulverfass von Davionisten, das nur auf den auslösenden Funken wartete. Es hatte ein paar kleinere Demonstrationen gegeben, die er von Soldaten hatte einkesseln lassen, bevor Blücher die Gardisten auf einen diskreteren Abstand zurückbefohlen hatte. Mehr Glück hatte Fisk mit seinem Vorschlag gehabt, eine quadratische Sicherheitszone von fünf Häuserblocks Seitenlänge um die Festung einzurichten. Blücher hatte zugestimmt. Jetzt patrouillierten stündlich Wachsoldaten unter Fisks Befehl durch die Straßen, und zumindest in seinen Augen war wenigstens dieser eng umgrenzte Teil der Stadt einigermaßen sicher.

Als sie die nächste Ecke erreichten, befahl er dem Fahrer anzuhalten. Er stieg aus und ging hinüber zu den Soldaten. Sie standen vor dem leeren Grundstück, auf dem einmal die Foolery gestanden hatte. Fisk dachte bei sich, dass man in ein paar Jahren sagen würde, hier hätte alles angefangen. Er genoss den Augenblick, das Bewusstsein, dass an diesem Fleck der Kampf um die Rettung Thorins vor den Rebellen seinen Anfang genommen hatte.

»Habt ihr Bekannte unter den Soldaten gehabt, die hier starben, Männer?«, fragte er.

Stabsfeldwebel Brandon Carmichael, ein junger Mann mit früh zurückweichendem Haaransatz, starrte über den leeren Platz. »Ich kannte Feldwebel Veerson. Ein guter Panzerfahrer. Sie hätten ihn sehen sollen, als wir uns mit den Jadefalken angelegt haben. Dass er nach alledem hier sterben musste... was für eine verdammte Verschwendung.« Der andere Soldat sagte nichts.

»Unser Oberst ist der Ansicht, dass die Einheimischen nichts damit zu tun hatten«, stellte Fisk fest. Er wusste, das war nicht die reine Wahrheit, aber er wollte Carmichaels Position herausfinden, so wie er es bereits bei einer Reihe seiner Kameraden getan hatte. Er musste sich darüber klar werden, wer unter den Soldaten wirklich loyal zum Archon stand.

»Dann hat er zu lange hinter dem Schreibtisch gesessen«, antwortete Carmichael. »Die Explosion war kein Gasleck oder sonst etwas. Es war eine Bombe.«

Fisk stellte sich dumm. »Meinen Sie? Wir haben in den Trümmern keine eindeutigen Beweise gefunden.«

»Wir hätten alle verhaften sollen, die auch nur im Verdacht standen, etwas damit zu tun zu haben. Meine

Schwester ist bei den 1. Alarion-Jägern, und vor ein paar Monaten haben sie bei einer ähnlichen Aktion über dreihundert Verdächtige verhaftet. Sie können mir glauben, dass danach Ruhe war. Die Einheimischen wussten, wenn noch mehr unserer Soldaten getötet oder verwundet worden wären…« Er zog in altehrwürdiger Geste den Zeigefinger quer über die Kehle.

Fisk nickte zögernd, als habe Carmichael ihm eine völlig neue Sichtweise eröffnet. »Na ja, ich habe Oberst Blücher etwas Ähnliches vorgeschlagen. Er ist der Meinung, dass derartige Maßnahmen die Leute nur provozieren würden.«

Carmichael schüttelte traurig den Kopf. »Es heißt, bei der Ernennung zum Leutnant schneiden sie einem die Eier ab und schöpfen mit der Kelle eine Portion Hirn ab. Und wenn man es zum Oberst bringt, bekommt man einen Hoden zurück.«

Alle drei Männer lachten. »Was glaubt er denn, was passieren würde?«, fragte Carmichael. »Dass eine Terroristenzelle in den Medien damit prahlen würde, was sie getan hat? Dass sie ihn zum Duell fordern oder so was? Das hier ist kein Kampf wie gegen die Clans oder das Draconis-Kombinat. Hier geht es darum, Recht und Ordnung zu sichern.«

Fisk reagierte nicht sofort, sondern tat so, als müsse er all das erst noch überdenken. Als er schließlich antwortete, klang seine Stimme betont beschwichtigend. »Unser Oberst ist ein erfahrener Veteran. Ich denke, er wartet einfach auf sichere Beweise, bevor er handelt.«

»Aber alles was er macht, ist mit Leuten quatschen. Wenn er eine Liste mit Verdächtigen hat, dann sollten wir die Schweine arrestieren, bevor noch jemand stirbt.«

Fisk hatte Carmichael wie schon andere vor ihm erfolgreich den Pfad seiner Logik herabgelockt, und zwar so, dass der Feldwebel glauben musste, er wäre von selbst an diesem Punkt angekommen. Manchmal war es beinahe zu leicht. »Vielleicht, wenn es einen Zwischenfall gäbe, bei dem man beweisen könnte, dass es mehr als ein Unfall war... Vielleicht würde der Oberst dann aktiv werden.«

»Könnte sein«, stimmte Carmichael nachdenklich zu und ließ sich den Gedanken durch den Kopf gehen.

»Es wäre auch gar nicht nötig, dass jemand dabei umkommt. Wenn dem Oberst die Größenordnung der wahren Gefahr für unsere Herrschaftsstruktur bewusst würde, bin ich sicher, dass er so reagieren würde, wie wir es uns wünschen.«

»Was ist mit Oberstleutnant Christifori? Es heißt, seit der Sache mit seiner Schwester hat er es auf Sie abgesehen.«

Fisk zuckte die Achseln. »Ein Milizkommandeur ist ja wohl kaum eine echte Gefahr. Er ist ein alter Hut. Ich mache mir um ihn überhaupt keine Sorgen. Und seine Einheit... Alles, was sie an Material vorzuweisen hat, ist veraltet und verbeult. Nichts, was eine nennenswerte Bedrohung darstellen könnte. Sicher, er ist ein guter Ausbilder, aber längst pensioniert. Außerdem glaube ich, dass er mit einem Teil der Probleme in Verbindung steht. Seine Schwester hat eindeutig gegen die Interessen des Archon gearbeitet. Und was ist mit dieser Hauptmann Chaffee, seiner Nachrichtendienstlerin? Ihr Name ist in Verbindung mit ein paar der Dissidentengruppen aufgetaucht. Wenn der Oberst erst gegen die Rebellenfraktionen vorgeht, wird sie mit in den Kerker wandern, und aller Wahrscheinlichkeit nach wird Christifori ihr da Gesellschaft leisten.«

Ein Hauch von Wahrheit lag in dem, was er sagte. Katya Chaffee hatte auf seiner ursprünglichen Verdächtigenliste gestanden. Und Fisk wusste sehr wohl, dass Christifori eine ernste Gefahr darstellte, solange er in Freiheit war. Wenn es eine Möglichkeit gab, ihn irgendwie mit Rebellenaktivitäten in Verbindung zu bringen, konnten sie ihn einsperren und den Schlüssel wegwerfen. Und für jemanden, der Archer Christiforis einzige überlebende Verwandte auf dem Gewissen hatte, erschien der Kerker als ein äußerst befriedigendes Ende für dessen Heldenlaufbahn.

Archer saß an seinem Schreibtisch und studierte die Datenanzeige. Dann rieb er sich die müden Augen. Es war schon spät und die Luft im Büro verbraucht. Die letzten paar Tage waren reichlich hektisch gewesen. Er hatte weiter den Papierkrieg bewältigt und den Eindruck eines völlig normalen örtlichen Geschäftsmannes aufrecht erhalten, aber nachts hatte er sich mit den anderen getroffen und sorgfältige Pläne ausgearbeitet, damit alles vorbereitet war, wenn der Zeitpunkt zum Handeln kam.

Katya Chaffee ging schweigend im Zimmer auf und ab und las die Berichte ihres vierköpfigen Teams. Auf seltsame Weise wirkte es beruhigend auf Archer, sie so durch sein Büro tigern zu hören. Es erinnerte ihn an seine Schwester, wenn sie bis spät in die Nacht gearbeitet hatten, was gar nicht so selten vorgekommen war. Katya hatte Haus und Büro vorsichtshalber nach Wanzen abgesucht, aber bis jetzt schienen die lyranischen Truppen auf Abhörversuche zu verzichten.

»Ich habe eine Stufe-2-Überprüfung unseres ganzen Personals durchgeführt«, stellte Katya fest. »Es gibt vier mögliche Archon-Loyalisten in unseren Reihen. Ein Tech, ein MechKrieger, zwei Infanteristen.« Sie drehte ihren Compblock um und zeigte ihm die Namen. »Sie stellen kein besonderes Risiko dar, aber wie schlägst du vor, sollen wir mit ihnen umgehen?«

»Wir tun gar nichts. Wenn die Zeit kommt, eskortieren wir sie in aller Freundschaft zur Tür, oder besser noch, schicken sie auf eine Sondermission. Ich möchte nicht, dass ihnen etwas zustößt. Wir bleiben Kameraden, auch wenn unsere Wege sich trennen.«

Archer wusste, dass dies kein Krieg werden würde,

wie er ihn in der Vergangenheit geführt hatte: eine offene Begegnung mit dem Feind in einer Feldschlacht. Für diesen Konflikt würde er die Grundsätze der Kriegsführung vergessen müssen, die er in seiner Ausbildung gelernt hatte. Für den bevorstehenden Kampf musste er sich mehr auf Strategie konzentrieren als auf die taktischen Aspekte einzelner Gefechte.

»Uns stehen immer noch Manöver mit der Garde bevor«, erinnerte Katya ihn.

Archer nickte. »Das wird eine wichtige Übung. Ich möchte ein Dossier für jeden einzelnen Gardisten, seinen Mech, seine Fähigkeiten, Kampfstil, alles.«

»Wir könnten einfach auf scharfe Munition gehen. Es wäre ein schneller kleiner Sieg.«

»Und uns und unsere Sache als die Aggressoren hinstellen? Soldaten abschlachten, die keine Chance haben, sich zu verteidigen? Das ist nicht mein Stil, Hauptmann. Das wissen Sie.«

»Deswegen haben Sie den Befehl«, stellte sie mit leichtem Lächeln fest.

»Ich habe heute Nachmittag von Lee Fullerton gehört«, wechselte er das Thema.

»Ist das nicht einer Ihrer Landungsschiffsskipper?«

»Korrekt. Die *Angelfire*. Er transportiert eine Schiffsladung Material für die Garde, Raketen und AK-Granaten. Er hat den Auftrag, sie an die Garnison hier auf Thorin zu liefern.«

»Und?«

»Fullerton und meine Familie sind alte Freunde«, erklärte Archer. »Mein Vater hat für seine Hypothek gebürgt und seiner Familie durch schlechte Zeiten geholfen. Ich würde nicht sagen, dass er mir etwas schuldet, aber im Zweifelsfall wäre er mir gegenüber wahrscheinlich loyaler als der Lyranischen Allianz.«

»Sie wollen der Garde ihre kostbare Munition vorenthalten?«

»Möglicherweise. Ich habe einen Munitionsexperten gefunden und an Bord meines anderen Schiffs, der *Shiloh,* zum Nadirpunkt in Marsch gesetzt. Er hat eine Nachricht für Fullerton und wird sich auch noch um ein paar andere Aufgaben kümmern.«

Christifori Express verfügte über zwei Landungsschiffe und ein Sprungschiff. Sie waren alles andere als fabrikneu, aber trotzdem ein beachtlicher Faktor. Landungsschiffe überbrückten die interstellaren Distanzen zwischen zwei Sonnensystemen, indem sie an ein Sprungschiff andockten, das die Lichtjahre mit einem Hyperraumsprung praktisch in Nullzeit zurücklegte.

Katya fragte nicht nach, auf welche Mission Archer seinen Mann geschickt hatte, aber er sah ihr an, dass sie neugierig war. Sie kannte ihn gut genug, um zu wissen, wann sie ihn drängen konnte und wann besser nicht. Deswegen hatte er ihr den Befehl über den Nachrichtendienst der Miliz gegeben.

Ein leises Klopfen an der Tür ließ sie beide zusammenschrecken. Es war aber nur Catherine Daniels, eine dampfende Tasse Kaffee in jeder Hand. Sie lächelte mütterlich.

»Catherine, es ist lange nach Feierabend«, stellte Archer fest. »Was machen Sie noch hier?«

Sie stellte eine Tasse auf seinen Schreibtisch und reichte Katya die andere. »Ich bin hier, um zu helfen, Herr Christifori«, stellte sie höflich fest, aber in ihrer Stimme lag eine Andeutung, dass sie mehr wusste, als sie sich anmerken ließ.

»Catherine…«

Sie hob die Hand. »Bevor Sie etwas sagen, möchte ich Sie daran erinnern, dass ich schon seit Jahrzehnten für Ihre Familie arbeite. Ihre Schwester war wie eine Tochter für mich. Sie sind so etwas wie der Sohn, den ich nie besaß. Meine Mutter arbeitete für Ihren Großvater, solange er die Firma führte, und nach seinem Tod für Ihre Großmutter. Ich bin mir über das ziemlich sicher, was hier vorgeht, und ich will meinen Teil beitragen. Sie können versuchen, mich hinauszuwerfen, aber das wird mich nicht aufhalten.« Archer erkannte den entschlossenen Tonfall ihrer Stimme und wusste, dass sie sich nicht würde umstimmen lassen.

»Unser Vorhaben ist äußerst riskant«, stellte er fest.

»Das ist es immer. Je größer der Preis, desto höher das Risiko, pflegte Ihre Schwester zu sagen, sie ruhe in Frieden. Ich habe Ihnen die Windeln gewechselt, Archer. Ich weiß, dass Sie alles in Ordnung bringen werden.«

»Ich werde es jedenfalls versuchen.«

Catherine setzte sich in altjungferlicher Manier auf einen der Stühle und holte ihren Compblock vor. »Was soll ich tun?«

Archer grinste. Es lag etwas grundsätzlich Richtiges darin, dass Catherine sich ihnen anschloss. Sie war wie eine Verbindung zur Vergangenheit, zu seiner Schwester, eine Möglichkeit, seinen moralischen Kompass zu eichen. »Na gut. Ich möchte wetten, dass Felix Blücher Christifori Express schließt, sobald wir tätig werden. Wir haben eine Menge Angestellte. Ich möchte Geldmittel umleiten, sodass er sie nicht findet und wir Zugriff darauf haben, wenn wir sie brauchen. Außerdem sollte sichergestellt sein, dass alle weiter ihr Gehalt bekommen, gleichgültig, wie lange wir zwangweise den Betrieb schließen müssen. Keiner soll unter meinem Entschluss leiden müssen.«

»Unserem Beschluss«, korrigierte Katya und nippte an ihrem Kaffee.

Catherine machte sich ihre Notizen, dann sah sie vom Compblock zu Archer auf. »Andrea wäre stolz auf Sie.«

»Das hoffe ich«, sagte er leise. »Ich war nicht da, als sie mich am dringensten gebraucht hätte. Ich habe vor, diese Schuld zu begleichen, und ich glaube nicht, dass es noch lange dauern wird, bis ich die Gelegenheit dazu bekomme.«

9

Unbestätigte Berichte von Nanking deuten darauf hin, dass es zu Kämpfen zwischen der Nanking-Miliz und der auf diesem Planeten stationierten 1. Vereinigten-Commonwealth-Regimentskampfgruppe gekommen ist. Bisher liegt keine offizielle Stellungnahme von der Regierung auf Tharkad vor, die derartige Berichte bisher immer abgestritten hat.

– *11-Uhr-Nachrichten,* Kanal 13, Opal City, Thorin,
29. November 3062

Dubh-Linn-Sümpfe, Thorin
Provinz Skye, Lyranische Allianz

30. November 3062

Die schwüle Sumpfluft hing wie ein Schleier über Archers *Lichtbringer,* als er durch den Morast stampfte. Er kam nur langsam voran. Mit jedem Schritt versanken die riesigen Metallfüße des Kampfkolosses tief im Schlamm. Archer rang mit den Kontrollen der Maschine, die sich jedem Schritt schwerfällig zu widersetzen schien. Seit zwei Stunden ging das nun schon so, aber das war es wert.

Die südlich und westlich von Ecol City gelegenen Dubh-Linn-Sümpfe waren berüchtigt für ihre Unzugänglichkeit und als Brutstätte für Insekten von phänomenaler Größe. Das äquatoriale Sumpfgebiet hatte einen Durchmesser von fast zweihundert Kilometern und war durchsetzt von Hügeln, die sich wie Inseln aus dem schattigen Morast erhoben. Das von Oberst Blücher angesetzte Manöver war eine einfache mobile Gefechtsübung. Warum er sie ausgerechnet in den Sümpfen durchführte, war Archer ein Rätsel. Der einzige möglicherweise einleuchtende Grund, den er sich denken konnte, war, dass, ebenso wie beim letzten Manöver, hier weder die Miliz noch die Garde einen Vorteil hatte.

Seit der letzten Gefechtsübung hatte Archers Einstellung sich gewandelt. Damals war es einfach nur Training gewesen. Diesmal wollte er so viel wie möglich über den Feind in Erfahrung bringen, dem er in Kürze im echten Kampf gegenüberstehen würde. Wenn er das nächste Mal auf Blüchers Truppen traf, würden beide Seiten scharf schießen. Irgendwo auf diesem Manövergelände steuerte Luther Fisk einen BattleMech, Andreas Mörder. Sie war tot, aber Fisk hatte Justitia ausgetrickst und lebte immer noch. Archer hegte besondere Hassgefühle für diesen Mann, aber er versuchte, eine klare Trennlinie zwischen seinem Durst nach Rache für den Tod seiner Schwester und seinem Abscheu vor den Aktionen Katrina Steiners zu ziehen. An Tagen wie diesem fiel ihm das jedoch alles andere als leicht.

Das Gelände brachte eine Reihe von Problemen mit sich. Zum einen waren seine Panzertruppen hier ziemlich wertlos. Die Miliz hatte ein paar Schwebepanzer, aber ihre Zahl war sehr begrenzt. Er hatte gehofft, sie auf einen der Hügel platzieren zu können, hatte diesen Plan aber aufgeben müssen, da sich der Sumpf als zu tief erwiesen hatte. Stattdessen hatten Katya und er einen Alternativplan entwickelt, der vorsah, dass die Rad- und Kettenpanzer die Sümpfe im Norden umgingen, um der Garde in den Rücken zu fallen. Seine Infanterie unter Hauptfeldwebel Hopkins hatte sich entlang einer Kette bewaldeter Hügel eingegraben und verschiedene Hinterhalte vorbereitet. Es ging nicht darum, eine größere Anzahl von Feinden auszuschalten. Die Fußtruppen sollten sie nur aufhalten, während Archer und die Mechs anrückten. Jedenfalls war das der ursprüngliche Plan gewesen.

Das Ganze war nur eine Gefechtssimulation, ein Spiel, das die Computer miteinander spielten, und bei dem sie Schäden von leistungsgedrosselten Energiewaffen und harmlosen Granaten- und Artillerieattrappen simulierten. Aber für Archer war es mehr. Simulation hin, Simulation her, dieses Manöver versprach, ihm wichtige Informationen über den Feind zu verschaffen.

Der erste Tag verlief beinahe wie geplant. Die Thorin-Miliz schlug sich redlich und konnte mehrere der schwereren Arkturus-Mechs aus dem Gefecht werfen, allerdings kostete sie das fast dreißig Prozent der Infanterie. Als die Sonne wieder aufging, hatte sich die Garde rätselhafterweise zurückgezogen. Archer wusste, dass Blücher kein Dummkopf war. Die seltsame Stille und das Verschwinden des Gegners konnte nur bedeuten, dass der Feind etwas plante.

Archer boten sich verschiedene Möglichkeiten. Die erste bestand darin, an seinem Plan festzuhalten, aber das war eine Handlungsweise, die in der Militärgeschichte schon häufig zur Katastrophe geführt hatte. Außerdem lag seine Stärke in der Fähigkeit, auf veränderte Bedingungen zu reagieren. Beim ersten Anzeichen, dass sich die Lage veränderte, fragte Archer sich sofort, was er an Blüchers Stelle täte, und er brauchte nicht lange, um die Antwort zu finden. Blücher hatte am Vortag keine Spur von Archers Panzern gesehen, aber er musste ihre Position erraten haben und plante jetzt, sie schrittweise aufzureiben.

Archer hatte andere Pläne. »Gespenst Eins an alle Gespenster: In Bewegung bleiben. Wir haben noch acht Kilometer vor uns. Flanken beobachten und die Langstreckensensoren einsetzen.« Er hatte die Flankenbewegung seiner Panzer abgebrochen und ihnen befohlen, sich in einen Felsenkamm nördlich der Dubh-Linn-Sümpfe zurückzuziehen. Dort hatten sie sich eingegraben und erwarteten die Ankunft der Mechtruppen. Es gab Zeiten, in denen es geboten war, seine Kräfte zu teilen, und andere, in denen man seine Kräfte besser sammelte. Der Schlüssel war, sie zu erkennen. Jetzt spürte Archer im Bauch, dass es Zeit war, sich zu sammeln.

Hauptmann Alice Getts Stimme drang aus dem Lautsprecher des Neurohelms. »Gespenst Eins von Hammer Eins. Böse Buben am Vordereingang.« An ihrem Tonfall erkannte Archer, dass es sich um mehr als eine Erkundung handelte. Nicht dass sie ängstlich geklungen hätte. Dafür war Gett zu sehr Berufssoldatin. Nein, sie schien die Worte zwischen zusammengebissenen Zähnen hervorzuquetschen.

»Gespenst Eins bestätigt. Könnt ihr halten, Hammer?«

»Haben wir eine Wahl?«

Archer grinste, als er den *Lichtbringer* beschleunigte, so weit das ging, ohne in Morast und Gestrüpp des Sumpfes zu stürzen. »Hirn von Gespenst Eins, Taktikanzeige der Garde einspielen.«

Er blickte auf den Sekundärschirm und sah die Lichtpunkte, die Getts kleine Panzerkompanie repräsentierten, auf der Kuppe eines bewaldeten Hügels. Die Garde rückte von drei Seiten vor. Alice Getts Einheit war nahezu vollständig eingekesselt und stand einer dreifachen Übermacht gegenüber. Die Arkturusgarde war beinahe vollzählig aufmarschiert. Seine Mechtruppen waren in einer kurzen Gefechtslinie konzentriert, die sich den hinteren Linien der Garde näherte.

»Gespenst Fünnef bis Acht, nach Osten schwenken. Ihr stellt die rechte Flanke. Der Rest marschiert geradeaus weiter. Zeigen wir ihnen, was die Einheimischen drauf haben.«

Archer kletterte auf höheres Gelände und stürmte auf den Hang zu. Trotz der Bäume und herabhängenden Lianen konnte er die fast zwei Drittel hangaufwärts vorrückenden Arkturusgardisten sehen. Gespenst Fünf war Warren Ashe. Sein Spitzname war ›Einauge‹, weil er seit dem Krieg gegen die Clans in einer Augenhöhle eine Prothese trug. Seine Mechs verteilten sich im Wald rechts von Archer.

Dessen Puls raste, als er den *Lichtbringer* auf eine kleine Lichtung steuerte, von der aus er freies Schussfeld und eine bessere Sicht hangaufwärts hatte. Bis jetzt hatten die Gardisten noch nicht bemerkt, welche Gefahr sich in ihrem Rücken zusammenbraute. Archer suchte sich einen Mech aus, der sich meterweise den Hang hinaufarbeitete. Es war ein achtzig Tonnen schwerer *Salamander* mit streifiger Tarnbemalung in Purpurrot und Braun. Bei der Garde gab es nur einen Mech dieses Typs, und sein Pilot war OD2 Luther Fisk.

Archer bewegte das Fadenkreuz mit sanftem Druck auf den Steuerknüppel über die dünne Rückenpanzerung des *Salamander.* Die Anzeige veränderte im selben Augenblick die Farbe, in dem der Signalton der Zielerfassung an sein Ohr drang, und er stieß augenblicklich den Daumen auf den Feuerknopf.

Beide schweren Extremreichweiten-Clanlaser des *Lichtbringer* trafen. Die Strahlbahnen waren leistungsgedrosselt, doch die Simulationsprogramme in den Bordcomputern beider Mechs registrierten einen vernichtenden Schaden. Der papierdünne Panzerschutz über der Torsomitte und rechten Rumpfseite des *Salamander* war verdampft. Die Gewalt, mit der sich die Energiebahnen der Lichtwerfer in der Computersimulation ins Innenleben des Kampfkolosses fraßen, brachten Fisks Maschine jäh zum Stehen. Sie schien zu erzittern, als ihr Bordcomputer eine Serie interner Explosionen errechnete. Archer grinste zufrieden.

Entlang der gesamten Milizlinie schleuderten die Gespenst-Mechs ihr Geschützfeuer in den Rücken der 15. Garde. Die zwischen den Panzern auf der Hügelkuppe und den überraschend aufgetauchten Mechs im Tal in der Klemme sitzenden Gardisten drehten zum größten Teil um und versuchten, hangabwärts zu stürmen. Ein *Holländer* nahm sich die Zeit, sein Gaussgeschütz abzufeuern, und die Kugel kostete Archer fiktive Panzerplatten auf dem rechten Mechtorso. Der Computer ließ den Mech zurückrucken, um den Treffer zu simulieren. Unter der Kühlweste strömte der Schweiß Archers Körper hinab, als er gegen die Wucht des Treffers ankämpfte. Ein Schwarm Langstreckenraketen senkte sich in einer Korkenzieherbahn auf seine Position, aber sie waren aus maximaler Entfernung abgefeuert und detonierten in sicherem Abstand.

Archer wollte sich Fisk noch einmal vornehmen, doch es gab anderes, Wichtigeres zu tun. Er erkannte den erheblich modifizierten *Derwisch* von Feldwebel Kristine Rhelms, Gespenst Acht. Der Mech, der schon zu viele Jahrzehnte aktiv im Feld gestanden hatte, feuerte eine LSR-Salve auf einen *Panther* der Arkturusgarde ab. Der *Panther* erzitterte und kippte, von fiktiven Raketentreffern durchlöchert, nach hinten um.

In der Ferne sah Archer die drohende Silhouette eines *Atlas*. Oberst Blüchers Mech duellierte sich mit zwei leichteren Maschinen der Miliz. Blüchers überschwerer Kampfkoloss watete um sich feuernd und ihren Gegenangriffen ausweichend schnurstracks auf sie zu.

Einer seiner Mechs stand kurz vor dem Ausfall, aber Archer griff nicht ein. Der *Holländer,* der auf seinen *Lichtbringer* gefeuert hatte, versuchte durch die Milizlinie zu brechen. Der Pilot der verwachsen wirkenden Maschine, über deren rechte Schulter der lange Lauf des Gaussgeschützes ragte, ließ es darauf ankommen. Archer schaltete die meisten mittelschweren Impulslaser auf einen Auslöser und feuerte.

Einen Augenblick vergaß er, dass die Waffen in ihrer Leistung reduziert waren. Das grüne Licht der Laserimpulse brachte die Luft zwischen den beiden Kampfmaschinen zum Leuchten, als der *Holländer* am rechten Arm und Torso getroffen wurde. Auf der Schadensanzeige sah er, dass die Gardemaschine den Arm und ihre einzige Waffe verloren hatte.

Ein *Savannah Master* der Miliz jagte an einem stumpfgrünen *Vulkan* der Garde vorbei den Hang herab, der versuchte, sich durch einen Sprung in Sicherheit zu bringen. Die schnellen kleinen Luftkissenmaschinen hatten minimale Feuerkraft, und eine Panzerung, die kaum besser als Pappe war. Im Kampf richteten sie gerade genug Schaden an, um Aufmerksamkeit zu erregen. Während Archers Blick zurück zu Blüchers *Atlas* wanderte, registrierte er nebenbei, dass der *Vulkan* den irritierenden Schweber mit Geschützfeuer überschüttete, aber keinen einzigen Treffer landete.

Er zielte auf den *Atlas* und wollte gerade feuern, als sein *Lichtbringer* unter einem gewaltigen Schlag in die Seite erbebte. Ein Blick auf die Schadensanzeige zeigte Archer, dass den Mech am rechten Arm, Torso und Bein fast fünfunddreißig Langstreckenraketen getroffen hatten. Die Panzerung hatte gehalten, aber auf dem Bein war nicht mehr viel davon übrig. Noch ein Treffer an der richtigen Stelle, und er würde ebenso aus dem Rennen sein wie der *Holländer,* den er gerade erst zerfetzt hatte. Mit einem leisen Fluchen drehte Archer den Mechtorso und stellte sich dem neuen Gegner.

In einiger Entfernung sah er Luther Fisks braunroten *Salamander* anhalten, um die Treffsicherheit seiner Raketenlafetten zu erhöhen. Archer zog das Fadenkreuz über sein Ziel, als die nächste Welle von zwanzig Langstreckenraketen heranjagte und in das linke Bein und die Torsomitte des *Lichtbringer* einschlug. Der Schaden war nicht allzu schlimm, aber er reichte aus, seine Zielerfassung zu stören.

Dann geschah es. Ein Miliz-Panzer, ein unverwechselbarer olivgrüner *Burke,* brach wie ein wildes Tier rechts von Archer durch das Unterholz hinter dem *Salamander.* Das war Hammer Eins, Alice Gett. Ihr Geschützturm drehte sich in Position, und auch Archer holte den Mech zurück unters Fadenkreuz. Die Zeit schien sich zu verlangsamen, als an Fisks *Salamander* die Raketenlafetten nachluden.

Ein Lichtblitz zuckte auf, als die beiden verbliebenen leistungsreduzierten Partikelprojektorkanonen des *Burke* ihre simulierte Ladung abfeuerten. Fisks Rückenpanzerung war bereits zerstört, und der Abschuss würde auf Getts Konto gehen. Der Computer des *Salamander* errechnete einen Reaktorbruch und schaltete den Mech blitzartig ab. Die Maschine kippte zur Seite und rollte krachend durchs Gehölz.

Archer stürmte auf den am Boden liegenden BattleMech zu. Unterwegs ließ er den Blick über das Schlachtfeld wandern. Blücher hatte zwei von inzwischen drei Mechs ausgeschaltet, die sich ihm entgegengestellt hatten, aber sein *Atlas* war so beschädigt, dass er kaum noch eine Gefahr darstellte. Zwei der ebenfalls beschädigten Gardemaschinen hatten es geschafft, die Kampflinie zu durchbrechen, nur um auf Hopkins' verbliebene Infanterie zu treffen. Trotz ihrer Verluste hielten die Schlammstampfer sich standhaft. ›Einauge‹ Ashe und die beiden verbliebenen Mechs seiner Lanze leisteten ihnen Schützenhilfe.

Im Grunde war der Kampf gelaufen. Die Thorin-Miliz hatte die Arkturusgarde abgefrühstückt. Diesmal konnte es keinen Zweifel daran geben, wer das Gefecht gewonnen hatte. Es war eindeutig, dass die Miliz trotz der plötzlichen Situationsänderung die Oberhand gewonnen hatte.

Damit blieb nur ein Punkt.

Archers Puls hämmerte noch immer in seinen Ohren, als er den am Boden liegenden *Salamander* erreichte. Irgendwo im Cockpit des gepanzerten Mechkopfes saß Luther Fisk, sicher auf der Pilotenliege angeschnallt, und blickte ohne Zweifel zu dem *Lichtbringer* hoch, der über seiner hilflosen Maschine aufragte. Archer hielt an und sah auf seinen Feind hinab, auf den Mann, der ihm die Schwester genommen hatte... der sein Leben zerstört hatte. Seine Augen wurden schmal, und das Rauschen des Bluts in seinen Ohren wurde zu einem donnernden Orkan.

Ohne ein Wort hob er ein Bein des *Lichtbringer.* Es war nicht leicht, den Mech im Gleichgewicht zu halten, aber er hatte Jahre der Übung. Der gewaltige Metallfuß hing über dem Cockpit des *Salamander.* Unter ihm musste Luther Fisk in blankem Entsetzen nach oben starren.

Es wäre so einfach... Eine kleine Bewegung der Pedale, und er konnte das halbe Gewicht des fünfundsiebzig Tonnen schweren *Lichtbringer* durch die Panzerung des umgestürzten *Salamander* treiben. Der Mörder seiner Schwester würde sich in einen ölig braunroten Schmierfleck im Schlamm unter seinen Füßen verwandeln. Der Mech war so gestürzt, dass Fisk den Schleudersitz nicht auslösen konnte, und wäre er ausgestiegen, hätte er sich damit zu einem noch einladenderen Ziel gemacht.

Der Mechfuß hing noch immer über Fisks Kanzeldach, als Archer eine Stimme über die Kommleitung dringen hörte. »Oberstleutnant Christifori, ich gebe mich geschlagen. Der Sieg gehört Ihnen und Ihrer Miliz.« Es war Oberst Blüchers beinahe aristokratischer Tonfall. Archer brauchte nicht aufzusehen, um zu wissen, dass der Oberst nicht weit entfernt war. Man beobachtete ihn, nicht nur der Oberst, alle Gardisten und Milizionäre in der Umgebung taten dies.

Er sagte nichts. Der Fuß des *Lichtbringer* hing reglos knapp über Fisks Kopf.

»Archer«, sagte Blücher mit leiserer Stimme. »Sein Tod bringt Ihre Schwester auch nicht zurück.«

Archer starrte auf das Kanzeldach unter ihm. Er konnte nicht viel davon sehen, der Mechfuß war im Weg. Er fragte sich, wie es Fisk gefiel, im Schatten des Todes zu sitzen.

»Machen Sie ihn nicht zum Märtyrer, Oberstleutnant«, hörte er Katya Chaffee. »Das würde Andrea nicht wollen. Nicht so. Es wird eine andere Gelegenheit kommen, eine bessere.«

Einen langen Augenblick starrte Archer reglos weiter nach unten. Langsam, methodisch brachte er den Fuß des *Lichtbringer* wieder zurück und setzte ihn auf. Das Cockpit des *Salamander* öffnete sich und Fisk kletterte heraus. Sein Körper war schweißnass und er zitterte fast vor Angst. Er rannte hinüber zum nur wenige Dutzend Meter entfernten *Atlas* Blüchers. Archer stand auf und öffnete seine eigene Cockpitluke. Die kühlere Außenluft kitzelte seine Haut, als er sich vergewisserte, dass er Holster und Pistole umgeschnallt hatte.

Blücher kletterte gleichzeitig mit Archer die Rumpfsprossen des *Atlas* hinab auf den Boden. Luther Fisk erwartete ihn bereits und plapperte hektisch auf ihn ein, als Archer mit langen Schritten zu den beiden hinüberging.

»Verhaften Sie ihn«, forderte Fisk und gestikulierte mit ausgestrecktem Zeigefinger in Archers Richtung. »Er wollte mich umbringen.«

Archer regte keinen Muskel und verschwendete nicht mehr Gefühle an Fisk als an ein Insekt. Blücher seinerseits war unbeeindruckt wie ein Baum, als er Fisk ansah. »Halten Sie die Klappe, Fisk«, sagte er.

»Er hat versucht, mich umzubringen«, stammelte der OD.

»Wenn er Sie hätte umbringen wollen, hätte er es getan.«

»Erfüllen Sie Ihre Pflicht. Ich verlange, dass er angeklagt wird.«

»Wenn Sie das tun, Herr Oberst«, stellte eine tiefe Stimme neben Archer fest, »und ich bin mir ziemlich sicher, dass ich dabei für ganz Thorin spreche, wird Luther Fisk die Gerichtsverhandlung nicht mehr erleben.« Die Stimme gehörte Darius Hopkins. Er war am ganzen Körper schlammbedeckt und seine Uniform war von Dornenlianen zerrissen.

»Ist das eine Drohung?«, fragte Blücher.

»Nein«, antwortete Katya auf Archers anderer Seite. »Es ist eine Feststellung.«

Archer drehte sich um und sah einen großen Teil der Miliz näher kommen. Auf der anderen Seite sammelten sich inzwischen die Gardisten.

Die Zeit ist noch nicht gekommen, sagte Archer sich. Er würde Fisk töten, aber nicht heute. Das hätte nur wichtigere Pläne ruiniert. Er würde vom Abgrund zurücktreten. Diesmal. »Herr Oberst, es tut mir Leid.«

»Das genügt mir, Oberstleutnant.«

Fisk war entsetzt. »Sie können ihn nicht einfach gehen lassen. Er wollte mich zertreten.«

Blücher sah von Fisk zu Archer. Er war ein altgedienter Kommandeur und wusste, dass die Gefahr einer Schlägerei bestand, die zu offenem Kampf in den Straßen Thorins führen konnte, wenn sie bekannt wurde. Auf anderen VerCom-Welten war es bereits soweit. »Sie irren sich, Fisk. Der Oberstleutnant hat den Mechfuß nur gehoben, um das Gleichgewicht seiner Maschine zu halten.« Er streckte die Hand aus und packte Fisk hart an der Schulter, wahrscheinlich so hart, dass es schmerzte. »Und damit ist diese Angelegenheit *erledigt.*«

Archer drehte sich um und ging zurück zu seinem Mech. Einer nach dem anderen folgten ihm die übrigen Mitglieder der Thorin-Miliz. Er war noch nicht weit gekommen, als er Blücher seinen Namen rufen hörte.

Archer drehte sich sofort um. Fisk war verschwunden, vermutlich davongeschlichen, um in irgendeinem Winkel zu schmollen. Blücher stand in Kühlweste und Shorts da, die Kampfstiefel schlammverschmiert. »Sie und Ihre Leute haben heute ausgezeichnete Arbeit geleistet. Gut gemacht.« Als ein Zeichen des Respekts salutierte er.

Archer nahm Haltung an und erwiderte den Gruß. »Danke, Herr Oberst.« Dann drehte er sich wieder um und ging weiter zu seinem Mech. Als er den gigantischen Metallfuß des *Lichtbringer* erreichte, den Fuß, mit dem er fast das Leben des Mannes beendet hätte, der seine Schwester auf dem Gewissen hatte, ließ er sich müde gegen die Panzerung sinken.

»Das war knapp«, stellte Katya Chaffee leise fest, als sie neben ihm auftauchte.

»Zu knapp.« Er rieb sich die Stirn, um die aufziehenden Kopfschmerzen zu lindern. »Weißt du, was das Traurigste dabei ist, Katya?«

»Nein, was?«

»Ich *mag* Blücher. Ich werde tun, was ich tun muss, aber möglicherweise bedeutet das den Tod eines Mannes, den ich respektiere.« Ohne ein weiteres Wort packte er die nächste Sprosse und machte sich auf den langen Weg zurück in die Pilotenkanzel.

10

Bei seinen jüngsten politischen Auftritten warnte der junge Arthur Steiner-Davion unser Volk weiter davor, in den Beziehungen zu unseren alten Feinden im Draconis-Kombinat Vorsicht walten zu lassen. Viele behaupten, Theodore Kurita sei keine Gefahr für die Systeme der Mark Draconis, solange er Erster Lord des Sternenbundes ist. Aber war es etwa nicht der Erste Lord Theodore, der vor Monaten mutwillig die Welten des Lyons-Daumens raubte? Und ist es wirklich glaubhaft, dass so ein winziger Happen jemals den Appetit des Drachen befriedigen könnte?

– Piratensendung der kombinatsfeindlichen Gruppierung
Volk ohne Fesseln, Robinson, Mark Draconis, 4. Dezember 3062

Ecol City, Thorin
Provinz Skye, Lyranische Allianz

5. Dezember 3062

Oberst Blücher stand an der Kommkonsole im Befehlsbunker der 15. Arkturusgarde und betrachtete den Leitartikel, der vergrößert in der Luft über dem Hologrammprojektor hing. Er hatte verschiedene Suchroutinen etabliert, um in den Medien keine Hinweise auf die Gegner des Archon zu übersehen. Es war seine Idee gewesen und Fisk hatte sie umgesetzt. Wenn dieser Text die Stimmung in der Öffentlichkeit wiedergab, war die Situation schlimmer, als er geglaubt hatte.

Dieser Leitartikel wirkte beunruhigender als die restliche halbgare Rhetorik, die im Verlauf der Suche aufgetaucht war. Dies war die Stimme einer Toten, die Stimme Andrea Christiforis. Der Begleitnotiz zufolge handelte es sich um ihren letzten Kommentar zur Lage Thorins. Es war ein langer Artikel, und nach dem vierten Absatz veränderte sich der Stil merklich. Blücher war klar, was das bedeutete. Andrea Christifori war gestorben, bevor sie den Text hatte fertig stellen können und ein anderer hatte ihre Arbeit beendet.

Niemand anders als Oberstleutnant Archer Christifori.

Der Titel des Leitartikels war ›Die erste Bürgerpflicht‹, und Christiforis Name stand unter dem seiner Schwester. Das beunruhigte Blücher beinahe noch mehr als die regierungsfeindlichen Ansichten des Textes. Kein Mitglied der Lyranischen Allianzstreitkräfte konnte seinen Namen unter ein solches Dokument setzen und einer Bestrafung entgehen. Aber Blücher war sich nicht sicher, ob er die Autorität besaß, Archer zur Rechenschaft zu ziehen, bevor er die Miliz voll mobilisiert hatte.

»Wie ich sehe, haben Sie es auch gelesen, Herr Oberst«, erklang eine Stimme hinter ihm. Blücher drehte sich um und sah Luther Fisk hinter sich stehen, der keine Zeit verloren hatte, die Leutnants-Rangabzeichen wieder an seiner Uniform anzubringen. Die Order hatte mehrere Tage gebraucht, um ihn zu erreichen, aber schließlich war sie doch eingetroffen. Fisks Familie schien immer noch genügend Einfluss zu haben. Feldmarschallin Nondi Steiner hatte den Befehl, der den jungen Narren wieder in seinem alten Rang einsetzte, persönlich gegengezeichnet. Damit war Blüchers Autorität vollends gebrochen, aber er würde Fisk niemals die Genugtuung geben, sich das anmerken zu lassen.

»Ja, ich habe es gelesen«, bestätigte er und schaltete den Holoprojektor ab. »Es muss Ihnen zusetzen, Leutnant, wie die Stimme einer Toten aus dem Grab dringt.«

Fisk war so großspurig wie eh und je. »Wären Sie gegen Christifori vorgegangen, als ich es empfohlen habe, wäre dieser Müll nie ans Licht gekommen.«

Blücher war nicht in Stimmung für Unverschämtheiten. »Das reicht, Fisk. Vergessen Sie nicht, dass Sie nur mein Adjutant und ein Offizier unter meinem Befehl sind. Als ich das letzte Mal nachgesehen habe, war das Recht auf Redefreiheit noch nicht abgeschafft.«

»Jawohl, Herr Oberst«, antwortete Fisk überraschend eingeschüchtert. Er sah auf seine Uhr. Dann: »Wir sollten uns auf den Weg machen, Herr Oberst.«

Fisk hatte auf Blüchers Befehl die Schutzstreifen erhöht, und für heute war eine Inspektion vorgesehen. »Ihr Wagen wartet schon, Herr Oberst.«

Blücher verließ den Befehlsbunker, dicht gefolgt von Fisk. Draußen überzogen dunkelviolette Wolkenbänke mit weißem Rand den sonst leuchtend blauen Himmel. Eine kühle Brise strich über den Hof, als die beiden zu einem eleganten schwarzen Schweber gingen, auf dessen Kühlerhaube der Wimpel der 15. Arkturusgarde wehte. Es war Blüchers persönlicher Dienstwagen, den er für alle Fahrten in der Stadt benutzte. Da sich der Schutzkordon um die Festung bis in die Straßen des Stadtgebiets verlagert hatte, war für die Inspektion sein Einsatz erforderlich.

Der Oberst war noch etwa zehn Meter von seinem Schweber entfernt, als der in einem grellen Lichtblitz und mit einem lauten Knall explodierte. Die Druckwelle packte ihn und schleuderte ihn durch die Luft davon. Der Schlag trieb ihm die Luft aus der Lunge, seine Trommelfelle knallten, und vor seinen Augen tanzte ein Kaleidoskop von Farben. Er konnte nichts sehen, aber er schlug hart auf, so hart, dass er nach Atem rang. Geschockt, unfähig zu begreifen, was geschehen war, wälzte er sich herum und verdrehte den Hals, um nach seinem Wagen zu sehen.

Der nicht mehr existierte. Wo er gestanden hatte, wogte eine schwarze Rauchwolke. Feuer züngelte an verschiedenen Stellen des Platzes und mehrere andere Schweber brannten mit grauem und schwarzem Qualm. Wo sein Wagen gewartet hatte, war jetzt ein von der Gewalt der Detonation in den Stahlbeton gegrabener Krater zu sehen.

Durch den Rauch stolperte Luther Fisk auf ihn zu. Der

rechte Ärmel seiner Uniform war an mehreren Stellen aufgerissen. Er war erkennbar geschockt, wirkte aber unverletzt. »Herr Oberst!«, rief er, als er Blücher sah. »Ihr Bein!«

Blücher hatte keine Ahnung, was Fisk meinte. Er hatte keinerlei Schmerzen am Bein. Als er auf den Zuruf hin nach unten blickte, sah er ein kleines Bruchstück der Schweberkarosserie wie einen Pfeil aus der Wade ragen. Rotes Blut quoll aus dem Hosenbein. Erst als er die Verletzung sah, schlug der Schmerz in Wellen durch seinen Körper. Fisk sank neben ihm auf die Knie und starrte auf die Wunde.

Blüchers Training machte sich bemerkbar. »Ziehen Sie Ihr Hemd aus«, befahl er. »Legen Sie es um mein Bein und binden Sie es ab.«

Fisk schien benommen, aber er gehorchte. Er zog sich das zerfetzte und angekokelte Uniformhemd aus und legte es als Druckverband oberhalb der Verletzung um das verwundete Bein. Auf dem Festungshof war bereits eine Löschmannschaft dabei, die Flammen mit Wasser und Schaum zu ersticken. Ein MedTech der Garde kam herüber und kniete sich neben Fisk, den er sanft beiseite schob. Blücher sah hinüber zum Schauplatz der Explosion, während der MedTech seine Arbeit tat. Er fühlte ein gelegentliches, halb taubes Ziehen und den scharfen, stechenden Schmerz der Wunde.

Fisk trat ins Sichtfeld des Obersten. »Ich fasse es nicht«, erklärte er. »Eine Bombe.«

Blüchers Verstand war noch damit beschäftigt, die Schmerzen und die plötzliche Entwicklung zu verarbeiten. »Sie haben Recht. Alarmieren Sie den Sicherheitskordon.«

»Ist bereits geschehen, Herr Oberst«, antwortete Fisk, und atmete tief durch. Wie zur Bestätigung heulte eine Alarmsirene auf.

»Das ist Wahnsinn«, keuchte Blücher und zuckte zusammen, als der MedTech sich an der Beinwunde zu schaffen machte.

»Rebellen. Sie hatten es auf Sie abgesehen, Herr Oberst.«

Blücher konnte trotz der wenige Meter entfernt brennenden Beweise nur ungläubig den Kopf schütteln. »Warum?«

»Töte den Kopf, und der Körper stirbt von selbst«, erwiderte Fisk. »Für diese Davion-Fanatiker sind Sie das Gesicht der Lyranischen Allianz auf dieser Welt.«

Der MedTech beugte sich über Blücher. »Herr Oberst? Ich habe Ihren Zustand stabilisiert, aber die Wunde erfordert eine Operation. Ich muss Ihnen ein Beruhigungsmittel geben.« Bevor Blücher noch etwas sagen konnte, hatte der junge MedTech ihm bereits eine Spritze verabreicht. Als er die Spritze wieder aus dem Arm des Obersten zog, versank Blücher in den letzten ruhigen Schlaf, den er in den nächsten Wochen zu erwarten hatte.

Katya stand hinter Archer an seinem Schreibtisch und beide betrachteten das Bild auf dem eingebauten Holoschirm. Es zeigte den kleinen Krater der Explosion und Oberst Blücher, der verletzt davongetragen wurde. Der Reporter, der die Bilder kommentierte, sprach von ›Davion-Terroristen‹ und ›lokalen Radikalen‹. Archer stieß einen Finger auf den Aus-Knopf und das Bild verblasste.

»Das ist nicht gut«, stellte er ernst fest. Es war eine Untertreibung, wie er sich durchaus bewusst war.

»Eines ist sicher, das wird Repressalien zur Folge haben. Deswegen bin ich herübergekommen, sobald ich die Nachricht hörte.«

Archer runzelte die Stirn. »Die Medien haben sich bereits eingeschossen. ›Davion-Terroristen‹. Woher wollen sie das wissen? Die Explosion ist erst eine Stunde her. Sie sind schon dabei, die Bevölkerung in ihr Lager zu ziehen.« Archer war sich nicht sicher, was ihn mehr störte, dass jemand versucht hatte, den Oberst umzubringen, oder dass die Presse den Vorfall ausschlachtete. Aber letztlich spielte das keine Rolle.

»Ich habe bei all meinen regierungsfeindlichen Kontakten nachgefragt«, sagte Katya. »Sie streiten alle ab, für die Bombe verantwortlich zu sein. Ich will damit nicht sagen, dass sie dazu nicht fähig wären, aber niemand von ihnen übernimmt die Verantwortung für den Anschlag.«

Archer rieb sich nachdenklich das Kinn. »Wahrscheinlich spielt es überhaupt keine Rolle, wer dafür verantwortlich war, Katya. Das hat den Steineristen geliefert, was ihnen bis jetzt gefehlt hat, eine unangreifbare Entschuldigung, hart durchzugreifen. Es könnte uns zwingen, unsere Pläne vorzuverlegen.« Der Bombenanschlag gab der Regierung die Rechtfertigung dafür, auf Thorin ebenso rücksichtslos vorzugehen wie schon auf anderen Planeten.

Er und Hopkins und Katya hatten ihre Reaktion auf etwas dieser Art bereits vorbereitet. Nachdem sie jetzt ihren Vorwand hatten, würden die Kräfte des Archon vermutlich damit anfangen, Verdächtige zu verhaften. *VerCom-Antiterrorhandbuch, Kapitel Drei,* dachte Archer. Es würde Ausgangssperren geben und Einschränkungen der Medienberichterstattung und der Versammlungsfreiheit. Und der Reiseverkehr würde zum Erliegen kommen. Wahrscheinlich standen Überfallaktionen ins Haus, möglicherweise sogar ein paar aufgebauschte Anklagen und die ein oder andere Hinrichtung. Die Propagandamaschinerie würde ein derartiges Vorgehen als notwendig darstellen, um die Sicherheit der Bürger Thorins zu gewährleisten. Der Widerstand würde zunehmen – und mit ihm die Vergeltungsmaßnahmen gegen Schuldige und Unschuldige. Rohe Gewalt würde herrschen und Thorin mit der eisernen Knute des Archon ›befriedet‹ werden.

Archer sah das Unausweichliche voraus und fühlte sich zu schwach, zu sterblich, um es zu verhindern. Er hob die Hand zu der Kette um seinen Hals und den Cameron-Stern, der daran hing. Wortlos zog er den Orden aus dem Hemd und sah auf ihn hinab.

Er hatte ihn nur ein paarmal getragen, bevor er ihn Andrea gegeben hatte, und sie war mit dem Stern um den Hals gestorben. Als er sich jetzt an sie und daran erinnerte, wie furchtlos sie für ihre Überzeugung eingetreten war, fragte er sich, ob er die Kraft hatte, weiterzumachen, zu versuchen, den Lauf der Dinge aufzuhalten. Er hatte den Orden nicht für heroische Ideen über die Möglichkeit erhalten, den Lauf der Geschichte zu ändern. Er war ein Soldat und hatte getan, was er tun musste, nicht mehr, nicht weniger. Auf Diana hätte die Vernunft ihn davon abgehalten, gegen so viele Nebelparder auf einmal zu kämpfen, aber er hatte aus soldatischem Instinkt gehandelt. Hätte er gezögert, versucht zu analysieren, wie seine Erfolgschancen aussahen, wäre das Leben der Männer und Frauen, die er verteidigt hatte, verloren gewesen.

Das war die ganze Antwort, die er brauchte: Tun, was getan werden muss.

»Archer, was soll ich jetzt tun?«

»Alarmiere deine Kontakte in der Stadt. Es wird härter werden. Aber sie dürfen nicht reagieren. Noch nicht. Wir brauchen die Unterstützung der Bevölkerung und Gewaltakte würden sie nur gegen unsere Sache aufbringen. Sag deinen Kontakten, wir müssen uns treffen, unsere Anstrengungen koordinieren. Wenn wir zusammenstehen, können wir nicht… nein, *werden* wir nicht scheitern.«

Felix Blücher starrte auf die Liste, die Leutnant Fisk ihm überreicht hatte. Das stumpfe Graugrün der Hospitalwände und der Geruch von Desinfektionsmittel waren fast so irritierend wie die Schmerzen in seinem Bein. Die Explosion lag mehrere Stunden zurück, und wie es schien, hatte Fisk doch von Anfang an Recht gehabt. Am Tatort entdeckte Sprengstoffspuren deuteten auf eine Davion-Herkunft hin. Auch wenn niemand die Verantwortung für den Anschlag beansprucht hatte, war eine schnelle Reaktion vonnöten.

Sein Blick wanderte die Namen auf der Liste möglicher Verdächtiger hinab, die Fisk Wochen zuvor nach der Explosion in der Foolery aufgestellt hatte. Ein Teil dieser Personen konnte für den Angriff verantwortlich gewesen sein, der ihn fast das Leben gekostet hatte. Er hatte sich bemüht, diesen Leuten gegenüber fair zu sein, und sie hatten es ihm mit einen Mordanschlag gedankt.

»Das ist die gesamte Liste?«, fragte er und wedelte mit dem Ausdruck.

»Es ist die Primärliste verdächtiger Radikaler, Herr Oberst. Es gibt noch eine Sekundärliste. Soll ich ihre Verhaftung veranlassen?«

Blüchers Kopf zuckte hoch. Er musterte den jungen Offizier. Fisk behandelte die Beschneidung der Rechte dieser Leute so leichtfertig, dass es leicht fiel, seine Motive anzuzweifeln. Der Oberst hatte das in seiner Laufbahn schon früher erlebt: junge Männer, die zum ersten Mal Macht schmeckten und davon überwältigt wurden. Macht konnte süchtig machen wie eine Droge, und manch einer war bereit, alles zu tun, um sich mehr davon zu beschaffen.

»Ich möchte, dass Sie mir jetzt genau zuhören, Leutnant. Sie werden diese Personen nur zu einem routinemäßigen Verhör holen. Keine Misshandlungen, weder physisch noch psychisch. Wir haben noch keine Beweise, die sie in Verbindung zu dem Vorfall bringen. Ich will nur, dass sie verhört werden. Sie dürfen sie nur verhaften, wenn Sie Beweise gegen Sie haben.«

Fisk war sichtlich überrascht. »Aber Herr Oberst, ich

hätte erwartet, nachdem man Sie derart angegriffen hat, würden Sie, also…«

»Ich habe Ihnen schon einmal gesagt, dass ich mich mit Geschichte beschäftigt habe, Fisk. Wenn man diese Leute zu hart angeht, schüttet man nur Öl ins Feuer. Mit Andrea Christifori haben Sie ihnen schon eine Märtyrerin geliefert. Machen Sie es nicht noch schlimmer.«

Blücher hatte die Erwähnung Christiforis als verbale Ohrfeige beabsichtigt, und Fisk schien sie auch so aufzufassen. »Ich verstehe, Herr Oberst«, sagte er und senkte den Kopf.

Blücher ließ den Kopf nach hinten auf das frisch gestärkte weiße Kissen sinken und schloss die Augen. Sein junger Adjutant hätte nicht ahnen können, wie versucht er war, gegen diese Terrorristen zurückzuschlagen, aber das war nicht sein Stil. Er war überzeugt davon, dass die Art, wie andere Offiziere auf anderen Welten in ähnlichen Situationen reagierten, ein Fehler war. Nur indem er ruhig und beherrscht blieb, konnte Blücher Thorin auf Jahrzehnte hinaus sicher im Schoß Haus Steiners halten.

Der Schauplatz des Bombenanschlags wurde von einer Wachmannschaft gesichert. Fisk traf in einem Schweber ein, stieg aus und ging mit einem Schwung hinüber zu den Wachsoldaten, wie er ihn seit Wochen nicht mehr besessen hatte. Jetzt hatte er endlich, was er brauchte, um aktiv zu werden: die Genehmigung seines befehlshabenden Offiziers. Die war zwar mit Einschränkungen verbunden, aber der Alte konnte unmöglich überall sein. Er konnte einfach nicht alle Verhöre überwachen.

Der nächststehende Wachsoldat salutierte kurz und Fisk erwiderte den Gruß. Der Mann, Stabsfeldwebel Brandon Carmichael, reichte ihm ein kleines Gerät, das Fisk schnell in der Tasche verschwinden ließ. Der Plan war einfach und doch effektiv gewesen. Er hatte ihn mit anderen Gleichgesinnten – loyalen Anhängern des Archons und der Allianz – in den frühen Morgenstunden ausgearbeitet. Das Gerät in seiner Tasche war der Funkzünder, mit dem Carmichael die Explosion ausgelöst hatte. Fisk musste unwillkürlich lächeln, zum Teil, weil alles so glatt lief, und auch aus Befriedigung darüber, wie leicht er Felix Blücher hatte manipulieren können.

»Ich gehe davon aus, dass alles wie geplant lief, Herr Leutnant?«, fragte Carmichael.

»Ich habe Anweisung, gegen die hiesigen Rebellen vorzugehen«, antwortete Fisk beinahe fröhlich, und drückte sich um eine direkte Antwort herum.

»Endlich.« Carmichael seufzte mit gespielter Erleichterung. »Sie hatten wohl Recht. Es brauchte nur einen Ruck.«

»Ja«, murmelte Fisk. »Einen Ruck… aber jetzt haben wir beide erst einmal zu tun. Wir müssen Verdächtige stellen.«

11

»Wir führen keine Massenverhaftungen durch, wie ein Teil der Medien es behauptet. Dies ist eine routinemäßige Untersuchung, nicht mehr.«

»Stimmt es, dass Sie im Verlauf Ihrer Untersuchung gegen Mitglieder der Thorin-Miliz vorgehen?«

»Kein Kommentar.«

– Aus einem Interview mit Medienoffizier Leutnant Luther Fisk,
Die Thorin Wochenschau, Antenne Donegal,
Thorin, 6. Dezember 3062

Ecol City, Thorin
Provinz Skye, Lyranische Allianz

6. Dezember 3062

Oberstleutnant Archer Christiforis Büro im HQ der Thorin-Miliz unterschied sich in vielerlei Hinsicht von seinem eleganteren Geschäftszimmer bei Christifori Express. Im Grunde bestand die einzige Übereinstimmung darin, wie die Unterlagen auf dem Schreibtisch gestapelt waren. Davon abgesehen war der Raum unverwechselbar militärisch. Die Wände waren in einem glänzenden Grauton gehalten, der stellenweise zerkratzt war oder abblätterte. Die dicken, leicht verfärbten Panzerglasscheiben der Fenster hatten einen Milchglasüberzug. Die in leblosem Zementgrau lackierte Tür sah noch mitgenommener aus als die Wände. Das Monstrum von Schreibtisch war aus Metall, äußerst schwer und in einem so veralteten Stil ausgeführt, dass es fast schon ein Sammlerstück war. Und über dem ganzen Zimmer lag ein gewisser Geruch, eine in über dreihundert Jahren gewachsene Mischung aus Zigarrenqualm, Schweiß, Staub und Muffigkeit, die Archer seltsam vertraut war.

Er saß an seinem Platz und machte mit demselben drängenden Gefühl Eintragungen in seinen Compblock, das ihn, Katya und Hopkins seit einiger Zeit antrieb. Die Logistik ihrer geplanten Operationen war atemberaubend. Er brauchte nicht nur einen Plan, um seine Leute und deren Ausrüstung aus Ecol City zu einem der Stützpunkte zu schaffen, die sie heimlich auf dem Land aufbauten, er benötigte einen zweiten Plan für die Evakuierung und das Untertauchen ihrer Familien. Es war in der Geschichte der Inneren Sphäre schon viel zu häufig vorgekommen, dass unschuldige Familienmitglieder als Geiseln gedient hatten, um Militärführer zur Kapitulation zu zwingen. Archer hielt Blücher zwar nicht für die Art Kommandeur, der zu solchen Mitteln greifen würde, aber jemand wie Fisk war dazu ohne Zweifel in der Lage – und zu noch Schlimmerem.

Zumindest eine Phase der Planung lief bereits. Kapitän Fullerton war am Tag zuvor mit dem Express-Landungsschiff eingetroffen und hatte die für die Arkturusgarde bestimmten Frachtcontainer ausgeladen: Tonnen von Lang- und Kurzstreckenraketen und Splitterminen. Niemand ahnte, dass Archers anderes Landungsschiff mit einem Munitionsexperten an Bord tagelang an den Transporter angedockt gewesen war, während die Fracht umgeladen und manipuliert worden war. Die Gardisten waren so auf die erwartete Fracht konzentriert gewesen, dass niemand den außerplanmäßigen Start des zweiten Schiffes oder dessen Verschwinden vom Radarschirm registriert hatte.

Es klopfte drängend. Er verschlüsselte die Datei, an der er gearbeitet hatte, und ging zur Tür. Es war Katya Chaffee mit einem seltsam verzogenen Gesichtsausdruck. Er sah sofort, warum. Sie war von einem Trupp Gardisten und zwei Offizieren umringt. Einer davon war Luther Fisk, der wieder Leutnantsabzeichen und eine selbstgefällige Miene zur Schau trug.

Neben ihm stand, in einen langen, schwarzen Mantel gehüllt, Oberst Blücher. Er stand etwas zur Seite geneigt und stützte sich auf einen Gehstock. Als Archer knapp vor ihm salutierte, und er den Gruß erwiderte, zeigte der Oberst keinerlei Gefühlsregung. Dann humpelte er durch die Bürotür und schob sich an Katya vorbei, als wäre sie gar nicht da. Die Wachsoldaten standen mit erhobenem Gewehr einsatzbereit in Position, so, als bräuchte es nur ein Wort, um sie die Waffen anlegen und feuern zu lassen. Blücher winkte mit der freien Hand und zwei der Soldaten folgten ihm in Archers Büro.

»Freut mich zu sehen, dass Sie wieder auf den Beinen sind, Herr Oberst«, stellte Archer fest.

»Ja«, antwortete Blücher knapp und nahm Platz. »Setzen Sie sich, Archer.«

Archer gehorchte. »Gibt es Probleme?«

Blücher nickte. »Ich muss schon sagen, dass ich überrascht war, Ihren Namen über dem Leitartikel Ihrer Schwester zu sehen. Der Text war nicht gerade eine Unterstützung des Archons und seiner Politik.«

»Angesichts der Tatsache, dass Andrea auf unserer Heimatwelt von der Hand lyranischer Soldaten starb, hielt ich es für angemessen, dass ihre letzten Gedanken an die Öffentlichkeit gelangen.«

»Natürlich«, reagierte Blücher, als handele es sich nicht um ein Wortgefecht, sondern um ein Duell mit scharfer Klinge. »Aber das macht es umso schwieriger für mich, Ihnen zu sagen, weshalb ich hier bin, auch wenn ich darauf vertraue, dass Sie meine Mitteilung vorurteilsfrei aufnehmen werden. Es gibt deutliche Hinweise auf die Beteiligung von Davion-Anhängern an dem letzten Anschlag. Wie Sie wissen, habe ich versucht, meine Stationierung hier zum Wohl der Bevölkerung Thorins zu nutzen. Würde ich auf diesen jüngsten Terroranschlag übertrieben reagieren, könnte das die Lage noch erheblich verschlimmern.«

»Das ist wahr.« Archer stützte die Ellbogen auf den Schreibtisch und legte die Fingerspitzen aneinander.

»Sicher werden Sie mir ebenfalls zustimmen, dass ein derartiger Angriff auf eine militärische Einrichtung unannehmbar ist. Sie wissen, welche Auswirkungen ein solcher Zwischenfall auf die Moral der Truppen haben kann.«

Archer nickte. Es war unnötig, darauf zu antworten.

»Deshalb sehe ich mich zu zwei Schritten gezwungen. Erstens mobilisiere ich hiermit formell die Thorin-Miliz und unterstelle Sie und Ihre Einheit meinem direkten Befehl. In den nächsten Tagen werden wir beide Einheiten innerhalb der Infrastruktur der Garde vollständig integrieren.«

»Verstanden«, bestätigte Archer.

»Gut. Außerdem ordne ich an, dass alle einer Beteiligung an diesem Zwischenfall verdächtigten Personen zu einem offiziellen Verhör vorgeführt werden.«

»Herr Oberst, das wird die Bevölkerung gegen Sie aufbringen. Sind Sie sicher, dass Sie diesen Weg einschlagen wollen?«

Blüchers Augen wurden eine Spur schmaler. »Die Befehle stammen direkt vom Oberkommando. Sie gefallen mir nicht, aber ich habe keine Wahl. Ich greife so schon weniger hart durch, als ich es den Anweisungen nach müsste.« Er bewegte sein verletztes Bein. »Es ist nicht meine Absicht, die Lage auf Thorin zu verschlimmern. Ich will nur die Ordnung aufrecht erhalten.«

»Ich verstehe, Herr Oberst«, sagte Archer, und das war das Problem. Er verstand Blücher wirklich. Aber seit Andreas Tod reichte es einfach nicht mehr, ein guter Soldat zu sein. Jetzt war der Zeitpunkt gekommen, der Führung verlangte. Alles war im Fluss.

»Ihr Name steht ebenfalls auf der Liste, Archer, aber im Augenblick halte ich es für unangemessen, einen Mann von Ihrem gesellschaftlichen Ansehen zu verdächtigen. Ihr Name ist überhaupt nur wegen dieses Leitartikels aufgetaucht, und nach dem, was Sie mir sagen, handelt es sich um die Meinung Ihrer Schwester, nicht um die Ihre.«

Archer nickte. Ihm war klar, dass Blücher seine Loyalität überprüfen wollte.

»Auch Ihre Nachrichtendienstoffizierin, Hauptmann Chaffee, steht auf der Liste. Sie wurde in Begleitung verschiedener bekannter Davion-Loyalisten gesehen. Ein Verhör könnte uns weiterhelfen.«

»Ich kenne Katya Chaffee seit Jahren, Herr Oberst. Sie haben mein Wort, dass sie keine Terroristin ist.« *Jedenfalls noch nicht.*

Blücher stand auf und stützte sich schwer auf den Gehstock. »Wie auch immer, wir werden sie zur Festung mitnehmen. Es ist eine reine Formalität. In der Zwischenzeit werde ich die Integration der Miliz in die Arkturusgarde einleiten – nur für die Dauer dieser Schwierigkeiten.«

Blücher ging mühsam zur Tür zurück und öffnete sie. Draußen legten die Wachsoldaten Katya Handschellen an. Archers und Katyas Blicke trafen sich für einen Augenblick, und er erkannte, dass sie Angst hatte. Katya war einmal selbst MechKriegerin gewesen, aber sie war im Gefecht so schwer verwundet worden, dass sie die Qualifikation zur Mechpilotin verloren hatte. *Während sie diese Menschen beschützt hat, ist sie verletzt worden,* dachte Archer wütend. *Die Gestalten, die ihr jetzt Handschellen anlegen.*

Darius Hopkins war herübergekommen, um nachzusehen, was los war, aber Archer schüttelte kaum merklich den Kopf, als es aussah, als wolle er sich einmischen. Auch andere Mitglieder der Thorin-Miliz versammelten sich vor dem Büro. Die Versuchung war greifbar. Blücher und seine Leute waren umzingelt und in der Unterzahl. Es hätte nur einen Befehl gebraucht, und Archer hätte das Blatt augenblicklich wenden können.

Aber er hielt den Zeitpunkt noch nicht für gekommen. Damit sein Plan aufging, brauchten sie die Unterstützung der Zivilbevölkerung. Blüchers Vorgehen würde den Zuspruch für die Rebellion im Laufe der Zeit steigern, aber er bezweifelte, dass das allein ausreichte.

Blücher verabschiedete sich mit einem kurzen militärischen Gruß, dann führten er, Fisk und die Wachsoldaten Katya durch den Mechhangar ins Freie. Archer winkte Hopkins zu sich und ging ins Büro zurück.

Hopkins war mit zwei schnellen Schritten an seiner Seite. »Sie brauchen nur ein Wort zu sagen, Herr Oberstleutnant, und wir schlagen mit allem gegen diese Hundesöhne los, was wir haben.«

Archer legte seinem alten Freund die Hand auf die Schulter. »Sie ist nicht die Einzige, die zum Verhör geholt wird. Die ganze Operation stammt in allen Einzelheiten aus dem Lehrbuch der Lyranischen Allianz für die Kontrolle der Zivilbevölkerung. Blücher hat ein Fahndungsnetz ausgeworfen, um alle zu fassen, die auch nur entfernt mit irgendjemanden in Verbindung stehen, der etwas über die Explosion wissen könnte. Er hat mir selbst gesagt, dass sogar mein Name auf der Liste steht.«

»Sie glauben doch nicht, dass er etwas vermutet?«

Archer schüttelte den Kopf. »Nein. Er stochert, hofft darauf, eine Überreaktion zu provozieren, mit der sein Gegner sich verrät. Ich kenne sein Spiel. Teufel, wir haben dieselbe Ausbildung durchlaufen.«

»Was ist mit dem Hauptmann?«

»Sie hat nichts zu befürchten. Katya wird nicht reden, und Blücher ist nicht der Typ, sie unter Drogen zu setzen. Im Augenblick haben wir andere Probleme. Blücher mobilisiert die Einheit. Das bedeutet, wir müssen alle Milizionäre zum aktiven Dienst einziehen. Er plant, unsere Einheiten zu integrieren.«

Hopkins' buschige Augenbrauen schossen in die Höhe, als er das hörte. »Wenn sie unsere eigenständige Befehlsstruktur auflösen, haben wir keine Chance mehr, unsere Pläne umzusetzen.«

»Ich weiß. Aber die Zeit ist einfach noch nicht reif,

Darius. Das heißt jedoch nicht, dass ich vorhabe, untätig zuzusehen. Wir beginnen mit dem Abtransport der Familienangehörigen unserer Leute in sichere Verstecke, so wie wir es vorbereitet haben. Lass sie wissen, dass wir in Kürze handeln werden und sie sich bereithalten sollen. Außerdem werden wir einen Teil der Elektronik in Basislager Eins bringen. Das machst du am besten mit deinem Privatkombi. Sie werden davon ausgehen, dass wir unsere Ausrüstung mit den Miliztransportern bewegen. Außerdem möchte ich, dass du Katyas operative und Nachrichtendateien über die Garde-MechKrieger herunterlädst, gegen die wir gekämpft haben. Das sind Informationen, die wir in Umlauf bringen sollten. Dann lösche ihren Compblock und zerstöre die Speicherchips… Nur für den Fall, dass Fisk und seine Freunde nicht damit zufrieden sind, ihr ein paar Fragen zu stellen. Und die drei Archon-Loyalisten in unseren Reihen werden in Kürze Order für eine Erkundungsmission auf dem Südkontinent erhalten.« Dabei handelte es sich um die Milizionäre, die Katya und Hopkins als potenzielle Gefahrenherde gekennzeichnet hatten, weil sie trotz der in jüngster Zeit sichtbar gewordenen despotischen Neigungen Archon Katrinas unverbrüchlich hinter ihr standen. Ein Sonderauftrag auf der anderen Seite des Globus würde verhindern, dass sie Archers Pläne behinderten.

»Das sollte reichen, sie uns unter den Füßen wegzuschaffen«, nickte Hopkins. »Aber warum brechen wir nicht jetzt sofort aus? Die Truppen sind bereit. Teufel auch, ich dachte, sie würden von sich aus angreifen, als die Wachsoldaten aufgetaucht sind und Katya verhaftet haben. Schlimmer noch, Fisk war dabei, und Sie wissen, was die Einheit, nach allem, was geschehen ist, von ihm hält.«

»Wir tun nichts, bis ich sicher bin, dass die hiesige Bevölkerung uns unterstützt. Ansonsten können Blücher und seine Leute uns einfach zu Terroristen deklarieren.«

Archer sah Hopkins an, dass der Hauptfeldwebel fragen wollte, wann sie endlich losschlagen würden, es sich aber verkniff. Selbst wenn er gefragt hätte, hätte Archer ihm noch keine Antwort darauf geben können. Er war sich nur in einem sicher, nämlich, dass das Schicksal ihm eine Gelegenheit bieten würde, und er bereit sein musste, sie zu packen, wenn es soweit war.

»Verstanden, Herr Oberstleutnant«, erklärte Hopkins. »Bleibt das Problem mit Oberleutnant Sherwood.«

Strategie beinhaltet die Fähigkeit, über den nächsten Sonnenaufgang hinauszudenken. Oberleutnant Thomas Sherwood stellte ein Problem dar, das genau diese Fähigkeit verlangte. Seine Schwester arbeitete als Mannschaftsmitglied auf einem von Archers Landungsschiffen und seine Familie war seit Jahrzehnten mit den Christiforis befreundet. Archer hatte Thomas persönlich für die Aufnahme ins NAIW-Institut für Militärkunde vorgeschlagen, wo er erfolgreich seinen Abschluss gemacht hatte. Er war nach dem Sieg über die Nebelparder aus dem regulären Militär ausgeschieden und wie Archer in der Thorin-Miliz gelandet.

Als Archer Katya und Hopkins seinen Plan vorgelegt hatte, hatten sie Sherwood als den geeignetsten Kandidaten vorgeschlagen. Archer hatte ihnen zugestimmt und sie hatten ihm den Codenamen Prinz John gegeben. Das Risiko war hoch, aber Archer war überzeugt, dass Sherwood der Aufgabe gewachsen war. Wenn es gelang, hatten seine Leute eine Chance, die 15. Arkturusgarde anzugehen und es zu überleben.

»Oberst Blücher wird einen Verbindungsoffizier für die Integration der Miliz in die Garde brauchen. Das scheint mir eine gute Aufgabe für Oberleutnant Sherwood. Es wird ihn in Kontakt mit den Offizieren der Garde bringen und ihm persönlichen Zugang zu Oberst Blücher verschaffen.«

»Ja, Herr Oberstleutnant«, stellte Hopkins fest.

»Und, Hauptfeldwebel?«

»Herr Oberstleutnant?«

»Halten Sie die Augen offen und den Kopf bedeckt.« Exakt dieselbe Warnung hatte Darius Hopkins Archer Jahre zuvor gegeben, um ihn für ein Leben im Dienst des Vereinigten Commonwealth vorzubereiten. Jetzt schienen diese Tage Teil eines anderen Lebens gewesen zu sein, aber Hopkins zwinkerte wissend und marschierte mit seinen Befehlen hinaus in den Mechhangar.

Der Plan war angelaufen...

12

Wie wir bereits vor einer Stunde berichteten, ist die Hauptmeldung des Tages der Angriff oder Anschlag auf Robinson, die Zentralwelt der Mark Draconis, für den das Draconis-Kombinat verantwortlich zeichnet. Bisher sind keine näheren Einzelheiten bekannt, aber erste Meldungen deuten darauf hin, dass Arthur Steiner-Davion, der jüngere Bruder des Archon, bei dem Zwischenfall verwundet worden sein könnte, da dieser sich ereignete, während er auf einer kombinatsfeindlichen Kundgebung zu der Menge sprach. Einen Augenblick bitte... ich erhalte gerade eine neue Meldung. O mein Gott...

– *Auf die Minute,* Kurznachrichten von Antenne Donegal,
Thorin, 5. Dezember 3062

Ecol City, Thorin
Provinz Skye, Lyranische Allianz

8. Dezember 3062

Archer ging die Ostcatulpastraße entlang wie schon oft in seinem Leben. Katyas Anruf war sehr kurz ausgefallen, aber zumindest wusste er jetzt, dass sie nicht misshandelt wurde. Vorerst waren sie und seine Geheimnisse sicher. Aber wenn er und die anderen erst in Aktion traten, mussten sie Katya herausholen, bevor die Archonisten effektivere ›Überredungsmethoden‹ einsetzten. Sie hatte ihm mitgeteilt, dass sie allem Anschein nach an diesem Nachmittag verlegt werden sollte. Wie es schien, war das städtische Zuchthaus inzwischen mit potenziellen Aufrührern überfüllt.

Plötzlich bemerkte er immer mehr Menschen auf den Straßen, die sonst um diese Tageszeit fast ausgestorben waren. Er sah, wie sie sich in kleinen Grüppchen drängten und aufgeregt diskutierten, zum Teil sogar laut wurden. Auf ihren Gesichtern stand Wut, Angst und Verwirrung. Irgendetwas stimmte hier nicht. Ganz und gar nicht.

Archer ging zu einer Gruppe hinüber und tippte einer Frau auf die Schulter. »Was ist los?«, fragte er.

»Haben Sie es nicht gehört? Es ist auf allen Kanälen.«

Archer schüttelte den Kopf, er hatte ein flaues Gefühl in der Magengrube. *Ein neuer Terroranschlag?*

»Prinz Victor Davion hat erklärt, dass der Archon für den Tod ihres Bruders Arthur auf Robinson verantwortlich sei. Er behauptet, Beweise dafür zu haben, dass sie versucht, das Attentat dem Kombinat in die Schuhe zu schieben. Er hat alle loyalen Truppen aufgerufen, sich um ihn zu scharen und seine Schwester abzusetzen.«

Archer erstarrte. Die Zeit schien für ihn stehenzubleiben. Die Frau schüttelte seinen Arm, um ihn zurück in die Wirklichkeit zu holen, aber ohne Erfolg.

Archer hatte die Nachricht vom Tod des jungen Arthur ein, zwei Tage zuvor in den Nachrichten gehört – es war ein ernüchterndes Erlebnis gewesen. Er hatte keine Ahnung, welche Art Beweis Victor Steiner-Davion für die Komplizenschaft Katrinas besaß, aber dass er ihn hatte, daran zweifelte er keinen Augenblick. Victor hätte eine derartige Behauptung niemals aufgestellt, wenn er sie nicht hätte beweisen können. Die Erkenntnis traf ihn wie ein Schlag. Katrina Steiner-Davion war endlich zu weit gegangen, und diesmal hatte sie einen offenen Bürgerkrieg ausgelöst.

In der Ferne sah er zwei junge Männer in einem Ringkampf. Überall um ihn herum unterhielten sich die Leute darüber, was das zu bedeuten hatte. Manche erklärten, das könne unmöglich wahr sein. Andere argumentierten, dass Katrina Steiner auf keinen Fall an der Macht bleiben durfte, falls es stimmte.

Victor Steiner-Davion hatte seinen Thron verloren, während er im Kampf gegen die Clans außerhalb der Inneren Sphäre gewesen war, aber nach seiner Rückkehr war er zum Kommandeur der ComGuards ernannt worden, was ihm reichlich Schlagkraft zur Verfügung stellte, falls er sie brauchte. Bisher hatte er darauf verzichtet, diese Militärmacht für seine eigenen Ziele einzusetzen, aber nachdem er jetzt offen die Absicht erklärt hatte, seine Schwester vom Thron zu stoßen, gab es kein Zurück mehr.

Als er so auf der Catulpastraße stand, nur eine Querstraße von seinem Büro entfernt, wurde Archer klar, dass er einen Wendepunkt der Geschichte miterlebte. Rings um ihn herum spielte sich etwas ab, das sein Leben für immer verändern würde. Er setzte sich wieder in Bewegung, ging schnell weiter, rannte fast. Jeder würde sich später an diesen Tag erinnern, daran, wo er gewesen war, als er die Nachricht hörte. Der Augenblick, auf den er gewartet hatte, war endlich gekommen. Das war etwas, was die Menschen motivieren konnte, zumindest ausreichend viele, um einen Guerillafeldzug zu stützen. Jetzt war die Zeit gekommen loszuschlagen. Jetzt oder nie.

Er brauchte ein paar Minuten, um sich durch die Menge bis zum Büro von Christifori Express durchzuarbeiten. Noch während er die Türe hinter sich schloss, lief Catherine schon los, um Kaffee zu holen und seinen Mantel aufzuheben, den er achtlos auf den Boden hatte fallen lassen. An seinem Schreibtisch angekommen, aktivierte er das eingebaute Kommsystem. Er rief eine Direktverbindung zu Darius Hopkins' Komm auf. Eine Sekunde später meldete der Hauptfeldwebel sich mit einem knappen: »Hopkins.«

»Hier Gespenst Eins«, antwortete Archer, der sich jetzt erst setzte.

»Alles sauber.« Das bedeutete, dass sie sprechen konnten.

»Der Adler hat abgehoben«, stellte Archer langsam und deutlich fest.

»Verstanden, Gespenst Eins. Der Adler hat abgehoben.« Es war der vereinbarte Codesatz, nur für den Fall, dass die Arkturusgarde sie abhörte. »Geben Sie uns zwanzig.«

Archer aktivierte seinen Compblock und gab das Kennwort ein. Catherine Daniels kam mit seinem Kaffee herein, aber er schüttelte den Kopf. »Catherine«, sagte er und legte den Compblock kurz beiseite. »Haben Sie die Nachrichten gehört?«

Sie nickte ernst. »Ja, Herr Christifori.«

»Gut. Ich möchte, dass Sie bei allen Express-Angestellten anrufen. Wir schließen bis auf weiteres. Ich habe eine automatische Weiterzahlung der Gehälter veranlasst, solange die Mittel reichen, und das dürften einige Monate sein. Außerdem habe ich eine Erklärung aufgesetzt und in Ihrem Ordner abgelegt. Bitte rufen Sie sie auf und verteilen Sie sie. Falls irgendjemand fragt, hat diese Entwicklung sie völlig überrascht. Niemand hat damit gerechnet. Alle weiteren Aktionen sind meine Privatsache und haben nichts mit Christifori Express zu tun.«

»Jawohl, Herr Christifori«, bestätigte sie in beinahe militärischem Ton. »Jack und ich werden heute Abend zu Ihnen und den anderen stoßen. Ich bin sicher, dass auch einige der anderen den Wunsch haben werden mitzukommen.«

»Vorerst wollen wir es lieber auf Sie beide beschränken. Es ist nicht nötig, dass alle den Hals riskieren.«

Das Kommsystem auf seinem Schreibtisch fiepte und das grüne Signallämpchen blinkte auf, um einen eingehenden Anruf zu melden. Er blickte auf die Anzeige und sah, dass der Anruf vom Hauptquartier der 15. Arkturusgarde auf der anderen Seite von Ecol City kam.

Er sah zu Catherine auf. »Das ist Blücher. Vermutlich soll ich die Miliz ausrücken lassen, um bei der Niederschlagung möglicher Unruhen zu helfen.«. Er nahm den Anruf nicht entgegen, sondern stand nur auf und beobachtete das blinkende grüne Licht.

»Herr Christifori?«, fragte Catherine. »Wollen Sie nicht antworten?«

Archer lächelte. Es war das erste echte Lächeln, das er sich seit Andreas Tod gestattet hatte, und es war ein großartiges Gefühl. Es schien ihm Leben und Energie zu spenden. Er griff in die oberste Schublade des Schreibtischs und holte einen bereits adressierten Briefumschlag heraus. Dann zog er etwas aus der Hosentasche und steckte es in den Umschlag. »Das ist meine Antwort an Oberst Blücher. Ich bitte Sie nicht oft um etwas, Catherine, aber wären Sie so freundlich, ihm das persönlich zukommen zu lassen?«

Sie erwiderte sein Lächeln, nahm den Umschlag und drückte ihn an ihre Brust. »Mit Freuden.«

»Danke für alles, was Sie bis jetzt geleistet haben. Lassen Sie sich auf dem Weg zur Festung Zeit. Ich brauche etwa eine Stunde. Und wenn Sie das erledigt haben, habe ich noch eine Disk für die Medien.« Er zog eine metallisch glänzende Datendisk aus dem Schreibtisch und schob sie in den Recorder.

»Es geht los, oder?«, fragte sie beinahe traurig.

»Ja. Kriege zu starten ist einfach. Sie zu beenden ist die wahre Arbeit.« Archer setzte sich wieder hinter seinen Schreibtisch und bereitete die Ansprache an seine Landsleute vor.

Im Milizstützpunkt angekommen, ging Archer auf direktem Weg zum Mechhangar. Die hektische Aktivität dort feuerte ihn noch zusätzlich an. Er hatte seinen Gefechtsoverall angelegt. Er war von den langen Dienstjahren ausgebleicht, gab ihm aber ein Gefühl der Behaglichkeit, wie es kaum etwas anderes bewirken konnte. Ringsum wurden Kisten auf Transporter verladen, BattleMechs fertig gemacht, und wohin er auch schaute, grinsten seine Leute ihm zu, hielten den Daumen in die Höhe und nickten. Er hätte sich gerne dem Augenblick hingegeben, aber er verstand den Ernst dessen zu gut, was hier geschah. Ein Bürgerkrieg war ein Krieg der schlimmstmöglichen Art. Bruder gegen Bruder. Freund gegen Freund. Eltern gegen Kinder. Die Begeisterung, die ihm von allen Seiten entgegenschlug, war ansteckend, aber Archer war sich zu bewusst, wie viele dieser guten Männer und Frauen von der

Hand der Menschen sterben würden, um deren Rettung sie kämpften.

Darius Hopkins regulierte in der Mitte des Hangars den Verkehr, als Archer zu ihm trat. Die beiden Männer wechselten einen kurzen militärischen Gruß, dann kam Archer zur Sache. »Wie viel Zeit noch?«

»Zehn Minuten«, erwiderte Hopkins und reichte gleichzeitig einem wartenden Infanteristen eine Liste mit Anweisungen. »Ein Glück, dass wir einen Teil der Sachen schon im Voraus ausgelagert haben, sonst hingen wir jetzt schon in den Seilen.«

»Alles eine Frage der Planung«, stellte Archer fest und sah sich um. »Irgendein Zeichen von der Arkturusgarde?«

»Unser Kommteam überwacht ihren Funkverkehr. Nichts bis jetzt. Sie sind ebenso überrascht worden wie wir. Wir haben mehrere Prioritätsnachrichten für Sie von Oberst Blücher erhalten. Schließlich hat er sich dann mit Ihrem Stellvertreter in Verbindung gesetzt, Hauptmann Snider. Wir sollen uns mit der gesamten Ausrüstung in der Gardebasis melden.«

»Gut. Dadurch sieht es so aus, als würden wir packen, um seine Befehle zu befolgen. Haben wir Kontakt mit den restlichen Familien aufgenommen?« Das war ein wichtiger Teil des Plans. Archer wollte keine unschuldigen Angehörigen zurücklassen, wo Fisk oder Blücher sie dazu benutzen konnten, Druck auf ihn oder andere Mitglieder seiner Einheit auszuüben. Das galt für die Miliz ebenso wie für Christifori Express, im Grunde sogar noch stärker.

»Es sind nur ein paar, die ihre Familien noch nicht aus der Schusslinie gebracht haben.«

»Gute Arbeit, Hauptfeldwebel.«

»A propos ›Planung‹. Die sieht ein Ablenkungsmanöver vor, damit wir die Stadt verlassen können, bevor die Garde uns aufhalten kann. Sie haben nie näher spezifiziert, wie diese Ablenkung aussehen soll.«

»Ist mein Mech bereit?«, fragte Archer und deutete mit dem Daumen über die Schulter zu seinem *Lichtbringer.*

»Der war als Erster einsatzklar. Alle Systeme grün. Und wie sieht nun diese Ablenkung aus?«

Archer grinste. »Wenn mein Mech bereit ist, ist auch die Ablenkung geregelt. Ich rücke in fünf Minuten aus. Sie und die anderen folgen fünf Minuten später. Benutzen Sie die vorbereiteten Ausfallrouten. Auf Lanzenebene aufteilen, keinen unnötigen Aufenthalt. Direkt zu den Basen und untertauchen.«

Es war ein Risiko, die Miliz bei der Flucht aus der Stadt aufzuspalten, aber gleichzeitig würde es die Illusion erzeugen, dass sie überall zugleich waren, die Illusion, dass Archer über mehr Truppen verfügte, als es tatsächlich der Fall war. In den kommenden Tagen und Wochen würde die Thorin-Miliz das absolute Vertrauen der Bevölkerung brauchen. Und sich das zu erwerben, fing mit Kleinigkeiten an... wie dieser.

»Wären Sie vielleicht geneigt, mir mitzuteilen, was Sie vorhaben?«, stocherte Hopkins in leicht sarkastischem Ton.

»Ich würde es Ihnen schon sagen, aber Sie wären dagegen.«

Vor sich hingrummelnd ging Hopkins wieder an die Arbeit. Archer war sich sicher, dass er dabei den Satz »Genau das habe ich befürchtet« aufschnappte.

In ganz Ecol City waren Demonstrationen ausgebrochen. Manche waren nicht mehr als kleine Menschengruppen, die spontan auf die Straße gegangen waren und in Sprechchören den Rücktritt des Archons forderten. Auch Katrinas Anhänger machten zu Gegendemonstrationen mobil. Das Ganze lief völlig spontan und unstrukturiert ab, es war das reine Chaos. Manche Hauptstraßen waren menschenleer, in anderen drängten sich brüllende Menschenmassen, als die Demonstranten versuchten, einander niederzuschreien. Noch war es zu keinen Ausschreitungen gekommen, aber das war erkennbar nur noch eine Frage der Zeit.

Das Polizeihauptquartier und das städtische Zuchthaus waren im selben vierstöckigen Gebäude in der Nähe des Stadtzentrums untergebracht. Es war von Spezialbarrieren zum Schutz gegen Aufrührer oder Fahrzeugbomben umgeben. In diesem Teil der Stadt schienen die Proteste minimal, und es war genug Polizei zur Stelle, um die Demonstranten beider Fraktionen voneinander fernzuhalten. Aber die Atmosphäre wirkte gespannt, und der bewölkte Vormittagshimmel tauchte die Stadt in dumpfgraues Licht.

Archer steuerte den *Lichtbringer* an den Rand der Abschirmung rund um das Polizei-HQ und zertrampelte gezielt zwei der Betonbarrieren, um deutlich zu machen, dass die Verteidigungseinrichtungen des Gebäudes gegen die schiere Vernichtungskraft eines BattleMechs wertlos waren. Er zielte auf die Antennenphalanx auf dem Dach und deckte sie mit Impulslaserfeuer ein. Smaragdgrüne Bolzen aus purer Energie trommelten auf die Satellitenschüsseln und Antennentürme ein, die unter dem Beschuss explodierten, umstürzten, zerschmolzen und barsten. Als der größte Antennenturm umstürzte, stieg ein Funkenschauer auf.

Mehr als ein Dutzend Polizisten stürzte aus dem Haupteingang, vermutlich die gesamte noch verbliebene Besatzung. Sie trugen Straßenkampfpanzerung und waren mit Gewehren, Tränengaswerfern oder Pistolen bewaffnet, die sie auf sein Cockpit richteten. Archer kam unwillkürlich der Vergleich in den Sinn, dass man zu einer Schießerei kein Messer mitnahm. Selbst mit ihren Rakwerfern hätte die Polizei gegen den *Lichtbringer* keine Chance gehabt, wenn er dessen Feuerkraft ernsthaft zum Tragen brachte. Niemand feuerte, sie standen nur auf der Treppe vor dem Eingang, aber es senkte auch niemand die Waffe.

Er schaltete den in der schwer gepanzerten Schulter des Mechs untergebrachten Außenlautsprecher ein. »Ich will mit Polizeidirektor Dunning sprechen.«

Ein körperlich sichtlich fitter, muskulöser Mann trat vor. Er hielt ein Megaphon in der Hand und schien von der vor ihm aufragenden Mordmaschine in keinster Weise beeindruckt. »Ich bin Dunning.«

»Mike, ich bin's, Archer.«

Es kam zu einer Pause. Archer und Dunning waren alte Schulkameraden und gute Freunde gewesen, als er Thorin zum Studium am NAIW verlassen hatte. Sie trafen sich noch immer etwa einmal im Monat zum Essen, aber wie es aussah, würde Archer die nächsten Treffen nicht einhalten können.

»Arch«, fragte der Polizeikommandeur schließlich. »Was, zum Teufel, soll das? Du hast mein komplettes Kommsystem zerblasen.«

»Tut mir Leid, dass ich es dir nicht erklären kann, Mike, aber ich muss dich bitten, die Gefangenen freizulassen, die du für Blücher festhältst.«

Wieder folgte eine längere Pause. Dunning senkte kurz das Mikrophon und verzog gequält das Gesicht. »Du bringst mich da in eine wirklich beschissene Lage, Arch. Warum kommst du nicht runter, und wir reden darüber?«

Archer sah auf die Cockpituhr. »Tut mir Leid, Mike, dafür fehlt mir die Zeit. Es ist nichts gegen dich persönlich, ich habe nur Probleme mit der momentanen Steiner-Regierung. Lass die Gefangenen frei, und ich verlasse die Stadt. Wenn du dich weigerst, bin ich gezwungen, ein paar strategische Breschen in die Wand zu schießen, durch die sie fliehen können. Ich will keinen der Leute verletzen müssen, aber diese Gefangenen müssen raus.«

»Arch«, erklärte sein alter Freund. »Ich kann dir gar nicht sagen, wie viele Gesetze du brichst.«

Die Zeit verging. Zeit, die Archer nicht hatte. Er hatte zwar das Hauptkommnetz ausgeschaltet, aber das war nicht die einzige Kommunikationsmöglichkeit der Polizei. Inzwischen hatte die Nachricht, dass ein Miliz-BattleMech das Polizeihauptquartier angriff, mit Sicherheit bereits die Arkturusgarde erreicht. Die Soldaten würden auf der Stelle ausrücken.

Archer zielte auf eine Eiche dreißig Meter neben dem Polizeidirektor und feuerte einen der Impulslaser ab. Die grellgrünen Lichtpfeile schlugen in den Baum ein und verdampften die im Holz vorhandene Feuchtigkeit. Der Stamm explodierte. Rauch und Funken stiegen in die Höhe. Drei der Polizisten ergriffen die Flucht, aber Dunning zuckte mit keiner Wimper.

»Lass sie raus, Mike, oder ich sorge für zusätzliche Ausgänge.«

»Blücher wird mir die Haut abziehen.«

»Du kannst dich uns ja anschließen«, schlug Archer halbernst vor.

Dunning senkte das Megaphon und drehte sich zu einem seiner Männer um, der ins Gebäude zurücklief. »Nicht schießen, Archer. Sie kommen raus.«

Es dauerte noch fünf Minuten, dann aber wurden die Gefangenen schließlich ins Freie geführt. Die Polizisten verteilten sich. Die meisten der Gefangenen schauten ehrfürchtig zu dem Kampfkoloss hoch, manche mit einem breiten Grinsen. Eine Frau trat vor und winkte. Es war Katya Chaffee.

Ohne zu zögern machte sie sich an die Kletterpartie die Rumpfsprossen hinauf zur Kanzel. Er öffnete kurz die Luke, und sie schob sich in das enge Cockpit des *Lichtbringer.* Als er sah, dass keine weiteren Gefangenen mehr kamen, aktivierte er noch einmal den Außenlautsprecher.

»Dunning, lassen Sie die Leute frei.«

Dunning winkte seinen Leuten zu, und sie senkten die Waffen.

»Männer und Frauen«, wandte Archer sich an die Gefangenen. »Auf Thorin und in der gesamten Allianz ist ein neuer Tag angebrochen. Ihr wurdet ohne Grund verhaftet. Jetzt seid ihr frei.«

Er schaltete den Lautsprecher ab und die befreiten Gefangenen stürmten in verschiedene Richtungen davon. Ein paar der Polizisten versuchten, sie zu verfolgen, aber es war eine von vornherein zum Scheitern verurteilte Anstrengung. Archer setzte den Mech in Bewegung und verließ das Stadtzentrum.

»Die Lage hat sich gewandelt, schätze ich?«, fragte Katya vom Klappsitz hinter der Pilotenliege.

»Katya«, antwortete er, während er um eine Hausecke in eine relativ leere Straße bog. »Das ist eine Untertreibung.«

Oberst Blücher sah auf, als Luther Fisk die Taktische Operationszentrale der Basis betrat. Er erwiderte Fisks Salut, dann widmete er sich wieder dem Hologramm Ecol Citys über dem großen Kartentisch. Jahrhunderte früher hatte man Sandkarten benutzt, um militärische Aufstellungen zu testen. Heute erfüllten computergesteuerte Hologrammprojektionen diesen Zweck.

Der Raum war abgedunkelt und wurde nur dort von indirekter Beleuchtung erhellt, wo verschiedene Techoffiziere hektisch vor einer Wand von Monitoren zu Gange waren. Der hellste Punkt war die Holokarte der Stadt. Blücher schaute zu Fisk hinüber. Er sah dem Leutnant an, dass er all das allen Ernstes genoss. Das hatte er von Anfang an gewollt, aber dies lag nur daran, dass er keinen blassen Schimmer davon hatte, wie Krieg wirklich war, erst recht nicht ein Bürgerkrieg.

»Was gibt es Neues über den Mech, der in der Nähe des Rathauses gesichtet wurde?«

Fisk deutete ein Achselzucken an. »Die Informationen sind lückenhaft. In solchen Augenblicken ist es schwierig, gute Daten zu erhalten, Herr Oberst. Wie befohlen habe ich zwei Lanzen losgeschickt, um das Gebiet zu umstellen. Die Verbindung ins Stadtzentrum ist zusammengebrochen, und ich habe die Piloten angewiesen herauszufinden, woran das liegt.«

Blücher nickte. Situationen wie die, in der sie sich gerade befanden, waren in ständigem Fluss. Es war nicht Fisks Schuld, dass es immer schwieriger wurde, die taktischen Informationen auszuwerten. Durch Victor Davions Beschuldigung, dass Archon Katrina am Tod ihres Bruders beteiligt gewesen war, war die Lage innerhalb von Stunden eskaliert. Natürlich würde in Kürze eine formelle Antwort von Tharkad folgen, und ohne Zweifel würde der Archon darin jede Schuld abstreiten und Prinz Victor als Lügner angreifen. Katrina Steiner-Davion würde niemals freiwillig den Thron aufgeben. Dessen war er sich so sicher, wie er wusste, dass er Felix Blücher hieß. Sie würde bis zum letzten Blutstropfen um ihre Macht kämpfen – zum letzten Blutstropfen ihrer Soldaten, wie er einer war. Das war ein Zug an ihr, den er respektieren konnte. Er erinnerte ihn an ihre Großmutter.

In den Straßen wurde Katrinas Rücktritt gefordert, weil sie ihr Recht auf das Archonat verloren habe, aber Blücher hatte dem Archon die Treue geschworen, und dieser Eid war ihm heilig. Er war die Grundlage seines Ehrgefühls und seiner Integrität. Seine persönlichen Ansichten spielten dabei keine Rolle. Er wollte vor allem, dass seine Ehre noch intakt war, wenn die Kämpfe endeten.

»Was ist mit der Miliz? Ist sie schon eingetroffen?«

»Das ist das Problem«, erklärte Fisk. »Als ich bei den Soldaten nachfragte, die ich zur Überwachung des Milizstützpunkts eingeteilt habe, erhielt ich zur Antwort, dass Christiforis Leute mobilisiert wurden und vor zwanzig Minuten ausgerückt sind.«

Blücher hob überrascht die Augenbrauen. »Dann müssten sie inzwischen hier sein.«

»Ja, Herr Oberst, das müssten sie. Anscheinend sind sie nicht hierher aufgebrochen.«

»Und diese Information erhalte ich erst jetzt?«

»Herr Oberst, die Straßen sind in der allgemeinen Konfusion schwer verstopft. Ich dachte, sie könnten aufgehalten worden sein.«

Blücher war nicht sehr erfreut. »Zerbrechen Sie sich nicht meinen Kopf, Fisk. Ich kann darauf verzichten, dass Sie meine Informationen filtern.«

Ein Feldwebel trat an den Tisch und salutierte. Dann reichte er Blücher einen Umschlag. »Das wurde von einer Frau am Haupttor für Sie abgegeben, Herr Oberst.«

Blücher nickte und riss den Umschlag auf. Darin steckten ein einzelner Bogen Papier und zwei Metallobjekte. Das Papier war die Kommission Oberstleutnant Archer Christiforis von der Thorin-Miliz. Sie war in der Mitte durchgerissen. Dann schüttelte er die beiden Metallobjekte in seine linke Hand. Es waren Christiforis Rangabzeichen.

Blücher sagte nichts. Er ließ das Papier zu Boden flattern und reichte Fisk die Rangabzeichen. »Die dürften für Sie sein.«

»Der Verräter!«, stieß Fisk verbittert aus.

Blücher schüttelte den Kopf. »Er ist kein Verräter, Fisk. Er ist ein Patriot, zumindest hält er sich für einen. Und jetzt ist er unser Feind. Ein Feind, den Sie geschaffen haben. Ich hoffe nur, Sie sind der Aufgabe gewachsen, denn wenn nicht, wird es unser beider Tod sein.«

Buch Zwei

Hexenkessel der Rebellion

Auf der Strecke zwischen Leesburg-Chausee und Melissa-Steiner-Freeway ist auf Grund massiver und unkontrollierter Demonstrationen mit erheblichen Verkehrsstörungen zu rechnen. Eine Umgehung wird dringend empfohlen. Oberst Blücher von der 15. Arkturusgarde hat das Kriegsrecht ausgerufen. Es gilt eine strikte Ausgangssperre, und die Bürger werden aufgefordert, die Straßen freizumachen.

Während sich all dies abspielte, erreichte unsere Station eine Nachrichtenaufzeichnung von Archer Christifori von der Thorin-Miliz, einer bekannten und angesehenen Persönlichkeit unseres Planeten. Ich habe die Erlaubnis der Sendeleitung erhalten, Ihnen diese Mitteilung vorzuspielen. Auch das ist wieder einmal eine Exklusivmeldung von Antenne Donegal…

»Bürger von Thorin. Angesichts der jüngsten Maßnahmen des Archons zur Unterdrückung der Grundrechte eines Teils unserer Mitbürger und der Anklage ihres Bruders, dass sie die Verantwortung für den Mord an ihrem jüngeren Bruder Arthur trägt, trete ich als Kommandeur der Thorin-Miliz zurück. Die Miliz existiert nicht mehr. Sie hat sich in eine Befreiungsarmee verwandelt, eine Armee für die Befreiung von der Tyrannei Archon Katherine Steiner-Davions.

Ich will das Leben Unschuldiger nicht gefährden. Es geht mir nur um den Archon. In ihrem Eifer, die Macht zu ergreifen und zu behalten, hat sie deutlich gezeigt, wie ungeeignet sie für ihr Amt ist. Ich werde nicht rasten, bis Thorin sich von ihrer Gewaltherrschaft befreit hat und sie aus dem Amt entfernt wurde. Wenn das auf friedlichem Wege möglich ist, umso besser. Falls nicht, trägt sie die Schuld für alles, was daraus erwächst.

Als Sohn dieses Planeten und loyaler Kämpfer für das Andenken Melissa Steiner-Davions, die im Dienste für unser Volk ihr Leben gab, bitte ich um Ihre Unterstützung. Leisten Sie passiven Widerstand, wann immer es möglich ist. Wir werden mit Ihnen und für Sie fechten. Niemand stelle sich uns in den Weg.«

– *Fünf-Uhr-Nachrichten*, Antenne Donegal, Ecol City,
Thorin, 8. Dezember 3062

13

Dies ist eine Sendung des Murphrid-Notstandsfunksystems. Dies ist keine Übung. Auf Befehl Kommandant Constance McCoys sind die Bürger von MacArthur und Ridgeway angewiesen, bis auf weiteres ihre Wohnungen nicht zu verlassen. In beiden Städten sind Aufstände ausgebrochen, und die Arkturusgarde und Murphrid-Miliz wurden mobilisiert, um die Ordnung wiederherzustellen. Alle Personen, die gegen diese Ausgangssperre verstoßen, haben mit einer Anklage und Aburteilung zu rechnen. Bis zum Ende der Notstandssituation sind Sie aufgerufen, den zivilen und Militärbehörden Ihre volle Kooperation zu beweisen.

– Murphrid-NFS, Murphrid, Provinz Skye, Lyranische Allianz,
10. Dezember 3062

Remingtonforst, Thorin
Provinz Skye, Lyranische Allianz

12. Dezember 3062

Viele von Archers Truppen hatten keine Ahnung, dass der Standort ihrer Geheimbasis eine historische Bedeutung hatte. Sie standen in den Ruinen der alten Universität von Thorin. In den dreihundert Jahren seit ihrer Vernichtung hatte der Remingtonforst, der sich seinerseits längst in einen Urwald verwandelt hatte, das Gelände beinahe völlig überwuchert. Riesige Eichen wuchsen, wo einmal Wege und Straßen verlaufen waren. Dicke Schlingpflanzen und dichtes Unterholz lagen wie ein Teppich über den Trümmern wuchtiger Gebäude. Waldgetier huschte durch die üppige Vegetation und Vögel schossen auf der Jagd nach Insekten durch den Himmel.

Die Universität von Thorin war vor dem Zerfall des alten Sternenbunds ein glitzerndes Juwel in der Krone des Ersten Lords gewesen, die bedeutendste geisteswissenschaftliche Fakultät der Inneren Sphäre. Im Amaris-Putsch war sie geplündert, niedergebrannt, bombardiert und schließlich aufgegeben worden. Es hatte Pläne für einen Wiederaufbau gegeben, aber der Kollaps des Sternenbunds hatte ihre Umsetzung verhindert. Im Verlauf der Jahrhunderte war die Universität in Vergessenheit geraten, nicht nur im Rest der Inneren Sphäre, auch auf Thorin selbst.

Archer gehörte zu den wenigen, die noch von ihrer Existenz wussten, und das war der Hauptgrund dafür, dass er sie als Hauptoperationsbasis gewählt hatte. Hinzu kam, dass die Überreste der riesigen Granitbauten trotz ihres Verfalls noch heute einen gewissen Schutz für BattleMechs und Fahrzeuge boten. Eine alte Sporthalle, deren Dach weitgehend eingestürzt war, diente als provisorischer Mechhangar. Ein Wohnheim, dessen unteres Stockwerk überflutet war und sich in einen Sumpf verwandelt hatte, verfügte auf den mittleren Etagen noch immer über Zimmer, die sich in halbwegs akzeptable Unterkünfte verwandeln ließen.

Der größte Teil seiner Truppen hatte sich hier versammelt, aber nicht alle Mechs. Archer hielt es nicht für ratsam, seine ganzen Kräfte an einem Ort zu sammeln. Die Gefahr, dass Blücher ihr Versteck entdecken und sie mit einem Schlag auslöschen konnte, war ihm zu groß. Zusätzlich zu den Milizmitgliedern waren noch andere anwesend, die sich seiner Sache angeschlossen hatten. Zum Teil waren es Angehörige der Milizionäre. Andere waren Angestellte von Christifori Express, die mit Catherine Daniels' Hilfe hergefunden hatten.

Es wirkte mehr wie eine Familienversammlung als eine Armee, aber das waren die Leute, mit deren Hilfe Archer Thorins Freiheit erkämpfen wollte. Die Chancen standen nicht sehr gut für sie, aber das kümmerte ihn nicht. Hätte Archer die Chancen für dieses Unternehmen interessiert, hätte er sich nie darauf eingelassen. Hier ging es nicht um Sieg oder Niederlage. Es ging um Vergeltung für den Tod seiner Schwester. Ihr Schicksal war das Symptom eines größeren Problems gewesen, dem er sich jetzt zu stellen bereit war.

Er stieg auf die moosbewachsenen Überreste einer Steinsäule, sodass er über die Köpfe der Versammlung aufragte, und alle Augen wandten sich ihm zu.

»Ich möchte euch allen dafür danken, dass ihr hier seid, und dass ihr die Risiken auf euch genommen habt, die damit verbunden sind. Die 15. Arkturusgarde dürfte bereits auf der Suche nach uns sein, und es hat lange gedauert, alle auch nur hierher zu schaffen und unterzubringen. Wenn ihr jetzt hier seid, dann um für die Freiheit zu kämpfen, die uns allen am Herzen liegt. Es ist gleichgültig, ob eure Loyalität bei Steiner oder Davion liegt. Wenn ihr jetzt hier zum Kampf angetreten seid, dann weil unser momentaner Archon sich als unfähig erwiesen hat. Katherine Steiner-Davion hat durch Intrigen und Manipulationen das Erbrecht ihres Bruders Victor und ihrer Schwester Yvonne gestohlen, und jetzt haben wir erfahren, dass sie in ihrem Machthunger den Mord eines weiteren ihrer Brüder arrangiert hat. Ich weiß nicht, wie ihr dazu steht, aber das sind nicht die Taten einer Frau, der zu gehorchen und die zu beschützen ich guten Gewissens einen Eid ablegen kann. Vielleicht erwarten jetzt einige von euch, dass ich mit der Miliz in die Hauptstadt marschiere und Oberst Blücher zu einer Entscheidungsschlacht um die Herrschaft über unseren Planeten herausfordere. Aber das werde ich nicht tun. Es ist einfach so, dass er besser ausgerüstet ist als wir. Es wäre ein ungleicher Kampf. Also werden wir zu unseren Bedingungen kämpfen. Kein sinnloses Blutvergießen, sondern chirurgische Präzision. Es geht mir nicht darum, Soldaten umzubringen, die nur ihre Pflicht erfüllen, aber wir können Thorin zu einer Welt machen, die sie lieber nicht verteidigen würden. Das ist unser Ziel. Noch eins: Wir stehen jetzt außerhalb des Militärapparats der Lyranischen Allianz. Ihr werdet in Kürze neue Ränge erhalten. Um unsere Position eindeutig zu machen, habe ich mich entschieden, vorerst die Rangordnung der alten Vereinigten Sonnen zu übernehmen. Keine Bange, niemand wurde degradiert. Aber erwartet auch keinen größeren Soldaufschlag.« Gelächter zog sich durch die Versammlung.

Mehr hatte Archer nicht zu sagen, also sprang er wieder zu Boden, während, etwas gedämpft durch das dichte Blätterdach des Forstes, Applaus laut wurde. Zwei Männer kamen auf ihn zu, Darius Hopkins und ein anderer, dessen Gesicht ihm auch bekannt war. Archer winkte sie näher.

»Sergeant-Major Darius Hopkins, Captain Lee Fullerton«, stellte er die beiden einander vor. Sie schüttelten sich die Hand, und Archer konnte sehen, wie sie einander abschätzten.

»Darius, Lee ist der Kapitän der *Angelfire,* eines meiner Landungsschiffe.«

Darius' Miene hellte sich auf. »Sind Sie für die Raketenkisten verantwortlich, die ich im Lagerbunker gesehen habe?«

Lee Fullerton lächelte und stützte die Hände auf die Seiten seines ausladenden Bauches. »Sagen wir einfach, dass ich alle *Kisten,* die ich für die Archonisten transportieren sollte, abgeliefert habe. Was sie enthalten, oder wie einwandfrei diese Munition funktioniert, fragen Sie besser Archer hier.«

»Ist das Schiff sicher?«, fragte Archer.

»Es liegt auf dem Grund des Spraguesees etwa fünfzig Kilometer nördlich von hier. Bei all den Eisenvorkommen dort müssten sie ihre Satelliten schon gezielt auf den See richten, um es zu entdecken.«

Archer grinste und schüttelte dem Kapitän die Hand. »Danke für die Hilfe, Lee.« Dann drehte er sich zu Darius um. »Da wir gerade von Satelliten sprechen, es ist ziemlich sicher, dass Oberst Blücher gerade nach uns sucht. Wie sieht es in der Hinsicht aus?«

Hopkins strich sich über den Schnauzbart und sah

zum Himmel, als frage er sich, ob die Garde ihn sehen konnte. »Unsere ganze Ausrüstung ist gegen optische Abtastung geschützt. Die Satelliten verfügen über Wärmesensoren, aber dagegen schützt uns der Wald bestens. Außerdem benutzen wir die Gebäude als Deckung. Das wirkliche Problem sind die Mechs. Wie Sie wissen, können die Fusionsreaktoren von BattleMechs mit einer konzentrierten Neutrinoabtastung aus niedriger Umlaufbahn lokalisiert werden – sogar von Satelliten. Ich habe deshalb alle Mechs mit Planen abdecken lassen, in die eine spezielle Abschirmung eingewoben ist. Das sollte etwa achtzig Prozent der Signale absorbieren. Theoretisch müssten sie jetzt einen einzelnen Mech eine ganze Stunde ununterbrochen abtasten, um sicher sagen zu können, ob er tatsächlich da ist.«

»Im späteren Stadium der Clan-Invasion haben wir es genauso gemacht«, stellte Archer fest.

»Ich habe nicht behauptet, dass die Idee neu ist, nur, dass sie funktioniert«, antwortete Hopkins. »Ich hoffe, Sie haben inzwischen ein paar Ziele für uns ausgewählt, damit wir aktiv werden können.«

Archer verstand den Unteroffizier nur zu gut. »Ich dachte mir, ich kümmere mich besser erst um ein paar organisatorische Details. Wir müssen gemeinsam mit anderen Rebellenfraktionen agieren, eine gemeinsame Front aufbauen. Ich habe bereits über HPG und die Express-Schiffe Verbindung zu ein paar Geschäftskontakten auf Murphrid aufgenommen, und sie gebeten, uns über die örtliche Lage auf dem Laufenden zu halten – und darüber, was die Garde dort treibt.«

»Murphrid?« Lee Fullerton war überrascht. »Ich dachte, wir kämpfen nur auf Thorin.«

»Das stimmt auch«, erwiderte Archer. »Aber auf Murphrid ist der Rest der Arkturusgarde stationiert, und die stellen die beste Quelle für Verstärkungen dar, die Blücher gegen uns zur Verfügung hat. Ich möchte sichergehen, dass die Lage auf Murphrid heiß genug für ihn ist, dass er sich nicht leisten kann, seine Truppen von dort abzuziehen.«

Hopkins stellte fest: »Ich habe auch dafür gesorgt, dass unsere drei Katrina-Loyalisten im Dunkeln gehalten wurden. Sie sind mit einem Sonderauftrag auf dem Südkontinent und suchen nach einem geeigneten Gelände für ein neues Ausbildungslager. Sie dürften so ungefähr jetzt die Nachricht darüber bekommen, was geschehen ist.«

»Gute Arbeit«, lobte Archer. »Und Prinz John?«

»Noch nichts, aber ich habe auch nichts erwartet. Außerdem ist der Nachrichtendienst Chaffees Revier. Ich bin nur ein Schlammstampfer mit Ambitionen.«

Katya schien ihren Namen gehört zu haben. Sie tauchte neben den Männern auf, den Compblock unter dem Arm. »Probleme?«

Archer schüttelte den Kopf. »Wir unterhalten uns nur. Ein paar Stunden Ruhe und Frieden, um uns einzuleben, dürften uns noch sicher sein. Inzwischen wird Blücher wohl klar, dass es nicht leicht werden wird, uns zu finden. Wenn er so reagiert, wie ich es erwarte, wird er Mechlanzen auf Streife schicken, um uns aufzuscheuchen.«

Hopkins neigte den Kopf und schmunzelte. »Die meisten würden sagen, das ist der Zeitpunkt loszuschlagen.«

Archer grinste zurück. Das war eine Lektion, die ihm der Ältere schon beigebracht hatte, als der junge Christifori sich gerade entschlossen hatte, zum Militär zu gehen, und er hatte sie nicht vergessen. »Du weißt genau, dass ich in diese Falle nicht gehe.«

»Aber es ergibt Sinn, Herr Christifori«, stellte Fullerton fest.

»Die MechKrieger und sonstigen Truppen, die er jetzt losschickt, sind aufgeschreckt, und alle ihre Sinne arbeiten auf Hochtouren. Außerdem wäre das genau das, was die Garde von uns erwartet. Sie steht unter Garantie in den Startlöchern, um zuzuschlagen, wenn wir auch nur unsere Nasenspitze sehen lassen.«

Katya nickte beifällig. »Wir warten besser ein paar Tage. Blüchers Leute sollen sich an den Streifendienst gewöhnen und nachlässig werden. Die Spannung soll ein wenig abebben. Wir warten, bis der neue Dienst für sie zur Routine geworden ist. Dann machen sie eher einen Fehler.«

Hopkins entschuldigte sich und wanderte in Richtung provisorischer Mechhangar davon, wobei er links und rechts Befehle gab. Archer sah ihm nach und atmete tief durch.

Katya legte ihm eine Hand auf die Schulter. »Wird schon. Es läuft alles nach Plan.«

Archer drehte sich zu ihr um. »Im Augenblick geht vielleicht alles nach Plan, Katya«, sagte er. »Aber kein Plan überlebt den Kontakt mit dem Gegner.«

Die Weltkugel Thorins drehte sich über dem Hologrammtisch in der Luft, als wäre sie real und nicht nur eine substanzlose Lichtprojektion. Mehrere Offiziere arbeiteten rund um den Tisch, speisten Daten aus verschiedenen Computerquellen oder Sortierschlüssel dafür ein. An der hinteren Wand des Raums waren andere vollauf damit beschäftigt, die Kommunikationskanäle zu überwachen und alles, was sie fanden den Nachrichtendienstlern im Nebenzimmer weiterzureichen. Felix Blücher betrachtete den sich langsam vor ihm drehenden Globus aus farbigem Licht und sann über seine Lage nach.

Er hatte den Morgen damit zugebracht, die Nerven des Planetaren Zentralrats zu beruhigen und sich dabei ständig des Gedankens erwehren müssen, dass Politiker eine Spezies waren, die es definitiv verdienten, für eine gute Sache aus dem Leben zu scheiden. Der Herzog war am Königlichen Hof, und die Mitglieder seines Kabinetts zerrten an der sprichwörtlichen Leine. Blücher hatte sie beruhigt und sich ihre Bitten angehört, aber so gut wie nichts versprochen.

Er sah zu einem der Kommoffiziere hinüber. »Ist meine Nachricht nach Murphrid abgegangen?«

Der Offizier bestätigte den Abgang der Sendung, indem er die entsprechenden Daten auf den Schirm rief. Der Oberst wollte den Fehler, den er auf Thorin begangen hatte, nicht wiederholen, deshalb hatte er Anweisung gegeben, die Murphrid-Miliz augenblicklich in die Garde zu integrieren. Alle Milizionäre, die ihre Zusammenarbeit verweigerten, sollten bis auf weiteres inhaftiert und ihre Ausrüstung beschlagnahmt werden. Es hatte einzelne gewalttätige Proteste gegeben, aber den BattleMechs waren die Einheimischen nicht gewachsen.

Er trat mit einem mühsamen Seitschritt an das nächste Terminal, von dem aus die Satellitenüberwachung koordiniert wurde. Die Schmerzen in seinem verletzten Bein waren eine konstante Erinnerung an den Anschlag auf sein Leben.

»Wir konnten einen Teil der Milizbewegungen verfolgen, bis sie die Stadt verließen. Seitdem ist es uns nicht mehr gelungen, sie zu orten, Herr Oberst.« Die Stimme der jungen Frau verriet nichts von ihrer Nervosität, aber Blücher spürte sie trotzdem.

»Weitersuchen. Irgendwann müssen sie auftauchen.«

Dann sah er Leutnant Fisk im Licht der holographischen Thorinkugel. »Herr Oberst, unsere Truppen haben die Demonstrationen und Unruhen erfolgreich niedergeschlagen. Im größten Teil Ecol Citys herrscht Ruhe. Die übrigen Städte melden das Gleiche.«

»Haben Sie Streifen auf die Suche nach der Miliz geschickt?«

»Jawohl, Herr Oberst«, bestätigte Fisk zackig. »Wir finden sie.«

Blücher gestattete sich ein leises Kichern. »Das glaube ich kaum, Leutnant.«

»Herr Oberst?«

»Wir werden Archer Christifori nicht finden, bevor er das will, und wenn es soweit ist, wird es zu seinen Bedingungen sein.«

»Wie kommen Sie darauf, Herr Oberst?« Fisk klang nicht sonderlich überzeugt.

»Ganz einfach. Wenn er uns hätte angreifen wollen, hätte es einen besseren Zeitpunkt gegeben, als während auf den Straßen das Chaos herrschte? Aber er hat es nicht getan. Das bedeutet, er plant einen Guerillafeldzug gegen uns.«

»Wir werden ihn zerquetschen, Herr Oberst«, erklärte Fisk mit ungespielter Begeisterung. Mehrere Techoffiziere an den Kommkonsolen drehten sich um und nickten zustimmend. Sie alle waren zuversichtlich, der Aufgabe gewachsen zu sein.

»Das wird kein Krieg der Sorte, für die wir ausgebildet sind. Wir werden unser Auftreten überdenken und unsere Taktiken anpassen müssen«, stellte Blücher fest. Er wusste, dass Selbstbewusstsein kein Schutz gegen eine anfliegende Rakete war.

»Unser entschiedenes Handeln und die Machtdemonstration bei der Niederschlagung der Unruhen zeitigt bereits erste Erfolge, Herr Oberst«, versuchte Fisk ihn aufzumuntern. »Eines der Milizmitglieder, ein Leutnant Sherwood, ist zu uns übergelaufen. Sie erinnern sich bestimmt an ihn. Er war der Verbindungsoffizier für die ersten Integrationspläne mit der Miliz. Anscheinend hat Christifori ihm nicht vertraut und ihn auf einen sinnlosen Posten abgeschoben, ohne ihn darüber zu informieren, was der Rest der Einheit plante.«

Vielleicht geht ja doch ausnahmsweise mal was glatt, dachte Blücher. »Hat dieser Sherwood irgendwelche Informationen, die uns helfen könnten?«

»Das Einzige, was er sicher weiß, ist, dass Archer drei andere Soldaten auf eine Mission zum Südkontinent geschickt hat, um neue Operationsbasen zu suchen, angeblich für Ausbildungszwecke. Ich halte es für gegeben, dass Christifori plante, sich im Süden zu etablieren.«

»Geben Sie Order, diese Soldaten zu suchen. Wenn es uns gelingt, sie zu finden und zu verhören, können wir möglicherweise mehr über Christiforis Pläne erfahren.«

»Die Befehle sind bereits erteilt, Herr Oberst«, strahlte Fisk. »Und ich schlage vor, Sie sprechen selbst mit Leutnant Sherwood. Ich bin mir sicher, dass er sich als große Hilfe erweisen wird.«

»In Ordnung«, stimmte Blücher zu und stützte sich auf den Gehstock, um das verletzte Bein zu schonen. Er konnte alles gebrauchen, was er an Hilfe bekommen konnte.

14

»Wie würden Sie Victor Davions Aufruf an die Truppen beschreiben, sich seiner so genannten Sache anzuschließen, Andreas?«

»Mit einem einzigen Wort, Phil: Verzweifelt.«

»Sie glauben, er wagt sich zu weit vor?«

»Erstens besteht die reelle Möglichkeit, dass diese so genannten Beweise manipuliert sind. Sehen wir es doch, wie es ist. Wahrscheinlich versucht er nur, sich irgendwie ein eigenes kleines Reich zusammenzuschustern. Wenn dafür ein paar tausend Unschuldige sterben müssen... Na ja, wir kennen doch alle Victors Ruf.«

– *Punkt und Kontra*, Antenne Donegal, Lyranische Allianz, 12. Dezember 3062

Louisa, Thorin
Provinz Skye, Lyranische Allianz

15. Dezember 3062

Das Küstendorf Louisa war eine kleine Industriesiedlung dreihundertfünfzig Kilometer nordwestlich von Ecol City. Die beiden Fabriken des Ortes produzierten Stahl und Computerplatinen, und die gesamte Einwohnerschaft Louisas arbeitete entweder in einem der beiden Werke oder wartete auf die Gelegenheit, sich irgendwo niederzulassen, wo das Leben mehr zu bieten hatte. Ein dünner Nebel stieg von der Computerfabrik auf und trieb über die bewaldeten Berge ins Landesinnere, mit dem Ergebnis, dass Besucher den Ort schon aus zehn Kilometern Entfernung rochen.

Als sie erst einmal den Geruch in der Nase hatten, brauchten Archer und Katya nicht mehr lange zu suchen, um den ›Dudelsackspieler‹ zu finden, die Kneipe, in der sie verabredet waren. Die Luft im Freien mochte ihren eigenen typischen Duft haben, aber das Innere der Bar hätte ebenso gut in Dutzende ähnlicher Etablissements gepasst, die Archer auf seinen Reisen durch die Innere Sphäre und darüber hinaus besucht hatte. Das gelbliche Licht, das leise Gemurmel der Kneipengespräche und das Aroma von abgestandenem Bier, Whiskey, Schweiß und Tabak war so wohlvertraut, dass es beinahe heimelig wirkte.

Der Barkeeper schien zu wissen, warum sie kamen. Er flüsterte Katya etwas zu und deutete mit einer Kopfbewegung auf eine Tür ohne Aufschrift im hinteren Teil des schummrigen Schankraums. Archers Augen brannten vom Pfeifen- und Zigarrenqualm, als sie sich den Weg nach hinten bahnten. Hinter der Tür lag ein Zimmer, in dem drei Männer und eine Frau sich um einen abgenutzten Tisch drängten. Sie sahen hoch, als Archer und Katya eintraten und die Tür hinter sich schlossen. Der kleine Raum war besser beleuchtet als die Bar.

Es hatte mehrere Tage gedauert und war mit einem gewissen Risiko verbunden gewesen, dieses Treffen zu arrangieren. Als Sicherheit hatte Archer nur eine Pistole dabei... Eine Pistole und eine Lanze BattleMechs, die mit heruntergefahrenem Reaktor knapp außerhalb der Stadt warteten, nur für den Fall, dass die Arkturusgarde auftauchte. Aber er machte sich keine allzu großen Sorgen. Er und Katya hatten Vorkehrungen getroffen, um sicherzustellen, dass niemand sie hierher verfolgte. Trotzdem, Vorsicht war die Mutter der Porzellankiste.

Sie nahmen sich zwei freie Stühle. Eine ganze Minute sagte niemand etwas, während sie von einem zum anderen blickten und sich gegenseitig abschätzten.

Es war Katya, die das Schweigen brach. »Ich möchte Ihnen allen dafür danken, dass Sie gekommen sind.«

Einer der Männer lächelte nervös und reichte Archer die Hand. »Ich bin Martin Fox, aus New Poughkeepsie.« Archer begrüßte ihn mit einem festen Händedruck. Sein Blick wanderte zum nächsten in der Reihe, einem jungen, muskulösen Latino, und wurde mit einem selbstbewussten Nicken quittiert.

»Las Volk«, stellte sich der junge Mann vor. »Sie sind also der Kriegsheld.«

Archer zog die Augenbrauen hoch und zuckte die Schultern. »Das ist schon eine Weile her.«

»Allerdings«, stellte der Mann rechts neben Volk ätzend fest. Sein Gesicht wirkte hager und er trug einen schwarzen Spitzbart und eine verächtliche Miene zur Schau.

»Und Sie sind?«

»King.« Der Mann lehnte sich auf seinem Stuhl zurück und verschränkte die Arme. »Rufus King.«

»Lassen Sie sich von den Jahren nicht blenden, Rufus«, sagte Archer. »Ich bin durchaus noch in der Lage, mich durchzusetzen.«

»Das haben wir gesehen«, bemerkte die einzige andere Frau im Zimmer. Sie trug eine schwarze Lederjacke und Jeans. »Mein Name ist Joey-Lynn Fraser. Ich komme aus Opal City und führe die Weißen Tiger.«

Archer hatte von den Tigern gehört. Ursprünglich waren sie eine Straßenbande gewesen, die sich irgendwie zu einer katrinafeindlichen Organisation gemausert hatte. Wenn die Gerüchte stimmten, hatten sie bereits knapp ein Dutzend Anhänger des Archons auf dem Gewissen.

Archer lehnte sich zurück. »Gut, so viel zur Vorstellung. Sie wissen alle, warum wir hier sind. Die Lage hat sich zugespitzt, und es sieht aus, als wäre Thorin auf kürzestem Weg in den Bürgerkrieg.«

»Nicht, dass Ihre Heldennummer in der Hauptstadt dazu etwas beigetragen hätte«, kommentierte King trocken.

»Soweit ich mich erinnere, Rufus, warst du nicht annähernd so macho oder arrogant, als er uns aus dem Zuchthaus geholt hat«, bemerkte Katya. King saß nur schweigend auf seinem Platz, die Arme immer noch gekreuzt, und schleuderte ihr einen giftigen Blick zu.

»Hören Sie«, stellte Archer fest. »Entweder wir stehen zusammen oder wir fallen getrennt. Ehrlich gesagt hat keiner von uns eine Chance, die Archonisten zu besiegen, wenn wir unsere Anstrengungen und Operationen nicht koordinieren. Dieses Treffen soll ein Anfang sein.«

»Was genau haben Sie vor?«, fragte Las Volk.

»Im Augenblick gibt es auf Thorin Widerstandsgruppen. Wir müssen das ändern, und zwar dahin, dass es auf Thorin eine organisierte Widerstandsbewegung gibt. Einfach ausgedrückt, brauchen wir eine Grundstruktur, ein paar Operationsregeln, gemeinsame Logistik und Kundschafter, und einen Verteidigungsplan. Und noch wichtiger: Wir brauchen eine Strategie für den Kampf gegen die Arkturusgarde und was die Allianz uns noch an Einheiten entgegenwerfen mag.«

»Glauben Sie, die holen Verstärkungen?«, fragte Fraser. Dabei stand sie auf, drehte den Stuhl um und setzte sich wieder hin, die Arme auf die Rückenlehne gestützt.

»Das trauen sie sich nicht«, behauptete King.

»Ehrlich gesagt bin ich eher der Ansicht, dass sie zumindest momentan nicht die Möglichkeit dazu haben. Die Garde ist bereits hier und auf Murphrid stationiert. Die meisten übrigen lyranischen Einheiten sind ziemlich zerfasert, abgesehen von denen entlang der Jadefalkengrenze. Wir sind nicht die Welt, auf der es zu Protesten und offener Rebellion kommt. Ich weiß nicht, wie schnell man reagieren könnte.«

Martin Fox rutschte nervös auf seinem Platz hin und her. Auf seiner breiten Stirn perlte der Schweiß. »In Ordnung, reden wir über Strategie, wie Sie es vorgeschlagen haben.«

Archer sah zu Katya, dann drehte er sich wieder zu den anderen um. »Unser Ziel ist einfach genug definiert: Wir wollen die Allianztruppen von Thorin vertreiben. Damit uns das gelingt, müssen wir sicherstellen, dass unsere Strategie mehrere Dinge erreicht. Erstens: Wir brauchen die Unterstützung der örtlichen Bevölkerung. Das bedeutet, wir können uns keine Terroranschläge leisten, bei denen Zivilisten ums Leben kommen.«

»Was ist mit Zivilisten, die den Archon unterstützen?«, fragte King. Etwas in seiner Stimme sagte Archer, dass er damit eine Reihe ganz bestimmter Personen meinte, und auch schon genau wusste, wie er mit ihnen verfahren wollte. Und irgendwie war ihm auch klar, dass es alles andere als angenehm war.

»Es geht uns darum, diese Menschen zu befreien, nicht darum, sie zu verletzen. Zweitens müssen wir Thorin zu einem Ort machen, an dem sich die Arkturusgarde möglichst unwohl fühlt. Die Männer und Frauen der Garde sind Soldaten und folgen in der Mehrzahl nur ihren Befehlen. Wenn wir sie töten, geben wir ihren Kameraden damit nur ein Motiv, zurückzuschlagen. Ich sollte es wissen. Ich war früher einer von ihnen. Wir müssen einen Weg finden, sie einzuschüchtern, sie nervös und paranoid zu machen, aber wir dürfen sie nicht umbringen, solange es noch irgendeine Alternative gibt.«

»Sie haben mit Ihrer Miliz die Feuerkraft, warum erledigen Sie die Garde nicht einfach? Eine Schlacht, und bumm! Keine Archonisten mehr«, schlug Volk vor und riss die Hände auseinander, um eine Explosion darzustellen.

Archer schüttelte den Kopf. »Das hört sich verlockend an, aber Sie dürfen nicht vergessen, dass die 15. keine Anfängertruppe ist. Wir reden hier von einer Fronteinheit mit besseren Mechs, als wir sie haben, und einem größeren Munitionslager. Ich schließe eine Entscheidungsschlacht nicht aus, aber noch ist dafür nicht die Zeit. Sie wären im Vorteil, und wenn sie uns besiegen würden, wäre ganz Thorin verloren. Der Schlüssel liegt darin, sie so zu demoralisieren, dass wir sicher sein können zu gewinnen.«

»Wozu die Soldaten schonen?«, fragte Joey-Lynn. »Wir könnten sie leicht genug umbringen. Kleine Hinterhalte, ein paar Bomben, langsam aber stetig.«

»Wenn wir sie umbringen, kämpft der Rest nur noch

entschlossener. Sehen Sie sich doch an, was nach dem Bombenanschlag geschehen ist, bei dem Blücher verletzt wurde. Das hat uns alle zurückgeworfen und zu einer Razzia gegen ›Terrorismus-Verdächtige‹ geführt. Ein Teil von Ihnen ist verhaftet worden, oder? Wir dürfen Blücher nichts in die Hand geben, was er gegen die Zivilbevölkerung benutzen kann.«

Bei der Erwähnung der Bombe wurde Fox munter. »Darüber haben wir uns gerade unterhalten, als Sie beide ankamen. Keiner von uns hat damit etwas zu tun gehabt. Bleiben Sie.«

Archer war überrascht. »Ich hatte angenommen, es wäre einer von Ihnen gewesen.« Er sah sich zu Katya um, die mit den Schultern zuckte. Einer nach dem anderen schüttelte den Kopf. Rufus King strich sich über den Spitzbart und bleckte die gelben Zähne. »Schätze, noch jemand hasst die Archonisten genau wie wir, und wir haben ihn nur noch nicht gefunden.«

»Oder«, warf Katya ein, »es war überhaupt niemand von Thorin.«

»Soll heißen?«, fragte Volk.

»Soll heißen, vielleicht war es jemand aus ihren eigenen Reihen. Jemand, dem an einer Eskalation gelegen war.«

Archer winkte ab. »Genug Spekulation. Für heute muss genügen, dass wir die Antwort nicht kennen. Wir dürfen uns daran nicht festbeißen. Ich habe mir die Freiheit genommen, zusammen mit Katya Material für Sie vorzubereiten. Es enthält Kennwörter, Kommunikationsmöglichkeiten und so weiter. Wir werden ein Zellensystem verwenden, damit niemand die ganze Operation gefährden oder in den Abgrund reißen kann. Ihr Kontakt zu mir wird Katya sein. Sie kümmert sich um Ihre Nachschubanforderungen und Ihre Missionsaufträge.«

Katya verteilte die aus Datendisks und ein paar Ausdrucken bestehenden Materialien.

Rufus setzte sich auf. »Wir erhalten von Ihnen Missionsaufträge?«

Archer nickte. Er hatte mit einem gewissen Widerstand gerechnet. »Wir müssen die Art unserer Aktivitäten grundlegend umorganisieren. Keine unabhängigen Aktionen mehr. Wenn Sie eine Operation planen, fragen Sie vorher nach. Ansonsten planen wir die Strategie und Sie kümmern sich um Taktik und Ausführung. Ohne einen gemeinsamen Plan, an den wir uns alle halten, riskieren wir, einzeln besiegt oder gegeneinander ausgespielt zu werden. Vereint haben wir eine absolut reale Chance, zu gewinnen. Wenn wir nicht zusammenarbeiten, bezweifle ich, dass wir die Garde jemals werden besiegen können.«

»Irgendwelche Ideen für die nähere Zukunft?«, fragte Joey-Lynn, die von der Richtung, in die Archer sie führen wollte, fasziniert zu sein schien.

»Mehrere, um der Wahrheit die Ehre zu geben. Erstens müssen wir uns ein paar von Blüchers Streifen vornehmen, gerade hart genug, dass sie nicht zur Ruhe kommen. Dann halte ich ein gemeinsames Manöver für angesagt. Es wird der erste Test für unsere Zusammenarbeit sein und jeder von Ihnen hat eine Rolle dabei zu spielen.«

Martin Fox legte seine Materialien auf den Tisch. »Okay. Lassen Sie hören.«

»Zuerst ein kleiner Hinterhalt, mit Ihrer Hilfe, Martin. Dann spielen wir ein wenig mit dem HPG in Ecol City.«

»Den Hinterhalt verstehe ich ja. Aber wenn Sie einen HPG angreifen, wird ComStar sich auf uns stürzen wie Fliegen auf Scheiße«, wandte King ein.

»Ich weiß. Wir werden das HPG selbst nicht angreifen, nur die Stromleitungen aus der Stadt zur Station. Das ist keine Verletzung des Vertrags mit ComStar, aber es schaltet den Hyperpulsgenerator trotzdem für mehrere Tage aus. Außerdem zähle ich darauf, dass ComStar angesichts der Tatsache, dass Victor Steiner-Davion die ComGuards befehligt, nicht ganz so empfindlich reagiert.«

»Ich will ja nicht meckern, Christifori, aber was soll das?«, fragte Volk verwirrt. »Was nützt es uns, ein HPG auszuschalten?«

»Blücher ist Kommandeur von Garnisonen auf zwei Planeten. Wenn wir die Kommunikation zwischen ihnen unterbrechen, wird das mit Sicherheit in beiden Teilen der Einheit für Unruhe sorgen. Sie könnten annehmen, dass wir unsere Anstrengungen gegen sie auf Murphrid koordinieren. Oder dass wir hier einen großen Schlag gegen sie planen und verhindern wollen, dass sie Verstärkungen rufen. So oder so ist Blücher gezwungen, seine Truppen in Alarmbereitschaft zu versetzen, sie ausrücken und lange, zähe Stunden Dienst schieben zu lassen. Obwohl gar nichts geschieht, stehen sie unter Druck. Und das Beste ist, wir kommen in die Medien und unsere Sache zieht Aufmerksamkeit auf sich. Zusammen mit dem Hinterhalt, den Katya sich ausgedacht hat, können wir uns bei der Bevölkerung beliebt und gleichzeitig die Arkturusgarde nervös machen.« Archer konnte sehen, dass die Vorstellung allen außer Rufus King gefiel.

Und der meldete sich dann auch zu Wort. »Und abgesehen von diesen kleinen Störmanövern erwarten Sie, dass wir Befehle von Ihnen entgegennehmen?«

»Ich würde es anders formulieren, aber darauf läuft es im Grunde hinaus. Sie werden auch Informationen sammeln und sie an Katya weitergeben. Aber letztendlich ist es aus Ihrer Sicht korrekt, dass Sie von mir Befehle entgegennehmen.«

»Und wer hat Ihnen das Kommando übertragen? Glauben Sie, nur weil Sie Wochenendsoldat waren, müssen wir uns automatisch einreihen? Jeder von uns hier am Tisch hat seine Organisation. Sie haben keinen Beweis dafür, dass wir keinen Erfolg haben können, wenn wir allein arbeiten.«

Archer atmete leise durch. Sein Blick wanderte die Reihe seiner Zuhörer ab, als er King antwortete. »Sie brauchen sich mir nicht anzuschließen, das stimmt. Ich werde mich Ihnen nicht aufzwingen. Warum sollte ich? Ich bin der Einzige an diesem Tisch, der ein Bataillon Soldaten befehligt. Tatsache ist aber, dass das nichts mit meinem Kommandeursposten bei der Thorin-Miliz zu tun hat. Der entscheidende Punkt ist vielmehr, dass ich der Einzige hier bin, der bei den VCS gedient hat. Ich habe dieselbe Ausbildung absolviert wie die Garde, und dadurch kann ich ziemlich genau vorhersagen, wie sie reagiert. Ich kenne ihre Schwächen und ich weiß sie auszunutzen. Hinzu kommt, dass ich, abgesehen von Katya, auch der Einzige in dieser Runde bin, der schon einmal eine echte Feldschlacht mitgemacht hat. Und schließlich habe ich Erfahrung im Umgang mit Oberst Blücher. Wenn Sie nicht wollen, dass ich den Widerstand leite, zeigen Sie mir jemanden, der besser qualifiziert ist. Ich werde mich ihm oder ihr ohne Widerspruch unterordnen.«

Nach kurzem Schweigen erklärten sich alle Rebellenführer durch ein Kopfnicken oder eine kurze Bestätigung einverstanden. King gab sich als Letzter geschlagen, aber Archer hatte nicht das Gefühl, dass er diesem Einverständnis vorbehaltlos vertrauen konnte. Nach einer weiteren Stunde Gespräch verließen er und Katya die Versammlung in einem kleinen Schweber. Ihr Weg führte sie auf einer einsamen Straße durch den nächtlichen Wald.

»Was meinen Sie?«, fragte sie und bog in einen schmalen Feldweg ein.

»Sie haben ihre Ecken und Kanten. Amateure. Und King müssen wir scharf im Auge behalten.«

»Meinen Sie, wir kommen damit durch?«

Archer grinste. »Wir haben keine Wahl, Katya.« Ebenso wenig wie die anderen.

15

Zwischen Davion- und Steiner-Truppen ist ein offener Kampf ausgebrochen, hauptsächlich auf Welten, auf denen bereits Einheiten beider Seiten gemeinsam stationiert waren. Meldungen über Gefechte auf Kathil, Nuevo Aragon, Coventry, Nanking, Kikuyu, Demeter, Algol, Benet III, Brockway, Bromhead, Ft. Louden, Rasalgethi und Thorin sind bestätigt. In der Zwischenzeit hat der Archon folgende Botschaft an das Volk ausstrahlen lassen: »Mein Bruder behauptet, ich sei meines Amtes nicht würdig, aber wie viel unschuldiges Blut wird er mit diesem Versuch mich abzusetzen, vergießen? Ist das die berühmte Kriegerehre? Hilft das den Menschen, die er angeblich retten will? Meine Truppen werden sich dem Kampf stellen, wenn sie provoziert werden, aber alles, was *ich* mir für mein Volk wünsche, ist Frieden.«

– Piratensender *Stimme des Untergrunds,* Thorin,
10. Dezember 3062

Gauleytal, Thorin
Provinz Skye, Lyranische Allianz

23. Dezember 3062

Rund vierzig Kilometer genau nördlich von Ecol City lag die Jahrhunderte zuvor zur Trinkwasserversorgung der Hauptstadt angelegte Gauleytalsperre. Der vom Fluss des gleichen Namens gespeiste See lieferte mehr als genug Süßwasser für die Bevölkerung der Stadt. In jedem Frühjahr und Spätsommer wurde das Wasser abgelassen, um den Druck auf die Staumauer zu senken.

Am Fuß des Damms lagen fünf riesige Schleusen. Aus dem nahe gelegenen Kontrollraum konnte der Wasserfluss auf bis zu 13600 Hektoliter in der Sekunde erhöht werden, was den Unterlauf des Gauley von einem ruhigen Fischwasser in ein Wildwasser mit Stromschnellen der Klassen V und VI verwandelte. Ein Teil der Einheimischen nutzte die Gelegenheit der halbjährlichen Schleusenöffnungen für Weißwasserfahrten mit dem Floß oder Kajak, aber die meiste Zeit über war das Gebiet verlassen.

Im Augenblick war es ruhig am Fluss, und die steilen Felsformationen, die an beiden Ufern aufragten, verwandelten ihn in eine perfekte Gelegenheit, BattleMechs unbemerkt überland zu bewegen. Genauso hatte Archer es geplant. Mithilfe der vereinzelten Zufahrtsstraßen, die am seichten Flussbett endeten, konnte er in nördliche und südliche Richtung in die Nähe der Stadt ziehen, auf die Hauptverkehrswege vorstoßen, die 15. Garde angreifen und sich wieder an einen Ort zurückziehen, dessen Geländebedingungen deren Ortung störten.

Etwa zwölf Kilometer westlich des Gauley verlief eine Hauptdurchgangsstraße am Bergkamm entlang nach Ecol City und verband die Hauptstadt mit der Industriestadt Kendal. Die Arkturusgarde benutzte die Straße für Patrouillen. Sie war die Hauptverbindung zwischen den beiden Städten. Blüchers Leute suchten nach Spuren Archers und seiner Milizionäre. Heute sollten sie fündig werden.

Archer stoppte den *Lichtbringer* auf einem flachen Felssims über dem Ostufer des Flusses. Von hier aus hatte er einen hervorragenden Schusswinkel abwärts auf den vom Westufer hangaufwärts führenden Weg. Er sah hinunter zum Gauley, dessen Wasser nur einen Meter tief war und gemächlich das Flussbett hinabströmte. Er erinnerte sich daran, wie aufregend es war, durch die Stromschnellen zu fahren, wenn die Schleusen geöffnet wurden. Vor Jahren, in einem anderen Leben, hatte er es selbst erlebt. Andrea war auch dabei gewesen, mit ein paar ihrer Freundinnen, als sie ein Floß durch das Wildwasser gesteuert hatten. Er war ein ungelenker junger Bursche gewesen, der sich bemüht hatte, den Mädchen zu imponieren. Ohne viel Erfolg, aber trotzdem erinnerte er sich bis heute gerne an diesen Ausflug.

Zeit für neue Erinnerungen zu sorgen. Er schaltete auf Befehlsfrequenz um und befahl seiner leichten Mechlanze vorzurücken. »Timing ist alles, Leute«, mahnte er.

Kane Livernois in seinem *Schleicher,* seit kurzem mit neuem Anstrich in Waldgrün und Braun, sollte den Lockvogel spielen. Kane war noch ein wenig unsicher in seiner neuen Position als Lanzenführer, aber Archer sah bei ihm Potenzial. Und diese Operation würde zumindest zeigen, ob er das Zeug dazu hatte, unter echten Gefechtsbedingungen eine Führungsposition auszufüllen, selbst wenn sie sonst nichts brachte.

»Denkt daran, dass ihr die Zone verlassen haben müsst, wenn ich das Zeichen gebe«, erinnerte er seine Leute. »Macht auf euch aufmerksam und lockt sie dann her, so schnell ihr könnt.«

»Verstanden, Gespenst Eins«, antwortete Kane und watete mit seinem Mech durch den seichten Flusslauf, bevor er auf der anderen Seite den kurvigen Trampelpfad hinaufstieg. Hinter dem *Schleicher* in Tarnbemalung folgten ein zerbeulter *Kampffalke,* ein vor langer Zeit erbeuteter und reparierter *Panther* und eine *Speerschleuder.* Archer sah ihnen nach. Die riesigen Mechfüße wirbelten eine Staubwolke auf, als die Kampfkolosse den Hang hinaufstiegen und im dichten Wald verschwanden. Von den Eisenablagerungen im Fels behindert, verloren die Kurzstreckensensoren des *Lichtbringer* die Maschinen eher, als Archer erwartet hatte.

Während die zweite Lanze seiner Einheit an den verabredeten Positionen in Stellung ging, sah er sich um. Die Bäume leuchteten saftig-kräftig grün, und auf dem Wasser funkelte die Nachmittagssonne. Für einen kurzen Augenblick entspannte er sich. Im Grunde hatte er dieses Gefühl seit Andreas Tod nicht mehr erlebt. Jeder wache Augenblick seitdem war von irgendeinem Problem, einer Absicht, einer Entscheidung in Anspruch genommen worden. Jetzt fühlte er einen seltsamen inneren Frieden.

Eine Stimme drang aus dem Helmlautsprecher und unterbrach seine Muße. »Gespenst Eins von Pitbull. Hundehütte ist gesichert.«

Archer seufzte und verabschiedete sich von seinem Augenblick der Stille. »Verstanden. Irgendwelche Probleme, Pitbull?«

»Keine. Im Gegenteil. Wir scheinen auf ein paar Leute getroffen zu sein, die sich uns gerne anschließen würden.«

»Gut, aber wir müssen sie trotzdem fesseln, wenn das hier vorbei ist. Ich möchte nicht, dass die Archonisten ihnen oder ihren Angehörigen Schwierigkeiten machen.«

»Ist klar«, antwortete die Stimme.

»Augen auf, Pitbull«, sagte Archer. »Und auf mein Zeichen warten.«

Sie mussten nicht lange warten, nur etwa zwei Stunden. Es begann mit einem Rauschen in Archers Helmlautsprecher, gefolgt von Kane Livernois' Stimme. »Gespenst Eins von Gespenst Neun«, keuchte er, nach Luft schnappend.

»Ich höre, Neun«, antwortete Archer und fasste die Steuerknüppel fester.

»Ich habe die Garde gefunden.« Im Hintergrund war ein lautes Knistern zu hören, das Archer sofort erkannte. Es war der Klang einer PPK-Entladung in der Nähe eines Mechcockpits.

»Bring sie ein.«

»Das dürfte kein Problem werden. Wir müssten in einer Minute in Sichtweite sein«, stellte Kane fest. »Zwei Lanzen im Anmarsch. Gespenst Zehn ist beschädigt.«

Archer sah auf die Anzeige der Fernortung und wurde mit einem kurzen Aufflackern der sich nähernden Vernichtungsmassen belohnt. Der schmale, serpentinenartige Bergweg verschaffte ihnen einen Vorteil, indem er die Garde daran hinderte, eine Schlachtreihe zu bilden oder eine Zangenbewegung zu versuchen. Zu einem Rückzugsgefecht zwischen ihrer Vorhut und Livernois' Nachhut gab es keine Alternative.

»Gespenst Zwo, Drei und Vier von Eins. Bereithalten zum Hochfahren. Haltet euch an den Plan. Wir liefern Deckungsfeuer für den Anmarsch. Niemand schießt, bevor ich das Zeichen gebe – keine Ausnahmen!«

Als er auf Nahortung umschaltete, sah Archer die sich den Weg entlang windende Reihe der schon fast auf Sichtweite herangerückten Mechs. Ohne die Überraschung, die er vorbereitet hatte, wäre es ein ausgeglichener Kampf geworden. Er hatte eine einzelne Arkturuslanze erwartet, aber die Streife bestand statt aus vier aus acht Maschinen. Blücher schien seine Patrouillen in engem Kontakt einzusetzen.

Er blickte hoch und sah seine Mechs um die Biegung kommen. Rubinrote Lichtbahnen zuckten hinter ihnen her, als sie in Richtung Flussbett rannten. Harry ›Hawkeye‹ Hogans *Kampffalke* zog eine Rauchfahne hinter sich her, und Arme und Beine von Subaltern Graths *Panther* waren rußgeschwärzt. Die linke Rumpfseite des leichten Mechs hatte kaum noch Panzerschutz.

Dann kamen auch die Arkturusgardisten in Sicht. Sie rückten im Gänsemarsch vor, angeführt von einem graugrünen *Nachtschatten*, der mit seinem schweren Impulslaser Hogans *Kampffalke* zusetzte. Im Augenblick schossen die smaragdgrünen Energiebolzen allerdings an ihrem Ziel vorbei und zertrümmerten die den Weg säumenden Felsbrocken zu grauen Staubwolken. Archer wusste, dass seine BefehlsLanze die Gardisten auf diese Entfernung treffen konnte, aber er wartete. Sie waren zwischen den Felsen gut versteckt und würden sich erst zeigen, wenn der richtige Augenblick gekommen war – es sei denn, der Gegner sah oder ortete sie schon vorher.

»Pitbull von Gespenst Eins«, sagte er langsam, während Hogan den Torso des *Kampffalke* drehte und das Feuer der Gardisten erwiderte. Er sandte zwei Kurzstreckenraketen an dem *Nachtschatten* vorbei ins linke Bein der ihm an zweiter Position der Formation folgenden *Cicada* und beschädigte deren Panzerung knapp über dem Knie.

»Ich höre«, antwortete die Stimme von Martin Fox.

»Zieh den Stöpsel.«

»Verstanden, Gespenst.«

Livernois hielt den *Schleicher* in der Mitte des Flussbetts an und drehte sich um. Er feuerte eine Breitseite Kurzstreckenraketen aus der Sechser- und der Zweierlafette. Die Raketen schlugen in den Rumpf eines dunkelgrünen *Totschläger* und sprengten kleine Krater in dessen Torsopanzer. Kane aktivierte die Sprungdüsen und hob ab, kaum dass seine Geschosse ihr Ziel getroffen hatten. Die superheißen Plasmazungen hoben ihn bis auf Archers Höhe, allerdings weiter stromabwärts.

Der *Nachtschatten* rückte ans Flussufer vor und eröffnete das Feuer auf Corporal Jillian Shanteas *Speerschleuder.* Die beiden mittelschweren Impulslaser trafen beide Beine des leichteren Mechs und fraßen sich in die schützende Metallkeramikpanzerung. Der Kampfkoloss schien unter der Wucht der Treffer zu erbeben, aber Jillian schaffte es, das Gleichgewicht zu halten, und machte sich an Archers Ufer an den Aufstieg. Dessen Sichtfeld wurde von Subaltern Graths *Panther* blockiert, der auf seinen Sprungdüsen auf ein Sims knapp unterhalb von Archers Stellung aufstieg, weiße Rauchfahnen aus den frischen Trefferkratern hinter sich herziehend.

Die Gardisten mussten sie bemerkt haben. Eine Lanze blieb knapp oberhalb des Ufers, während der Rest sich mitten im seichten Flussbett zu einer Kampflinie aufstellte. Um die Füße des *Totschläger* stiegen Dampfwolken auf, als er seine schweren Laser auf Kanes *Schleicher* abfeuerte und die dabei entstehende Abwärme in das kalte Wasser ableitete.

Mit einem schnellen Blick auf die Zeitanzeige der Sichtprojektion richtete Archer die Waffen auf einen gedrungenen *Feuerteufel,* einen der Mechs auf dem Trockenen oberhalb des Flusslaufs.

»Alle Gespenster«, gab er durch. »Feuer auf die erhöhten Stellungen konzentrieren. Macht euch auf was gefasst.«

Sein Ziel feuerte nur eine Millisekunde, bevor Archer eine Zielerfassung erhielt, auf Graths *Panther.* Der *Feuerteufel* war ein tödlicher Nahkämpfer mit mehr Lasern als ein Zug Panzer, und er hatte seine drei schweren und drei seiner mittelschweren Laser abgefeuert. Der grellrote Lichtzauber, den der Mech damit auslöste, machte seinem Namen alle Ehre. Graths leichter Mech ging in einem Bad aus tödlichem Laserfeuer verdreht und verbogen zu Boden. Eine Granatensalve von Archers Lanze verfehlte ihr Ziel und zertrümmerte die Steine an den Füßen eines Garde-*Kampfhund,* der seinem Angreifer nichts schuldig blieb.

Archer feuerte seine schweren Laser ab, und ihre scharlachroten Strahlbahnen schnitten tief in das rechte Bein des *Feuerteufel,* dessen Panzerung mit einem Knall absprang, der laut durch die enge Schlucht hallte. Plötzlich wurde ein Donnern hörbar, das irgendwo zwischen dem Abfeuern einer Raketensalve und einem Sommergewitter lag. Erst nur ein leises Grollen, wurde es schnell lauter, beherrschender, allumfassend. Volle fünf Sekunden fiel kein Schuss. Der Kampf schien vergessen, als alle MechKrieger wie gebannt dem lauter werdenden Donnern lauschten.

Die Wasserwand war fast sechs Meter hoch, als sie in Sicht kam, eine gewaltige, schaumgekrönte Vernichtungswalze. Kilometer stromaufwärts hatten Martin Fox und sein Pitbullteam die Ventile der Staumauer geöffnet. Innerhalb eines Herzschlags verwandelte sich das seichte Wasser in einen reißenden Strom, eine solide Flutwelle, die sich mit dem Brüllen eines titanischen Raubtiers heranwälzte.

Die Arkturusgarde hatte gerade zwei Sekunden, bevor der Fluss sie erfasste. Die vordersten Mechs versuchten zu entkommen, aber nur fünfhundert Meter stromabwärts beschrieb das Flussbett eine scharfe Kurve, und der unebene Felsboden machte es unmöglich, die Kampfkolosse mit voller Geschwindigkeit zu bewegen. Nicht dass es etwas am Ergebnis hätte ändern können. Der *Feuerteufel* und die anderen Mechs am Ufer versuchten, sich über den Weg zurückzuziehen, den sie gekommen waren.

»Weiterfeuern!«, befahl Archer und feuerte auf den *Feuerteufel,* dessen Pilot verzweifelt versuchte, sich vor dem Pandämonium des Flussbetts zu retten. Die meisten Laserschüsse gingen vorbei, aber es trafen genug, um die Konfusion noch zu steigern. Dann kletterte ein einzelner BattleMech, der *Nachtschatten,* aus dem weißschäumenden Wasser auf einen flachen Felsen und stieg auf seinen Sprungdüsen in die Höhe. Er taumelte wie betrunken durch die Luft, dann stürzte er aufs Ufer, die Beine im Fluss, der Rest seines zerschlagenen Rumpfes auf den Felsen. Seine drei Kameraden, die versucht hatten, sich stromabwärts zu retten, hatte der tosende Fluss verschlungen.

Ein Arkturus-Mech stand noch auf dem Gebirgsweg: ein *Tomahawk.* Der Pilot feuerte seine Autokanone und traf Archers *Lichtbringer* in der Mitte des Torsos, wo die Granaten mehrere Tonnen Panzerung zertrümmerten. Der Mech taumelte unter dem Einschlag der Geschosse, aber Archer rang mit den Kontrollen und hielt ihn auf den Beinen. Er wollte gerade das Ziel wechseln, als er sah, dass die meisten Gespenster auf seiner Seite des Flusses das Feuer erwiderten. Wie abgesprochen trafen den *Tomahawk* nicht weniger als fünf Attacken. Der Mech brach in einer Wolke aus schwarzem und grauem Qualm zusammen. Der *Feuerteufel* und ein flinker *Derwisch* ergriffen hastig die Flucht und stürzten an ihrem gefallenen Kameraden vorbei, ohne auch nur abzubremsen.

Der *Nachtschatten* erhob sich mühsam auf die Beine, feuerte erneut die Sprungdüsen ab und schaffte eine halbwegs annehmbare Landung auf dem Gebirgspfad kurz hinter dem wie ein Scheiterhaufen lodernden *Tomahawk.* Jemand auf Archers Flussseite feuerte einen schweren Laser ab, der den *Nachtschatten* traf, als er sich gerade zur Flucht wandte, und der armdicke Energiestrahl bohrte sich, Panzerplatten in alle Richtungen über den Hang davonschleudernd, tief in den Mechrumpf. Der offensichtlich mit internen Schäden kämpfende Gardemech wankte, taumelte. So, wie er schwankte und um sein Gleichgewicht kämpfte, war sein Kreiselstabilisator erheblich beschädigt. Auf dem felsigen Hang verlor der Mech den Halt, dann schlidderte er über die spitzen Felsen zurück auf das tobende Wasser zu, und mit jedem Meter dieser Rutschpartie verlor er mehr Panzerung.

Dann war es plötzlich vorbei. Drei Gardisten war die Flucht gelungen. Der Rest war entweder abgeschossen oder in den Fluten verschollen. Das Wildwasser donnerte unbeeindruckt von der Verwüstung, die es angerichtet hatte, über die Felsen. Archer sah den grüngelben Rumpf der *Cicada* kurz vor der Flussbiegung von den Wassermassen gegen einen riesigen Fels gepresst, unfähig sich zu bewegen. Die anderen waren entweder unter Wasser oder versuchten irgendwo weiter flussabwärts ans Ufer zu gelangen.

»Rettungs- und Bergungsoperation einleiten«, befahl Archer. »Pitbull, legt unseren Freunden die Fesseln an und bedankt euch. Dann schiebt den Stöpsel wieder rein und macht, dass ihr wegkommt.«

Oberst Blücher trat zu den schwarzverkohlten Überresten von OD2 Mary Jane Grands *Tomahawk,* die quer über dem Weg lagen. Es stieg noch immer Rauch von dem Schrotthaufen auf, der einmal ein stolzer BattleMech gewesen war. Der Mecharm mit dem typischen Beil, dem der Kampfkoloss seinen Namen verdankte, lag in Schulterhöhe abgerissen einige Meter entfernt. Der süßlichwiderwärtige Geruch von versengtem Kühlmittel und Myomerfasern hing schwer in der Luft. Unter ihm sanken allmählich die Fluten des tosenden Gauley. Er hatte Truppen zum Kontrollzentrum des Staudamms geschickt, die zwei gefesselte Arbeiter vorgefunden hatten.

Das war übel. Er hatte fünf BattleMechs verloren, den zerstörten *Tomahawk* eingerechnet. Und die Überprüfung des Flusslaufs stromabwärts ließ keinen Zweifel daran, dass Christifori die Gardemechs mitgenommen hatte. Es gab Anzeichen, dass auf der anderen Flussseite ein Kampfkoloss abgeschossen worden war, aber auch der war verschwunden: geborgen, um ihn für Ersatzteile auszuschlachten. Christifori hatte Blüchers Mech und ihre Piloten erbeutet.

Blücher hatte seine Luft/Raumjäger und eine weitere Mechkompanie in das Gebiet beordert, um nach den Rebellen zu suchen, aber ohne Erfolg. Er sah hinunter zum Fluss und verschränkte die Arme. Archer Christifori stand ihm als MechKrieger und Kommandeur in nichts nach. Darüber hinaus war Thorin Christiforis Heimatwelt. Er kannte sich hier aus und die Einheimischen verehrten ihn. Nicht nur das, er kämpfte für eine Sache. Das allein genügte schon, einen Gegner gefährlich und in gewisser Hinsicht unberechenbar zu machen. Schlimmer noch, diese Niederlage konnte der Kampfmoral von Blüchers Truppen nur schaden.

Der Fehler, den er heute begangen hatte, war, dass er Christifori gestattet hatte, die Bedingungen des Kampfes festzusetzen. Aber dieses Gefecht war erst der Anfang. Früher oder später würde er die Operationsbasis der Rebellen finden und die volle Schlagkraft des Bataillons gegen sie zum Tragen bringen. Er blickte hinab auf die Überreste des *Tomahawk* und schwor sich, denselben Fehler kein zweites Mal zu begehen. *Früher oder später,* schwor er Christifori in Gedanken, *werden wir zu meinen Bedingungen aufeinander treffen.*

Als Archer und seine Leute zur Basis zurückkehrten, wurden sie mit hellem Jubel begrüßt. Seine BefehlsLanze hatte Befehl, das Gebiet abzusichern, nur für den Fall, dass die Garde irgendwie ihre Spur gefunden hatte. Er hielt diese

Gefahr zwar nicht für sonderlich hoch, aber selbst wenn, waren seine Infanterie und eine Mechlanze mehr als genug, um sie beschäftigt zu halten, bis Verstärkung eintraf.

Alle im Lager winkten und schwenkten die Mützen und was immer sonst greifbar war, als seine kleine Streitmacht den offenen Platz betrat, der vor Jahrhunderten der Zentralplatz der Universität gewesen war. Die seinem *Lichtbringer* folgenden Transporter trugen das erbeutete Bergegut, darunter auch die Überreste von Graths *Panther.* Grath hatte schwere Verbrennungen erlitten und wurde rasch ins provisorische Feldlazarett der Basis gebracht. Archer hielt den Mech an, fuhr den Fusionsreaktor im Herzen der gewaltigen Kampfmaschine herunter und öffnete die Cockpitluke, um zu Boden zu klettern.

Als er unten ankam, stürzten Katya und einige andere mit strahlendem Gesicht auf ihn zu und salutierten.

»Irgendein Zeichen von der Arkturusgarde?«, fragte er.

»Unsere Kameras im Flusstal zeigen sie noch vor Ort. Sie sind damit beschäftigt, das Gefecht auszuwerten und das Gelände nach uns abzusuchen«, antwortete Katya mit Blick auf ihren Compblock. »Die Infanterieteams in den Bergen haben unsere Spuren effektiv verwischt. Pitbull und seine Leute sind ebenfalls entkommen.«

»Und die Geschützkamerabilder?« Er öffnete die Verschlusshaken der Kühlweste. Seine Haut war schweißnass, und die kühle Waldluft ließ ihn frösteln.

»Ich werde sie von den Techs überspielen und mit einem Teil der Kamerabilder mischen lassen, die wir von den Außenkameras haben. Morgen früh schmuggeln wir den Film dann nach Ecol City, und morgen Abend weiß der ganze Planet, was wir geleistet haben.«

»Ich möchte, dass ein paar meiner Kontakte auf Murphrid ebenfalls eine komprimierte Kopie der Bilder erhalten. Allermindestens wird es ihre Kampfmoral stärken. Wer weiß, möglicherweise können wir Blücher nicht nur hier auf Thorin Schwierigkeiten machen.«

»Wird gemacht«, bestätigte sie. »Was ist mit der nächsten Phase der Operation?«

»Wenn die Garde sich an die Standardverfahrensregeln hält, wird Blücher in den nächsten ein, zwei Tagen das Gebiet um den Fluss durchkämmen und nach uns suchen. Dazu muss er Mechs von den normalen Streifenrouten abziehen. Das sollte es Joey-Lynn leichter machen, ihr Team in Stellung zu bringen.«

»Ecol City ist nicht ihr Heimatrevier«, erinnerte Katya ihn nicht zum ersten Mal.

»Aber sie ist pfiffig genug, das trotzdem zu schaffen. Geben Sie ihnen in einer Stunde Nachricht, dass sie aktiv werden dürfen, sobald meine Nachricht nach Murphrid abgegangen ist.« Fraser würde Blücher anderweitig beschäftigt halten.

Las Volk und seine Leute hatten zusammen mit Fox auch an einer Lösung für das Satellitenproblem gearbeitet. Das Einzige, was Archer zu tun blieb, war zu verhindern, dass die Garde seine Leute aufspürte.

Katya war fertig mit ihren Notizen und klappte den Compblock zu. »Oh, bevor ich es vergesse: Meinen Glückwunsch.«

»Dafür bin ich der falsche Empfänger«, antwortete Archer. »Schicken Sie dem Pitbull-Team unseren Dank und sorgen Sie dafür, dass alle unsere Leute wissen, dass sie gute Arbeit geleistet haben.«

»Was ist mit Ihnen, Archer? Sie sind der Chef.« Katyas Wangen röteten sich.

Er schüttelte den Kopf. »Ich bin nur ein einzelner Mann mit ein bisschen Blech an der Uniform. Die anderen haben die wirkliche Arbeit geleistet.« Er blickte sich um, dann schwenkte er in einem weiten Bogen den Arm. Bei allem Jubel waren MechKrieger und Techs bereits damit beschäftigt, die beschädigten BattleMechs zu reparieren und instandzusetzen.

16

Wie in den letzten Tagen bereits berichtet, sieht es ganz danach aus, als stünde das Vereinigte Commonwealth erneut vor einem Kriegsausbruch. Erste Meldungen über den Tod Arthur Steiner-Davions sprachen davon, dass er von draconischen Attentätern ermordet worden sei, was eine Serie von Angriffen tief ins Innere der Kombinats durch VerCom-Einheiten zur Folge hatte, die an der Grenze stationiert waren. Präzentor Martialum Victor Steiner-Davion widersprach jedoch schnell allen Berichten über eine Beteiligung Haus Kuritas und erklärte, Beweise dafür zu besitzen, dass seine Schwester Katrina die Verantwortung für den Anschlag habe. Er forderte alle loyalen Einheiten auf, sich unter seinem Befehl zu sammeln, ein Aufruf, der allem Anschein nach Erfolg hatte. Der Archon bezeichnet die auf zahlreichen VerCom-Welten ausgebrochenen Kämpfe als ›unbedeutende Zwischenfälle‹. Es ist mir jedoch gelungen, exklusive Bilder von Nanking zu erhalten, die deutlich machen, wie ernst der Konflikt bereits geworden ist. Die folgenden Bilder enthalten Szenen gewalttätiger Natur, die sie für jüngere Zuschauer ungeeignet erscheinen lassen.

– Dwight Lansing, Chefkorrespondent des Holovidmagazins
Die nackte Wahrheit, Liga Freier Welten, 20. Dezember 3062

Ecol City, Thorin
Provinz Skye, Lyranische Allianz

26. Dezember 3062

»Wie lange wird es dauern, den Schaden zu beheben?«, fragte Blücher und justierte die Kontrollen des Hologrammtischs, um die Operationszentrale etwas heller zu machen. Er fühlte sich hier allmählich wie in einem Gefängnis, und seine Geduld ging rapide zur Neige. Christifori bot ihm keine Chance, seine Stärke auszuspielen: den fairen Kampf in offener Feldschlacht. Das Debakel am Fluss war ein Hinterhalt gewesen. Schlimmer noch, es hatte ihn gezwungen, die Sicherheitsmaßnahmen in der Stadt zu reduzieren.

Und dafür hatte er einen hohen Preis bezahlt. Drei Bombenanschläge hatten die Stromstationen lahmgelegt, über die der planetare Hyperpulsgenerator versorgt wurde, sodass Thorin vom Rest der Inneren Sphäre abgeschnitten war. Ohne den HPG gab es keine Möglichkeit, Nachrichten mit anderen bewohnten Welten auszutauschen, und das bedeutete: Er hatte keine Ahnung, was sich im Rest der Lyranischen Allianz abspielte. Gleichzeitig machte es jede Kontaktaufnahme mit seinen beiden anderen Bataillonen auf Murphrid unmöglich.

In den letzten Tagen war einiges geschehen, und die Lage wurde immer prekärer. Seitdem Victor Davion seine Absicht verkündet hatte, den Archon abzusetzen, waren zivile Unruhen zu offener Revolte eskaliert. Als Krieger konnte Blücher den Mann nur bewundern, aber in den Augen des Obersten war er mehr ein Davion als ein Steiner. Ungeachtet aller furchtbaren Anschuldigungen war Katrina Steiner-Davion der Archon, nicht Victor. Blücher betrachtete es als seine Pflicht, allen Versuchen Victors, den Archon zu stürzen, Widerstand zu leisten.

»Wir haben in zwei Tagen wieder Kontakt, möglicherweise werden es auch drei«, antwortete Leutnant Fisk zögernd.

Das war zu lange. In drei Tagen konnte viel geschehen. Blüchers Eröffnung auf Murphrid war entschlossener gewesen als auf Thorin. Er hatte die Planetare Miliz aufgelöst und in die Garde integriert, und seine Stellvertreterin auf Murphrid, Kommandantin Constance McCoy, hatte auf eigene Initiative sichergestellt, dass die Maßnahme in den Medien korrekt interpretiert wurde.

Er hatte weniger Glück gehabt. Irgendwie war es Christifori gelungen, den Medien nur eine Stunde nach der Pressekonferenz Blüchers, in der er den Zwischenfall abgestritten hatte, sorgfältig redigierte Filmaufnahmen des Hinterhalts zuzuspielen. Das hatte jede Glaubwürdigkeit, die er in der Bevölkerung noch besaß, zerblasen. Und als ob das noch nicht schlimm genug gewesen wäre, schien man Christifori jetzt als einen Helden zu betrachten, der mit minimalem Blutvergießen gegen das lyranische Militär kämpfte.

»Und was ist mit Ihrem Verhör des festgenommenen Terroristen?« Bei einem Angriff auf ein Stromwerk hatten Blüchers Truppen es geschafft, einen Verdächtigen festzunehmen. Das Mitglied einer Straßenbande. Waren das die Leute, mit denen die Rebellen gemeinsame Sache machen wollten?

»Wir haben ein paar Namen bekommen, unter anderem den seiner Zellenführerin, einer gewissen Joey-Lynn Fraser. Beide stammen aus Opal City. Sie sind nur für diese Operation nach Ecol gekommen.«

»Konnten Sie in Erfahrung bringen, wo Christiforis Basis liegt?«

»Nein, Herr Oberst. Er wusste es nicht. Wir haben Drogen eingesetzt, um die im Verlauf des Verhörs erhaltenen Informationen zu verifizieren, aber das hat keine weiteren Einzelheiten zu Tage gefördert. Die Rebellen sind in Zellen organisiert, und Sie wissen selbst, wie schwer es ist, diese Struktur zu zerschlagen. Wir haben vier weitere Namen, und ich habe mich mit der örtlichen Polizei in Opal City in Verbindung gesetzt, aber bisher ist keiner der Terroristen gefunden worden. Wir haben allerdings die Angehörigen eines von ihnen lokalisiert.«

»Wurden sie festgenommen?«, fragte Blücher.

»Es schien ratsam. Das könnte uns helfen, wenigstens einen in die Hand zu bekommen.«

Blücher rieb sich die Stirn. »Ich hatte gehofft, so etwas vermeiden zu können, aber sie lassen uns keine andere Wahl.«

Ein anderer Offizier trat heran und reichte Blücher einen Bericht. Er überflog den Ausdruck, dann sah er hoch. »Leutnant Sherwood, Sie haben unter Christifori gedient. Können Sie uns irgendetwas sagen, was uns helfen könnte?«

Der mittelblonde Offizier schüttelte den Kopf. »Er hat

mir keine Details seiner Pläne anvertraut, aber eines weiß ich: Archer Christifori tut so gut wie nichts ohne detaillierte Vorbereitung. Wenn er unseren HPG ausgeschaltet hat, dann hatte er dafür mit Sicherheit einen Grund, und wenn es nur der ist, uns verrückt vor Sorge zu machen.«

»Genau das meine ich auch«, bestätigte Fisk.

»Auf Grund der Angriffe herrscht volle Alarmbereitschaft und wir haben unsere Truppen ins Stadtgebiet zurückgezogen, doch bis jetzt haben wir von seiner Seite keinerlei Aktivität mehr bemerkt«, dachte Blücher laut. »Was bedeutet, dass wir entweder etwas übersehen haben oder genau das tun, was er von uns erwartet. Er weiß genau, welche Reaktion unsere Ausbildung uns nahelegt, und bis jetzt haben wir ihm in die Hände gespielt. Lassen Sie die Streifen wieder ausrücken, engmaschig. Wir werden uns auf die Suche begeben.«

»Ist das klug?«, fragte Fisk.

Blücher ignorierte die Frage und sah erneut zu Sherwood. »Was denken Sie, Leutnant?«

»Nun, Herr Oberst, Christifori hat sein ganzes Leben beim Militär verbracht. Wenn Sie sich an die eingefahrenen Regeln halten, wird er immer eine Antwort parat haben. Er kennt die Regeln. Teufel auch, er war dabei, als sie geschrieben wurden.«

Zum ersten Mal seit Tagen ertappte Blücher sich bei einem Grinsen. »Gut. Die Streifen sollen sich auf den Weg machen. Vergessen Sie die HPG-Probleme und was möglicherweise im Rest der Inneren Sphäre vor sich geht. Wir haben eine Rebellion hier vor der Tür auf Thorin, und die werden wir niederschlagen.« Er klang entschlossen, aber insgeheim konnte er nur hoffen, dass die 15. Arkturusgarde auf Murphrid nicht bis zum Hals in Rebellen versank.

Archer stand im Eingang des Zelts, das er als sein Feldhauptquartier eingerichtet hatte, und sah hinaus über den Platz. Er hatte Muskelkater, aber die kühle Waldluft wirkte angenehm erfrischend. Irgendwo über sich hörte er die Flügelschläge eines großen Vogels und leises Gurren. Die Aktivitäten ringsum schienen ebenso gelassen. Gelegentliche Wortwechsel, ab und zu ein Lachen. Einen Augenblick lang schien es mehr eine ländliche Szenerie als ein Militärlager.

Darius Hopkins kam herüber, als Archer die Arme reckte und die Schultern rollte. »Wie sieht es aus, Darius?«

»Ich wünschte, wir hätten mehr von dem *Nachtschatten* retten können«, grummelte Hopkins.

»Was ist mit den Sachen, die wir bergen konnten?«

»Die *Cicada* ist einsatzbereit, aber eben nur eine *Cicada.* Der *Kampfhund* hat hauptsächlich Panzerschäden erlitten, und den *Totschläger* haben wir mit ein paar kleineren Modifikationen auch einsatzklar bekommen. Den Rest habe ich verschrottet, einschließlich Corporal Shanteas *Speerschleuder.* Zusammen mit dem, was wir aus den Überresten des *Tomahawk* und Graths *Panther* retten konnten, würde ich sagen, wir haben Gewinn gemacht.«

Archer nickte erfreut. »Ich habe mich umgehört. Einer von Las Volks Leuten war früher MechKrieger. Wir können ihm die *Cicada* geben.«

»Gute Idee.« Hopkins wischte sich die Hände an einem Stofffetzen ab, den er aus der hinteren Hosentasche gezogen hatte. »Da wir gerade von MechKriegern reden. Die Gardisten, die wir gefangen genommen haben, sind unterwegs zum Südkontinent.« Er hatte einen Plan ausgearbeitet, sie übers Meer in die südlichen Agrarbezirke zu schmuggeln, wo sie auf einem Bauernhof festgehalten werden würden, der Verwandten Catherine Daniels' gehörte.

Beide Männer drehten sich um, als ein Schwebelaster auf den Platz fuhr, dessen von einer Plane bedecktes Frachtbett hoch mit Proviant und Nachschub beladen war. Katya stieg aus dem Fahrerhaus und kam herüber.

»Ich hoffe, es ist alles glatt gegangen, Haupt... Captain?« Archer hatte noch immer Probleme mit der neuen Rangordnung. Es kostete ihn Mühe, sich umzugewöhnen.

»Keine Probleme, aber unsere Kontakte in der Stadt berichten, dass Blücher die Streifen wieder in Marsch gesetzt hat.« Sie klang besorgt.

Archer war etwas überrascht – und beeindruckt. Felix Blücher war nicht gerade bekannt für seine Flexibilität. »Das ist neu. Scheint, dass unser Oberst lernt, sich anzupassen.«

Katya nickte. »Es sieht danach aus, dass er versucht, die Initiative zu übernehmen. Ein Dummkopf ist er sicher nicht. Er versucht, uns in die Defensive zu drängen.«

»Wie steht es mit den Vorbereitungen für Operation Little John?«

»Volk und Kings Leute stehen für das Ablenkungsmanöver und eventuelle Kontrollmaßnahmen bereit, falls die Dinge aus dem Ruder laufen. Unsere Teams sind bestens vorbereitet und trainiert.«

Archer war hocherfreut, das zu hören, aber ein plötzliches Gedränge um den Laster brachte ihn dazu, sich noch einmal umzudrehen. Sechs Techs hievten einen riesigen Container vom Frachtbett, der den größten Teil der Ladefläche einnahm. »Ich kann mich nicht entsinnen, etwas von dieser Größe auf der Nachschubliste gesehen zu haben.«

»Es stand auch nicht drauf«, stellte Katya lächelnd fest. »Es kam mit einem Frachtraumer und wartete am Raumhafen auf die Abholung. Wer immer es geschickt hat, hat bei der Bestechung der Zöllner hervorragende Arbeit geleistet. Ich weiß nicht, wie der Frachterkapitän dieses Monstrum an Blüchers Leuten vorbeigeschmuggelt hat. Sie halten den Hafen ziemlich hermetisch unter Verschluss. Der Spediteur hat sich über mehrere Ecken mit Leuten in Verbindung gesetzt, die mir Bescheid gegeben haben. Ich habe die Fracht dreimal überprüft, um sicherzugehen, dass es keine Falle ist. Die Papiere sind an Sie adressiert.«

Sie reichte ihm einen an ›Colonel Archer Christifori‹ adressierten Umschlag. Er zog eine kleine Datendisk heraus und lieh sich Katyas Compblock, um sie abzuspielen. Als der Bildschirm aufleuchtete, drehte er sich etwas zur Seite, um einen Hauch von Privatsphäre herzustellen. Die Nachricht war eine Minute lang.

Er fühlte ein warmes Stechen in den Augenwinkeln, als er den Text hörte. Es war nicht Trauer, sondern das Erwachen der Erinnerung. Er sah sich zu Hopkins und Katya um und lächelte. Dann hob er den Compblock und drehte die Lautstärke höher, sodass sie die Botschaft auch hören konnten.

Der Bildschirm flackerte kurz, dann formte sich das Bild eines Mannes, der stolz und aufrecht in frisch gestärkter Ausgehuniform vor der Kamera stand. Sein Gesicht war von Sorge gezeichnet, und in seinen Augen lag eine Traurigkeit, die Archer nachfühlen konnte. Seine Stimme hallte trotz des kleinen Compblocklautsprechers durch die Waldluft.

»Archer, ich habe vom Tod Ihrer Schwester gehört und möchte Ihnen mein zutiefst empfundenes Mitgefühl aussprechen. Ich selbst habe vor kurzem einen geliebten Bruder verloren, und weiß, was in Ihnen vorgeht. In mancher Hinsicht ist indirekt dieselbe Person verantwortlich für unser beider Verlust. Als Ihr früherer kommandierender Offizier wünschte ich, es gäbe mehr, was ich tun kann, um Ihnen zu helfen. Aber auch andere Probleme verlangen meine Aufmerksamkeit. Außerdem scheint mir, dass Sie die Lage auf Thorin ziemlich gut im Griff haben. Bitte akzeptieren Sie dieses Material als mein Geschenk. Ich bin sicher, Sie werden es richtig zu nutzen wissen. Als Rebell wären

Sie Katherines Gesetzen und Anhängern ausgeliefert. Das kann ich nicht zulassen. Terroristen müssen unter Umständen mit der Todesstrafe rechnen. Aber ich gewähre Ihnen hiermit eine Kommission im Rang eines Colonels in der Armee der Vereinigten Sonnen. Ihre offizielle Regimentsbezeichnung ist 1. Thorin-Regiment, Archer's Avengers. Als kommandierender Offizier haben Sie das Recht, ihre Leute zu rekrutieren und Ihrerseits Offizierspatente auszuhändigen. Auf diese Weise haben sie bei Gefangennahme Anspruch auf eine Behandlung nach den Regeln der Areskonvention für Militärgefangene, statt als Terroristen abgeurteilt zu werden. Ich unterstelle Sie nicht meinem Befehl, weil Sie nicht darum gebeten haben, aber möglicherweise ist das eine gewisse Beruhigung. Ich hoffe, Sie nehmen die Kommission an. Ich weiß, Sie hatten nicht vor, wieder ins Militärleben zurückzukehren, aber wir leben in dunklen Zeiten, und es scheint keinen anderen Ausweg als den Kampf zu geben. Ich werde Sie auch in Zukunft auf jede mögliche Weise unterstützen und bin sicher, dass ich mich darauf verlassen kann, dass Sie es ebenso halten werden.«

Dann verblasste das Bild und wurde vom Sonnenschwertwappen der Vereinigten Sonnen ersetzt.

Lange Zeit sagte niemand etwas, bis Darius Hopkins schließlich erklärte: »Ich glaube es nicht. Das war Prinz Victor Steiner-Davion höchstpersönlich.«

Archer reichte Katya den Compblock zurück. »Er hatte schon immer eine dramatische Ader. Und jetzt sag uns, was in dem Container steckt, Katya.«

»Splitterminen, ziemlich moderne Ortungsgeräte, ein paar Richtsprengladungen, tragbare ECM-Ausrüstungen und noch diverses Zubehör zur Umgehung von Alarmanlagen, das ich erst noch sichten muss, bevor ich genau sagen kann, zu was es imstande ist – beziehungsweise nicht.«

Archer pfiff durch die Zähne. »Alles verflucht nützliches Zeug. Okay, wir haben noch immer einiges für Little John vorzubereiten. Und ich würde sagen, darüber hinaus müssen wir uns überlegen, wie wir dem Rest unserer Leute klar machen, dass sie gerade in die AVS eingetreten sind.«

17

Von Robinson dringen erst jetzt allmählich Meldungen über unautorisierte Angriffe auf das Draconis-Kombinat als Vergeltung für den Tod Arthur Steiner-Davions nach außen. An der Spitze der Operation sollen die 1. Robinson Rangers stehen, die unterstützt von der 8. Crucis-Lanciers RKG und dem Robinson-Ausbildungskader den Kurita-Planeten Proserpina angegriffen haben sollen. Laut bisher unbestätigten Meldungen sollen auch die Kombinatswelten Al Na'ïr, An Ting und Marduk Ziel von Angriffen geworden sein.

– Piratensender *Stimme des Untergrunds*, Thorin,
26. Dezember 3062

Ecol City, Thorin
Provinz Skye, Lyranische Allianz

28. Dezember 3062

Die Thorin-Vereinsbank war acht Häuserblocks von der Sternenbundfestung entfernt, die der Arkturusgarde als Hauptquartier diente. Der unauffällige Ziegelbau war weit über hundert Jahre alt und lag an einer Straßenecke. Bei all ihrer Alltäglichkeit besaß die Vereinsbank aber eine besondere Eigenschaft, die sie für Archer und seine Leute vor allen anderen auszeichnete.

Sie war die der Festung am nächsten gelegene Bank der Stadt.

Es heißt zwar häufig, dass eine Armee auf dem Magen marschiere, aber in Wahrheit marschiert sie auf der Soldkasse. Soldaten freuten sich ebenso auf den nächsten Zahltag wie jeder Arbeiter und Angestellte. Für die Truppen der Lyranischen Allianz auf Thorin war die Freude an den Dingen, die man für Geld kaufen konnte, ein wichtiger Teil des Lohns für ein Leben unter dem ständigen Druck der Rebellen.

Auch die Wirtschaft profitierte, die legale ebenso wie die eher halbseidene. Viele MechKrieger und andere Soldaten marschierten von der Kasse schnurstracks in die örtlichen Geschäfte, um ihr hart verdientes Bargeld auszugeben. Am Zahltag waren die Kneipen gerammelt voll, in allen Läden herrschte Hochbetrieb, und die örtliche Wirtschaft erhielt durch den plötzlichen Geldschub generell eine Kraftspritze.

Heute sollte das anders werden.

Um den Sold ausgehändigt zu bekommen, brauchten die Gardisten einen Geldautomaten, aber derartige Maschinen waren in der recht heruntergekommenen Gegend um die Festung Mangelware. Also führte die Soldaten ihr Weg in gerader Linie zur nächsten Bank: in diesem Fall zur Thorin-Vereinsbank. Dort holten sie ihren Sold ab und zogen weiter in die Stadt.

Blüchers Patrouillen hatten einen Sicherheitskordon um die Bank, die sie umgebenden Geschäfte und die Festung gezogen. Es war ein Risiko, die Truppen aus der Sicherheit des Stützpunkts zu lassen – aber er konnte sie schließlich nicht einsperren.

An so ziemlich jeder Straßenecke stand ein Paar Fußsoldaten in schwerer Rüstung und mit wuchtigen Feuerwaffen. Am Rand des Gebiets war eine Hand voll Panzerfahrzeuge aufgefahren, leichte Panzer und Truppentransporter, eine Militärpräsenz, die mehr als genug hätte sein müssen, um Rebellenangriffe abzuschrecken.

Archer und Katya hatten in die Planung von Operation Little John reichlich Hirnschmalz investiert. Sie hatten alles berücksichtigt, von der Sicherheit Unbeteiligter bis zur notwendigen Neutralisierung der Bodentruppen. Selbst der Name war mit Bedacht gewählt, geradewegs aus den terranischen Legenden um Robin Hood. Sie hatten versucht, den Zufall so weit wie möglich auszuschalten.

Im Augenblick saß Archer unter der Oberfläche des Gauley, dessen trübes Wasser seinen Sichtschirm komplett ausfüllte. Er hatte sich für den Fluss als beste Möglichkeit entschieden, den Kampfkoloss ungesehen in die Stadt zu bringen. Es hatte sich zwar als schwierig erwiesen, in den dunklen Fluten den Weg zu finden, aber nicht als unmöglich. Er war sicher, dass auch Katya und die anderen ebenso in Stellung waren wie er. Jetzt mussten sie ihren Plan nur noch umsetzen.

Oberst Blücher gab in der Regel einem Drittel seiner Truppen innerhalb der Sicherheitszone Ausgang, sodass die Soldaten ihr Geld abheben, die örtlichen Geschäfte besuchen und ungefährdet in die Festung zurückkehren konnten. Danach wurde die nächste Gruppe in die Stadt entlassen. Es war ein straffer Zeitplan, den Archer gehörig durcheinander zu bringen plante.

Im schummrigen Licht der Cockpitinstrumente überprüfte er die Anzeige der Nahortung und die Uhrzeit. Wenn alles lief wie geplant, war die erste Phase inzwischen angelaufen. Bis jetzt hatte er seine begrenzten Luft/Raumelemente auf einem versteckten Flugfeld zurückgehalten. Mehrere Jäger sollten jetzt auch im Orbit über Thorin in Position sein. Ihre Aufgabe war es, mithilfe von Störsendern Blüchers Beobachtungssatelliten auszuschalten. Ihr Verlust würde den Oberst daran hindern, alles zu verfolgen, was sich in der Stadt abspielte. Archer blieb nur noch, zu warten…

Katya Chaffee war wie eine durchschnittliche, eher ärmliche Zivilistin gekleidet und schlurfte, zwei schwere Einkaufstaschen schleppend, die Straße hinauf. Einer der beiden Soldaten an der Ecke hatte gerade ihren Ausweis überprüft, um sicherzugehen, dass sie tatsächlich in dieser Nachbarschaft wohnte. Gott sei Dank kannten Las Volks Leute ein paar der besten Fälscher Thorins.

Sie bog um die Ecke auf die Euklidallee und sah den unmittelbar neben dem Gehsteig stationierten Panzer, einen in fleckig grüner Tarnbemalung gehaltenen, sechzig Tonnen schweren *Dämon,* der die halbe Fahrbahn blockierte. Die Dachluke war geöffnet und der Panzerführer hing halb im Freien. Von seiner erhöhten Position aus beobachtete er die Menge mit einem Ausdruck gelangweilten Desinteresses, solange kein hübsches Mädchen in sein Blickfeld wanderte.

Katya wanderte langsam den Bürgersteig hinunter und schenkte dem Panzerfahrzeug nur hin und wieder einen kurzen Blick. Der Panzerführer schaute zu ihr herüber, aber alles, was er sah, war eine mit Einkäufen beladene Frau mittleren Alters. Keine Gefahr für seinen riesigen Panzer. Seine Kameraden ein Stück die Straße hinauf interessierten ihn mehr. Katya drehte sich um und sah sie ebenfalls. Sie waren auf dem Weg zur Bank. Ein paar lachten, andere liefen im Joggingtempo die Treppe hoch. Sie hatten keine Ahnung, was ihnen bevorstand.

Ein paar Schritte aus dem Sichtfeld des Panzerführers griff Katya in eine der Einkaufstaschen und platzierte im Vorbeigehen ein kleines Gerät am Heck des *Dämon*. Sein Signal war auf Kilometer zu empfangen.

Auch Las Volk kam an zwei der Wachsoldaten vorbei, als er und einer seiner Leute in Overall und Schutzhelm der Stadtwerke zu einem Kanalisationsschacht schlenderten. Vor dem Schachtdeckel blieb er stehen und zündete sich einen Zigarettenstummel an, an dem er erst einmal eine Weile paffte. Dann hob er mit seiner Stange den Metalldeckel von der Öffnung, während sein Begleiter den Schacht mit zwei Warnkegeln und Sicherheitsband absperrte.

Plötzlich tauchte ein Soldat mit erhobener Waffe neben ihnen auf. »Was machen Sie da?«

»Wartungsarbeiten an der Kanalisation. Irgendwas blockiert den Durchfluss«, antwortete Volk, zündete sich eine neue Zigarette an und hantierte dann hinter seinem Sauerstofftank, um schließlich ein schmutziges Stück Papier aus der hinteren Hosentasche zu ziehen. »Hier ist mein Arbeitsauftrag.«

Der Soldat betrachtete das Papier, dann musterte er Volk, der sich mit dem Ärmel die Nase wischte. Der Infanterist ging hinüber an die Werkzeugkiste und trat leicht dagegen. Er hörte Werkzeug scheppern und fühlte das Gewicht.

»Abwasser?«, fragte er, und rümpfte gleichzeitig die Nase und verzog die Oberlippe.

»Ja«, bestätigte Volk grinsend. »Irgendwer muss sich drum kümmern.«

»Besser du als ich, Kumpel«, erklärte der Soldat und gab den Arbeitsauftrag zurück. Dann drehte er sich um und marschierte davon.

Auf dem Dach des Bankgebäudes duckten Sergeant Major Hopkins und ein Zug Infanteristen sich zwischen die Luftschächte, um von den anderen Dächern aus nicht gesehen zu werden. Er befehligte eines der wenigen Teams dieser Operation, das statt Zivilkleidung Uniform trug. Sie befanden sich sechs Stockwerke über der Straße, und die kleinen Überwachungskameras, die Hopkins an der Regenrinne angebracht hatte, zeigten ihm, dass die Gardisten die Bank gerade betraten. Er warf einen Blick über das Dach und sah, dass die Abseilausrüstung platziert war. Dann schaute er auf die Uhr.

In der Umlaufbahn um Thorin empfing Lieutenant Francine Culver mit den Langstreckensensoren das Signal aus Ecol City. Das Ziel war markiert. Sie schaltete die Zielerfassung ihres *Luzifer* auf Bombenmodus und machte die Arrow-IV-Raketen scharf. Ein weiteres Ziel leuchtete auf und sie funkte ihren Flügelmann Andrew Hackley an, der nicht weit entfernt in seinem *Chippewa* saß. »Drew, du hast die Auswahl.«

»Ich nehme Signal Bravo, übernimm du Alpha«, hörte sie ihn antworten.

»Denk an die Befehle des Colonels. Zwei Vorbeiflüge, nicht mehr, nicht weniger, dann tauchen wir unter dem Radar weg und fliegen zur Ausweichbasis.«

»Das wird ein richtiges Tontaubenschießen geben«, erklärte Hackley und klang dabei sehr von sich überzeugt. Dies war sein erster echter Kampfeinsatz, und Culver wusste, dass die raue Wirklichkeit dieser selbstgefälligen Arroganz ein schnelles Ende bereiten würde. Sie grinste kurz, dann konzentrierte sie sich wieder auf die anstehende Aufgabe.

»Na dann.« Sie zog den Jäger in einen steilen Sturzflug auf die blauweiße Weltkugel Thorins hinab.

Archer kam in seinem *Lichtbringer* um die Ecke und tastete das Gelände mit den Kurzstreckensensoren ab. Er zeichnete einen *Rommel*, einen *Puma*, einen *Dämon* und zwei *Zephyre.* Keiner der Panzer hielt sich in seiner Sichtlinie auf, aber alle würden ihn jetzt ebenfalls auf dem Ortungsschirm sehen. Das war in Ordnung so. Er spielte den Lockvogel, war darauf aus, ihre Aufmerksamkeit auf sich zu ziehen. Er hob die Füße von den Pedalen und bremste den Mech komplett ab. *Hier bin ich, Jungs,* dachte er. *Was macht ihr jetzt?*

Laut der Ortung versuchten die Panzertruppen der Arkturusgarde im Augenblick, sich mit der Festung in Verbindung zu setzen, aber das würde ihnen nicht gelingen. Fox' Leute hatten Störsender zwischen den Fahrzeugen und der Festung installiert, die jeden Funkverkehr unmöglich machten. Die *Zephyre* versuchten jetzt, sich über Parallelstraßen an seine Position heranzuarbeiten. Der *Rommel* bewegte sich langsam auf die Straße, wo Archer wartete, war aber noch von den Verkehrsschildern und Bäumen einer Biegung verdeckt. Doch auch ohne ihn sehen zu können, wusste Archer, wo er lauerte. Nur der *Puma* und der *Dämon* hielten ihre Stellung. Er schaute noch einmal auf die Uhr, dann auf die

Fernortungsanzeige des Sekundärschirms. Da waren sie, die beiden Jäger, im direkten Anflug auf Ecol City.

»Bingo!«, rief er. »Gespenst Eins an alle Einheiten. Ausführung!«

Plötzlich knisterte die Luft, als sei es nicht weit entfernt zu einer elektrischen Entladung gekommen. Der *Puma,* eine hässliche Monstrosität mit drei riesigen Geschützrohren, rollte etwa acht Meter vor und ging in Stellung, um dem *Rommel* in der Mitte der Straße Deckung zu geben. Las Volk beobachtete ihn unter dem Kanaldeckel hervor, den er eben erst angehoben hatte.

»Gib mir die Bündel«, sagte er zu seinem Kumpan weiter unten im Schacht. Er nahm den Segeltuchsack mit den Sprengladungen in Empfang und kroch auf die Straße.

Geduckt rannte er zu dem nur ein Dutzend Meter entfernten Panzer. Keiner der Infanteristen auf der Straße kümmerte sich um ihn. Ringsum war alles in Bewegung. Panik brach aus, als die Gardisten auf den unsichtbaren Gegner reagierten. Volk kam neben dem *Puma* an und befestigte die Bombe an der Oberkante der Heckluke. Es war eine Richtsprengladung, die speziell für Nahkampfsituationen dieser Art gedacht war. Er riss an der Zündschnur und hastete zurück zur Kanalisation.

Eine gewaltige Detonation ließ die Aufbauten des kantigen Kettenpanzers erzittern. Die Explosion war so stark, dass die Druckwelle Volk über die Schachtöffnung hinwegschleuderte und er hart auf der Straße aufschlug. Auch sein Begleiter im Innern des Schachts wurde hart nach hinten geschleudert, aber er prallte von der Schachtwand ab und riss die Pistole hoch, um auf zwei in die andere Richtung rennende Infanteristen zu schießen. Einer der beiden fiel sofort um. Der andere warf sich, von dem Angriff aus seinen Rücken erschreckt, um die nächste Ecke. Der Schuss sprengte eine Wolke aus rotem Steinstaub von der Ziegelwand, in der die Kugel ihren Flug beendet hatte.

Volk kroch auf Händen und Knien zum Kanalisationsschacht und ließ sich, Füße voran, hinab. Er konnte eine dichte, ölig-schwarze Qualmsäule aus der aufgesprengten Luke des *Puma* steigen sehen. Der Panzer war noch einsatzfähig, aber seine Besatzung war mit Sicherheit geschockt. Ein Donnern am Himmel ließ ihn nach oben sehen. Er sah die schlanke Silhouette eines Luft/Raumjägers, der zwischen den hohen Gebäuden herunterschoss...

»Bomben Marsch«, heulte Lieutenant Culver, als sie die Hälfte ihrer Arrow IVs abfeuerte. Die Raketen drehten und wanden sich durch die Luft und heulten – von der Peilboje am Rumpf des *Dämon* angezogen – ins Ziel. Der Panzer versuchte auszuweichen, aber vergeblich. Nur eine der Bomben verfehlte ihr Opfer, die anderen bohrten sich in die Vorderseite und rechte Flanke des Radpanzers. Inmitten dieser Verwüstung feuerte Hackley seinerseits auf Geschützturm und Frontpanzerung des Fahrzeugs.

Culver zog den Steuerknüppel an den Körper und ihr *Luzifer* bockte hart, brachte die Nase dann aber doch in steilem Winkel hoch. Sie fühlte, wie der Andruck sie in die Polster der Pilotenliege presste. Sie stieg über die Dächer der Stadt auf und zog den Jäger in eine lange, weite Kurve über Ecol City hinaus.

»Ich habe mein Ziel erwischt, Drew. Wie sieht's bei dir aus?«

»Dem *Rommel* steht der Arsch in Flammen, und er bewegt sich nicht mehr«, bekam sie zur Antwort. »Ich schwenke zu einem weiteren Angriff ein.«

»Nur noch diesen einen«, ermahnte sie ihn. »Colonel Christifori erwartet uns zum Abendessen.«

»Ich will mich nur bei den Schlammstampfern bedanken, die uns die Ziele markiert haben. Es macht einfach einen Höllenspaß, wenn jeder Schuss ein Treffer ist.«

»Jetzt!«, stieß Sergeant Major Hopkins aus. Sein Team seilte sich an der Fassade der Bank ab, gerade als über zwei Dutzend Gardisten aus der Tür traten und entgeistert hinüber zu dem Feuergefecht zwei Straßen weiter starrten. Kaum waren Hopkins und seine Leute am Boden angekommen, als sie bereits die Rorynex-Sturmgewehre auf den Rücken der Soldaten richteten.

»Ergebt euch oder sterbt«, bellte Hopkins. Die geschockten Soldaten drehten sich um und sahen sich einem Zug bewaffneter Infanteristen gegenüber. Die meisten starrten ihre Angreifer mit offenem Mund an und wussten gar nicht, wie ihnen geschah – stellte Hopkins befriedigt fest. Seine Truppen verloren keine Zeit, nahmen den Offizieren die Pistolen ab und vergewisserten sich, dass keiner der Soldaten bewaffnet war.

»Ich bin Kommandant Derkson. Was soll das bedeuten?«, brachte einer der Gardisten schließlich heraus.

»Das bedeutet, dass Sie unsere Gefangenen sind. Und jetzt, Herr Kommandant, möchte ich Sie in aller Höflichkeit um den Sold bitten, den sie in der Tasche haben dürften. Alle Mann, händigt euer Geld aus oder wir schießen.«

»Das ist Straßenraub«, stammelte Kommandant Derkson.

»In gewisser Weise ja«, grinste Hopkins ihn an. »Kennen Sie die Geschichte von Robin Hood?«

Archer kam nur einen halben Block vor dem *Zephyr* um die Straßenecke. Der niedrige, schlanke Schwebepanzer bewegte sich langsam die Fahrbahn entlang, keine fünfzig Zentimeter über dem Boden. Der Fahrer eröffnete mit den Kurzstreckenraketen und mittelschweren Lasern das Feuer, sobald er Archers Mech erblickte. Die

KSR fraßen einen gewaltigen Brocken aus der Panzerung über der Brustpartie des *Lichtbringer* und der Mech wankte unter der Wucht der Einschläge. Einer der Lichtwerfer des Panzers schoss vorbei, aber die beiden anderen trafen den Kampfkoloss an den Beinen.

Archers Blick zuckte zur Schadensanzeige, und er sah, dass die Panzerung hielt. Das war eine gute Nachricht. Schnell schob er den Steuerknüppel nach vorne und zog das Fadenkreuz über die Frontpartie des *Zephyr.* Er stieß den Daumen auf den Feuerknopf und hörte die beiden schweren Extremreichweiten-Laser aufheulen, als sie ihre Energieladung ins Ziel schleuderten.

Die grellroten Lichtbahnen bohrten sich in den Geschützturm des Panzers. Weißer Qualm stieg in den Himmel und zerschmolzene Klumpen Metallkeramik flogen davon, als der Luftkissenpanzer plötzlich stoppte. Während die Innentemperatur der Pilotenkanzel kurz in die Höhe schoss, zog Archer den unbeholfen wirkenden *Lichtbringer* langsam in die Deckung der Hausecke zurück. Seine Ortung meldete ihm, dass der *Zephyr* beschleunigte, vermutlich, um Archers Schussfeld zu durchqueren. Anscheinend hatte der Fahrer vor, ihn im Vorbeifahren mit den Turmgeschützen zu beharken.

Archer brachte den *Lichtbringer* mit einem Seitschritt auf die andere Straßenseite, um sich ein weiteres Schussfeld zu verschaffen und seinen Gegner zu verwirren. Der schnelle Schweber feuerte die Geschütze auf die Position ab, an der sein Fahrer Archer vermutet hatte. Durch die hohe Geschwindigkeit des Panzers hatte er keine Zeit mehr gehabt, auf die Bewegung seines Gegners zu reagieren.

Das war ein Fehler, den sich Archer nicht leistete. Während die schweren Laser wieder aufluden, feuerte er sechs seiner mittelschweren Impulslaser ab. Die smaragdgrünen Energiepfeile prasselten auf die Seitenpanzerung des Panzers ein und brannten kleine Löcher in die linke

Rumpfseite und die Schürze des Luftkissens. Zwei trafen den Geschützturm, der schon von seinem vorherigen Angriff schwarzverbrannt war. Eine leise Explosion krachte, und der Geschützturm kippte nach hinten.

Der Gardepanzer wurde von der Detonation hart zur Seite geworfen, wirbelte seitwärts die Straße hinunter und verschwand einen Sekundenbruchteil später aus Archers Sicht. Ohne den Geschützturm hatte er kaum noch eine Chance, den Kampf fortzusetzen. Ein Blick auf die Nahortung bestätigte diese Einschätzung. Der Schweber zog sich mit Höchstgeschwindigkeit zur Festung zurück. Archer wünschte, er hätte dem Fahrer ein Lob dafür aussprechen können, dass er intelligent genug war zu wissen, wann er besser den Rückzug antrat. Es war eine weitere Erinnerung, dass sie es mit einer erstklassigen Einheit zu tun hatten.

In der Ferne sah er seine beiden Luft/Raumjäger nach dem zweiten Angriffsflug hochziehen und abdrehen. »Hirn von Gespenst Eins«, sprach er ins Helmmikro. »Bericht.«

»Die *Zephyre* ziehen sich zurück«, antwortete Katya. »Unsere Infanterie und Volks Leute haben den *Puma* geröstet. Hopkins hat das Ziel gesichert. Ein *Rommel* und ein *Dämon* sind Schrott.«

»Gut. Ich komme. Die anderen sollen sich für den Abzug bereitmachen. Fangen wir an, die Menschen und die Medien zu bearbeiten.«

Archer hielt den *Lichtbringer* vor der Bank an und schaute auf die Menge hinab, die sich auf der Straße angesammelt hatte. Jetzt, da der Kampf vorbei war, kamen die Menschen aus den Häusern, um zu sehen, wer wen angegriffen hatte – und warum.

Er schaltete den Außenlautsprecher ein, damit man ihn in einem Block Umkreis hörte. »Sergeant Major, haben Sie das Geld?«

»Jawohl, jede einzelne Krone«, antwortete Hopkins über den Armbandkommunikator.

»Kommen Sie hoch«, befahl Archer. Einen Sack über die Schulter geschwungen, kletterte Hopkins die Sprossen am Rumpf des *Lichtbringer* hoch, während Archer zu der Menge sprach.

»Menschen von Thorin, hier spricht Archer Christifori. Wir sind heute nicht hierher gekommen, um euch Leid zuzufügen, nur den Unterdrückern, die unsere Heimatwelt geknechtet haben. Dieses Geld ist Blutgeld, der Sold, den sie dafür bekommen, uns am Boden zu halten. Sie verdienen dieses Geld nicht, aber wir sind der Meinung, dass ihr es sehr wohl verdient habt.«

Wie auf ein Zeichen öffnete Darius Hopkins den Sack und schwenkte ihn durch die Luft. Lyranische Kronenscheine – viele mit dem Bild Katrina Steiner-Davions oder ihrer durch einen Mordanschlag ums Leben gekommenen Mutter – regneten zu Boden. Die Menschen auf der Straße hoben die Arme, sowohl um die S-Noten zu fassen als auch zu dem vor ihnen aufragenden Kampfkoloss.

Archer genoss den Anblick und gestattete sich einen Augenblick, um den Jubel, die Freudenschreie und den Applaus auf sich wirken zu lassen, dann befahl er seinen Leuten abzurücken. Das Unternehmen war ein voller Erfolg geworden, aber Christifori wusste, wann es Zeit war, sich zu verabschieden. Es ergab keinen Sinn, zu weit vorzupreschen. Nicht gegen einen Gegner wie Oberst Felix Blücher, einen Gegner, der nur nach einer Gelegenheit suchte, Vergeltung zu üben… jetzt sicher mehr denn je.

18

In Folge des kürzlichen Rebellenangriffs in der Innenstadt von Ecol City gab Oberst Felix Blücher, der Kommandeur der 15. Arkturusgarde, heute Morgen die Verhaftung acht des Terrorismus Verdächtigter bekannt. Alle acht Verdächtigen befinden sich in Gewahrsam. Details der zu ihrer Verhaftung führenden Beweise wurden bisher nicht veröffentlicht.

– Aus einem Artikel im *Thorin-Erklärer*,
Autorin: Beth Anne Sorantinno, Ecol City, 29. Dezember 3062

Ecol City, Thorin
Provinz Skye, Lyranische Allianz

29. Dezember 3062

Die Druckwelle der Explosion war so stark, dass sie Felix Blücher fast fünf Meter über den Hof des Hauptquartiers schleuderte. Seine Trommelfelle dröhnten und er rollte über den Stahlbeton, bis er von einem Zaun aufgehalten wurde. Sein verletztes Bein, das sich noch immer nicht ganz von der letzten Explosion erholt hatte, die ihn über den Hof geschleudert hatte, pulsierte vor Schmerz. Für den Bruchteil einer Sekunde schien es, als wäre er in einem Albtraum gefangen, aber der nur gedämpft an sein Ohr dringende Lärm und der Geruch, der ihm in die Nase stieg machten Blücher klar, dass er weder eine Erinnerung noch einen Traum durchlebte, sondern höllische Wirklichkeit.

Als er den Kopf vom Boden hob, sah er das Eingangstor der Festung zertrümmert in den Angeln hängen. Von der Außenmauer stieg Rauch wie von einem Scheiterhaufen in den Himmel, und durch das offene Tor leckten Flammen. Soldaten rannten hin und her, und Blücher erkannte, dass diesmal nicht er das Ziel des Angriffs gewesen war. Nachdem er sich überzeugt hatte, dass er nichts gebrochen hatte und nirgends blutete, rief er über den Armbandkomm Fisk an.

»Am Eingangstor hat es eine Explosion gegeben«, gab er durch. Von der anderen Seite der Mauern hörte er eine ferne Detonation, gedämpft, wie ein verspätetes Echo. »Alarmstufe Rot!«

Nur Sekunden später tauchten die Leutnants Fisk und Sherwood auf dem Platz auf. Sie rannten zu Blücher und halfen ihm zu beiden Seiten auf. Er schob sie sanft beiseite und deutete zum Tor, wo inzwischen Feuerwehr und Infanterie eingetroffen waren. Entlang der Außenmauern heulten Sirenen, und als sein Gehör sich normalisierte, konnte er fernes Rufen vernehmen.

»Was ist geschehen?«, fragte er.

»Anscheinend wurden unsere Truppentransporter von einer Bombe getroffen. Es muss ein mit Sprengstoff beladenes Zivilfahrzeug gewesen sein«, antwortete Sherwood und seine Augen folgten Blüchers Blicken zum hektischen Treiben am Haupttor.

»Was ist mit unseren Leuten?«

Fisk schüttelte den Kopf. »Sie wurden unter einem ganzen Häuserblock begraben, Herr Oberst.« Ausnahmsweise lag diesmal keinerlei Hochnäsigkeit in seiner Stimme – und das sagte Blücher genug. Eine Explosion, die stark genug war, das Hauptfestungstor einzudrücken, musste die Truppentransporter zerquetscht haben wie dünne Kaffeebecher. Er hatte ein paar Unruhestifter verhaftet, und das war die Antwort der Rebellen.

»Patrouillen verstärken. Satellitenabtastungen der Stadt intensivieren. Unsere Jäger sollen starten und aus der Luft nach Spuren der Rebellen suchen.« Die Befehle kamen ihm fast ohne nachzudenken von den Lippen. »Ich hätte nie gedacht, dass Christifori sich auf ein derartiges Niveau hinabbegibt, aber jetzt werde ich, verdammt noch mal, dafür sorgen, dass er es nicht wieder tut.«

Archer starrte auf den Holobetrachter, auf dem ein ganzer Häuserblock in Flammen aufging. Er rieb sich nachdenklich das Kinn, als Katya herüberkam, um sich die Bilder ebenfalls anzusehen. Über den Bildern der Verwüstung meldete ein Reporter die Anzahl der toten Soldaten und Zivilisten.

»Wer war das, Katya?«

»Ich habe es endlich geschafft, Kontakt mit all unseren Zellen aufzunehmen, aber es war nicht leicht. Die Garde hat ihre Überwachungsbemühungen ernsthaft intensiviert, seit Blücher die Verhaftungen befahl. Man erzählt sich, dass dafür Rufus King verantwortlich zeichnet.«

»King«, stieß Archer angewidert aus, ohne die Augen von den brennenden Häusern und den Hilfsdiensten zu nehmen, die Tote und Verletzte aus den Trümmern holten. Blüchers Verhaftungen hatten Kings Zelle getroffen, und King selbst war dem Netz, das die Garde um ihre Aktivitäten zugezogen hatte, nur um Haaresbreite entkommen. »Und wir haben nichts davon gewusst?«

Katya senkte beschämt den Kopf. »Nein, Colonel.«

»King«, wiederholte er und fragte sich, was er mit diesem Mann machen sollte, der sich seinem ausdrücklichen Befehl so spektakulär widersetzt hatte. »Es ist meine Schuld. Ich hätte wissen müssen, dass er nie vorhatte, sich an die Regeln zu halten. Ich habe es seit unserer ersten Begegnung gespürt.«

»Nein, Colonel. Ich hätte ihn beschatten lassen sollen. Es ist meine Schuld.«

»Was mir echte Sorgen macht, ist, dass dieser Zwischenfall Blücher erst recht Grund gibt, hart durchzugreifen.«

»Wenn er das tut, wird es unserer Sache nur noch mehr Anhänger zutreiben.«

»Wahrscheinlich richtig, aber das wird eine Weile dauern. In der Zwischenzeit müssen unschuldige Zivilisten darunter leiden. Das ist das Traurige dabei. Wir haben Schlachten gewonnen, ohne ein Blutbad anzurichten. Wir haben von den Reichen gestohlen und es den

Armen gegeben. Wir haben der Kampfmoral unserer Feinde zugesetzt. Aber das verändert alles. Jetzt wird Blücher ernst machen, und wir sollten uns besser etwas einfallen lassen, wie wir damit fertig werden.«

Die Nachricht traf auf Oberst Blüchers Schreibtischkomm ein, der augenblicklich seinen Kommandeurscode verlangte. Das war kein normaler Anruf, sondern eine Nachricht aus dem Büro des Archons: eine persönliche Mitteilung von Katrina Steiner.

Mit einer Hand den schmerzenden Arm reibend, sprach er den Codesatz, der die Nachrichtendatei öffnete. »Der Sieg hat tausend Väter, aber die Niederlage ist eine Waise.« Die Worte waren kaum verklungen, als der Bildschirm hell wurde und Katrina Steiner hinter ihrem Schreibtisch zeigte. Hinter ihr war das Banner mit der eisernen Faust der Lyranischen Allianz an der Wand drapiert.

»Diese Nachricht geht an alle Regimentsführer der Lyranischen Allianzstreitkräfte. Sie unterliegt der Geheimhaltung und eine Weitergabe oder Diskussion des Inhalts wird als Geheimnisverrat gewertet.« Sie machte eine Pause und blickte gezielt in die Kamera, als wolle sie jedem ihrer Kommandeure in die Augen sehen.

»Wie die meisten von Ihnen wissen, hat mein Bruder Victor vor kurzem falsche Anschuldigungen in Bezug auf den Tod meines Bruders Arthur gegen mich erhoben.« Sie stockte und ihre Stimme brach, so als bräche Victors Verrat ihr das Herz. »Seine Behauptungen haben auf Welten des gesamten Vereinigten Commonwealth zu Unruhen geführt, und es war nötig, zahlreiche Personen zu verhaften. Darüber hinaus haben von Victor unterstützte Davion-Terroristen viele unserer Einheiten angegriffen. Manche Kommandeure haben ihre Ehre und ihre Pflicht als Verteidiger des Reiches vergessen und sind zu meinem irregeleiteten Bruder übergelaufen. Sie und Ihre

Einheiten haben durch alle Wirren, den Tod meiner Mutter, die militärischen Abenteuer meines Bruders und nun seinen erneuten Kriegsaufruf in Treue fest zu unserem Haus gestanden. Ich versichere Ihnen hier und jetzt, dass ich an Ihrer Seite stehe, wenn nicht in Person, so doch im Geiste. Sie verkörpern die besten Qualitäten des Begriffs Lyraner. Um die Integrität unseres Reiches zu wahren, verhänge ich hiermit über das gesamte Vereinigte Commonwealth das Kriegsrecht. Die Einzelheiten der Umsetzung dieser Befehle liegen in den Händen der befehlshabenden Offiziere vor Ort.

Davion-Truppen, die sich als Mitglieder einer so genannten ›Armee der Vereinigten Sonnen‹ bezeichnen, haben mehrere Systeme angegriffen. Um die weitere Verbreitung ihrer sezessionistischen Propaganda zu unterbinden, werden von heute an innerhalb des Reiches keinerlei HPG-Kommunikationen nichtmilitärischer Natur mehr gestattet. Das kann kurzfristig wirtschaftliche Härten zur Folge haben, ist aber notwendig, um die Koordination der feindlichen Maßnahmen zu verhindern. Von diesem Augenblick an besteht der Kriegszustand zwischen der Lyranischen Allianz und den Vereinigten Sonnen meines fehlgeleiteten Bruders. Diese Erklärung wird jedoch nicht öffentlich erfolgen, da dies nur dazu dienen würde, seine Bemühungen zur Vereinigung der verschiedenen Rebellenelemente zu beschleunigen. Trotzdem sollten Sie keinen Zweifel daran hegen, dass wir uns bereits mitten im Krieg befinden. Alle Garnisonskommandeure sind gehalten, unsere Gegner als Terroristen reinsten Wassers zu betrachten und mit härtesten Maßnahmen gegen sie vorzugehen. Das Schicksal Haus Steiners und der Allianz hängen davon ab, ob es Ihnen gelingt, diese Verräter zu zerschlagen. Sie haben als loyale Verteidiger des Reiches meine volle Unterstützung für Ihre Aktionen und Entscheidungen.«

Mit dem Ende ihrer Worte verblasste das Bild Katrinas und wurde von der geballten linken Faust im Eisenhandschuh verschluckt, dem Symbol der Lyranischen Allianz. Blücher ließ das Bild einen Augenblick lang auf sich wirken, dann schaltete er das Gerät ab. Er brauchte die Nachricht nicht zu wiederholen. Er verstand ihre Implikationen nur zu gut. Die Strategie des Archons war schlau. Katrina gab ihren Kommandeuren freie Hand bei der Aufgabe, die Ordnung aufrecht zu erhalten und die Rebellion niederzuschlagen, hatte sich aber gleichzeitig genug Spielraum gesichert, um jede Verantwortung abzustreiten, wenn das Ergebnis ihr nicht zusagte.

Er ließ sich in die Polster des ledernen Bürostuhls sinken, der unter seinem Gewicht leise quietschte. Die Lage auf Thorin verschlechterte sich zusehends und er hatte ähnliche Berichte von Murphrid erhalten, wo seine Garnison fast eine Kompanie MechKrieger verloren hatte. Er hatte zwar gewisse Fortschritte gemacht und eine der Rebellenzellen zerschlagen, aber das war nicht mehr als ein Anfang. Bis jetzt war Archer Christifori vor Mord zurückgeschreckt, aber der jüngste Bombenanschlag hatte ihn als ehrlosen Verbrecher entlarvt. Es war entsetzlich, wie viele Opfer diese Explosion gefordert hatte.

Welche andere Möglichkeit hatte er noch, als die Befehle des Archons auszuführen, wenn seine Truppen ohne die Möglichkeit einer Gegenwehr abgeschlachtet wurden? Er würde sofort die Einrichtung von Sammellagern befehlen, auch wenn er nicht bereit war, Folter oder Misshandlungen zu dulden. Aber gleichzeitig wusste er, dass Lager und Verhaftungen Christifori nicht würden aufhalten können.

Er musste von nun an die Initiative ergreifen und behalten, aber er war sich nicht sicher, wie. Er rieb sich nachdenklich das Kinn, dann formte sich in seinen Gedanken eine schemenhafte Idee. Es konnte ihn Männer und Material kosten, aber letztlich würde es ihm erlauben, seine Beute aus dem Versteck zu scheuchen.

Er streckte die Hand nach der Tastatur des Kommgeräts aus und tippte den Zugangscode des Überwachungssatellitensystems über Thorin ein. Er hatte einen Plan, der Archer Christifori und seine Rebellen ein für allemal aus dem Spiel entfernen würde.

19

Die Handlungsweise Oberstleutnant Christiforis und seiner Milizionäre ist von einer unverzeihlichen Rücksichtslosigkeit. Wenn Sie mich fragen, Jerry, würde ich sagen, dass diese so genannte Rebellion sich nicht mehr länger als eine, vielleicht zwei Wochen wird halten können.

- Aus einem Kommentar von Katie Winson,
Die Thorin Wochenschau, Antenne Donegal, Thorin, 1. Januar 3063

Louisa, Thorin
Provinz Skye, Lyranische Allianz

2. Januar 3063

Bis auf den Barkeeper, zwei schäbig gekleidete Einheimische sowie Archer und Katya war der Schankraum des ›Bagpiper‹ verlassen. Als Rufus King und zwei seiner Leute die Kneipe betraten, sahen nur Archer und Katya auf. King schlenderte zu der Nische an der Rückwand, wo sie im Schatten warteten. Er ließ sich auf die Bank gegenüber fallen.

»Ich dachte, diese kleinen Gespräche wären abgeschafft«, eröffnete er das Gespräch, als seine Schläger sich unter lautem Qietschen der Kunstlederpolster ebenfalls in die enge Nische zwängten. Sein Tonfall klang um keinen Deut weniger gehässig und arrogant als bei ihrer vorherigen Begegnung.

»Stimmt«, stellte Archer mit leiser Stimme fest. »Aber das war vor dem Zwischenfall an der Gardebasis.«

»Ich habe keine Ahnung, wovon Sie reden«, stellte King unschuldig fest. Dann kicherte er leise und wirkte sehr zufrieden mit sich selbst. Archer hätte ihm am liebsten die Faust ins Gesicht geschlagen. Nur ein Narr lachte über den Tod anderer, selbst den von Feinden.

Katya war ebenfalls verärgert. »Wir haben unsere Quellen, King. Wir wissen von dem Laster mit Sprengstoff.«

Das machte ihn wütend. »Komm mir ja nicht mit dem moralischen Zeigefinger, Püppchen. Bloß weil dein Heldentenor hier…« Er stieß den Finger in Archers Richtung. »…nicht bereit ist, den Archonisten ernsthaft aufs Fell zu rücken, heißt das noch lange nicht, dass für mich dasselbe gilt. Ich hatte keine andere Wahl, als die Sache selbst in die Hand zu nehmen. Blücher hat fast meine ganze Zelle geschnappt und ich bin selber nur knapp entwischt. Jetzt weiß er, was jedem blüht, der sich mit Rufus King anlegt.«

Archer kochte nicht minder. Es kostete ihn einiges an Überwindung, ruhig und gelassen zu erscheinen. »Ich habe klare Grundsätze für unsere Aktionen vorgegeben. Die haben Sie gebrochen. Das ist keine Lappalie, King.«

»Wenn Ihnen nicht passt, was ich getan habe, dann wird es Zeit für mich, mit Ihnen und Ihrer kleinen Armee zu brechen und auf eigene Faust zu arbeiten.«

»Mehr als ein Dutzend unschuldiger Zivilisten sind bei Ihrem Bombenanschlag ums Leben gekommen. Wir führen keinen Krieg gegen die Bevölkerung dieses Planeten. Schlimmer noch, Sie haben Blücher einen guten Grund geliefert, andere Unschuldige zu verfolgen. Er hat schon damit begonnen, Sammellager einzurichten.«

King strich sich über den schwarzen Spitzbart und bleckte die gelben Zähne. Das Polster der Bank quietschte, als er sein Gewicht verlagerte. »Vergessen Sie nicht zu erwähnen, dass ich über dreißig ihrer Infanteristen erledigt habe, von den anderen zwei Dutzend ganz zu schweigen, die noch immer im Krankenhaus liegen. Meine Aktion hat eine volle Kompanie archonistische Infanterie neutralisiert. Das ist mehr, als Sie fertig gebracht haben, Christifori, und Sie sind derjenige mit den BattleMechs.«

Archer zog die linke Augenbraue hoch. Es war das einzige Anzeichen einer Gefühlsregung, das er sich gestattete. »Wie viele Unschuldige müssen den Preis für

Ihre Aktion zahlen, King? Über dreihundert sind schon verhaftet, und jeden Tag werden es mehr. Sie scheinen überhaupt nicht zur Kenntnis zu nehmen, dass Ihre Bombe unschuldige Menschen getötet hat. Rücksicht ist anscheinend ein Begriff, der in Ihrem Vokabular nicht vorkommt.«

»Tja, Colonel Christifori, für mich hört sich das so an, als würden sich unsere Wege hier trennen.« King nickte seinen Begleitern zu. Sie rutschten aus der Nische und warteten neben der Bank darauf, dass er es ihnen gleichtat. »Führen Sie Ihren Krieg so, wie Sie es wollen. Ich kämpfe auf meine Weise. Am Ende gewinnen wir beide.« Er stand auf und ließ sein übliches selbstgefälliges Kichern hören.

King drehte sich um und hatte bereits mehrere Schritte in Richtung Tür zurückgelegt, als auch Archer und Katya die Nische verließen. »King«, rief Archer laut genug, um im ganzen Schankraum gehört zu werden. »Ich befürchte, so einfach geht das nicht.«

King und seine Leibwächter drehten sich um, und seine beiden Begleiter zogen Pistolen aus der Jacke, die sie in die ungefähre Richtung Archers und Katyas hoben.

»Tut mir Leid, Colonel. Ich habe andere Pläne.«

Ein lautes Knacken, gefolgt von einem metallischen Schnappen, ertönte in Kings Rücken. Weder Archer noch Katya regten sich, aber das Geräusch durchladender Waffen hatte den gewünschten Effekt. King und seine Begleiter sahen ängstlich über die Schulter nach hinten und stellten fest, dass der Barkeeper eine Schrotflinte auf sie richtete. Die beiden anderen ›Einheimischen‹ hatten Maschinenpistolen im Anschlag. Katya trat vor und nahm den beiden Schlägern die Pistolen ab.

»Ich kann mir vorstellen, dass Sie Ihre Pläne haben«, stellte Archer fest. »Aber wie Sie sehen gilt das auch für mich.«

»Was haben Sie mit mir vor?«, fragte King.

Archer ließ seine Wut verebben. »Ich werde dafür sorgen, dass Sie keine unschuldigen Leben mehr zerstören können.«

Opal City war eine mittelgroße Industriestadt rund zweihundertfünfzig Kilometer westlich von Ecol City. Ebenso wie Ecol war sie beim Zusammenbruch des ersten Sternenbunds zerbombt und später wiederaufgebaut worden. Ihre Fabriken produzierten in der Hauptsache Konsumgüter und Chemikalien. In Opal City wurden keine Waffen hergestellt, aber die von hier verschifften Rohstoffe gehörten trotzdem zu den strategisch wichtigen Militärressourcen der Lyranischen Allianz. Außerdem war die Stadt das Revier der Weißen Tiger, der Motorschweberbande Joey-Lynn Frasers.

Auf Blüchers neue Order hin musste die Arkturusgarde auf Patrouille bis nach Opal City, eine Aufgabe, die keinem der Gardisten behagte. Die Weißen Tiger hatten die Infanterie unter ständigem Beschuss gehalten, bis Blücher sie durch Panzer ersetzt hatte. Als die Panzer das Ziel von Feuerbomben geworden waren, hatte er sie durch BattleMechs ersetzt. Seitdem waren die Weißen Tiger seinen Truppen aus dem Weg gegangen.

Bis heute.

Die Streife bestand aus zwei BattleMechs, und Joey-Lynn und Darius Hopkins hatten eine Überraschung für sie vorbereitet. Drei ihrer Schweberbiker und einer der winzigen *Savannah-Master*-Schweber der Miliz sollten als Lockvögel dienen. Die von Joey-Lynn selbst angeführten Biker würden die Streifenmechs mit Raketenwerfern attackieren, unterstützt vom Laser des *Savannah Master.* Das sollte die Aufmerksamkeit der Mechpiloten binden, während Hopkins und drei Infanteriezüge die Maschinen stürmten und die Arbeit zu Ende brachten.

Von seiner Position im Geäst einer riesigen Eiche sah

Hopkins durch sein Nachtsichtfernglas in mehreren Kilometern Entfernung mehrere Lichtblitze. Das war das Mündungsfeuer der Raketenwerfer und ein durch die Nacht zuckender Laserstrahl. Er senkte das Fernglas und gab seinen Leuten ein Zeichen. Mehrere von ihnen saßen ebenfalls in den Bäumen der Umgebung, bewaffnet mit Kletterstangen, mit deren Hilfe sie an einem sich bewegenden Kampfkoloss emporklettern konnten. Auf der anderen Seite der Straße befand sich ein hastig aufgeschütteter Erdwall, der für einen BattleMech kein Hindernis darstellte, aber den Fußtruppen einen gewissen Schutz bot. Hopkins' restliche Einheit war in flachen Gräben zu beiden Seiten der Fahrbahn versteckt. In deren Mitte wartete, an den Auslöser in seiner Hand gekoppelt, eine kleine Überraschung, deren Vorbereitung Stunden gedauert hatte.

»Ich will nur hoffen, die Pioniere haben keinen Mist gebaut«, murmelte Hopkins mit einem schnellen Blick zu den getarnten Baumaschinen zwischen den Bäumen eines nahen Waldstücks.

Zuerst hörte er das hohe Singen der Motorschweber. Ab und zu wurden die Maschinen langsamer, wie um den Mechs Gelegenheit zum Aufholen zu geben. Dann tauchte der *Savannah Master* auf, und im selben Augenblick, in dem der Schweber in Sichtweite kam, hörte man das Brummen des sich neu aufladenden Lasers, gefolgt vom Knall der Entladung. Der hin und her zuckende Lichtwerfer feuerte die Straße auf zwei BattleMechs hinab, einen *Gallowglas* und einen *Lancelot*, richtete aber nicht viel mehr aus, als die Piloten der beiden Maschinen zu verärgern. Der *Lancelot* schoss aus seinen Lasern auf den leichten Schweber, aber dessen Geschwindigkeit und extrem enger Wendekreis machten es nahezu unmöglich, ihn zu treffen. Eine der rot leuchtenden Strahlbahnen schlug in einen Baum ein, der unter dem Treffer in zwei Hälften aufbrach. Die Explosion erschütterte den Boden und die Eiche, in deren Krone Hopkins wartete.

Beide Mechs rannten weiter heran, als die Motorschweber durch eine schmale Lücke im Erdwall abbogen, die in der Dunkelheit kaum zu sehen war. Sicher im Rücken der Infanterie drehten Joey-Lynn und ihre Kameraden um und stellten sich ihren Verfolgern. Von seinem Versteck im Baumwipfel beobachtete Hopkins ehrfürchtig die vorbeiziehenden Kampfmaschinen. Selbst nach all den Jahren im Militärdienst verblassten für ihn Panzer und Infanterie im Vergleich zur Majestät dieser Kolosse.

Der *Gallowglas* hatte die Führung übernommen und bremste unmittelbar vor dem Erdwall fast völlig ab. Der *Lancelot* hielt sich etwas weiter zurück und stoppte, gerade als der *Savannah Master* über die Infanterie in den Graben neben der Straße zog. Hopkins beobachtete die Szene wie gebannt. Die Mechs standen unmittelbar über der Falle. Er öffnete die Schutzklappe über dem Auslöser und drückte mit dem Daumen den roten Knopf in die Fassung.

Es war eine Fallgrube von zehn Metern Länge und vier Metern Breite – über die gesamte Fahrbahn. Ein Dutzend spezieller Metallstützen trugen eine falsche Straßendecke. Die Oberfläche war verstärkt, um das Gewicht der Mechs auszuhalten, besaß aber zahlreiche Sollbruchstellen, an denen kleine Sprengsätze versteckt waren. Die Pioniere der Miliz hatten sich selbst übertroffen, indem sie eine Fallgrube konstruiert hatten, deren Abdeckung nicht beim ersten Schritt des 70 Tonnen schweren *Gallowglas* eingestürzt war.

Jetzt aber ließen die Sprengladungen die Tarnauflage zerbersten, und plötzlich verschwand die ›Straße‹ unter den beiden Gardemechs in einer Wolke von Rauch, Staub und Konfusion. Die MechKriegerin im Cockpit des *Gallowglas* war erstklassig. Noch bevor der Donner der Explosionen verklungen war, versuchte sie, ihre Maschine auf den Erdwall zu retten. Aber es war hoffnungslos. Ein Mechfuß war schon zum Schritt angehoben, doch der andere stürzte vier Meter tief und riss den Rest des Mechs mit. Der *Gallowglas* kippte nach hinten und schlug so hart auf, dass Hopkins' Baum erneut erzitterte. Das Knirschen der Metallplatten klang durch die Nachtluft.

Der Pilot des *Lancelot* hatte keine Chance zur Reaktion. Als der schwerere Kampfkoloss seiner Kameradin abstürzte, fiel sein Mech mit. Die Maschine drehte sich leicht, als sie nach vorne kippte, dann krachte sie frontal in die Grube vor dem Erdwall. Hopkins wollte der Infanterie das Einsatzsignal geben, aber es war überflüssig. Seine Männer schwärmten bereits über die am Boden liegenden Metallgiganten und schnürten Bündelladungen um alle Gelenke. Andere standen auf dem Erdwall und zielten mit Rakwerfern auf die nur Meter entfernten Kanzeldächer der BattleMechs. Hätten die Piloten versucht zu entkommen, wäre ihnen ein unrühmliches Ende sicher gewesen.

Hopkins zog seinen Kommunikator heraus und öffnete einen Breitbandkanal, auf dem er eine gute Chance hatte, von den Gardepiloten gehört zu werden. »Wenn Sie an Ihrem Leben hängen, fahren Sie Ihre Mechs herunter und ergeben Sie sich. An ihren beiden Maschinen hängt genug Sprengstoff, um nichts als rußgeschwärzten Metallschrott übrig zu lassen.«

»Wer sind Sie?«, erklang eine weibliche Stumme, als die Pilotin des *Gallowglas* versuchte, sich aus der Grube zu befreien, und den Mech so heftig bewegte, dass die Soldaten auf seinem Rücken sich eilig in Sicherheit bringen konnten.

»Ich bin Sergeant Major Darius Hopkins von Archer's Avengers. Sie haben drei Sekunden.«

»Scheißdreck!«, fauchte sie. Aus der Grube hörte er ein lautes Schlagen und Zischen, als die Luken der beiden Mechs sich öffneten. Die MechKrieger kletterten heraus, die Hände auf dem Kopf und einen verbitterten Ausdruck im Gesicht. Hopkins rutschte den Baumstamm hinunter und blieb am Rand der Grube stehen, als seine Soldaten sich daran machten, die Sprengladungen wieder zu entfernen.

»Gute Arbeit, Leute«, sagte er. Dann drehte er sich zu den beiden mit Shorts und Kühlweste bekleideten MechKriegern um. »Willkommen bei Archer's Avengers. Sie dürfen sich als Kriegsgefangene betrachten.«

Blücher starrte den Mann an, der wie ein Postpaket verschnürt von der Leine hing, die vom Postenhäuschen zur Festungsmauer gespannt war. Er lebte, war aber nur halbwegs bei Bewusstsein. Sein Mund war mit Klebestreifen verschlossen, aber er versuchte trotzdem etwas zu sagen. Das Einzige, was dabei erkennbar wurde, und dazu hätte es seiner Anstrengungen nicht bedurft, war, wie unangenehm die Situation für ihn war. Er wand sich wie ein Fisch am Haken, während er da nur einen halben Meter über dem Boden hing.

»Wie konnte das geschehen?«, fragte der Oberst einen in der Nähe stehenden Feldwebel, als zwei Soldaten sich auf den Weg machten, den Mann loszuschneiden.

»Zwei unserer Leute waren auf Streife und wurden von hinten mit Betäubungsgas ausgeschaltet. Sie wurden entwaffnet, blieben aber ansonsten unbehelligt. Als sie wieder zu sich kamen, fanden sie diesen Kerl hier angebunden und einen Umschlag um seinen Hals, der an Sie adressiert ist. Wir haben das Gelände sofort abgesperrt und Sie benachrichtigt.«

Blücher nahm den Umschlag und riss ihn auf. Er faltete das einzelne Blatt Papier, das er darin fand, auf und las es im schwachen Licht der von Motten umschwirrten Mauerlichter. Er erkannte die Handschrift. Er hatte sie schon zweimal gesehen. Sie gehörte Archer Christifori.

»Oberst Blücher«, las er. »Der Mann, den wir Ihnen mit dieser Nachricht zukommen lassen, ist Rufus King, der Verantwortliche für den Bombenanschlag auf Ihre Truppen. Weder ich noch irgendeiner meiner Leute hat seine Vorgehensweise genehmigt, noch waren wir in irgendeiner Weise über seine Pläne informiert. Er hat diese Aktion ganz und gar selbst ausgeheckt. Was er an Informationen über unsere Organisation besitzt, ist für Sie nicht mehr verwertbar. Ich liefere ihn mit dem Versprechen an Sie aus, dass wir einen ehrenhaften Krieg führen werden. Keinen konventionellen Krieg – aber einen ehrenhaften. Ich kämpfe darum, Sie und Ihre Soldaten als Symbol des Archons vom Planeten Thorin zu vertreiben. Es geht mir nicht darum, unnötiges Blutvergießen anzurichten. Verfahren Sie mit King wie immer Sie es für nötig halten, aber ich versichere Ihnen, dass Sammellager nicht länger erforderlich sind. Sie haben den Mann, der das Blut Ihrer Leute vergossen hat. Wir beide werden unseren Konflikt wie wahre Soldaten austragen. Gezeichnet Colonel Archer Christifori, Archer's Avengers.«

Blücher faltete den Bogen sorgfältig und steckte ihn ein. »Das haben Sie sicher auch den Medien zukommen lassen, Archer«, sagte er leise. »Aber so leicht wird es nicht.«

»Herr Oberst?«, fragte der Feldwebel.

»Nichts«, antwortete Blücher knapp. »Schneiden Sie das da runter und werfen Sie es in den Bau.« Er gestikulierte in die Richtung, in der Rufus King sich noch immer wie eine Fliege im Netz einer Spinne krümmte. »Wir haben noch viel zu erledigen, bevor der Morgen graut.«

20

Im Zentralgericht wurde heute der Prozess gegen Rufus King eröffnet, dem vorgeworfen wird, den kürzlichen Terroranschlag gegen die 15. Arkturusgarde vorbereitet und befohlen zu haben. In seiner Eröffnung stellte Staatsanwalt Vivien Hartford King als blindwütigen Fanatiker dar, der davon besessen sei, lyranische Truppen zu töten und auch das Leben unschuldiger Zivilisten nicht schone, um seine Ziele zu erreichen.

Kings Verteidiger Raul Frost war bei Verlassen des Gerichtsgebäudes zu keinem Kommentar bereit, hat aber einen Antrag auf Verlegung der Verhandlung gestellt, mit der Begründung, die mit diesem Prozess verbundene Aufmerksamkeit der Medien mache für seinen Klienten in Ecol City ein faires Verfahren unmöglich.

– *18:30-Kurznachrichten*, Ecol City, Thorin, 4. Januar 3063

Ecol City, Thorin
Provinz Skye, Lyranische Allianz

6. Januar 3063

Alle wichtigen Mitglieder von Felix Blüchers Befehlsstab standen um die Hologrammanzeige versammelt, die ein von lang gestreckten, bewaldeten Bergzügen gekennzeichnetes Mittelgebirge zeigte. Die Offiziere studierten wortlos und nachdenklich das Gelände mit den schmalen, ungepflasterten Wegen, die die Bezeichnung Straße kaum verdienten.

Blücher trat, noch immer leicht hinkend, um den Tisch an die Kontrollen. »Unsere Anstrengungen hatten endlich Erfolg. Mit dem Wissen bewaffnet, dass Christiforis Leute unsere BattleMechs bergen, konnten wir ihnen eine Falle stellen. Wie Sie alle wissen, ist all unser schweres Gerät mit Peilsendern ausgestattet. Wir wussten natürlich, dass die Techs des Gegners diese Signalgeber ausschalten, bevor sie die Ausrüstung abtransportieren. Aber diesmal haben wir einen zweiten Gerätesatz installiert, der so eingestellt war, dass die Signale erst Stunden später aktiviert werden. Dank unserer Satellitenüberwachung ist es uns jetzt gelungen, die wahrscheinliche Hauptbasis des Gegners zu identifizieren.« Er deutete auf die Waldgegend auf der Hologrammkarte.

Felix Blücher fühlte sich wohler in seiner Haut als schon seit langem. Endlich würde er die so genannten Archer's Avengers auf dem Schlachtfeld unter gleichen Bedingungen zum Kampf stellen. Sie waren gut, das musste er ihnen zugestehen. Sie hatten gegen seine Veteranen standgehalten, aber nur, weil sie wie Guerilleros gekämpft hatten, und nicht wie ehrenhafte Krieger. Und sie kämpften nur, wenn sie Ort, Zeit und Umstände bestimmen konnten. Das war nicht die Art von Krieg, für die Blüchers Leute ausgebildet waren. Und zudem hatten sie nicht den Vorteil, jeden Fels, Baum und Bach auf Thorin zu kennen und zu wissen, wie sie ihn gegen den Feind ausnutzen konnten.

Aber all das spielte keine entscheidende Rolle. Blücher wusste, dass das Schicksal des lyranischen Staates von ihm und anderen Kommandeuren abhing, die für Gesetz und Archon kämpften. Der Einsatz war hoch, doch wenn es ihnen gelang, Christifori gefangen zu nehmen oder zu töten, nähmen sie der Revolte auf Thorin mit einem Schlag den Wind aus den Segeln.

»Anscheinend benutzen die Rebellen das alte Universitätsgelände als Operationsbasis«, erläuterte er. »Unsere Pioniere haben Karten der Anlage beschafft und melden, dass zahlreiche Gebäude noch existieren. Lassen Sie sich nicht von den Bäumen täuschen. Wenn wir die Rebellenbasis stürmen, müssen Sie mit einem Häuserkampf rechnen.«

Er deutete mit seinem Stab auf das Hologramm und drückte einen kleinen Knopf. Ein hell rot leuchtender Pfeil erschien auf dem einzigen Weg, der zur Rebellenbasis hinaufführte. »Der Plan verlangt einen Angriff aus mehreren Richtungen. Kommandant Derkson, Sie führen Ihre Verbundkompanie den Hauptweg hinauf, wo mit der stärksten Abwehr zu rechnen sein dürfte. Aber Ihr Angriff ist nur ein Ablenkungsmanöver. Ihre Aufgabe besteht darin, den Feind aus seinem Stützpunkt in die Berge und das Gebiet rund um den Waldweg zu locken.« Blücher winkte mit dem Stab und drückte einen anderen der kleinen Knöpfe, die in einer kurzen Kontrolleiste entlang des Geräts angeordnet waren. Diesmal tauchte der rote Pfeil in der Luft auf und stieß senkrecht auf die Ruinen hinab. »Unsere Luft/Raumjäger werden gezielt die Hauptbasis attackieren. Zuerst brennen wir mit Brandbomben den Wald nieder, um die Gebäude freizulegen, dann werden die Befehlszentren aus der Luft lahmgelegt.«

Ein dritter Knopfdruck, und zwei weitere Pfeile wurden an den Seiten von Kommandant Derksons Truppen sichtbar. »Unsere restlichen Kräfte unter den Hauptleuten Keiver und Gotteb rücken auf beiden Seiten des Weges vor und greifen den Rebellenstützpunkt über die Flanken an. Der dichte Wald wird Ihr Fortkommen behindern, deshalb werden die Flankengruppen vor Derkson ausrücken. Nachdem der Feind den Köder geschluckt hat, zerschlagen Sie, was noch von seiner Befehlsstruktur übrig ist und fallen ihm anschließend in den Rücken.«

Er sah hinüber zu Keiver und Gotteb, die aufmerksam zuhörten. Keiver war ein dunkelhaariger Offizier, dessen Gesicht so schwer vernarbt war, dass er erheblich älter wirkte, als er tatsächlich war. Gotteb hatte kurz geschorenes blondes Haar und eine Donnerkeiltätowierung an ihrer rechten Schläfe, die im Licht des Hologramms schimmerte. Beide waren sichtlich mehr als bereit für die Schlacht, eine echte Schlacht, keine Tricks, Scharmützel und Terroranschläge, wie die Garde sie bisher hatte über sich ergehen lassen müssen.

Auch Leutnant Sherwood war zugegen. »Herr Oberst, wenn Sie gestatten, wie verhindern wir, dass Christifori entkommt?«

Blücher lächelte dünn. »Gute Frage, Leutnant. Jetzt, da wir wissen, wo er den Großteil seiner BattleMech- und Panzertruppen stationiert hat, tasten unsere Satelliten das Gebiet permanent und konzentriert ab. Wenn er versucht auszubrechen, können wir jeden seiner Schritte verfolgen.«

»Wann rücken wir aus?«, fragte Leutnant Karter Moody, eines der wenigen noch verbliebenen Mitglieder der Panzerkompanie.

»Die Operation beginnt morgen Nachmittag. Unsere Satelliten sind bereits dabei, die Anzahl und Position der Feindtruppen zu verifizieren. Aber geben Sie sich keinen Illusionen hin. Wir haben durch diese Revolte einige gute Leute und einige gute Freunde verloren. Wir werden diese Rebellion nicht länger dulden. Unsere Loyalität gehört Haus Steiner und dem Archon, was auch immer die Medien oder Victor Davion behaupten. Konzentrieren Sie sich auf die bevorstehende Aufgabe und sorgen Sie dafür, dass Ihre Leute bereit sind. Wenn wir diese Schlacht gewinnen, ist der Krieg um Thorin vorbei.«

Die um den Holotisch versammelten Offiziere nickten unter zustimmendem Murmeln. Blücher verlagerte das Gewicht, um sein schmerzendes Bein zu entlasten und musterte ihre Gesichter. Sie verstanden so gut wie er selbst, dass sie diese Schlacht gewinnen *mussten.* Angesichts der Verluste der Arkturusgarde im bisherigen Verlauf der Kämpfe konnten sie mit dem, was ihnen noch verblieben war, auf Dauer ihre Präsenz auf Thorin nicht aufrecht erhalten...

»Wir sind gefickt«, stellte Darius Hopkins fest, als Katya verstummte.

»Sie könnten ruhig etwas zuversichtlicher sein«, erklärte Archer.

»Wir sind *in den Arsch* gefickt«, knurrte Hopkins, und seine buschigen Augenbrauen zogen sich noch enger zusammen.

»Wir könnten den Stützpunkt evakuieren«, schlug Katya vor. »Aber das würde die Garde alarmieren, dass wir einen Agenten bei ihr eingeschleust haben. Wir müssten Prinz John zurückholen.«

»Inakzeptabel. Dafür ist er zu nützlich.« Archer war nicht bereit, auf die Informationen zu verzichten, die Prinz John ihnen aus dem gegnerischen Lager zukommen ließ. Sie waren eines der Hilfsmittel, die ihm ihrem übermächtigen Gegner gegenüber einen Vorteil verschafften. Er betrachtete das Messblatt auf dem Kartentisch, um den sich sein Stab in dem kleinen Zimmer drängte, der ihm als provisorischer Befehlsbunker diente. Über dem Wald brach die Nacht herein, und die gelben Lampen des Bunkers warfen gespenstische Schatten.

»Colonel«, erklärte Katya. »Wir haben zwei Lanzen Panzerfahrzeuge hier im Stützpunkt. Der Rest steht etwa fünfzig Kilometer entfernt. Außerdem haben wir etwa eine halbe Infanteriekompanie und die meisten unserer BattleMechs hier, zwölf Maschinen insgesamt, die Neuerwerbungen mitgerechnet. Die Luft/Raumjäger stehen noch auf dem geheimen Luftfeld. Die Garde hat fast zwanzig Mechs und zwei Lanzen Panzer, plus einer vollen Lanze Luft/Raumjäger.«

»Wir sind in der Unterzahl«, stellte Captain Alice Gett fest.

Archer runzelte die Stirn. »Wir waren schon immer in der Unterzahl. Das war nie das Problem.« Er hatte von Anfang an bewusst eine Lanze seiner Mechs, einen Teil der Panzerfahrzeuge und mehrere Züge Infanterie außerhalb der Hauptbasis stationiert. Selbst wenn dieser Stützpunkt fiel, würden genügend Avengers überleben, um der Garde zuzusetzen. Aber eines musste er Blücher zugestehen. Es war ihm gelungen, ihr Hauptquartier zu entdecken, und er hatte sofort einen Plan zu seiner Zerstörung entwickelt. Er war ein nicht zu unterschätzender Gegner, und jetzt schien er wirklich jede Zurückhaltung aufgegeben zu haben. Die Rebellen standen vor einer Niederlage, ganz gleich, wie der Kampf verlief. Jetzt, da die Arkturusgarde diesen Stützpunkt kannte, konnten sie ihn nie wieder benutzen. Das schmerzte.

»Wir könnten unsere Reserven heranziehen, uns zu einer Entscheidungsschlacht sammeln und sie erledigen«, schlug Hopkins vor.

Es war der schlaksige Captain Paul Snider, der ihm antwortete. »Ein Teil unserer MechKrieger ist noch ziemlich grün. Wir haben ein paar ganz gute Mechs erbeutet, aber die Neulinge lernen erst noch, sie zu steuern. Das wird keine ideale Feuerprobe.«

Archer studierte die Karte lange und schweigend. Die anderen schienen zu spüren, dass es besser war, seine Gedanken nicht zu stören, aber das Schweigen lag drückend über der Gruppe. Archer überdachte und verwarf eine Reihe von Möglichkeiten, dann kam ihm ein neuer Gedanke. Möglicherweise gab es eine Chance, Blüchers Plan gegen ihn zu kehren, aber sie war hauchdünn.

»In Ordnung, Leute, Folgendes erwarte ich von euch: Macht euch sofort an die Vorbereitungen zum Abzug. Ladet alle Ausrüstung, Verbrauchsgüter und das komplette Hilfspersonal auf die Transporter. Aber noch rücken wir nicht aus. Sorgt nur dafür, dass alles bereitsteht.« Er legte alle Zuversicht, die er aufbringen konnte, in seine Stimme in der Hoffnung, dass die anderen seine Ruhe als gutes Zeichen verstanden.

»Sie haben einen Plan?«

»Ja, ich denke schon, Katya. Wir haben etwa anderthalb Dutzend Vibrabomben. Die können wir zusammen mit den Splitterminen einsetzen, um die rechte Flanke und den Hauptweg abzudecken. Beide Infanteriezüge werden die Ablenkungskräfte der Garde stellen, so wie Blücher es geplant hat, mit gerade genug Panzerunterstützung, um den Gardisten das Bild zu liefern, das sie erwarten.« Er zeichnete eine Linie auf die Karte. »Ihre rechte Flankeneinheit wird vom Wald und den Minen gebremst werden. Unsere restlichen Panzer werden ebenfalls da sein. Das sollte genügen, sie lange aufzuhalten. In der Zwischenzeit rücken unsere Mechs in ihre rechte Flanke vor und greifen sie hart an. Dann rücken das Hilfspersonal und die Techs über den Südweg ab, bevor die Gardejäger angreifen. Wir zerschlagen die rechte Flanke der Garde und stoßen geradewegs in deren Ablenkungseinheit vor. Dann ziehen wir uns zurück, bevor die linke Flanke umdrehen und uns stellen kann. Wir überziehen die gesamte Basis mit Sprengladungen, Selbstschussanlagen und dergleichen. Wenn sie angerannt kommen, um unsere Kommandozentrale zu zerschlagen, stürmen sie geradewegs in eine Falle, die um sie herum in die Luft fliegt.«

»Was ist mit den Satelliten? Wenn wir abrücken, werden sie uns den ganzen Weg bis zu den Ausweichbasen verfolgen«, erinnerte Katya.

»Das ist der Punkt, an dem unsere Jäger ins Spiel kommen, Captain.« Archer sah sie an und verschränkte die Arme. »Martin Fox und seine Leute haben sich das Satellitensystem jetzt schon einige Zeit angesehen. Die Satelliten sind nicht die Schwachstelle des Systems, die sind im Handumdrehen ersetzt. Die Achillesferse sind die Bodenstationen. Statt die Jäger zur Verteidigung der Basis einzusetzen, lassen wir sie eine der Bodenstationen auf dem Südkontinent bombardieren. Die andere werden Sie zusammen mit Martins Leuten sabotieren. Jagen Sie sie hoch.«

»Die Garde verfügt mit Sicherheit über Feldstationen, die sie als Ersatz aufbauen könnte.«

Archer zuckte die Achseln. »Das würde mehr Zeit und Arbeit kosten, als es wert ist.«

Darius Hopkins kratzte sich am Nacken und studierte die Karte. »Es könnte funktionieren«, erklärte er. »Aber wir werden so ziemlich alles brauchen, was wir an Sprengstoff haben.« Er sah sich um. »Verdammt schade. Das war eine tolle Basis.«

»Man kann von Blücher halten, was man will, allein dadurch, dass er uns zwingt, diesen Stützpunkt aufzugeben, hat er einen technischen Sieg errungen«, bestätigte Archer. »Jetzt müssen wir nur dafür sorgen, dass daraus kein kompletter Sieg wird, und schon gar kein Gemetzel. Wir müssen ihn hart treffen, da zuschlagen, wo er am schwächsten ist, und danach machen, dass wir wegkommen.«

»Wo wird unser neues HQ liegen, Colonel?«, fragte Snider.

»In meinem Cockpit. Das ist nicht die letzte Schlacht, aber wenn wir es richtig machen, wird die Garde so damit beschäftigt sein, ihre Wunden zu lecken, dass sie bis auf weiteres keine Gefahr mehr darstellt.«

21

»Mr. Drannigan, wie würden Sie als ehemaliger Berater einer Reihe von Ligaregierungen für taktische Militäroperationen die momentan im Vereinigten Commonwealth stattfindenden Auseinandersetzungen beurteilen?«

»Was wir hier sehen, Dwight, ist eine Serie voneinander unabhängiger Aktionen in einer Reihe von Systemen. Reguläre Regimente und Milizen entscheiden sich für eine von zwei Seiten und treffen in Guerillafeldzügen aufeinander. Man könnte sagen, es ist dasselbe, was sich auf den Straßen von Solaris City ereignet hat, nur um den Faktor Zehntausend vergrößert.«

»Nun, wir wissen alle, wie diese Kämpfe ausgegangen sind. Könnte ich Sie angesichts Ihres Solaris-Vergleichs zu einer Spekulation über den Ausgang dieses Steiner-Davion-Kriegs bewegen?«

»Also, Dwight, ich gebe nicht vor, in die Zukunft blicken zu können, aber seien wir doch mal ehrlich. Katrina Steiner ist bei ihrem Volk verdammt beliebt. Es wird niemandem leicht fallen, ihre Nachfolge anzutreten.«

– Chefkorrespondent Dwight Lansing im Gespräch mit
Militärstratege Reinhold Drannigan, Holovidmagazin *Die nackte Wahrheit,*
Liga Freier Welten, 2. Januar 3063

Ruinen der Universität Thorin,
Remingtonforst, Thorin
Provinz Skye, Lyranische Allianz

7. Januar 3063

Der Garde-Infanteriezug bewegte sich zügig von einer Baumgruppe zur nächsten und suchte Deckung, wo immer sie sich bot. Hinter den Soldaten folgte ein *Zephyr*-Schwebepanzer mit langsam von einer Seite zur anderen schwenkendem Geschützturm. Kommandant Derkson marschierte in seinem hoch aufragenden *Paladin* in der Mitte der Formation. Sie waren nicht allein. Hinter einer dichten Gruppe von Walnussbäumen tauchte ein von Feldwebel Malloy gesteuerter *JägerMech* auf, dessen Geschützarme sich im gleichen Rhythmus wie der Turm des Schwebepanzers bewegten. In der Ferne sah Derkson den fünfzig Tonnen schweren *Chapparal* an der linken Flanke der Formation vorrücken und mit den Panzerketten Staubwolken aufwirbeln. Ein avoider *Hoplit* folgte dem *Zephyr* zügig, bewegte sich aber eher schräg zur Seite als geradeaus. Der Waldweg markierte die Mitte ihrer Formation, aber nur der *Hoplit* und der Schwebepanzer bewegten sich auf dem Weg.

»Niles, halten Sie Ihre Leute in der Nähe des Wegs«, befahl Derkson über das Neurohelmmikro. »Wir müssten jeden Augenblick auf ihre Posten treffen.«

Das Geräusch einer entfernten, gedämpften Explosion kam völlig überraschend. Aus dem Gebiet, durch das die Infanterie vorgerückt war, sah er eine Rauchwolke aufsteigen. Er schaute auf den Ortungsschirm. Weiter den Weg entlang erkannte er am Rand der Sensorreichweite mehrere magnetische Anomalien.

»Kontakt«, bellte er. »Malloy, vorrücken und Unterdrückungsfeuer vorbereiten.« Dann rief er seinen Infanterieführer auf. »Niles, Status.«

»Herr Kommandant«, kam eine hustende Stimme über die Kommleitung. »Wir sind auf Minen gestoßen – Splitterminen. Vier meiner Männer sind ausgefallen.«

Minen? Ein Vormarsch geradewegs in ein Minenfeld war auf jeden Fall ein Fehler, gleichgültig um welche Art von Minen es sich handelte. In diesem Augenblick brach plötzlich der Boden unter Malloys *JägerMech* auf. Die Detonation schleuderte Erdbrocken durch die Luft, und Rauchschwaden schmiegten sich fast liebevoll um die Beine des Kampfkolosses. Die schwere Kampfmaschine drehte sich um die Achse und fiel auf die Knie, aber der Qualm nahm Derkson die Sicht auf Einzelheiten.

»Zwanzig Meter zurückfallen und Defensivpositionen einnehmen«, befahl er, als ein Schwarm Kurzstreckenraketen an ihm vorbei auf den *Zephyr* zuraste. Die Geschosse bohrten sich in die linke Seite des Panzers und zertrümmerten seine Panzerung in einem erschreckenden Lichtgewitter aus gelben und orangeroten Explosionen. Eine fahrbare KSR-Lafette der Rebellen war gerade weit genug vorgerückt, um Schaden anzurichten. Gerade weit genug, um zu einem Gegenangriff zu reizen.

Derkson öffnete die Befehlfrequenz. »Oberst Blücher«, gab er durch. »Wir sind auf ein Minenfeld bei Koordinaten Null Drei Fünnef Alpha Zebra Zwo Eins gestoßen. Wir haben Feindkontakt.«

Er zielte mit den Langstreckenraketen auf die KSR-Lafette, dann wackelte er das Fadenkreuz mit geschickten Fingern über der gegnerischen Maschine, bis es kirschrot aufleuchtete.

»Herzlichen Dank für den Ärger, den ich wegen euch mit meinem Sold hatte«, murmelte er und drückte mit dem Zeigefinger den Auslöser des Steuerknüppels durch. Der *Paladin* ruckte leicht, als die Raketensalve aus den Abschussrohren glitt und den sanft ansteigenden Berghang hinaufjagte.

Katya Chaffee betrachtete das Gebäude auf der Hügelkuppe und schüttelte den Kopf. Sie brauchten mehr Zeit. Die Satellitenrelaisstation bestand aus einer Phalanx von Antennen und einer riesigen Schüssel, um die Datenströme der Satelliten zu empfangen, die Thorin umkreisten. Es war kein sonderlich schwieriges Ziel und vermutlich hielt sich nicht mehr als eine Hand voll Techniker in der Kontrollbarracke der Anlage auf. Das Problem waren Blüchers gewissenhafte Vorkehrungen gegen genau die Art von Angriff, wie sie ihn plante. Zwei von einem Graben getrennte Reihen Sandsäcke umschlossen die Station. In einem Umkreis von hundertfünfzig Metern um die Anlage bedeckte ein Netz auf Metallpfosten montierter Sensoren das Gelände und wartete nur darauf, einen Alarm auszulösen, sobald irgendjemand versuchte, sich anzuschleichen.

Rings um den Defensivkordon waren Sandsackstellungen verteilt, aus denen MG-Läufe ragten. Falls auch nur ein oder zwei Infanteriezüge sie besetzt hielten, war das mehr als genug, um Katyas Team aufzuhalten.

Martin Fox, der vor seiner Karriere als Freiheitskämpfer als SystemTech gearbeitet hatte, tauchte neben ihr auf. »Ich habe mir den Kordon angesehen, Captain. Wir konnten nirgends eine Lücke entdecken.«

»Verdammt«, fluchte sie leise, dann atmete sie tief durch. »Sieht aus, als müssten wir es auf die harte Tour angehen.«

Martin wischte sich den Schweiß von der Stirn. »Sind Sie sicher?«

»Nein«, antwortete sie, und schenkte ihm ein trauriges Lächeln. »Aber haben wir eine Wahl?«

Archer saß im Cockpit seines *Lichtbringer,* als die Luft/Raumjägerlanze der Arkturusgarde aus dem Süden auf die Ruinen der Universität herabstieß. In perfekter V-Formation feuerten die Maschinen ihre Raketen – sämtlich mit Infernogefechtsköpfen bestückt – auf den Wald und den alten Unicampus ab. Die Infernogeschosse waren die bösartigste Mechkampfwaffe, die es gab. Sie waren mit einem napalmartigen Brandgel gefüllt, das sie bei der Detonation in alle Richtungen versprühten. Beim Einsatz gegen einen Mech konnten sie die Maschine bis zur automatischen Stilllegung überhitzen.

Das Bombardement zeigte augenblicklich Wirkung. Innerhalb von Sekunden verwandelten sich Schatten spendende Bäume in lodernde Fackeln. Drei der Jahrhunderte alten Gebäude gingen ebenfalls in Flammen auf und verwandelten die kurz zuvor noch friedliche Waldszenerie in das Abbild eines innerstädtischen Großbrands.

Von seiner Position am Rand des Feuers beobachtete Archer, wie die Jäger hochzogen und zu einem zweiten Angriffsflug abbogen. Das Donnern ihrer mächtigen Fusionstriebwerke ließ den *Lichtbringer* erzittern, als sie über ihm vorbeiflogen. Hopkins hatte das nichtkämpfende Hilfspersonal wenige Minuten vor dem Eintreffen der Arkturusgarde evakuieren können. Inzwischen war es vier Kilometer entfernt und verließ über die Freemansfurt die Gefechtszone, zusammen mit den Ersatzteilen und allem, was sonst noch auf die Transporter gepasst hatte.

Das gesamte Gelände loderte gelb und rot und spie enorme Rauchmassen in den Himmel. Archer verschwendete keine weitere Zeit mehr damit, das Inferno zu betrachten. Er überprüfte die Langstreckensensoren, dann öffnete er eine Funkverbindung. »Eispickel Eins, Lagebericht.«

»Wir haben sie auf der Straße gestoppt«, antwortete Darius Hopkins. »Wir feuern ein wenig, dann ziehen wir uns aus ihrer Reichweite zurück. Dann feuern wir wieder auf sie. Die Minen haben sie eingeschüchtert.«

»Gut«, stellte Archer fest und lenkte den *Lichtbringer* auf den Weg. »Hammer, Eispickel mit einem Teil der verfügbaren Einheiten verstärken. Der Rest bereitet sich zum Vormarsch gegen die linke Flanke vor.« Beinahe reflexartig lud er die Laser auf.

Lieutenant Culver brachte ihren *Luzifer* auf eine Flughöhe von etwa fünfzig Metern, knapp über den Baumwipfeln. Rechts von ihr stieg auch Andrew Hackleys *Chippewa* höher. Während sie über die Hochebene flogen, die Thorins südliche Landmasse dominierte, waren sie so dicht am Boden geblieben, dass sie nur von den modernsten Dopplerradarstationen geortet werden konnten, und die meisten Anlagen dieser Art befanden sich auf dem Nordkontinent.

»Ich zeichne Nieselregen über dem Zielgebiet«, stellte Culver fest. Sie ließ die Anzeige der Fernortung nicht aus den Augen.

»Bestätigt. Zeit, die Angriffsreihenfolge festzulegen, Captain. Ich decke Sie bei sechs Uhr.«

Culver grinste. »Ich lass dir den Vortritt, Hot Shot. Gib der Station alles, was du hast.«

Der *Chippewa* war im Grunde eine einzige riesige Tragfläche mit genug Raketen und Geschützen, um einen ganzen Häuserblock einzuäschern. Er legte sich langsam zur Seite und schob sich vor Culvers kleineren *Luzifer.* Weit voraus kam jetzt ein einsam auf einer Lichtung stehendes Gebäude in Sicht: die südliche Satellitenrelaisstation. Wie auf ein unhörbares Signal hin brach in diesem Augenblick die Wolkendecke auf und heller Sonnenschein badete die Station in Licht. Ein deutlicheres Ziel hätte man sich nicht wünschen können.

»Ich habe eine mögliche feindliche Zielerfassung«, meldete Hackley und klang nicht mehr ganz so selbstsicher wie gewohnt.

»Feuern und nach links wegkippen. Ich schwenke anschließend nach rechts.« Sie bremste etwas, um die Distanz zu ihrem Vordermann zu vergrößern. Vor ihr begann der *Chippewa* wie ein riesiger Raubvogel seinen Angriffsflug.

»Ich werde beschossen!«, schrie Hackley entsetzt.

»Auf dem Ziel bleiben, Hot Shot. Feuer frei«, erwiderte sie so gelassen wie möglich.

Die Gaussgeschützkugel eines *Atlas* schlug mit solcher Gewalt in den rechten Unterschenkel des *Lichtbringer,* dass die schiere Wucht des Treffers den Mech fast umwarf. Archer kämpfte mit den Knüppeln und der Hitzewelle, die durch die Pilotenkanzel schlug, und irgendwie gelang es ihm, den Kampfkoloss aufrecht zu halten, aber die Schadensanzeige sprach eine deutliche Sprache. Die Gausskugel hatte eine gewaltige Menge Panzerung glatt wegrasiert. In Gedanken verwünschte Archer den *Atlas* in die tiefste Hölle.

Der *Pirscher* vor ihm stellte eine noch größere Gefahr dar, solange der *Atlas* sich knapp außerhalb seiner Geschützreichweite hielt. Er hatte gerade die Stelle erreicht, an der Hopkins und seine Leute sich neben der Straße eingegraben und den Vormarsch der Garde gestoppt hatten. Als Archer und seine BefehlsLanze sie passierten, feuerten sie alle zugleich, um die Illusion zu erzeugen, dass ihre Gegner es mit mehr zu tun hatten als Vibrabomben, Infanterie und ein paar Panzerlanzen.

Er stürmte vor und hoffte, durch die rechte Flanke des Gegners brechen zu können, aber die Garde leistete mehr Widerstand als erwartet. Anscheinend hatte Blücher seine Mitteltruppen auf diese Seite verlagert. *Der Mann versteht sein Geschäft,* dachte Archer. *Sonst stünde er jetzt auch nicht an der verdammten Eingangstür meiner Basis.* Die Garde hatte das Minenfeld bereits durchquert und den dabei entstandenen Schaden eingesteckt – und jetzt hämmerte sie auf Archer's Avengers ein. Laserbahnen schnitten durch die kleinen Baumgrüppchen, die Mechs und Panzer als Deckung nutzten, Autokanonensalven pflügten tiefe Schneisen in den Waldboden und hinterließen überall riesige Krater. Die Avengers waren ein Stück zurückgedrängt worden, aber jetzt wurde es Zeit, das Blatt zu wenden.

»Gespenst Eins an alle Einheiten, für zwei Salven das Feuer auf den vorderen *Pirscher* konzentrieren. Danach freie Zielwahl«, bellte er und schwenkte seine schweren Extremreichweitenlaser in eine Linie mit dem graugrün lackierten Rumpf des Gardemechs. Der Mechpilot im Cockpit der Maschine brach mit seinem wuchtigen Metallkoloss durch eine Baumgruppe und stieß die Bäume beiseite wie Unkraut. Beide Laser des *Lichtbringer* trafen die linke Torsoseite seines Gegners und gruben tiefe Schmelzspuren in die schützende Panzerung.

Gespenst Zwo tauchte urplötzlich links von Archer auf. Der in braun-grünem Tarnschema bemalte *Wachmann* landete auf einer Lichtung und die Sprungdüsen in seinen Mechbeinen brannten große schwarze Flecken ins Gras, bevor es unter den riesigen Metallfüßen zerquetscht wurde. Subaltern Wally George feuerte unmittelbar nach der Landung seinen schweren Laser ab, gefolgt von den mittelschweren Lichtwerfern. Auch Sergeant Val Kemps *Krabbe* feuerte. Die schweren Laser trafen das wuchtige Geschützmodul an der linken Rumpfseite des überschweren Mechs, und eine zweite LSR-Salve bohrte sich tief in die Sekunden zuvor von Archers Lasern aufgerissene Flanke. Das war vermutlich Gespenst Sieben gewesen, Corporal Tanners *Whitworth,* den Archer auf der Sichtprojektion im Rücken des *Lichtbringer* vorbeiziehen sah.

Als die Cockpittemperatur langsam wieder sank, löste Archer die mittelschweren Impulslaser aus. Augenblicklich verwandelte sich die Kabine wieder in einen Hochofen. Die smaragdgrünen Energiepfeile prasselten auf den *Pirscher* ein, der unter den Treffern ins Wanken geriet. Fast in Zeitlupe drehte der Mech sich, und Archer sah die Lukendeckel wegklappen und die tödliche Phalanx der Kurz- und Langstreckenraketen freigeben. Eine Warnsirene schrillte aus den Helmlautsprechern, als zweiunddreißig Raketen aus den Abschussrohren auf ihn zuschossen. Er aktivierte das Raketenabwehrsystem und zog in Erwartung des vernichtenden Bombardements die Schultern des *Lichtbringer* hoch.

Die Rauchbomben hatten die Satellitenrelaisstation praktisch komplett eingehüllt, während Katya auf ihr Zeichen wartete. Dann eröffneten Martin Fox und seine Leute vom Waldrand aus das Feuer. Ihre Kugeln prasselten auf die MG-Stellungen weit rechts von ihr ein, und sie konnte die Silhouetten in die Gefechtszone laufender Soldaten erkennen. Die Station war nicht schwer verteidigt, aber die Stellungen waren so gut ausgebaut, dass die Garde im Vorteil war.

Das Gefecht schien das Tempo zu wechseln, als Fox'

Leute das MG-Nest mit tragbaren PPKs angriffen. Die künstlichen Blitzschläge schlugen mit krachendem Donnern in die Sandsackwände ein, die unter der Gewalt der Einschläge förmlich explodierten. Die Verteidiger zogen sich hastig auf ihre zweite Verteidigungslinie zurück.

Katya sah hinüber zu ihren drei Kameraden. »Auf mein Zeichen.« Die anderen nickten, wirkten aber nicht allzu zuversichtlich. Sie hob die Hand und wartete, bis die zweite Mörsersalve einschlug, die ebenfalls aus Rauchbomben bestand. Es war eine Deckung, die sie und ihr Team, die wirkliche Gefahr für die Station, dringend brauchten.

Katya senkte die Hand, und die vier Soldaten rannten los. Auf dem Rücken trugen sie Rakfäuste. Die in der Hauptsache zur Mechabwehr benutzten Einweg-Raketenwerfer dienten heute einem anderen Zweck. Martin Fox und seine ›Kommandotruppen‹ würden die Verteidiger der Anlage beschäftigt halten, während ihr Team die Satellitenschüssel und Antennenphalanx zerstörte. Der entscheidende Punkt dabei war, dass sie dicht genug an ihr Ziel herankommen mussten, bis irgendwo zwischen die beiden Sandsackreihen, die sich rund um die Station zogen.

Als sie mit ihren Leuten durch den Qualm hetzte, erwartete Katya fast, jeden Augenblick von Maschinengewehrfeuer aufgehalten zu werden. Doch nichts geschah. Dann hatten sie die Sandsäcke erreicht. Nur einer ihrer Soldaten schaffte es mit einem Satz über den Wall. Katya rannte mit voller Wucht gegen die Barriere und schnappte mit schmerzverzerrtem Gesicht nach Luft. Mit einer wütenden Anstrengung gelang es ihr, auf Händen und Knien über den Wall zu kriechen. Ihr Puls hämmerte, in ihren Ohren hallte der Lärm des Gefechts. Der Feind hatte sie nicht bemerkt. Jedenfalls noch nicht. Nur noch ein paar Sekunden – und es würde keinen Unterschied mehr machen.

Als Letzte der Gruppe rannte sie los und stieß zu ihren Kameraden am inneren Sandsackwall. Jetzt waren sie auf Schussweite an das Ziel heran. In geduckter Haltung gab sie so leise, wie die Situation es zuließ, den Befehl. »Sprengladungen zuerst. Danach die Infernos.«

Als Erstes standen zwei der Soldaten auf und feuerten. Ihre Rakfäuste waren mit normalen Explosivraketen geladen, die sie auf die Stützen der riesigen Schüssel und der Hochantennen abfeuerten. Gelbe Flammenzungen schlugen durch den Rauch der Detonationen. Jetzt sprang auch Katya auf, um ihre Rakfaust abzufeuern, in deren Lauf eine Infernorakete steckte. Nachdem die erste Raketensalve die Ausrüstung beschädigt hatte, sollte das Brandgel der Infernos sie zerkochen.

Sie presste den Gummiknopf des Auslösers unter dem Visier der Rakfaust und fühlte, wie die Rakete aus dem Rohr schoss. Plötzlich schien der Boden unter ihren Füßen wegzufallen. Ein Donnern traf ihre Ohren, und Panik erfasste sie, als eine Riesenfaust sie zu erfassen und durch die Luft davonzuschleudern schien. Lärm, Schreie... ihre eigenen Schreie... gellten in ihren Ohren, als sie hart auf den Boden schlug.

Eine Explosion... Ihr Verstand erfasste den Gedanken, als sie nur zwei Meter vor sich den abgerissenen Arm eines ihrer Leute zu Boden fallen sah. Ihre Finger wurden taub, dann ihre Zehen. Aus Lärm wurde hallendes Echo, ihr Sichtfeld verengte sich wie zu einem Tunnel. Sie wollte schreien, um Hilfe rufen, aber der Tunnel wurde immer enger und kleiner. Die Geräusche verhallten im Nichts, und sie versank im Dunkel.

Als sie zurückblickte, sah Lieutenant Francine Culver die ganze Verwüstung, die ihr Angriff angerichtet hatte. Die Satellitenrelaisstation stand nicht einfach in Flammen, sie flog auseinander, als ihr Reservefusionsreaktor aufbrach. Die riesige Antennenschüssel versank in einem weißlodernden Feuerball, der sie innerhalb von Sekunden vollständig verzehrte.

»Wow«, drang Andrew Hackleys Stimme über Funk, als er die Vernichtungsorgie ebenfalls beobachtete. »Cool.« Sein *Chippewa* zog noch immer weiße Rauchfahnen von den Treffern der Boden-Luft-Raketen aus den Abwehrsystemen der Station hinter sich her, aber sie hatten gegen den schweren Jäger nicht mehr ausgerichtet, als ein paar Panzerplatten anzusengen.

»Ich würde mal sagen, dieses Ziel können wir abhaken«, stellte Culver fest und schickte das vereinbarte Codesignal an Gespenst Eins auf den Weg. »Ich hätte erwartet, dass es schwieriger würde.«

Sie öffnete die Kommleitung. »Gespenst Eins, wir sind hier ein bisschen früher fertig geworden als erwartet. Haben Sie noch andere Ziele für uns?« Die einzige Antwort, die sie erhielt, war Rauschen und ferner Kampflärm auf der Befehlsfrequenz.

Die Raketenabwehr des *Lichtbringer* fing vier der auf Archer zurasenden Raketen ab, aber die anderen kamen durch. Er drückte sich in die Sitzpolster und kniff in Erwartung der Explosionen die Augen zu, aber nichts geschah. Ein seltsames, dumpfes Scheppern, als die Raketen einschlugen, ohne zu detonieren, war alles, was er hörte, dicht gefolgt vom Prasseln der von seiner Rakabwehr zerblasenen Geschosse.

Aber keine Explosionen. Er lächelte erleichtert. Seine Vorausplanung hatte sich bezahlt gemacht. Als die *Angelfire* mit der Munitionslieferung für die Arkturusgarde im System eingetroffen war, hatte er einen seiner Vertrauten auf den Weg geschickt, die Sprengköpfe in ihrem Laderaum zu entschärfen. Inzwischen musste die Munition aus dieser Lieferung ihren Weg in die Waffenkammern und in die Munitionslager der lyranischen Mechs gefunden haben. Die Raketen ließen sich einwandfrei abfeuern und erschienen den Bordcomputern der Kampfkolosse auch als fehlerlos und scharf, aber in Wahrheit waren ihre Gefechtsköpfe wertlos. Archer neigte den *Lichtbringer* leicht nach vorne und drückte mit dem Daumen den Feuerknopf durch, um die schweren Laser auf den arg mitgenommen *Pirscher* abzufeuern.

»Ihre Raketen sind Blindgänger«, rief er dem Rest der Einheit zu. »Auf sie!«

Der MechKrieger an Bord des *Pirscher* musste erkannt haben, was geschehen war, als Archers unbeschädigter BattleMech seine schweren Lichtwerfer gegen ihn einsetzte. Eines der Energiebündel schlug über das Cockpit, schälte nahezu dessen gesamte Panzerung ab und drückte sogar die Ausstiegsluke ein. Der andere Schuss traf die Torsomitte des Mechs und bohrte sich fast an derselben Stelle in den Rumpf, an der schon der schwere Laser von Vals *Krabbe* seinen Treffer erzielt hatte.

Mit einem kurzen Zischen als Ankündigung drang eine Stimme aus dem Helmlautsprecher. »Gespenst Eins, wir sind hier ein bisschen früher fertig geworden als erwartet. Haben Sie noch andere Ziele für uns?« Es war Lieutenant Culver.

Das waren gute Neuigkeiten. Eine der beiden Satellitenrelaisstationen war zerstört. Fast hätte er seine Luft/Raumjäger mit in die Schlacht geworfen, aber dann kam ihm ein anderer Einfall. »Gute Arbeit. Jetzt greift ihren Befehlsbunker in der Festung an.«

»Wie bitte?«

Archer wich einer Autokanonensalve aus, die neben ihm in die Bäume einschlug. Keine der Granaten explodierte, aber bereits die kinetische Energie, mit der sie auf Holz und Felsen trafen, richtete enormen Schaden an. »Sie haben richtig gehört. Nur ein paar Angriffsflüge, konzentriert auf den Befehlsbunker. Vermutlich wird es nicht viel ausrichten, aber es könnte Blücher ablenken.«

»Verstanden, Gespenst Eins.«

Der Garde-*Pirscher* schwankte unter dem Einschlag der Treffer und drehte ab, aber die Avengers ließen nicht locker. Maxwell Grath, der den erbeuteten *Gallowglas* übernommen hatte, setzte den tödlichen Schuss. Eine blaugleißende Entladung nackter Energie aus seiner PPK krachte in den Torso des *Pirscher,* verdampfte einiges an interner Struktur und schleuderte bläulichweiße Bogenentladungen wie ein Spinnennetz durch das Innere der Kampfmaschine. Sie schien zu erstarren, als aus dem Loch in ihrem Rumpf weißer Dampf aufstieg. Dann fiel sie zur Seite und riss bei ihrem Sturz mehrere Bäume um.

Von Archers Seite der Kampflinien schlugen Raketen, AK-Granaten und Laserschüsse mit frischem Ungestüm in die Reihen des Gegners, als der *Pirscher* zu Boden gegangen war. Er sah eine relativ neue *Königskobra* auftauchen und ihre Langstreckenraketen auf die Beute-*Cicada* der Avengers abfeuern. Die meisten der Raketen trafen, aber nur zwei der Sprengköpfe explodierten, und der unerfahrene MechKrieger im Cockpit des mittelschweren Mechs kam noch einmal mit dem Leben davon. Archer und Grath nahmen das neue Ziel beide unter Beschuss und überschütteten den Gardemech mit genügend Laser- und PPK-Feuer, um ihn krachend zu Boden zu werfen.

Der gigantische *Atlas* Oberst Blüchers stand auf einem flachen Hügel und feuerte seine Geschütze über weite Entfernung auf mehrere Ziele zugleich ab. Ein *Holländer* versuchte ebenfalls umzudrehen und ihn zu kopieren, fand sich aber ohne Vorwarnung einem Bombardement aus schwerem und mittelschwerem Laserfeuer von Wally Georges *Wachmann* ausgesetzt. Wallys Mech hatte einige Treffer einstecken müssen, und ein nass glänzender, blutartiger Strom grüner Kühlflüssigkeit spritzte aus seinem Torso. Die meisten seiner Schüsse trafen die Beine der Gardemaschine und legten vor Hitze dampfende Bündel künstlicher Myomermuskeln frei, als sein Gegner zurücktaumelte.

»Alle Einheiten, vorrücken«, befahl Archer. »Sie weichen zurück.« Dann sah er Blüchers Luft/Raumjäger wieder abschwenken, an den in Schutt und Asche gebombten Universitätsruinen vorbei. Ihm war sofort klar, was das bedeutete. Die Arkturusgarde hatte sein Hilfspersonal beim Fluss entdeckt.

Martin Fox sah die feindlichen Mörserrunden sich seiner Position nähern. Er war ein Systemanalytiker, kein Krieger. Es wurde Zeit, sich zu verabschieden. Er starrte durch den Rauch und sah Katya Chaffees Team reglos am Rand eines Kraters liegen. Sie hatten es geschafft, hatten ihr Ziel erreicht, aber zu welchem Preis?

»Wir verschwinden von hier«, rief er über Funk. »Zu den Fluchtfahrzeugen zurückfallen.«

Einer seiner Leute kam herübergerannt und deutete auf die leblosen Körper Chaffees und der anderen in ihrer Gruppe. Eine MG-Salve verfolgte ihn. »Was ist mit denen?«, rief der Mann.

Martin winkte ihn weiter. »Wir können ihnen nicht mehr helfen. Wir haben unsere Arbeit getan und jetzt müssen wir weg hier. Ich gebe dem Colonel Bericht, sobald wir in Sicherheit sind.«

Archers Befürchtungen erwiesen sich als unnötig. Die beiden *Luzifers* und der *Stuka* waren zwar abgeschwenkt, als hätten sie den Avengers-Konvoi mehrere Kilometer entfernt bemerkt, aber dann drehten sie zu einem Angriffsflug auf seine Gefechtslinie bei. Seine Erleichterung verwandelte sich allerdings schnell in Entsetzen, als die Jäger sich auf Rhelms *Derwisch* und Livernois' *Schleicher* stürzten, die beide versuchten, dem Bombardement davonzurennen. Die Raketen eines *Luzifer* gingen vorbei, aber die beiden des anderen saßen. Die LSR trafen den *Derwisch* und schälten Panzerung von seinem nur minimal geschützten Rücken und den Armen. Dann schnitten die schweren Laser des Jägers durch den rechten Arm des Mechs und trennten ihn am Ellbogen ab. Der zerstörte Mecharm wirbelte ins Unterholz wie ein weggeworfenes Spielzeug.

Livernois' *Schleicher* bekam die ganze Wucht des *Stuka*-Angriffs zu spüren. Raketen detonierten nahezu zeitgleich rings um den Mech und hüllten ihn in einer schwarzen Rauchwolke ein, aus der orangerote Feuerzungen schlugen. Schwere Laserbahnen bohrten sich in die Wolke und suchten nach ihrem Ziel. Den Panzertrümmern nach zu schließen, die aus dem Rauch flogen, fanden sie es. Archer beobachtete hilflos, wie Kane Livernois tat, was niemand erwartet hätte. Er feuerte die Sprungdüsen und sprang nach hinten, gerade rechtzeitig, um der schlimmsten Verwüstung zu entkommen.

Archer erwartete, dass die Luft/Raumjäger zu einem weiteren Angriff umschwenkten, stattdessen aber drehten sie ab und verließen das Schlachtfeld. Er brauchte nicht lange zu überlegen, was das bedeutete. Sie mussten Culver beim Anflug auf die Festung geortet haben. Sie würde lange fort sein, wenn sie eintrafen, aber wie er es gehofft hatte, war es ihr gelungen, die Aufmerksamkeit auf sich zu ziehen. Erneut musste er Blücher widerwillig Anerkennung zollen. Er nutzte seine Möglichkeiten ausgezeichnet.

Archer ließ den Blick über das Schlachtfeld wandern und sah die Garde zurückweichen. Einer ihrer Mechs, der *Holländer,* trat auf eine Vibrabombe, die beim Vormarsch nicht ausgelöst worden war, und ging zum letzten Mal zu Boden. In der Ferne erkannte er auch Blüchers *Atlas,* der zwischen den Bäumen kaum noch auszumachen war. Er bekam keine sichere Zielerfassung, feuerte aber trotzdem und ignorierte die durch das Cockpit brandende Hitze. Einer seiner clangefertigten Extremreichweiten-Laser erwischte den *Atlas* am linken Arm, der andere schoss vorbei. Die Panzerung des riesenhaften Kampfkolosses war kraterbedeckt und zernarbt, aber einen Augenblick lang schien es, dass Blücher sich zu Archer umdrehte. Die Zeit schien sich zu verlangsamen, als er auf den Totenschädelkopf des überschweren Gardemechs in der Ferne starrte.

Dann zogen Blücher und die restliche Arkturusgarde sich mit heftigem Gegenfeuer zurück.

»Feuer einstellen. Lasst sie ziehen«, befahl Archer, als er Livernois' *Schleicher* aus dem Wald treten sah. Der größte Teil seiner Panzerung war verloren, und die Mechbeine zogen zerfetzte Myomermuskelstränge nach wie gigantische offene Schnürsenkel.

Archers taktische Nahortung zeigte seine Einheit angeschlagen – aber noch einsatzfähig. Auch die Garde war schwer mitgenommen und zog sich zur Straße nach Ecol City zurück. Archer's Avengers hatten die Schlacht für sich entschieden. Es war verlockend, dem Gegner nachzusetzen, aber dafür waren Archers Truppen zu ausgelaugt. Wenn er sie jetzt zu hart antrieb, lief er Gefahr, den Truppen des Archons den Sieg zu schenken.

»In Ordnung, Mädels. Bergen wir, was zu bergen ist, und dann ab zu den vereinbarten Sammelpunkten. Weitere Einteilungen auf die Basen und alles sonstige dort. Bringt erst einmal schnellstens die Bergungsteams her.«

Sie hatten sich etwas Zeit verschafft, die sie nicht verschwenden durften. Gleichgültig, wie der Kampf hier verlaufen war, in Archers Augen blieb der Verlust ihrer Operationsbasis eine empfindliche Niederlage.

Als er den *Lichtbringer* wendete, um nach Hopkins zu suchen, fragte er sich, was aus Katya geworden war. Er konnte nur beten, dass es ihr gut ging.

22

»Wir sind hier auf dem Melissa-Steiner-Raumhafen und sprechen mit dem Skipper eines kürzlich von Fort Louden eingetroffenen Handelsraumers. Was können Sie uns über die aktuelle Lage dort sagen, Kapitän Downer? Offiziellen Verlautbarungen zufolge gibt es keinen Bürgerkrieg – nur vereinzelte ›unbedeutende Zwischenfälle‹, die der Archon völlig unter Kontrolle hat.«

»Tja, wir haben uns ziemlich dicht am Raumhafen gehalten, nachdem wir hörten, dass das Militär eine strikte Ausgangssperre verhängt hatte und überall Streifen unterwegs waren. Es heißt, der Kommandeur der 5. Allianzgarde RKG griff hart durch, als es zu den ersten Plünderungen kam.«

– *Ecol City Aktuell,* Kanal 38, 6. Januar 3063

Befehlsposten Epsilon, Remingtonforst, Thorin
Provinz Skye, Lyranische Allianz

8. Januar 3063

»War sie tot?«, fragte Archer, als Martin Fox sich den Schweiß von der Stirn wischte.

Fox wich einen kurzen Schritt zurück, als wolle er dem Zorn des Colonels entgehen. »Das ließ sich nicht sicher sagen. Sie waren alle entweder tot oder verwundet.«

»Tod und Teufel«, fluchte Archer und drehte sich um. Die Schlacht war seit fünfzehn Stunden vorüber. Die Avengers hatten fast ein Drittel ihrer Einheit verloren: eine komplette Kompanie Mechs und Panzer waren entweder verwundet, zerstört oder dringend reparaturbedürftig.

Und jetzt musste er zudem mit dem Verlust Katya Chaffees fertig werden, einem Schlag, der weit über den Verlust für die Einheit hinausging. Sie war die Hauptstütze seines Nachrichtendienstes gewesen, aber zugleich auch noch weit mehr. Seit Andreas Tod war Katya zu seiner wichtigsten Vertrauten und Teil des kleinen Kreises von Beratern geworden, deren Urteil er vertraute.

Und jetzt hatte er sie verloren.

Archer wusste, dass er Fox dafür nicht wirklich die Schuld geben konnte, und er bedauerte bereits, wie scharf er ihn angegangen war. Er legte dem Systemanalytiker die Hand auf die Schulter. »Tut mir Leid, Martin. Es war ein höllischer Tag. Eine Menge guter Leute sind tot oder verwundet. Sie und Ihr Team haben großartige Arbeit geleistet. Sie haben dem Feind die Möglichkeit geraubt, unsere Bewegungen zu verfolgen. Das ist eine beachtliche Leistung.« Dann drehte er sich zu Darius Hopkins um. »Wie schlimm sieht es aus?«

»Katyas Verlust könnte uns Probleme machen. Sie kennt die Lage einiger unserer Basen.«

»Vorausgesetzt, sie lebt noch«, stellte Archer fest.

»Davon muss ich ausgehen. Und Sie sollten dies ebenfalls tun. Wenn Blücher sie geschnappt hat, könnte er ihr Informationen über unsere Operation entlocken.«

Archer seufzte schwer. »Dann evakuieren wir die Stützpunkte, deren Lage sie kannte. Das reduziert den Vorteil, den Blücher aus ihrer Gefangennahme ziehen könnte.«

»Gut«, stellte Hopkins fest. »Wir sind angeschlagen, aber die Techs arbeiten bereits an der beschädigten Ausrüstung. In etwa einer Woche werden wir ein oder zwei Lanzen wieder einsatzbereit haben.«

»Danke, Darius.« Archer rollte die Schultern, um die Verspannung in seinen Muskeln wenigstens teilweise zu lösen. »Sie werden als Nachrichtendienstchef einspringen müssen, bis wir Katya wiedergefunden und befreit haben.«

Hopkins grinste. »Jetzt reden Sie, als wären Sie davon überzeugt, dass sie noch lebt.«

»Ich nehme mir nur Ihren Rat zu Herzen.« Er hob die Tuchklappe des Zelts, das ihm als provisorisches Hauptquartier diente, um ins Innere zu treten, dann stoppte er und drehte sich noch einmal zu seinem alten Mentor um. »Sergeant Major«, sagte er langsam.

»Colonel.«

»Setzen Sie sich über unsere üblichen Kontaktleute mit Prinz John in Verbindung. Ich möchte wissen, was bei der Garde vorgeht. Und nehmen Sie Kontakt mit allen Zellen auf. Lassen Sie unsere Leute wissen, dass wir die Arkturusgarde zurückgeschlagen haben, aber dass sie die Gardisten wie ein waidwundes Wild behandeln sollen. Wenn ich jetzt an Blüchers Stelle wäre, würde ich mir überlegen, ein paar Änderungen vorzunehmen. Und in unserem Geschäft können Veränderungen eine üble Sache sein.«

Felix Blücher schaute aus der Stahltür seines Befehlsbunkers auf den Festungshof und beobachtete die Techs, wie sie hektisch bemüht waren, die dort versammelten Mechs instand zu setzen. Im Augenblick beliefen sich seine einsatzbereiten Kräfte auf gerade einmal zwei Lanzen Mechs und Panzer. Viele der Mechs waren schwer beschädigt, und diese Schäden strengten die Techs sich gerade an zu beheben. Andere Maschinen hatten sie notgedrungen beim Rückzug aufgeben müssen.

Er ließ sich die Schlacht und deren Auswirkungen durch den Kopf gehen. Seine Truppen waren in ein Minenfeld der Rebellen geraten. Das hatte ihren Vormarsch gebremst. Er hatte mit einer Flankenbewegung gekontert, die seinem Gegner schwere Schäden zugefügt hatte, aber er hatte nicht vorausgesehen, dass Archer beide Bodenstationen des Satellitenüberwachungssystems gleichzeitig angreifen würde. Jetzt lagen sie in Trümmern. Was ihm blieb, waren die Feldeinheiten. Sie konnten jeweils zwei Satelliten steuern, aber nur eine begrenzte Datenmenge empfangen.

Blücher hielt seine Planung noch immer für einwandfrei. Seine Luftunterstutzung hatte ihm die Oberhand gegeben, und er hatte angenommen, das würde ihm gestatten, die Rebellenlinien zu durchbrechen. Dann hatten

Christiforis Jäger die Festung angegriffen und er hatte seine Maschinen umleiten müssen, um sie aufzuhalten. Die Jäger hatten sich ein kurzes Gefecht geliefert, dann hatten die Avengers den Rückzug angetreten. Der Schaden an seinem Befehlsbunker war nicht weiter schlimm, aber er war gezwungen gewesen, seinen größten Vorteil aufzugeben: die Lufthoheit.

Archer glaubte vermutlich, einen taktischen Sieg errungen zu haben, weil er den Angriff der Garde hatte zurückschlagen können. Aber Blücher hatte die Hauptoperationsbasis der Avengers zerstört, was ihm einen strategischen Sieg lieferte. Er massierte das schmerzende Bein und fragte sich, ob ein strategischer Sieg angesichts des hohen Preises ausreichte, den er dafür hatte bezahlen müssen.

Jetzt saß er hier in der Festung und grub sich ein, war in die Defensive gezwungen. Das war gar nicht gut. Keine Armee hatte je aus einer Verteidigungsstellung heraus einen Krieg gewonnen. Aber das änderte nichts an seiner Lage. Sein Bataillon war auf weniger als eine Kompanie zusammengeschrumpft. Und dadurch, dass er das Schlachtfeld gehalten hatte, konnte Christifori viele seiner Verluste mit Bergegut wettmachen. Blücher und seine Garde führten einen Krieg, dessen Regeln ihnen fremd waren, gegen einen Kommandeur, der auf diesem Planeten geboren und für seine Bewohner ein Held war. Vermutlich war es bereits ein Wunder, dass sich die Garde nicht in einem noch schlimmeren Zustand befand, auch wenn Blücher gelinde Zweifel daran hatte, dass man es im Oberkommando so sehen würde.

Er hörte das Knallen von Absätzen hinter sich und drehte sich gerade rechtzeitig um, um Leutnant Sherwood die Hacken knallen und salutieren zu sehen. Der einheimische Offizier, der einen Arm in der Schlinge trug, hatte sich tapfer geschlagen. Sein *Herkules* hatte gleichzeitig gegen einen *Galleon*-Panzer und eine *Speer*-

schleuder gekämpft und ordentlich Schaden ausgeteilt, bevor er von einer fahrbaren KSR-Lafette der Rebellen aus dem Gefecht geschossen wurde. Das Raketenbombardement hatte den *Herkules* nahezu zerblasen und bei dem Sturz hatte Sherwood sich den Arm verletzt. Aber irgendwie war es ihm gelungen, die Überreste seines BattleMechs beim Rückzug der Garde zurück in die Festung zu schleppen.

»Melde mich wie befohlen, Herr Oberst.«

»Und, haben Sie etwas herausgefunden?«, fragte Blücher.

»Die Techs sagen, die Raketengefechtsköpfe wären durch die Entfernung einer Verbindung im Sprengschaltkreis unbrauchbar gemacht worden. Bei unseren Autokanonengranaten waren Pfennigstücke im Zündmechanismus versteckt, die ihn blockiert haben, sodass die Explosion nicht ausgelöst werden konnte. Die Kontrolleure haben nichts davon bemerkt, weil das unmöglich gewesen wäre, ohne jede einzelne Granate zu öffnen. Ich habe Leute daran gesetzt, jedes Stück Munition im Lager zu überprüfen und gegebenenfalls zu reparieren, aber das wird Zeit kosten.«

Zeit, während der Blücher es nicht riskieren konnte, die Festung zu verlassen. »Wie war das möglich?«, fragte er und schüttelte den Kopf. Er konnte kaum fassen, wie geschickt er ausgetrickst worden war.

»Nach allem, was Leutnant Fisk feststellen konnte, wurde die Munition während des Transports sabotiert.«

»Was?«, brüllte Blücher wütend, ohne jedoch eine angemessene Lautstärke zu erreichen, denn seine Stimme war heiser vor Erschöpfung. »Das ist Verrat! Wir werden sämtliche Mittel des Transportunternehmens beschlagnahmen. Die Eigentümer sind auf der Stelle zu verhaften.« Er war übermüdet und nervös, und der Kaffee, den er nach der Rückkehr in die Festung getrunken hatte, wirkte auch nicht gerade beruhigend.

»Ich befürchte, das wird nicht gehen, Herr Oberst«, stellte Sherwood zögernd fest.

»Warum nicht, Leutnant?«

»Es war Christifori Express.«

Blücher wollte schreien, aber stattdessen schloss er langsam die Augen und atmete tief durch. Er kämpfte gegen einen Mann, der sich im Militäralltag ebenso gut auskannte wie er selbst. Einen Mann, der ihn in Manövergefechten und auf dem echten Schlachtfeld besiegt hatte. Einen Mann, der es geschafft hatte, ihn im Innern seiner Festung praktisch gefangen zu setzen, eingegraben wie einen Maulwurf. Einen Augenblick lang spielte er mit dem Gedanken aufzugeben und Thorin zu verlassen, aber das war keine reelle Option. In seiner langen Militärlaufbahn war Felix Blücher noch nie mit eingekniffenem Schwanz vor einem Kampf geflohen, und er hatte nicht die Absicht, jetzt damit anzufangen.

Außerdem war er noch nicht am Ende. Noch waren ihm die Ideen nicht ausgegangen. Eine davon hatte das Potenzial zu einem echten Schlachtplan, auch wenn sie riskant war. Aber weil sie auf strategischer Ebene operierte, bestand eine gute Chance, Christifori zu überraschen. Blücher hatte ihn schon einmal strategisch geschlagen. Vielleicht war das die Ebene, auf der er sich mit seinem Gegner messen sollte.

Inzwischen war auch Luther Fisk zu ihnen getreten. Sein schwarzes Haar war zerzaust und er hatte dunkle Ringe unter den Augen. Seltsamerweise lächelte er, ein erstaunlicher Kontrast zur wenig beneidenswerten Situation der Garde. »Was ist, Leutnant?«

»Ich habe ein Geschenk für Sie, Herr Oberst.« Fisk schien etwas von seiner alten Selbstgefälligkeit wiedergefunden zu haben. »Ich komme gerade aus dem Krankenrevier. Wir haben ein paar der Rebellen gefangen genommen, die am Angriff auf die Relaisstation vor der Stadt beteiligt waren. Sie waren verletzt, deshalb habe ich sie hierher bringen lassen, für den Fall, dass Christifori sie zu retten versucht.«

Sherwood mischte sich ein, bevor Blücher es aussprechen konnte. »War einer von ihnen Christifori?«, fragte er scharf.

Fisks Grinsen wurde noch breiter. »Besser. Wir haben Hauptmann Katya Chaffee.«

»Wird sie es überleben?«, fragte Blücher.

»Sie hat Prellungen und Schrapnellsplitter in der Schulter, aber davon abgesehen ist sie unverletzt.«

»Gute Arbeit«, lobte Blücher, und staunte, dass Fisk zu so etwas in der Lage war. »Er wird mit Sicherheit versuchen, sie zu befreien.«

»Wieso glauben Sie das?«, wollte Sherwood wissen.

»Das sagen mir erstens meine Intuition und zweitens unser Nachrichtendienst. Sie bedeutet ihm eine Menge. Er hat sie schon einmal aus dem Kerker geholt. Er wird es wieder tun. Vielleicht können wir sie dazu benutzen, ihn dazu zu bringen, dass er sich an einen Tisch setzt und mithilft, die Kämpfe zu beenden.«

»Das wird er niemals tun, Herr Oberst«, wandte Fisk ein.

»Vielleicht nicht. Aber meine Befehle lauten, diese Revolte zu beenden. Wenn ich das mit Friedensgesprächen erreichen kann, umso besser. Ansonsten ist es nur eine Frage der Zeit, bis Archer sie zu befreien versucht.«

»Aber außer in der Deckung der Festung sind wir nicht in der Lage, einem direkten Angriff standzuhalten«, stellte Fisk fest. »Verstehen Sie mich nicht falsch, Herr Oberst. Christiforis Rebellen haben ebenfalls Verluste erlitten, aber nach dem, was ich in der Auswertung gesehen habe, scheint er um einiges besser davongekommen zu sein.«

Blücher rieb sich die Stirn. »Was bedeutet, dass wir die Prämisse unserer Strategie ändern müssen. Ich werde eine Botschaft nach Murphrid schicken und das 2. Bataillon anweisen, sich fertig zu machen und so bald wie möglich hierher auszurücken. Christiforis Taktik hat uns Menschen und Material gekostet, aber gegen uns und ein zweites Bataillon hat er keine Chance.« Er sah Fisk an und lächelte ihn an, möglicherweise zum ersten Mal, seit sie sich begegnet waren. »Und diesmal haben wir den perfekten Köder... Katya Chaffee.«

Sherwood schien begeistert. »Es wird mir ein Vergnügen sein, alles in die Wege zu leiten, Herr Oberst.«

»Kontaktieren Sie Hauptleute Keiver und Gotteb. Ich werde ihren Rat brauchen, um das beste Timing auszuarbeiten.« Jetzt, da er die Idee in Worte gefasst hatte, verblassten alle Zweifel. Dies war ein Plan, der nicht fehlschlagen konnte, und der Gedanke versetzte ihm einen Schub an Zuversicht, der seine Laune augenblicklich besserte. »Ich sage Ihnen«, erklärte er den beiden Junioroffizieren, »in ein paar Wochen ist die Schlacht um Thorin entschieden.«

Buch Drei

Bürgerkrieger

Trotz des Verbots nichtmilitärischer HPG-Sendungen durch den Archon existieren Wege und Möglichkeiten, Informationen zu sammeln, die uns die Regierung vorenthalten will, und die Berichterstattung aufrecht zu halten. Es stimmt, dass auf manchen Welten des Vereinigten Commonwealth Kämpfe zwischen dem Militär und partisanenartig operierenden Rebellen ausgebrochen sind, aber in anderen Systemen herrscht bereits offener Bürgerkrieg. Auf Nanking haben davionistische Einheiten unter der Führung der 1. Kestrel-Grenadiere die strategischen Produktionsanlagen des Planeten erobert und kontrollieren nun ein wichtiges System auf der VS-Seite des Sol-Korridors.

– Aus *Und nichts als die Wahrheit,* im Vereinigten Commonwealth weit verbreitetes radikales Untergrundmagazin, 7. Januar 3063

23

Mein Schmerz über den Verlust meines jüngeren Bruders Arthur ist durch die Effekthascherei und die unverzeihlichen Anschuldigungen meines Bruders Victor noch vergrößert worden. Ich bin entsetzt und mehr noch, aufs Äußerte erzürnt darüber, dass er es wagen konnte, auch nur anzudeuten, ich könnte die Schuld an Arthurs Tod tragen. Niemand kann ernsthaft bezweifeln, dass er von Feinden unseres Reiches in der Blüte seines Lebens dahingemetzelt wurde. So wenig mir dieser Gedanke behagt, deuten derzeit alle Hinweise auf eine draconische Beteiligung an seiner Ermordung. Ich schwöre allen Bürgern unseres Reiches beim Angedenken meines Bruders, dass ich nicht ruhen noch rasten werde, bis die Wahrheit ans Tageslicht gebracht ist und die wahren Mörder ihrer gerechten Strafe zugeführt wurden.

– Offizielle Antwort Katrina Steiners auf Victor Steiner-Davions
Ruf zu den Waffen, Pressemitteilung des Hofamt für Information,
Tharkad, 7. Januar 3063

Befehlsposten Epsilon, Remingtonforst, Thorin
Provinz Skye, Lyranische Allianz

11. Januar 3063

Archer beugte sich über den Holovidbetrachter und las die vor ihm abrollenden Informationen. Die Luft im Innern des Zelts war schwer, und trotz der leichten morgendlichen Kühle lag noch ein Hauch des muffigen Geruchs darin, der durch den am Vortag über dem Wald niedergegangenen Regen aufgekommen war. Er ignorierte ihn. Dieser Duft war auch nicht schlimmer als das ihn selbst umgebende Schweißaroma nach Tagen in derselben Uniform. Nichts davon war von Bedeutung. Wichtig war nur, was er vor ihm auf dem Bildschirm sah: der Marschbefehl der 15. Arkturusgarde.

»Der Junge ist ein enormes Risiko eingegangen, um uns diese Dokumente zuspielen zu können«, stellte Darius Hopkins fest.

Archer nickte, ohne sein intensives Studium der Daten über Blüchers neueste ›Überraschung‹ zu unterbrechen.

»Machen Ihnen die Zahlen, die er gegen uns ins Feld führt, gar keine Bange?«

Archer drehte sich um. »Ich nehme es, wie es kommt, Darius. Stimmt, der gute Oberst plant, uns sein zweites Bataillon auf den Hals zu hetzen. Gibt es sonst noch Neuigkeiten? Wir waren von Anfang an in der Unterzahl, und sehen Sie selbst, wie weit wir gekommen sind.«

»Könnte es sein, dass die Mitteilung von Katyas Überleben für diese gute Laune verantwortlich ist, mein Junge?«

»Ich will nicht lügen, Darius. Ich bin *sehr* froh, dass sie noch lebt.«

»Solange Sie sich davon nicht den Verstand vernebeln lassen.«

»Im Augenblick genügt es mir zu wissen, dass sie unverletzt ist. Jetzt müssen wir uns auf die reale Gefahr konzentrieren, dass Blücher sein 2. Bataillon hierher holt.«

»Allerdings«, knurrte Hopkins. »Ein Bataillon frischer Truppen ist das Letzte, was wir gebrauchen können. Das, mit dem er gekommen ist, haben wir nach und nach dezimieren können, aber unserer Stärke ist das auch nicht gerade zuträglich gewesen. Drei Kompanien ausgeruhter Truppen könnten zu viel für uns sein.« Er rieb sich die Unterlippe und strich über den dichten Schnauzbart, als müsste er seine nächsten Worte erst in verständliche Form kneten. »Bis jetzt haben wir mehr oder weniger die Legende von Robin Hood nachgespielt. Wir haben den Feind geärgert, ihn gefangen gesetzt und sind ihm nichts schuldig geblieben, wenn wir aufeinander getroffen sind. Wenn wir ihm nicht sogar eins auf die Mütze gegeben haben. Auch wenn man das nicht glauben möchte, sobald man die Nachrichten hört. Aber jetzt stehen unsere Chancen wirklich miserabel. Eine Möglichkeit wäre, dass wir untertauchen und einen traditionelleren Partisanenkrieg gegen die Archonisten führen. Taktiken dieser Art sind zwar nicht Ihr Stil, aber die Geschichte beweist, dass sie zum Erfolg führen können. Das ist unbestreitbar. Wir könnten sie über Monate quälen, so wie schon zuvor, sie ausbluten.«

Archer wusste, dass er sich keinem Argument verschließen durfte, aber Hopkins überzeugte ihn nicht. Seine Leute waren gut, aber sie waren auch erschöpft. Im Augenblick war mit ihnen einfach kein schmutziger Partisanenkrieg zu führen. Außerdem behagte ihm die Vorstellung der damit verbundenen Aktionen ganz und gar nicht: Bombenanschläge, Meuchelmord, Terrorismus, Sabotage. In einem Krieg dieser Art würden aller Wahrscheinlichkeit nach auch eine große Zahl Unschuldiger zu Schlachtopfern werden, und das konnte dazu führen, dass sich die Bevölkerung gegen ihn wandte. Ohne deren Unterstützung durch Material- und Lebensmittelspenden hätte seine Untergrundarmee sich nicht einmal bis jetzt halten können. Darüber hinaus lieferten einfache Thoriner ihnen Gerüchte und nützliche Informationen über die Truppen des Archons. Wenn die Bevölkerung sich gegen sie kehrte, war der Kampf verloren.

»Als Strategie nicht akzeptabel«, antwortete er.

»Dann lassen Sie eine Alternative hören, Colonel.«

Archer wollte die Wahrheit lieber nicht laut aussprechen, sie am besten gar nicht in Worte fassen. Er war dieser Art der Kriegsführung ebenso überdrüssig wie seine Leute. Und nun, als er gerade gehofft hatte, den Feind endgültig ins All zurücktreiben zu können, erhöhte Blücher den Einsatz.

Er sah Hopkins an. Noch während sein Mund die Worte formte, kam ihm ein Gedanke. »Als ich mich für die Abreise zum NAIW fertigmachte, hast du mir gesagt, dass es drei Schlüsselaspekte für den Sieg in der Schlacht gibt. Eins: Die eigenen Kräfte konzentrieren. Zwei: Sich immer die erhöhte Position sichern. Und drei: Die Initiative übernehmen und den Gegner bei den Eiern packen.«

Hopkins nickte.

»Es wird Zeit für Nummer Drei.«

»Und wie genau sollen wir das machen?«

»Sieh dir den Zeitplan an, den Blücher aufgestellt hat. Es dauert eine Weile, bis sein 2. Bataillon von Murphrid aufbricht. Was, wenn wir vorher dort auftauchen, uns mit den Rebellenkräften vereinen, die auf dem Planeten existieren und das Zweite ausschalten, noch bevor es hier eintrifft?«

Eine Weile herrschte Totenstille zwischen den beiden Männern. »Das verlangt ein verteufeltes Maß an Koordination«, stellte Hopkins fest.

Blücher hatte Archer einmal auf strategischer Ebene geschlagen, jetzt war es an der Zeit, dass er seine Fähigkeiten auf diesem Gebiet unter Beweis stellte. »Es ist machbar. Sieh dir die Order an. Das Zweite schifft nicht vor dem Zweiundzwanzigsten ein. Wenn wir sie erwischen können, während sie an Bord gehen, haben wir ein stehendes Ziel – die Landungsschiffe. Ihre Basis auf Murphrid ist keine Festung wie hier bei uns. Es ist nicht mehr als ein Feldstützpunkt, den sie für den Abflug abbauen müssen. So schwer wird es nicht.«

»Es stehen zwei Bataillone auf Murphrid«, erinnerte der Sergeant Major ihn.

»Ja, aber auf verschiedenen Kontinenten.«

»Wenn du nach Murphrid fliegst, händigst du Blücher Thorin auf dem Silbertablett aus.«

»Nicht, wenn ein Teil von uns hier bleibt. Wie wäre es, wenn du bleibst und mit meinem BattleMech ein paar kleine Aktionen durchführst, um die Aufmerksamkeit der Medien zu erregen. Dann wird Blücher gar nicht auf den Gedanken kommen, ich könnte fort sein.« Archer sprach immer schneller, als die Idee in seinen Gedanken immer deutlicher Gestalt annahm. Es konnte tatsächlich funktionieren.

»Wie sollen wir uns mit den Murphrider Rebellen absprechen? Hast du vergessen, dass bis auf militärische Sendungen aller HPG-Verkehr eingestellt ist?«

»Das können wir mit Prinz Johns Hilfe umgehen«, erwiderte Archer sofort. »Als Adjutant des Obersten kann er eine verschlüsselte Sendung nach Murphrid autorisieren.«

Hopkins strich sich mit den Fingern über den Schnauzbart. »Colonel, die Risiken dieses Unternehmens sind ungeheuer. Wir kennen die Geländebedingungen auf Murphrid nicht. Unser Agentennetz dort ist papierdünn, um es optimistisch auszudrücken. Wir müssen unsere Aktionen mit Rebellen koordinieren, deren Namen wir nicht einmal kennen. Ganz zu schweigen davon, dass alles auf exaktes Timing ankommt.«

Archer grinste. Das wusste er alles auch, aber trotzdem hielt er es für machbar. »Darius, alter Freund, betrachten wir das Ganze doch mal aus einem anderen Blickwinkel. Glaubst du, Oberst Blücher oder einer seiner Offiziere auf Murphrid würde von uns jemals etwas Derartiges erwarten?«

»Teufel, nein. Wir kämpfen darum, ihn von Thorin zu verjagen. Ich würde erwarten, dass wir hierbleiben und auf Heimatboden kämpfen. Und angesichts all der Risiken, die mit dem Flug nach Murphrid verbunden sind, müsste er uns für wahnsinnig halten, uns darauf einzulassen.«

»Genau.« Archer schlug mit der Faust auf den Holobetrachter und das Bild auf dem Schirm geriet ins Wabern. »Wäre ich an Blüchers Stelle, würde ich genauso denken. Seine Truppen auf Murphrid werden auch keinen Besuch von uns erwarten. Ich habe zwei Landungsschiffe, und ich hoffe auch noch einen meiner Geschäftspartner überreden zu können, dass er uns aushilft. Wir können es schaffen, Darius. Wir können sie mit heruntergelassener Hose überraschen und zum Frühstück verspeisen.« Neuer Mut stieg wie eine Flutwelle in Archer auf. Es war geradezu ein Energierausch.

Hopkins konnte ein Grinsen nicht unterdrücken. »Dich hat's gepackt, Archer. Selbst wenn ich beweisen könnte, wie das enden wird, könnte ich es dir nicht mehr ausreden, oder?«

Archer schüttelte den Kopf. »Wir haben eine Menge vorzubereiten, mein Freund, und wenig Zeit. Ruf Captains Gett und Snider aus ihren Stützpunkten her. Sie sollen ihren Techs Bescheid geben. Wir brauchen so schnell wie möglich jeden verfügbaren BattleMech. Wir haben eine Rebellion zu gewinnen.«

Katya erwachte aus einer Art Halbschlaf und sah Oberst Blücher am Fuß ihres Krankenbetts stehen. Er hatte die Arme vor der Brust verschränkt und schien sie schon seit einiger Zeit zu beobachten. Ihr schauderte bei dem Gedanken. Wie lange stand er schon dort und starrte sie an? Sie zog die Bettdecke höher.

»Ich hoffe, Sie haben an unseren medizinischen Einrichtungen nichts auszusetzen, Hauptmann?«, fragte er.

»Mir geht es gut«, antwortete sie, und das war nicht einmal ganz gelogen. Als sie am Tag zuvor endlich aus ihrer Ohnmacht erwacht war, hatte sie sich schlechter gefühlt. Jeder Knochen tat ihr weh, und die Wundnaht an der Schulter juckte knapp außerhalb ihrer Reichweite wie wahnsinnig. Doch sie dachte nicht daran, ihm die Genugtuung zu geben, das einzugestehen. Sie hätte ihm liebend gerne geantwortet, dass sie jetzt Captain Chaffee war, aber sie entschied sich, ihre Kräfte zu sparen.

»Gut. Ich betrachte Sie als einen ganz besonderen Gast.«

»Wenn ich hier ein Gast bin, warum stehen dann drei bewaffnete Wachen an er Tür?«

»In Ordnung, ›Gast‹ trifft es nicht so recht. Technisch sind Sie eine Kriegsgefangene. Oberstleutnant Christifori hat mir am Tag nach der Schlacht eine Kopie Ihres Offizierspatents zukommen lassen, vermutlich nur für den

Fall Ihres Überlebens. Ich erkenne Prinz Victors kleine Armee zwar nicht an, aber ich bin trotzdem bereit, Ihnen die Rücksichtnahme zuzugestehen, die ein im Kampf gefangen genommener Mitoffizier erwarten kann.«

»Colonel«, stellte sie tonlos fest.

»Verzeihung?«

»Archer Christifori. Sie haben ihn als Oberstleutnant bezeichnet. Er ist jetzt Colonel«, korrigierte sie Blücher.

Der Oberst reagierte verärgert. »Wie bereits gesagt, *Hauptmann* Chaffee, erkenne ich die Armee nicht an, die Prinz Victor um sich geschart hat.«

»Besuchen Sie alle Kriegsgefangenen?«, wechselte Katya das Thema, wenn auch nicht die Haltung.

»Nein. Um die Wahrheit zu sagen, möchte ich Sie um einen Gefallen bitten.« Blücher trat rechts neben das Bett. »Ich weiß, dass sie mit Oberstleutnant Christifori befreundet sind. Ich hoffe, Sie sind bereit, eine Verbindung zu ihm herzustellen. Vielleicht könnten Sie ihn überzeugen, sich mit uns an einen Tisch zu setzen und einen Frieden auszuhandeln.«

»Soll das bedeuten, Sie wären bereit, die 15. Garde von Thorin abzuziehen?« Sie schloss die Frage mit einem kurzen Lächeln ab, das ihr mehr Energie abverlangte, als sie es je für ein simples Lächeln für möglich gehalten hätte.

Blücher gluckste. »Ich fürchte nicht. Aber ich wäre bereit, ihm großzügig entgegenzukommen, falls seine Avengers die Waffen niederlegen.«

»Ich befürchte, da kann ich Ihnen nicht helfen, Oberst Blücher. Colonel Christifori wird die Waffen ganz sicher nicht niederlegen, bis entweder alle lyranischen Truppen diese Welt geräumt haben oder der Archon zurückgetreten ist. Wenn Sie bereit sind, darüber mit ihm zu verhandeln, klettere ich auf der Stelle aus dem Bett und bringe ihm Ihre Nachricht.«

Blücher wirkte keineswegs amüsiert. Offensichtlich

zeigte ihre ablehnende Haltung doch noch Wirkung. »Tut mir Leid, dass Sie so denken, Hauptmann. Sobald es Ihnen besser geht, werde ich Sie in eines unser Straflager verlegen lassen.«

»Bestens«, erwiderte sie und ließ sich zurück in die Kissen sinken. »Aber eines sage ich Ihnen, Oberst…« Sie machte eine Pause, um sich seine volle Aufmerksamkeit zu sichern.

»Ja?«

»Ich werde in Ihrem Straflager sicherer sein als Sie – wo auch immer – auf Thorin.«

24

Und nun zu den Weltnachrichten. Eine neue Reevesumfrage ergibt, dass dreiundsechzig Prozent der Bevölkerung voll hinter Archer Christiforis Position zu Archon Katrina stehen. Überraschenderweise geben in derselben Umfrage einundfünfzig Prozent an, den Archon zu unterstützen. Vonseiten des Reeves-Instituts liegt keine Stellungnahme zu diesem Widerspruch vor.

– *Die Thorin Wochenschau*, Antenne Donegal, Thorin, 11. Januar 3063

Spraguesee, westlich Ecol Citys, Thorin
Provinz Skye, Lyranische Allianz

13. Januar 3063

Der Reif verwandelte sich augenblicklich in Nebel, als die Sonne über der Wasseroberfläche des Spraguesees aufging. Statt eines Sandstrands umgaben den See tausende glänzender Kiesel, ein fast fünfzig Meter breiter Streifen rund um das tiefblaue Wasser. Hinter den Kieseln zog sich ein dichter Nadelwald um das Ufer, durch den nur ein einziger Weg zum See führte. Kein Lüftchen regte sich, als Archer und seine Einheit warteten.

Archer stand am Seeufer und blickte zu den Kampfkolossen auf, in denen sich die übrigen Mitglieder seiner Truppe aufhielten. Er konnte nicht umhin festzustellen, wie mitgenommen die Maschinen aussahen. An den meisten zeigten stumpfgraue Panzerplatten deutlich, wo die ursprüngliche Panzerung im Kampf beschädigt worden war, und andere waren mit Waffen bestückt, die als Bergegut aus den Wracks zerstörter Mechs stammten. Aber trotz der Gefechtsschäden stellten sie noch eine schlagkräftige Kampfeinheit dar. Sie hatten alles gegeben, und jetzt verlangte er von ihnen, diesen Krieg in ein anderes Sonnensystem zu tragen, um ihre Heimatwelt zu befreien. Nicht einer von ihnen hatte auch nur gezögert. Wenn überhaupt, standen sie heute noch geschlossener hinter ihm als je zuvor. Er konnte nur beten, dass er dieses Vertrauen nicht enttäuschte.

Dann stieg ein Rumoren aus den Tiefen des Sees auf, gefolgt von einem gigantischen Metallrumpf. Er war rund wie ein Ball, mit kurzen, stämmigen Beinen, und so gewaltig, dass die Mechs daneben wie Spielzeugfiguren anmuteten. Das Wasser strömte von der immensen Schiffshülle und stürzte zurück in den See – wie ein Wasserfall. Seine Fusionstriebwerke donnerten mit weißglühender Flamme, die das Wasser wie ein Kraftfeld davonstieß.

Es war die *Angelfire.* Ursprünglich war sie einmal als militärisches Landungsschiff konstruiert, aber schon vor langer Zeit für den Frachtverkehr umgebaut worden. Lee Fullerton hatte das Schiff am Boden des Sees versteckt und die reichen Eisenvorkommen hatten es vor einer Entdeckung bewahrt. Als das Schiff sich aus dem Wasser hob und ans Ufer glitt, um dort sanft aufzusetzen, konnte Archer das Firmenemblem von Christifori Express auf einer Seite des Rumpfes sehen. Beim Anblick des Logos fühlte er sich plötzlich alt, als erinnerte es ihn an ein früheres Leben. Die Erinnerung an seine Schwester überkam ihn, und er wünschte, sie hätte diesen Augenblick mit ihm teilen können.

Mehrere hundert Kilometer entfernt spielte sich eine ähnliche Szene beim Landungsschiff *Shiloh* ab. Das kleinere Schiff der *Leopard*-Klasse war in einem kleinen Tal versteckt, das Jahrhunderte zuvor im Erztagebau entstanden war. Ein zweites Schiff der *Leopard*-Klasse, die *Volpe Negra,* stand an einem dritten Ort, eine Leihgabe seines Spediteurskollegen Carlos Centrini. Sie nahm einen Teil der Panzer und die beiden Luft/Raumjäger auf, die Archer mit auf die Reise nahm.

»Bereit zum Einschiffen, Colonel«, ertönte Kapitän Fullertons Stimme aus Archers Kommset.

»Verstanden«, antwortete er. Dann drehte er sich zu Darius Hopkins um. »Ich nehme an, Sie sind bereit«, brüllte er, um das ferne Donnern der Fusionstriebwerke der *Angelfire* zu übertönen.

»Kommt darauf an, wie man ›bereit‹ definiert«, erwiderte der Sergeant Major.

Archer grinste. »Sie brauchen nur die Illusion aufrechtzuerhalten, dass ich immer noch hier auf Thorin bin.«

Hopkins nickte. »Warten Sie's ab. Bis Sie zurück sind, dürfte ich Blücher soweit haben, dass er sich die letzten Haare ausgerissen hat.« Er und Archer hatten mehrere spektakuläre Überfälle geplant, die versprachen, Blücher mehr als genug von Archers lebhafter Gegenwart auf Thorin zu überzeugen. Andere Aspekte des Plans waren da schon problematischer. Archer würde verhindern müssen, dass die Arkturusgarde auf Murphrid Blücher nicht über HPG alarmierte, wenn er das 2. Bataillon neutralisierte. Und er musste so schnell wie möglich mit seinen Leuten nach Thorin zurückkehren.

Für jeden anderen als Archer schienen das unüberwindbare Hürden. Prinz John – anderweitig auch als Leutnant Sherwood bekannt – hatte einem Import-Export-Händler auf Murphrid, mit dem Archer bekannt war, eine Nachricht zukommen lassen. Beide Männer hatten bei der 10. Lyranischen Garde gedient und die Botschaft war in einem alten Schlüssel dieser Einheit kodiert gewesen. Sherwood hatte die Nachricht unter dem Deckmantel einer Anforderung für Frachtdatenkopien einer Lieferung militärischer Bedarfsgüter durchgeschmuggelt. Archer war sich bewusst, dass er ein Risiko einging, denn es bestand die Möglichkeit, dass sein alter Freund Dale Koin ein Archon-Loyalist war, auch wenn er das bezweifelte. Vor der Unterbrechung der interstellaren Kommunikation war es Koin gewesen, der ihn über das Geschehen auf Murphrid auf dem Laufenden gehalten hatte.

Aber seitdem hatte sich einiges getan. Der Krieg schien in eine neue Phase getreten zu sein, ein neues Kapitel. Trotzdem, Archer hatte Koin einmal das Leben gerettet, und selbst wenn sein Freund im Zwiespalt zwischen persönlicher Freundschaft und Loyalität zur Regierung steckte, musste das für ihn ins Gewicht fallen.

»Nachdem die Garde noch immer damit beschäftigt ist, herauszufinden, wie man Überwachungssatelliten einzeln kontrolliert, werden wir beim Abflug nur ein paar Minuten auf ihrem Radar auftauchen«, stellte Archer fest. »Sobald wir gestartet sind, seid ihr auf euch allein gestellt.«

»Es ist mehr als zwanzig Jahre her, seit ich einen BattleMech in den Kampf geführt habe«, erklärte Hopkins, als die Laderampen der *Angelfire* sich krachend auf das Kieselufer senkten. »Jetzt weiß ich, warum ich bei der Infanterie geblieben bin.«

»Ich bin immer davon ausgegangen, dies läge daran, dass Infanterie in der Schlacht weniger Geschützfeuer abbekommt als ein Mech«, erwiderte Archer grinsend.

»Ich werde versuchen, ihn heil zu lassen«, sagte Hopkins, und meinte den *Lichtbringer.* Archers *Lichtbringer.*

»Gut. Könnte sein, dass ich ihn noch brauche, wenn wir zurückkommen. Tu mir nur einen Gefallen: Lass dich nicht gefangen nehmen. Wenn Blücher herausfindet, dass ich nicht mehr auf Thorin bin, könnte es verdammt unangenehm werden.«

Zwei Stunden später war die *Angelfire* auf Kurs zum Nadirsprungpunkt des Systems. Archer befand sich im Mechhangar des Schiffes. Solange die Fusionstriebwerke das Schiff beschleunigten, herrschte an Bord eine durch den Andruck erzeugte künstliche Schwerkraft, sodass im Augenblick keine besonderen Vorkehrungen erforderlich waren, um Zwischenfälle zu vermeiden. Im Innern des Hangars wartete der Rest der Kommandoeinheit auf ihn, zusammen mit den Offizieren der *Vulpe Negra* und der *Shiloh,* die per Raumfähre übergesetzt waren. Die Gespräche verstummten, als Archer zu ihnen trat.

»Guten Morgen«, setzte er an. »Wie Sie alle wissen, sind wir auf dem Weg zu unserem Sprungschiff, der *Twilight Run,* die uns zu einem Piratenpunkt im Zielsystem transportieren wird.« Sprungschiffe überbrückten interstellare Entfernungen, indem sie mithilfe eines Hyperraumsprungs in Nullzeit die Distanz zwischen zwei Sonnensystemen überbrückten. In aller Regel bewegten sie sich dabei nur zwischen den Standardsprungpunkten an Zenith und Nadir der jeweiligen Zentralgestirne, weit oberhalb der Schwerkraftsenken ihrer Systeme. Piratensprungpunkte waren mathematische ›Löcher‹ in dieser Schwerkraftsenke. Ihre Verwendung gestattete nicht nur, die Flugzeit der Landungsschiffe vom Sprungpunkt zur Zielwelt im Systeminneren zu verkürzen, sie lieferte zudem ein Überraschungsmoment. Allerdings war der Sprung an einen Piratenpunkt riskant, da deren Position sich ständig veränderte und es ein beträchtliches Können erforderte, sie anzuspringen... und es zu überleben.

»Der Anflug wird zwei Tage dauern. Das 2. Bataillon der 15. Arkturusgarde hat eine Einsatzbasis im Äquatorialdschungel des nordwestlichen Kontinents eingerichtet. Es ist kein permanenter Stützpunkt, er liegt jedoch praktischerweise gleich weit von den drei größten Städten des Kontinents entfernt. Ich bin nicht hier, um euch Zucker unter den Kilt zu blasen, Leute. Wir wissen nicht allzu viel über das Zweite, aber unser Kontaktmann auf Thorin hat uns eine komplette Liste seiner Aufstellung und Ausrüstung zukommen lassen. Es hat drei Landungsschiffe der *Union*-Klasse, zwei BattleMech-Kompanien mit modernster Ausrüstung, eine Kompanie Panzer und Infanterie und eine Lanze Luft/Raumjäger.«

»Colonel«, unterbrach Alice Gett, die gedrungene Panzerkommandeurin. »Auf dem Papier scheinen wir leicht in der Unterzahl zu sein.« Archer kannte Gett gut genug, um zu erkennen, dass sie einen Witz gemacht hatte, aber niemand sonst schien es lustig zu finden.

»Das Bataillon wird entweder bereits eingeschifft oder gerade damit beschäftigt sein, an Bord der Schiffe zu gehen, wenn wir angreifen. Dadurch wird der größte Teil seiner Schlagkraft in den Landungsschiffshangars abgestellt sein. Außerdem haben wir den Vorteil der Überraschung. Unsere Schiffe werden sich als harmlose Handelsraumer auf dem Weg zum Raumhafen von Neudublin ausgeben, bevor wir im Tiefflug den Kurs wechseln und ihre Basis angreifen.«

»Wie sieht der Angriffsplan aus, Colonel?«, fragte Captain Paul Snider, ein hagerer Offizier in der ersten Reihe.

»Ehrlich gesagt, Paul, wir werden improvisieren müssen. Ich hoffe, dass wir die Garde so schnell und hart angehen können, dass sie sich kampflos ergibt, aber dafür gibt es keine Garantie. Wir wissen aus Informationen, die wir vor der HPG-Sperre gesammelt haben, dass ihr Stützpunkt in einem langen, engen Tal liegt, das auf allen Seiten gerodet wurde. Als Außengrenze des Basisgeländes dienen verminte Gräben. Der Stützpunkt selbst besteht aus mehreren mit Sandsäcken und leichter Panzerung verstärkten Fertigbaracken. Auf dem Gelände befindet sich ein Flugfeld. Sofern das Zweite sich an die üblichen Verfahrensregeln hält, werden die Landungsschiffe am Ende des Felds stehen, damit sie mit ihren Triebwerksflammen nicht die gesamte Start- und Landebahn zerstören.«

Archer hoffte, dass das an Informationen genügte. Seine Veteranen hatten Stützpunkte dieser Art in ihrer Laufbahn schon oft genug gesehen. Für die Neulinge galt das zwar nicht, aber der Aufbau war nicht so komplex, dass sie ihn nicht hätten verstehen können.

Er trat näher an seine Leute heran. »Wir werden unsere Luft/Raumjäger beim Anflug ausschleusen«, führte er aus und nickte Subaltern Andrew Hackley zu. Er antwortete mit einem erhobenen Daumen. »Die *Vulpe Negra* und die *Shiloh* mit unserer Infanterie, den Panzern und einer Lanze Mechs gehen zuerst runter. Sie setzen auf dem Flugfeld auf und bauen sich vor den Gardeschiffen auf. Ihre Aufgabe besteht darin zu verhindern, dass bereits eingeschiffte Truppen sie wieder verlassen.«

»Eine *Union* hat sechs Hangartore«, warf Captain Gett ein. »Das wird ein ziemlich dürftiger Kordon.«

»Stimmt, aber Sie brauchen sie nur aufzuhalten, bis wir unsere Mechs absetzen. Ich werde eines der Landungsschiffe als Primärziel festlegen. Wenn wir eines von ihnen ausschalten oder zumindest kampfunfähig machen, verlieren die Gardisten mit einem Schlag ein Drittel ihrer Kampfstärke. Außerdem werden unsere Infanteristen genügend Sprengladungen dabei haben, um die Laderampen der Schiffe zu demolieren. Schließlich werden wir noch Störsender einsetzen, um die Verbindung zwischen der Basis und dem 3. Bataillon zu unterbrechen, auch wenn wir nicht garantieren können, dass es uns lückenlos gelingt. Dadurch können wir uns ganz auf die Landungsschiffe konzentrieren. Wenn wir uns vor allem deren Rampen vornehmen und die Geschütztürme beschäftigt halten, sollte es uns gelingen, die Chancen anzugleichen und sie auszubluten, während sie versuchen, sich zur Gegenwehr zu formieren.«

»Glauben Sie ernsthaft, dass die Garde sich ergibt, Colonel?«, fragte Lieutenant Basil Hawthorne.

»Schwer zu sagen. Wir werden ihnen wenig Zeit zum Nachdenken lassen. Wenn unser Timing stimmt, werden sie in ihren Landungsschiffen festsitzen, ohne Möglichkeit, auszubrechen oder sich zu bewegen, und das ist die halbe Miete im Mechkampf.«

»Landungsschiffe haben eine enorme Feuerkraft zur Verfügung, Colonel«, warf Kapitän Fullerton ein. »Die

Angelfire ist ein gutes Schiff, aber nur die Hälfte ihrer Geschütztürme ist funktionsfähig. Und es ist nicht so, als hätten wir auf unseren Frachtfahrten groß Gelegenheit gehabt, ihren Einsatz zu trainieren.«

»Die *Angelfire* wird weniger als fünfundsiebzig Meter neben den Gardeschiffen aufsetzen. Auf die Entfernung könnte sie selbst ein Blinder nicht verfehlen. Außerdem wissen die Gardisten nicht, wie leicht bewaffnet wir sind. Wir werden eines der Schiffe als Primärziel bestimmen, es ausschalten und uns dann die anderen vornehmen. Wir wollen nur hoffen, ihre Luft/Raumlanze ist schon verladen, wenn wir kommen. Das würde uns sofort die Lufthoheit geben, und das wäre ein beträchtlicher Vorteil beim Angriff auf die Landungsschiffe.«

»Bekommen wir irgendeine Hilfe von den Einheimischen?«, fragte Gett.

»Gute Frage, Captain«, nickte Archer. »Und um der Wahrheit die Ehre zu geben: Ich weiß es nicht. Ich habe ihnen eine Nachricht und einen Kennsatz zukommen lassen, für den Fall, dass sie sich uns anschließen wollen. Aber bis wir auf Murphrid ankommen, haben wir keine Möglichkeit herauszufinden, was die Einheimischen tun oder nicht tun werden.«

Dieser Mitteilung folgte langes Schweigen. Selbst die Techs, die an den BattleMechs beschäftigt waren, hatten ihre Arbeit unterbrochen und hörten von ihren Gerüsten und Konsolen im ganzen Hangar aus zu.

»Das 2. Gardebataillon ist eine erstklassige Einheit. Es schifft sich ein, weil Blücher es nach Thorin beordert hat, damit es uns in den Arsch tritt. Ich kann nicht für euch sprechen, aber ich persönlich serviere ihm lieber auf Murphrid eine Niederlage, als mich daheim wie ein Tier von ihm hetzen zu lassen. Es stimmt, unsere Informationen sind begrenzt. Das ist nun einmal so, und damit müssen wir leben. Ja, wir werden eine Menge aus dem

Stegreif handeln müssen bei dieser Operation. Richtig, sie sind in der Überzahl. Aber können wir es schaffen? Fragt mich das, und die Antwort ist: ›Ja!‹«

Lauter Jubel hallte durch den Mechhangar der *Angelfire.* Alle Techs, MechKrieger, Jagdpiloten und Besatzungsmitglieder in der gewaltigen Halle stießen die Faust zur Decke und brüllten ihre Zustimmung.

25

Kommandant Constance McCoy hat bekanntgegeben, dass das 2. Bataillon der 15. Arkturusgarde Murphrid in Kürze verlassen wird. Auf Fragen, ob die Einheit nach Thorin verlegt werde, erklärte sie, dass es sich um eine routinemäßige Verlegung handelt und das offizielle Ziel des Bataillons der Geheimhaltung unterliegt. Auf Fragen, ob dies als ein Abstreiten der Berichte anzusehen sei, denen zufolge die Rebellion auf Thorin in einem solche Maße eskalierte, dass Oberst Blücher die Kontrolle entglitten ist, antwortete sie mit »Kein Kommentar.«

– *Kanal 7 Aktuell*, Antenne Donegal, Murphrid, 20. Januar 3063

Landungsschiff *Angelfire*, im Anflug auf Murphrid
Provinz Skye, Lyranische Allianz

22. Januar 3063

Von der Brücke der *Angelfire* aus beobachtete Archer, wie Murphrid unter der Wolkendecke sichtbar wurde. Es war eine Welt praller, brillanter Grüntöne und schneebedeckter, zerklüfteter Berggipfel in der Ferne. Über den dampfenden Dschungeln in Äquatornähe, in denen ihr Ziel lag, erreichte der Sommer gerade seinen Höhepunkt. Die Meere waren eher grün als blau – wie auf Thorin – und das Licht der gelborangefarbenen Sonne tanzte über das Wasser.

»Nur noch Sekunden, bis wir den Kurs ändern müssen«, stellte Lee Fullerton fest. Er rutschte unbehaglich auf seinem Platz umher, ein deutliches Zeichen von Nervosität. »Sobald wir von unserer Route abweichen, werden die Fluglotsen wissen, dass wir keine einfachen Händler sind.«

»Halb so wild, Lee. Erzählen Sie ihnen einfach, dass wir Probleme mit den Navigationssystemen haben.«

»Sie sehen zu viele Holovids, Herr… äh, Colonel Christifori. So etwas funktioniert nur im Film, nicht im wirklichen Leben.«

»Das weiß ich, Lee. Aber jede Sekunde, die Sie uns über Funk verschaffen können, ist ein zusätzlicher Vorteil, wenn es anschließend hart auf hart kommt.«

Fullerton nickte und beugte sich vor, um dem Piloten des Landungsschiffs die notwendigen Befehle zu geben. Das riesige Kugelschiff ruckte. Archer musste nach Fullertons Rückenlehne greifen und sich krampfhaft festhalten, um nicht umgerissen zu werden.

Auf der Armstütze blinkte ein Signallämpchen auf. Fullerton sah hinunter und anschließend hoch zu Archer. »Was habe ich gesagt? Wir werden von der planetaren Flugkontrolle gerufen.«

»Denn man los, Lee. Geben Sie Ihr Bestes.«

»Hier ist Kapitän Fullerton von der *Angelfire*...« – Fullerton unterbrach die Verbindung für eine Sekunde, dann schaltete er sie wieder frei. »...Probleme mit...« Er schaltete erneut ab und sah Archer eine ganze Weile an, bevor er wieder einschaltete. »Weichen von primärer Landezone an Raumhafen ab.«

»*Angelfire* von Murphrid Tower. Wir empfangen Sie nur unvollständig. Kehren Sie sofort auf die Primäre Landeanflugbahn zurück.«

Fullerton sah Archer an. »Was ich gesagt habe.«

»Weiterreden, Lee. Zögern Sie es hinaus.«

»Murphrid Tower, hier ist die *Angelfire.* Wir haben Primärstromausfälle auf drei Decks. Die Reparaturcrews sind im Einsatz, aber es könnte sich um einen Bruch im Kühlsystem des Fusionsreaktors auf den unteren Decks handeln. Sie wissen, was das bedeutet. Ich glaube kaum, dass Sie Wert darauf legen, dass ich diesen Kahn mit einem wild gewordenen Reaktor mitten auf einem überfüllten Raumhafen aufsetze. Wenn wir die Eindämmung verlieren, gibt das eine verdammte Katas...«

Die Stimme des Fluglotsen schnitt ihm das Wort ab. »Unsere Rettungs- und Bergungstrupps sind in der Lage, Ihre Probleme unter Kontrolle zu bringen, *Angelfire.* Kehren Sie augenblicklich auf den zugewiesenen Kurs zurück, oder wir benachrichtigen die Raumabwehr, dass Sie ein feindliches Ziel darstellen.«

»Ich mache Sie darauf aufmerksam, dass unsere Ladung aus Munition für die Arkturusgarde besteht. Wenn das Zeug zu heiß wird und explodiert, nimmt es die halbe Stadt mit ins Jenseits. Ich bin bereit, auf den alten Kurs zurückzukehren, aber nur, wenn Sie die volle Verantwortung für die Konsequenzen übernehmen, falls diese Kiste hochgeht und es Tote gibt!« Der dramatische Tonfall in Fullertons Stimme war nicht allzu überzeugend, aber ausreichend für ein paar zusätzliche Sekunden.

Auf der anderen Seite kam es zu einer kurzen Pause. »Wir übermitteln Ihnen die Koordinaten für eine Notlandung außerhalb der Stadt«, gab der Lotse dann durch. Fullerton ignorierte die über den Schirm des Navigators rollenden Daten, während die *Angelfire* immer schneller und tiefer sank.

»Und?«, fragte er Archer.

»Das dürfte so ziemlich das Äußerste an Aufschub sein, das wir erreichen können. Gute Arbeit, Lee«, stellte er fest und zwinkerte seinem alten Freund und früheren Angestellten zu.

»Murphrid Tower, hier ist das Handelsschiff *Angelfire.* Wir haben die Koordinaten empfangen, sind aber nicht in der Lage, Ihrer Anweisung zu folgen. Das Hauptnavigationssystem ist ausgefallen und die Notlandungssequenz läuft.«

»Für wie dämlich halten Sie mich eigentlich, *Angelfire?*«, drang die wütende Stimme aus den Brückenlautsprechern. »Ich reiche Sie an die Raumabwehr weiter. Bis hierhin sind Sie gekommen, Kapitän, aber ich bezweifle, dass die LAS sich von Ihrem Gerede beeindrucken lassen.«

Fullerton drehte sich zu seinem Funkoffizier um.

»Befehlskodierte Nachricht an die *Vulpe Negra* und *Shiloh* absetzen. Landesequenz einleiten. Heiße LZ zu erwarten.«

Der KommTech tippte die Nachricht in seine Anlage, dann fragte er: »Noch etwas?«

»Holen Sie unsere L/R-Jockeys auf die Brückenlautsprecher.« Der Funkoffizier nickte.

»Säbel Zwo von Gespenst Eins«, sprach Archer ins Mikro.

»Säbel Zwo hört«, meldete sich Andrew Hackley, der höchstrangige ihrer Jagdpiloten. Francine Culver war auf Thorin geblieben, um Darius Hopkins wenigstens eine gewisse Luftunterstützung zu gewährleisten.

»In zehn Sekunden markieren wir ein Ziel für Sie. Pumpen Sie zusammen mit Säbel Drei alles rein, was Sie haben. Das Ziel muss irreparabel beschädigt werden. Ach ja, die Raumabwehr weiß, dass wir nicht zum Kaffeeklatsch kommen. Gehen Sie davon aus, dass Bataillon Drei Ihnen ein paar Jäger entgegenschickt.«

»Verstanden, Colonel«, bestätigte Hackley mit nervösem Unterton.

»Wir brauchen eine Breitbandsendung an alle möglichen Zuhörer in diesem Gebiet«, wandte Archer sich an den KommTech. »Der Kenncode lautet ›Bruder Tuck‹, und ich möchte, dass er in einer Endlosschleife abgestrahlt wird. In Ordnung?«

Der Funkoffizier nickte und machte sich an die Arbeit.

»Wenn die Rebellen auf Murphrid uns unterstützen«, erklärte Archer Fullerton, »gibt ihnen das Bescheid, dass wir zum Angriff übergehen.«

Subaltern Andrew Hackley zog seinen *Chippewa* ein gutes Stück über dem Dschungeltal aus dem Sturzflug, um sein Ziel in gerader Linie anfliegen zu können. Am Ende der Startbahn ragten drei Schiffe der *Union*-Klasse auf und die *Angelfire* hatte eines von ihnen zum Primärziel bestimmt. Die *Angelfire* war bereits im Landeanflug, und stürzte vom anderen Ende des Tals aus beinahe direkt auf ihn zu, flankiert von den beiden *Leoparden.*

Nur fünf Meter neben ihm flog Subaltern Fawn Dougherty in einem fünfzig Tonnen schweren *Korsar.* Es war ein lehrbuchmäßiger Formationsflug. Dies war Hackleys erster Einsatz in leitender Position – und gleich ein gewaltiger Brocken. Seine Order lautete, das als Ziel ausgewählte Landungsschiff zu bombardieren, um den anfliegenden Einheiten Deckung zu geben und gleichzeitig festzustellen, was sie am Boden erwartete. Da sie nur über begrenzte Vorausinformationen verfügten, wussten die Avengers nicht, auf welche Gegenwehr sie sich einstellen mussten, oder wie kampfbereit die Arkturusgarde war. Falls das feindliche Bataillon nicht bereits eingeschifft war oder zumindest schon damit begonnen hatte, würde das zur kürzesten Invasion in der Militärgeschichte der Inneren Sphäre werden.

Auf der Sichtprojektion schimmerte das Fadenkreuz und ein Glockenton drang an seine Ohren, als das Landungsschiff in Sicht kam. Unter ihm breitete sich die in einem gerodeten Urwaldtal liegende Basis aus. Mehrere mit Sandsäcken verstärkte Bunker und Baracken erhoben sich vom hellbraunen Boden und Stacheldraht sicherte den die gesamte Anlage umgebenden Graben. Auf dem Stahlbeton erhoben sich die drei wuchtigen Metallkugeln der Landungsschiffe.

Er feuerte gleichzeitig mit Dougherty, aber ihre Laser schlugen in den Schiffsrumpf ein, bevor seine dreißig Langstreckenraketen ihn erreichten. Die durch das Cockpit schlagende Hitzewelle war heftig, aber nicht von langer Dauer. Er schaltete auf den zweiten Feuerleitkreis und schoss die vier schweren Laser seines Jägers ab, während Dougherty die mittelschweren Lichtwerfer einsetzte. Der stumpfgraue, mit der geballten Faust der Lyranischen Allianz markierte Kugelrumpf des Landungsschiffes schien unter den Einschlägen zu erzittern. Es war schier unmöglich, ein Ziel von solchen Ausmaßen zu verfehlen.

Der *Chippewa* schüttelte sich, als Hackley ihn gerade zog und auf die Kurzstreckenraketen umschaltete, während die LSR-Lafetten nachluden. Die sechs Geschosse glitten aus ihren Abschussrohren, gerade als Doughertys *Korsar* seine vier leichten Laser abfeuerte. Die Raketen senkten sich in Spiralbahnen auf die geborstenen Panzerplatten an der anderen Seite des Schiffes, während die blutroten Lichtbündel durch die Rauchwolken stießen, die von den vorherigen Treffern aufstiegen.

»Zieh du nach links, ich ziehe nach rechts«, gab er Dougherty über Takfrequenz durch. Er hörte ihr ›Verstanden‹ kaum, als er über die Basis schoss und am anderen Ende der Landebahn die beiden Schiffe der *Leopard*-Klasse aufsetzen sah. Seine Kurzstreckensensoren tasteten das Gelände unter ihm ab. Er betete zu allen Göttern, dass die BattleMechs der Garde sich nicht mehr im Freien aufhielten, sondern schon an Bord der Schiffe gegangen waren.

Dann zählte er die Mechs und Fahrzeuge, die seine Ortung zeichnete. *Eins, zwei, drei, o mein Gott…*

Archers Finger flogen durch die Startsequenz des erbeuteten TG-2 *Totschläger.* Im Vergleich zu dem des *Lichtbringer* war das Cockpit deutlich älter und unübersichtlicher. Während des Anflugs an Bord der *Angelfire* hatte er sich im Simulator mit dem *Totschläger* vertraut gemacht, aber wirklich wohl fühlte er sich in dieser Maschine noch nicht. Das war seiner Erfahrung nach auch unmöglich, bevor man einen ungewohnten Mech zum ersten Mal im Kampf gesteuert hatte. Es war in mancher Hinsicht wie eine erste Verabredung. Man kannte einander schon ein wenig, konnte aber nie ganz sicher sein, wie der andere reagieren würde. Der GM-180-Fusionsreaktor unter ihm erwachte wummernd zum Leben, als das Schiff in die letzte Phase des Landeanflugs überging.

»Säbel Zwo, geben Sie mir einen Eindruck«, befahl er ins Mikro des Neurohelms, die Augen auf die stumpfgraue Oberfläche der Hangarluke auf seinem Sichtschirm gerichtet.

Hackley klang nervös, aber gefasst. »Colonel, auf der Landebahn stehen acht Ziele. Wir haben sie genau im gewünschten Augenblick erwischt.«

»Ja!«, stieß Archer aus und hieb die Faust durch die Luft. Dann sprach Hackley weiter. »Außerdem haben wir eine Lanze BattleMechs am äußeren Rand der Einsatzbasis geortet, die das Feuer auf die Gardisten eröffnete. Es ist nicht viel, Colonel, aber es scheint, dass unsere Brüder und Schwestern auf Murphrid auch gekommen sind.«

Umso besser, dachte Archer. »Ausgezeichnete Arbeit, Säbel Zwo. Weiter auf das Primärziel konzentrieren. Angriff fortsetzen.«

Dann kam Alice Getts Stimme über Funk. »Hammer Eins bis Vier am Boden. Feindkontakt.«

Auch Captain Paul Snider meldete sich. »Spinne Eins bis Vier greifen an. Schweres Feuer von den Landungsschiffen.« Plötzlich schüttelte die *Angelfire* sich und das Metall stöhnte. *Ein Treffer.* Archer schaute auf die Taktikanzeige. Die Nahortung flackerte auf und zeichnete die Landezone auf den Schirm. Die gegnerischen Schiffe waren in einer Dreiecksformation aufgebaut. Von der Position der *Angelfire* aus gesehen, befand sich die als Primärziel markierte *Union* in der Mitte. Der Bordcomputer des Mechs kennzeichnete die Schussfelder, und es sah ganz danach aus, dass alle drei Arktusschiffe ihre Geschütztürme aktiviert hatten und wild um sich feuerten.

Am Boden zogen sich zwei Lanzen schwere BattleMechs in Richtung der beiden anderen Landungsschiffe zurück. Die Murphrid-Rebellen waren noch zu weit entfernt, um ein effektives Unterstützungsfeuer zu liefern. Archers Blick zuckte zum Höhenmesser auf dem Zweitschirm. Es dauerte noch ein, zwei Minuten, bis die *Angelfire* in den Kampf eingreifen konnte. Bis jetzt hatten Archer's Avengers reichlich Glück gehabt. Er konnte nur hoffen, dass es sie jetzt nicht verließ...

Die Langstreckenraketen schienen wie eine Mauer aus Stahl auf ihn zuzujagen, als Subaltern Hackley den *Chippewa* zur Seite zog. Zehn Geschosse erwischten ihn an der Backbordtragfläche, nahmen aber nur die Lackierung über der Schutzpanzerung mit. Der überschwere Luft/Raumjäger zitterte leicht unter den Einschlägen, und Hackley zog ihn aus dem Neigflug, um den Kurs für den nächsten Angriff anzulegen.

Aus dem Augenwinkel sah er, wie Säbel Drei versuchte, sein Manöver nachzuvollziehen, von den Raketen aber praktisch voll an Kanzel und Tragflächen erwischt wurde. Die schwarzgrauen Rauchwolken der Detonationen wirkten beinahe substanzlos, doch Doughertys leichtere Maschine wurde von ihnen umhergeworfen wie ein Blatt im Wirbelsturm. Die Taktikanzeige meldete ihm, dass der *Korsar* innerhalb von Sekunden, in denen er das einzige Ziel der Landungsschiffe schien, fast die Hälfte der Panzerung verloren hatte.

»Säbel Drei, alles in Ordnung?«, fragte er.

Fawn Doughertys Stimme klang verängstigt, als sie über lauten Störgeräuschen aus dem Lautsprecher drang. »Säbel Zwo, ich habe hier mehr Löcher als Maschine.« Er hörte eine an Panik grenzende Verzweiflung in ihrer Antwort.

Er wollte gerade etwas erwidern, als die Warnsirenen aufheulten. »Raketen! Sturzflug links!«, befahl er und stieß den Knüppel des *Chippewa* mit ganzer Kraft nach vorne, um die Leistung zu steigern. Der Jäger bebte, als eine weitere Hand voll Langstreckenraketen sich in den Rumpf bohrte und kostbare Panzerung in wertlosen Schrott verwandelte. Er rang mit der Steuerung, um die Maschine in der Gewalt zu behalten und brachte sie gerade noch fünfzig Meter über dem Boden wieder in die Waagerechte.

In der Ferne hing schwarzer Rauch, aber von Dougherty war keine Spur zu entdecken. Seine Taktikanzeige zeigte sie auch nicht in der Luft. Dann blinkte mehrere Kilometer entfernt ihr Notsignal auf. Sie war so schnell abgestürzt, dass sie keine Gelegenheit mehr gehabt hatte auszusteigen.

Fawn Dougherty war tot. Ohne einen Laut. Einfach nicht mehr da. Und es war beim ersten Einsatz unter seinem Befehl geschehen. Hackley atmete tief ein und zog das Fadenkreuz auf das primäre Landungsschiffziel. »Jetzt bist du dran, du Katrinistenbastard!«

Ein dumpfer Knall hallte durch die *Angelfire* und durch Archers Cockpit, als das Schiff auf den Stahlbeton der Landebahn sank. Die Hangarluke, die sein gesamtes Sichtfeld ausgefüllt hatte, fiel plötzlich weg. Licht strömte herein, als sich das Hangartor öffnete. Archer bewegte den *Totschläger* vorwärts, dann die Rampe hinab und schwenkte herausfordernd die Geschützarme.

Vor ihm ragten die drei Landungsschiffe der Garde auf. Laser- und Autokanonenfeuer aus ihren Geschütztürmen schlug krachend und zischend in die *Angelfire* ein. Am Fuß der Schiffe standen die Mechs der Garde. Einer von ihnen hatte sich schon in einen zerschmolzenen Trümmerhaufen verwandelt, nicht mehr als ein Haufen Schrott auf der Landebahn, rings um ein Paar verkohlte Metallfüße verteilt. Alice Gett und ihre Panzer griffen die andern an, unterstützt von Paul Snider. In der Ferne rückte die inzwischen auf drei Mechs reduzierte Lanze der Murphrid-Rebellen weiter vor und schleuderte auf die Landungsschiffe und die BattleMechs der Verteidiger, was sie an Feuerkraft zu bieten hatte.

Archer aktivierte die Sprungdüsen und hüpfte von der *Angelfire* weg. Sein Cockpit war gerade warm genug, um ihn daran zu erinnern, dass es riskant werden würde, die Sprungfähigkeit der Maschine in Anspruch zu nehmen, wenn er erst einmal die Geschütze abgefeuert hatte. »Gespenst Eins an alle: Einsatz wie besprochen. Auf Distanz zu den Landungsschiffen gehen. Draufhalten!«

Er setzte beinahe sanft am Boden auf. Mit sicherer Hand zog er das Fadenkreuz über einen *Lindwurm* der Arkturusgarde, dessen Pilot versuchte, den anrückenden Murphrid-Rebellen den Weg abzuschneiden.

Seine schweren Extremreichweiten-Laser schleuderten armdicke Bündel rubinroter Lichtenergie dem Ziel entgegen. Ein Strahl zuckte vorbei, aber der andere schlug in den rechten Arm des Mechs ein, und er blieb stehen, um nachzusehen, woher der Angriff gekommen war.

»Ganz recht, Miststück, das war ich. Komm, lass uns ein Tänzchen wagen«, murmelte Archer und machte die Blitz-Kurzstreckenraketen scharf.

Ohne Vorwarnung flog das mittlere Landungsschiff in einer gigantischen Explosion auseinander. Die Druckwelle trieb den *Totschläger* mehrere Schritte zurück und Archer wurde hart in die Gurte geschleudert. Ein orangeroter Feuerball wuchs wabernd auf ihn zu und kam erst kurz vor ihm zum Stehen. Panzerplatten und andere Metalltrümmer regneten vom Himmel, als die Munitionsmagazine des Landungsschiffes in einem Schauspiel roher Gewalt detonierten. Eine der massiven Landestützen knickte unter der Wucht der Explosion wie ein Strohhalm weg. Die beiden anderen Schiffe blieben auch nicht unbeschädigt. Aus dem Rumpf eines der beiden anderen *Union*-Schiffe ragten brennende Trümmerstücke vom Rumpf seines zerstörten Begleiters.

Archer senkte den Blick und sah, dass der *Lindwurm* und mehrere andere Verteidiger entweder völlig verschwunden waren oder flach auf dem Boden lagen. Durch den dichten schwarzen Rauchvorhang, der von den Überresten des Landungsschiffes aufstieg, donnerte ein *Chippewa* senkrecht in den Himmel.

»Guter Schuss, Säbel Zwo«, rief er. »Alle Einheiten, die beiden anderen Schiffe weiter unter Druck setzen. Vorwärts.« In diesem Augenblick schlug eine Salve Langstreckenraketen mit solcher Wucht seitlich in den *Totschläger* ein, dass Archer fast das Gleichgewicht verloren hätte und mitsamt dem Kampfkoloss umgekippt wäre. Sein Kopf hämmerte unter dem Biofeedback, als der Bordcomputer mithilfe seines natürlichen Gleichgewichtssinns versuchte, die Maschine in der Balance zu halten.

Er hob mühsam den Kopf und sah die Silhouette des *Lindwurm* aus dem Qualm und den Trümmern des explodierten Landungsschiffs treten. Der Mech bewegte sich von ihm fort und feuerte auf den *Kampfhund* der Avengers. Archer öffnete den Breitbandkanal und sprach ins Mikro, noch während er zwei seiner Blitz-Raketenlafetten abfeuerte.

»Kommandeur der Arkturusgarde, ergeben Sie sich oder Ihre Einheit wird vernichtet!« Die vier Kurzstreckenraketen unterstrichen seine Worte. Sie senkten sich in die Rückenpanzerung des *Lindwurm*, dessen Pilot gezwungen zwar, sich in Deckung zu retten, als die letzten Reste seines Panzerschutzes davonwirbelten.

»Wer spricht?«, fragte eine weibliche Stimme, während er sich einem der Landungsschiffe näherte. Dann feuerte ein *Schakal* des Gardebataillons aus minimaler effektiver Entfernung seine Partikelprojektorkanone auf ihn ab. Die bläulichweiße Entladung purer elektrischer Energie schlug krachend in den rechten Arm des *Totschläger* ein und zerschmolz dessen Panzerung zu einem nutzlosen Haufen schwarzverbrannter Schlacke.

Archer marschierte weiter und stieg die Rampe eines der Schiffe hinauf. Unterwegs zog er das Fadenkreuz über den *Schakal*.

»Hier spricht Colonel Archer Christifori«, erwiderte er und schoss mit seinen schweren Lasern auf den leichteren Mech. Beide Schüsse trafen den rechten Torso der Gardemaschine und der Lauf der an der Schulter montierten PPK wurde von der Gewalt der Einschläge nach hinten gebogen. Der Pilot verlor den Boden unter Füßen und stürzte auf die Landebahn, was den Mech noch zusätzliche Panzerung kostete.

»Ergeben Sie sich, oder es wird Ihr Ende sein«, wiederholte er. In einiger Entfernung sah er Rampen und Luken des anderen Schiffes unter der Wucht massierter Bündelladungen explodieren und den Rumpf furchtbar beschädigen. Der *Kampfhund,* den er kurz zuvor gesehen hatte, lag am Boden, von den Gardisten erledigt, die versuchten, das Schiff zu verlassen. Verdrehte und zerschmolzene Bruchstücke des *Lindwurm* waren über die ganze Umgebung verstreut, so, als wäre er von innen heraus explodiert.

»Unmöglich«, erklärte die Frauenstimme ungläubig. »Christifori ist auf Thorin.«

Archer bewegte sich weiter die Schiffsrampe hinauf. Auf der Landebahn sah er Alice Getts *Burke* in Position gehen und alle drei PPKs auf einen Geschützturm der *Union* abfeuern. Die tödlichen blaugleißenden Blitzschläge zuckten knapp über dem Kopf seines Mechs vorbei.

»Ergeben Sie sich oder Sie werden vernichtet«, forderte er noch einmal. Archer hätte sich nie träumen lassen, dass es einmal soweit käme, dass er gezwungen sein würde, gegen Lyraner zu kämpfen, wie er selbst einer war. Wie oft würde er noch gezwungen sein, auf seine eigenen Landsleute zu schießen, bevor das alles vorbei war?

Er stürmte die Rampe hinauf ins Herz des Mechhangars. Aus der Lukenöffnung schlug ihm ein Sturm aus Laser- und Raketenfeuer entgegen, aber das kümmerte ihn nicht. Er marschierte vorwärts, aus allen Rohren feuernd.

26

Regierungsstellen verweigern jeden Kommentar darüber, wie viele Bürger derzeit in den jüngst errichteten Sammellagern rund um Ecol City inhaftiert sind. Ebenso wenig ist von Oberst Blücher oder dessen Stab in Erfahrung zu bringen, wie lange er sie festzuhalten gedenkt oder unter welchen Umständen ihre Freilassung möglich wäre. Das während der Abwesenheit des Herzogs bei Hofe die Regierungsgeschäfte führende Kabinett hat offiziellen Protest bei der Kommandeurin des Freedom-Theaters, Generalkommandantin Sarah Joss, eingelegt.

– *Thorin heute Abend,* Kanal 43, Ecol City, Thorin, 22. Januar 3063

Sammellager Bristoe, Thorin
Provinz Skye, Lyranische Allianz

23. Januar 3063

In Darius Hopkins' geborgtem *Lichtbringer* heulte eine Warnsirene auf, und obwohl er schon seit Jahren in keinem Mechcockpit mehr gesessen hatte, erkannte er die Warnung sofort: Bevorstehender Luftangriff. Sein Blick zuckte zur Taktikanzeige und er sah die beiden *Luzifer* und die *Stuka,* die auf die Stellung der Avengers herabstießen.

Hölle, Tod und Teufel!, dachte er. Er war schon zu alt für so etwas gewesen, als Archer zum Studium am NAIW aufgebrochen war. Er musste den Verstand verloren haben, sich in seinem Alter noch einmal in eine Mechkanzel zu setzen.

Heute Abend war es sehr schnell ganz gewaltig schief gegangen. Seine Truppe hatte den Zaun des Sammellagers Bristoe durchbrochen, um die Gefangenen zu befreien, in der Hoffnung, auch Katya Chaffee unter ihnen zu finden. Die angemietete Wachmannschaft in die Flucht zu jagen, hatte keine Mühe gekostet, aber dann waren aus dem Nichts plötzlich diese Luft/Raumjäger aufgetaucht. Und jetzt stießen die Jäger aus allen Rohren feuernd aus dem Himmel auf sie herab, während ringsum die Gefangenen in der Dunkelheit untertauchten.

»Gespenst Zehn, setz dich in Bewegung«, befahl Hopkins, während er selbst beschleunigte und den *Lichtbringer* in gestrecktem Galopp durch die Nacht hetzte. Jetzt waren Panzerung und Geschwindigkeit seine einzigen Waffen. Ein *Luzifer* löste sich aus der Formation, um Hogans *Kampffalke* zu beschießen, während sich der Pilot des hundert Tonnen schweren *Stuka* und sein Flügelmann im zweiten *Luzifer* ihn als Ziel ausgespäht hatten.

»Eispickel Eins an alle. Zeit, 'ne Fliege zu machen«, gab er durch und hetzte in die Nacht. Er konnte die Silhouetten der flüchtenden Lagerinsassen sehen, die durch die Dunkelheit auf den Wald zu rannten, und er achtete darauf, Abstand zu ihnen zu halten, als die Luft/Raumjäger der Arkturusgarde ihn unter Beschuss nahmen. Er gab sich nicht einmal die Zeit, einen Blick auf die Taktikanzeige zu werfen. Er wollte nur noch weg – und das so schnell wie möglich.

Eine Salve Langstreckenraketen und schweres Laserfeuer pflügte rund um ihn herum den Boden auf und traf den *Lichtbringer* an Armen und Beinen. Zwei schwere Laser erwischten den Mech auch am Rücken und zerschmolzen die Panzerung in große, weißglühende Tropfen flüssigen Metalls, die über die Schultern der davonstürzenden Maschine wegspritzten und die Nacht in gespenstisch fahles Licht tauchten. Der *Lichtbringer* stürzte unter den Treffern nach vorne, und Hopkins musste wild die Pedale und den Fahrtknüppel bearbeiten, um den Kampfkoloss schnell genug zu halten und nicht hinzufallen. Glücklicherweise hatte nur der *Stuka*-Pilot ihn voll erwischt. Das Feuer des *Luzifer* war weitgehend daneben gegangen. Hopkins sagte sich, dass er zu alt war, um sich fürs Überleben auf die notorisch anfällige Zielerfassung eines *Luzifer* zu verlassen. Irgendwie wünschte er sich, Archer hätte ihn nicht auf Thorin gelassen.

Schweiß strömte in Sturzbächen sein Gesicht herab. Er schwenkte die schweren Laser hoch und zog das Fadenkreuz über den *Stuka*. Die Maschine war in der Dunkelheit fast unsichtbar, aber auf der Infrarot-Anzeige der Zielerfassung war sie nicht zu übersehen. Er feuerte mit beiden Lasern und die Temperatur im Innern der Pilotenkanzel schoss in die Höhe. Die Extremreichweitengeschütze schleuderten ihre Energiebahnen in die Nacht und trafen den Jäger an der rechten Tragfläche, die unter dieser Marter kirschrot aufglühte, als er abschwenkte. *Man kann von den Clans halten, was man will,* dachte Hopkins, *aber sie bauen Waffen, für die ich gemordet hätte, als ich noch aktiv war.*

Er lenkte den Mech um einen aus dem Boden ragenden Felsen und rannte weiter in den Wald. Jetzt setzten ihm beide *Luzifer* nach. Der Erste machte seinen vorherigen Fehlschuss wett, als seine Langstreckenraketen an beiden Rumpfseiten auf den *Lichtbringer* einhämmerten. Hopkins löste die mittelschweren Impulslaser und die beiden schweren Laser aus, als eine der Energiewaffen des Jägers in die Maschine einschlug. Der blutrote Laserstrahl bohrte sich in den rechten Mecharm, und das Schultergelenk erstarrte, als er den Aktivator zerfraß. Der zweite Lichtspeer verfehlte den linken Arm nur um Meter und heizte stattdessen einen Felsen auf, bis er in einer weißlodernden Dampffontäne zerbarst.

Hopkins' mittelschwere Impulslaser erhellten die Nacht mit grünem Feuer. Fast die Hälfte zuckte weit vorbei und die Smaragdblitze schienen bis hinauf zu den Sternen zu jagen. Die anderen prasselten auf Rumpf und Flügel des *Luzifer* ein und hinterließen üble Löcher. Jetzt war auch sein Flügelmann derselben Klasse heran und feuerte mit Lasern und LSR. Die Lichtwerfer schossen vorbei, aber die Langstreckenraketen hagelten auf den *Lichtbringer* herab.

Hopkins wollte stehenbleiben und kämpfen, aber dies war weder der Ort noch die Zeit dafür. Sie befanden sich auf einem Überfall. Sein Ziel bestand darin, so viele Gefangene wie möglich zu befreien und Oberst Blücher davon zu überzeugen, dass Archer Christifori noch auf Thorin war. Ein schneller Blick auf die Schadensanzeige, und er sah, dass der *Lichtbringer* kaum noch Panzerung besaß. Der Kampfkoloss war noch voll einsatzfähig, aber lange würde das nicht so bleiben. Widerwillig steuerte die schwer zerbeulte Kampfmaschine in den Wald, wo er hoffte, den Jagdmaschinen im Schutz der Nacht und der riesigen Bäume entkommen zu können.

Aus dem Cockpit seines *Atlas* beobachtete Oberst Felix Blücher, wie die Kegel der Suchscheinwerfer des Sammellagers Bristoe über das Gelände glitten. Er erwartete nicht ernsthaft, dass sie Christiforis Mechs entdeckten, aber Spuren ihrer Gegenwart waren überall zu sehen. Eben erst war sein überschwerer Mech auf ein Stück Panzerung von einem der zwei Mechs getreten, die seine Luft/Raumjäger verjagt hatten. Das war vor zwei Stunden gewesen. Inzwischen waren Archer's Avengers sicher längst fort.

»Status, Fisk«, rief er ins Helmmikrofon. Leutnant Fisk und seine Wachsoldaten waren noch mit der Absicherung des Lagers beschäftigt.

»Es scheinen achtundsechzig Gefangene geflohen zu sein. Viele von ihnen werden wir im Laufe der Nacht wieder eingefangen haben. Bei diesem Wetter kommen sie ohne Proviant nicht weit.«

»Und was ist mit unserem Ehrengast?«

»Unser Köder ist unversehrt«, antwortete Fisk. »Hauptmann Chaffees Wachen haben ihren Ausbruch verhindert.«

Christifori war also tatsächlich gekommen, um sie herauszuholen, genau wie Blücher es vorhergesagt hatte. Von allen Lagern, die er hätte angreifen können, hatte sich Christifori ausgerechnet dieses ausgesucht. Katya Chaffee bedeutete ihm etwas, über ihren militärischen Nutzen hinaus. Der *Lichtbringer* und der *Kampffalke* waren in den Wald entkommen, aber die Ortungsdaten der Luft/Raumjäger sprachen eine deutliche Sprache. Christiforis Mech verfügte nur noch über minimalen Panzerschutz, und der *Kampffalke* hatte einen seiner Arme verloren.

Christifori hatte offensichtlich nicht erwartet, dass Blücher alle Möglichkeiten ausnutzte. Er hatte nur eine Verteidigung gegen Infanterie vorbereitet, und die Jäger hatten ihn überrascht. Allein in seinem Cockpit gestattete Blücher sich ein breites Grinsen. Diesmal war er es, der als Sieger vom Schlachtfeld ging. Und wenn sein 2. Bataillon erst von Murphrid eintraf, würde er Archer Christiforis kleine Revolte ein für allemal beenden.

27

Wenn man den Berichten Glauben schenken darf, die ich vom Presseoffizier der 15. Arkturusgarde bekommen habe, wird dieser Aufstand heute in einer Woche der Vergangenheit angehören.

– *17-Uhr-Nachrichten*, Antenne Donegal, Thorin, 31. Januar 3063

Melissa-Steiner-Gedenkraumhafen, Ecol City, Thorin
Provinz Skye, Lyranische Allianz

2. Februar 3063

Felix Blücher beobachtete den Anflug der Landungsschiffe aus dem Cockpit seines *Atlas.* Links und rechts von ihm hatten die beiden funktionsfähigen Mechlanzen des 1. Bataillons in Paradeformation Aufstellung genommen. Die Vormittagssonne funkelte auf der frischen Lackierung, als sie darauf warteten, das 2. Bataillon auf Thorin Willkommen zu heißen. Drei weitere Mechs waren mehr oder weniger weitgehend repariert in der Festung geblieben.

Das Bataillon traf mit einer Verspätung von anderthalb Tagen ein. Er hatte eine Datenübertragung von Murphrid erhalten, derzufolge die dortigen Rebellen eines ihrer Landungsschiffe angegriffen und beschädigt hatten. Deshalb hatte Kommandantin McCoy für den Flug nach Thorin ein Handelsschiff der *Union*-Klasse requiriert.

Die Nachricht beunruhigte ihn. Er war keineswegs überrascht über den Angriff als solchen, aber dass es den Rebellen gelungen war, genug Schaden an einem Landungsschiff anzurichten, um es am Start zu hindern, war erschreckend. Ohne seine jüngsten Erfolge gegen Archer's so genannte Avengers hätte es ihn noch erheblich mehr schockiert. In den vergangenen zwei Wochen hatte er seine Luft/Raumjäger zweimal gegen Christiforis Truppen eingesetzt, und beide Male hatte er sie aus dem

Feld geschlagen. Es war ihnen gelungen, einen seiner *Luzifer* zu beschädigen, aber seine Lufthoheit war unbestreitbar, und er genoss es.

Lange bevor er das Donnern der Fusionstriebwerke hörte, waren alle drei Schiffe am Himmel über ihm zu sehen. Die beiden Gardeschiffe waren stumpfgrau lackiert, das requirierte Händlerschiff von etwas hellerer Farbe. Er konnte sehen, dass der Rumpf ein Firmenlogo trug, aber in der letzten Phase des Landeanflugs war die betreffende Seite von seiner Position aus nicht zu erkennen.

Die Schiffe senkten sich nacheinander auf das Landefeld. Das ohrenbetäubende Donnern der Triebwerke verklang, als die riesigen Landestützen das Gewicht der Schiffe auffingen und sie zur Ruhe kamen. Es wurde von einem immer noch nicht gerade leisen Rauschen abgelöst, als die Antriebsaggregate herunterfuhren.

Blücher genoss das Gewitter aus Feuer und Lärm. Es war ein bedeutender Augenblick für ihn und seine Einheit. Archer Christifori hatte ihm einen guten Kampf geliefert. Aber jetzt hatte sich das Blatt gewendet. Seine beiden letzten Siege über die Avengers bewiesen das. Mit der Ankunft McCoys und ihres Bataillons hatten die Rebellen keine Chance mehr, der Herrschaft des Archons noch ernsthaften Widerstand entgegenzusetzen.

Als die Schiffe unter lautem Zischen Dampf aus den Überhitzungsventilen entlang der Rumpfunterseite abließen und Kühlmittel über die Triebwerksdüsen pumpten, öffneten sich knallend die Ladeluken, und die Ausstiegsrampen senkten sich auf das Raumhafenfeld. Blücher öffnete einen Breitbandkanal und rief: »Achtung!« Die BattleMechs an seiner Seite standen stolz und kerzengerade.

Die Mechs des 2. Bataillons kamen die Landeschiffsrampen herab und stellten sich in breiter Formation vor ihnen auf. Immer weiter drangen sie vor, gefolgt von einem Zug Infanterie. Jetzt kamen auch die Panzereinheiten die Rampe herunter.

In seinem Helmlautsprecher rauschte es kurz, aber die Stimme, die er dann hörte, war nicht die von Constance McCoy.

»Oberst Blücher«, sagte eine Männerstimme, die er augenblicklich erkannte. »Im Namen Victor Steiner-Davions fordere ich Sie auf, sich zu ergeben.« Ein eiskalter Schauder lief über den Körper des Obersten. Sein Puls donnerte ihm in den Ohren. Dann hoben die zwei Mechreihen vor ihm die Geschützarme. Blüchers Augen wurden weit und in der Ferne erhaschte er einen Blick auf die andere Seite des Händler-Landungsschiffs. Auf dem Rumpf prangte das Logo von Christifori Express.

Das war unmöglich. Das konnte nicht wahr sein. Aber das war es doch.

»Es ist eine Falle«, bellte er seinen Einheiten zu. »Feuer frei! Das ist nicht das Zweite. Es ist Christifori. Sofort zur Festung zurückziehen. Wir kämpfen von dort!« Er fuhr den Fusionsreaktor auf volle Leistung hoch und zog das Gaussgeschütz in Feuerstellung, während er den BattleMech rückwärts auf die Straße zurück zur Festung lenkte. Mit so vielen Zielen war es nahezu unmöglich, nichts zu treffen.

In der Operationszentrale der Festung war alles ruhig, als Leutnant Sherwood hinter den Feldwebel trat, der die Kommstation bediente. »Bitte wiederholen Sie, Herr Oberst«, sagte der Mann in sein Bügelmikro.

»Was gibt es?«, fragte Sherwood.

Der junge KommTech sah hoch und zog das Kommset vom Kopf. »Ich habe es nicht richtig mitbekommen. Es war der Oberst, irgendetwas über den Raumhafen. Dann wurde die Verbindung unterbrochen.«

Sherwood nahm das Kommset und setzte es auf.

»Herr Oberst, hier ist der diensthabende Offizier«, sagte er. »Wir haben Sie nicht verstanden.«

»Wir sind unter Beschuss und ziehen uns zur Festung zurück«, drang eine Stimme durch laute Störungen. Sherwood erkannte das Knistern als das typische Geräusch naher PPK-Entladungen. Sein Puls beschleunigte sich und seine Uniform klebte plötzlich am schweißnassen Körper.

»Was ist mit dem 2. Bataillon?«, fragte er.

»Es war nicht das Zweite. Es war Christifori«, erklärte Blücher hastig. »Machen Sie die Tore auf und verrammeln und verriegeln Sie alles, sobald wir drinnen sind. Fahren Sie Ihren Mech hoch. Dasselbe gilt für Kramer und Druhot. Sie stören unsere Langstreckenkommunikatoren. Setzen Sie sich in Verbindung mit unseren Jägern und holen Sie sie her. Wir verteidigen uns von der Festung aus.«

»Jawohl, Herr Oberst«, bestätigte Sherwood. Dann nahm er langsam das Kommset ab.

»Was ist los, Herr Leutnant?«, fragte der Tech.

Sherwood sah sich in der Zentrale um. Es waren vier Soldaten anwesend. Da sie alle an den Komm- und Ortungskonsolen arbeiteten, war keiner von ihnen bewaffnet. Er zog seine Pistole, eine Sternennacht, aus dem Holster und stieß sie dem KommTech in den Mund. Dann drehte er ihn auf seinem Stuhl so um, dass die anderen ihn sehen konnten.

»Wenn ich um Ihre Aufmerksamkeit bitten dürfte«, rief er. »Ich empfehle Ihnen allen, zu tun, was ich sage, oder der Schädel dieses jungen Mannes wird sich in eine unansehnliche Masse von Blut und Knochensplittern verwandeln, gefolgt von Ihren eigenen.«

Archer rannte mit seinem *Totschläger* schräg über die Fahrbahn und lauschte dabei auf den Lademechanismus der Blitz-Kurzstreckenlafetten. Eigentlich hatte er sich den Empfang auf Thorin anders vorgestellt. Er hatte erwartet, dass Blücher sich angesichts der Übermacht, die ihm entgegentrat, ergeben würde, so wie es sein 2. Bataillon bereits getan hatte. Aber stattdessen steckten sie mitten in Ecol City im Häuserkampf.

Blüchers *Atlas* befand sich noch immer zwei Straßen voraus und wurde von einigen leichteren Einheiten Archers angegriffen, die versuchten, ihm den Weg zur Festung abzuschneiden. Archer hatte einen Garde-*Vulkan* verfolgt, aber gerade als er auf ihn hatte feuern wollen, war er vom Gaussgeschütz eines vormals arkturischen *Kampfhund* zu Boden gestreckt worden. Die nur als silbern schimmernder Lichtblitz sichtbare Kugel hatte den Kopf des Mechs mit solcher Wucht getroffen, dass er rückwärts in ein Gebäude gestürzt und unter den einstürzenden Mauern und Decken begraben worden war.

Gerade als er sich umgedreht hatte, war ein anderer Gardemech aus der Deckung gesprungen. Es war ein *Salamander,* und Archer wusste, dass der einzige Pilot der Arkturusgarde, der einen Mech dieser Baureihe steuerte, Luther Fisk war. Er hatte augenblicklich die Verfolgung aufgenommen. Der *Salamander* versuchte, mit einem seitlichen Ausfallschritt Archers Feuer auszuweichen, aber ohne Erfolg. Er feuerte alle acht Blitz-Raketen auf den Gardemech ab und versenkte sie in dessen Rücken. Die Panzerplatten barsten unter dem Raketenbombardement und hinterließen eine hellgraue Rauchwolke und freiliegende Myomerbündel.

Das konnte Fisk nicht ignorieren. Er drehte den Mech um, um seinen freien Rücken zu schützen, und feuerte die mittelschweren Laser ab. Für die Langstreckenraketen, seine schlagkräftigste Waffe, war die Entfernung zu gering. Die mittelschweren Laser spien Archer ihre tödliche Energieladung entgegen. Einer schoss vorbei, der andere brannte eine schwarze Schmelzspur auf seinen rechten Mecharm.

Archer wusste, dass es seine Innentemperatur enorm in die Höhe treiben würde, aber trotzdem zielte er seine schweren ER-Laser und feuerte ihre rubinrot schillernden Energielanzen geradewegs in die Beine des *Salamander.* Die Panzerung zerschmolz, aber der Schaden reichte nicht aus, um den Mech zu stoppen. Fisk wollte gerade umdrehen und fliehen, als ein Feuersturm aus Geschützfeuer seine Maschine einhüllte. Raketen, grüne und rote Laserbahnen, Autokanonengranaten und das grell bläulichweiße Gleißen künstlicher PPK-Blitze verzehrten Luther Fisks *Salamander* und dessen Umgebung. Der Bürgersteig verwandelte sich in einen mit glühender Lava gefüllten Krater, als Feuer, Explosionen und Rauch über dem Mech zusammenschlugen. Er schien zu zerschmelzen wie eine Kerze in einer Zeitrafferaufnahme, wobei er immer wieder unter den Explosionen verschwand.

Archers Blick wanderte über den Sichtschirm und er erkannte, dass sich nahezu die gesamte Einheit um ihn versammelt hatte. Sie hatten alle gefeuert. Er und sie hatten Fisk gemeinsam abgeschossen.

»Wir heißen nicht umsonst Avengers, Colonel«, sagte Alice Gett. »Jetzt wird es Zeit, zu Ende zu bringen, was wir begonnen haben.«

Ein leichter Avengers-*Attentäter* landete in dem Versuch, Blücher den Weg zur Festung abzuschneiden, schräg rechts vor dem *Atlas.* Seine Sprungdüsen glühten noch, als er sich zu dem überschweren Mech umdrehte, um seine mittelschweren Impulslaser einzusetzen. Blücher dachte allerdings nicht daran, ihm diese Gelegenheit zu geben. Er richtete die schweren Extremreichweiten-Laser und mittelschweren Impulslaser auf die leichtere Maschine und feuerte. Der kantige *Attentäter* brach unter dem Bombardement fast zusammen. Er verlor Panzerung vom Torso und allen Gliedmaßen. Angeschlagen stolperte er in die Deckung einer Gasse, feuerte im Rückzug aber noch seine Langstreckenraketen ab.

Die Raketen prasselten auf den *Atlas* und zertrümmerten die Panzerung auf seinem rechten Arm und Torso. Seit Beginn des Gefechts hatte Blücher schon einige Treffer einstecken müssen, aber noch war sein Kampfkoloss einsatzbereit, und der Panzerschutz noch nirgends durchbrochen. Er hatte zwei Mechs abgeschossen und einige so zugerichtet wie diesen *Attentäter.* Er wollte bleiben und kämpfen, aber die Festung war nicht mehr weit. Wenn er und die anderen es bis hinter die Mauern schafften, konnten sie den Kampf von dort aus weiterführen.

Neben ihm lief Leutnant Fitzwalter in ihrem *Tomahawk.* Kränklich grüner Kühlmittelschleim leckte aus mehreren Löchern im unteren Torso. Plötzlich brach ihre Maschine unter einem gleißenden PPK-Blitz zusammen und schien sich geradezu in Nichts aufzulösen.

Blücher konnte nicht mehr tun, als es zu registrieren. Wenn seine Einheit überleben sollte, durfte er nicht stehen bleiben. Ein Blick auf die Nahortung zeigte ihm, dass er die Festung beinahe erreicht hatte, noch während eine lebende Mauer aus Avengers-BattleMechs schnell näher kam. *O ja, Christifori, du bist schnell,* dachte er. *Aber nicht schnell genug.* Die Festung lag jetzt unmittelbar vor ihm.

Aber als er auf den Sichtschirm blickte, sah er, dass das Festungstor verschlossen war. Warum hatte man es nicht wie befohlen geöffnet? Das massive Tor war nahezu unüberwindbar und nur von innen zu öffnen.

»Leutnant Sherwood… Irgendjemand in der Operationszentrale. Öffnet das verdammte Tor!«

Erst tat sich nichts. Dann bekam er endlich Antwort. »Oberst Blücher, hier ist Lieutenant Sherwood. Ich fürchte, ich muss diesen Befehl verweigern.«

»Was?« Blücher brüllte es fast ins Mikro seines Neurohelms, während er die letzten Schritte bis vor die Tore zurücklegte. Wie betäubt stand er hilflos vor den unerbittlichen Granitmauern und dem gewaltigen Ferrofibrittor. Auch ohne die 360°-Rundumdarstellung des Sichtschirms hätte er gewusst, dass die Mechs von Christiforis Rebellenarmee hinter ihm schnell näher kamen.

Auf der Kommkonsole leuchtete die Breitbandkanalanzeige auf und Sherwoods Stimme erklang erneut. Diesmal war er in jedem Cockpit auf beiden Seiten des Konflikts zu hören. »Herr Oberst, ich arbeite für Colonel Christifori. Ihr Stab ist im Kartenzimmer eingesperrt und die Operationszentrale steht unter meinem Befehl. Ihre Jäger haben den Befehl erhalten, den Kampf einzustellen. Ich schlage vor, Sie ergeben sich, Oberst Blücher.«

Anderthalb Häuserblocks von der Festung entfernt befahl Archer seinen Truppen stehen zu bleiben und das Feuer einzustellen. Er schickte einzelne Maschinen in die Seitenstraßen, für den Fall, dass Blücher noch daran glaubte, entkommen zu können. Die Garde hatte den größten Teil ihrer Truppen verloren. Ein einsamer *Chapparal*-Panzer mit zahlreichen Rissen in der Panzerung, aus denen Rauch aufstieg, stand neben Blüchers *Atlas.* Ein zerbeulter *Kintaro* stand ebenfalls noch, mit dem Rücken an der Granitmauer, bereit zum letzten Gefecht. Der einzige andere Kombatant auf der Seite der Arkturusgarde war ein *Centurion,* dem der größte Teil der Arm- und Torsopanzerung fehlte. Inzwischen kannte der klägliche Rest des 1. Bataillons die Wahrheit: Es gab keinen Ausweg mehr, keine Möglichkeit zu einem halbwegs Erfolg versprechenden Widerstand. Prinz John hatte im Alleingang die Festung erobert.

Archer stoppte und atmete tief durch, bevor er Blücher über einen neutralen Kanal anfunkte. »Oberst Blücher, hier spricht Colonel Christifori. Ich habe meine Truppen angewiesen, das Feuer einzustellen. Ich bitte respektvoll um Ihre Kapitulation.« Archer hatte sich diesen Augenblick häufig ausgemalt, und immer hatte er dabei seinen Triumph ausgekostet. Aber jetzt, als er Blüchers *Atlas* vor sich sah, der noch immer an zwei Stellen qualmte, lag ihm nichts ferner als seinem Gegner die Niederlage unter die Nase zu reiben. Dies war einer jener Augenblicke, in denen er sich als ein Mann von Ehre beweisen konnte, als anständiger Krieger statt als Renegat. Wenn er diesen Sieg falsch handhabte, bestand die Gefahr, dass Thorin noch lange keinen Frieden fand.

»Ich würde es vorziehen, hier in meinem Cockpit zu sterben, statt mich zu ergeben«, stellte Blücher fest.

»Das verstehe ich, Oberst. Aber ich habe kein Verlangen danach, einen Mann wie Sie oder die tapferen MechKrieger und übrigen Truppen zu töten, die an Ihrer Seite gefochten haben. Es ist schon zu viel Blut geflossen. Lassen Sie uns die Waffen niederlegen.«

Eine lange Zeit sagte niemand etwas, dann fragte Blücher: »Wie konnte das geschehen?«

»Wir haben von Ihren Plänen erfahren, Oberst. Wir haben das 2. Bataillon angegriffen, bevor es herkommen konnte. Wir erwischten Ihre Leute mit heruntergelassenen Hosen, als sie gerade einschifften, und sie haben sich ergeben. Ich gehe davon aus, dass die Truppen, die ich auf Murphrid zurückließ, in diesem Augenblick ihrem 3. Bataillon enorme Schwierigkeiten bereiten. Ich weiß, dass sie den HPG außer Betrieb gesetzt haben, um Sie im Dunkeln zu lassen. Offenbar erfolgreich.«

»In all meinen Dienstjahren für Haus Steiner habe ich nie eine Schlacht verloren, noch war ich je gezwungen zu kapitulieren.« Blüchers Stimme klang leise, beherrscht, beinahe resigniert.

»In all meinen Dienstjahren war ich nie gezwungen, jemanden, der mir einen solchen Respekt abverlangt, zur Kapitulation aufzufordern. Aber es ist meine Pflicht.«

»Und ich muss annehmen. Wie Sie schon sagten, es ist meine Pflicht. Es sind schon zu viele gefallen.«

»Sie werden meine Bedingungen nicht als übermäßig hart empfinden. Sie sind unsere Gefangenen. Ihre Waffen fallen an uns. Sie werden gegen andere Gefangene ausgetauscht, sobald dies praktikabel oder von Prinz Victor autorisiert ist. Was Ihre Truppen auf Murphrid betrifft…«

»Bei allem Respekt«, unterbrach Blücher. »Aber Ihr Kampf war hier auf Thorin.«

»Und dabei wäre es auch geblieben, hätten Sie nicht geplant, Ihr 2. Bataillon hierher zu bringen. Ich würde Sie auffordern, auch im Namen ihrer zweiten Einheit zu kapitulieren, aber ich bezweifle, dass Sie dazu bereit sind.«

»Das ist korrekt«, erwiderte Blücher tonlos. »Das 3. Bataillon ist noch immer eine kampfbereite Einheit.«

Archers Antwort folgte mit der Endgültigkeit eines Richtspruchs. »Dann tut es mir Leid, Ihnen mitteilen zu müssen, dass wir unsere Truppen nach Murphrid verbringen und Ihrem 3. Bataillon dort zufügen werden, was wir Ihnen hier auch zugefügt haben.«

»Wenn Sie gestatten, Colonel Christifori. Ich finde, die Stavlos-Tiger haben im Kampf gegen Sie schon genug gelitten. Mit Ihrer Erlaubnis werde ich mein verbliebenes Bataillon anweisen, Murphrid mit Kurs auf eine freundlichere Welt zu verlassen.«

Archer überlegte kurz. Er hatte eine vollständige Kapitulation gewollt, aber auch so blieb es ein Sieg. »Einverstanden. Sie dürfen sich zurückziehen.«

»So weit hätte es nicht zu kommen brauchen«, stellte Blücher trostlos fest.

»Stimmt«, gestand Archer ein. »Und es ist noch nicht vorbei. Das war erst der Anfang. Katherine sitzt noch immer auf dem Thron. Sie muss aus ihrem Amt entfernt werden.«

»Damit kann ich mich nicht einverstanden erklären«, antwortete Blücher. »Aber ich respektiere Ihre Überzeugung.«

EPILOG

Nachdem Thorin und Murphrid fest in der Hand Prinz Victors sind, treten die Kämpfe sichtlich in eine neue Phase. Von nun an handelt es sich nicht länger um vereinzelte Guerillakämpfe, sondern mehr und mehr um einen echten militärischen Feldzug. Eines jedenfalls ist sicher: Im Vereinigten Commonwealth und der Lyranischen Allianz wird es nie wieder so sein wie zuvor.

– Piratensender *Stimme des Untergrunds,* Thorin,
7. Februar 3063

Ecol City, Thorin
Provinz Skye, Lyranische Allianz

9. Februar 3063

Archers Truppen hatten auf dem Paradeplatz der Festung Haltung angenommen. Auf einer Seite stand eine Reihe von BattleMechs, zum großen Teil Beute aus dem Besitz der Arkturusgarde. Auf der anderen Seite hatten sich die Panzer und Sergeant Major Hopkins' Infanterie formiert, teilweise noch bandagiert. Alle Fahrzeuge trugen Spuren der jüngsten Kämpfe, waren aber inzwischen repariert und frisch lackiert. Auf Schulter und Torsomitte aller Mechs prangte ein großes ›A‹, das inoffizielle Symbol von Archer's Avengers.

Die Reihen waren so gerade wie eine Laserbahn. Archers frisch gestärkte Ausgehuniform zu beschaffen, war im Chaos der letzten Tage nicht einfach gewesen. Aber diese Gelegenheit war wichtig genug, um die Anstrengung zu rechtfertigen. Captain Katya Chaffee stand an seiner Seite. Als er sie bei ihrer Freilassung zu Gesicht bekommen hatte, war ihm ein tiefer Seufzer der Erleichterung über die Lippen zu gekommen. Zu ihrer beider Überraschung hatte er sie spontan umarmt und fest an seine Brust gedrückt.

Die Türen des Kerkers öffneten sich und Archer nahm Haltung an. Dies war ein wichtiger Augenblick, nicht nur für seine und Blüchers Truppen, sondern auch für die Medien, die diese Zeremonie vom Rand des Festungshofes aus verfolgten. Oberst Blücher und die Überreste seines Bataillons wurden in ein offizielles Kriegsgefangenenlager überstellt. Archer wollte die Gelegenheit so handhaben, wie es sich gehörte: ohne irgendwelche Hassgefühle.

»Ach-tung!«, bellte er. Dutzende Stiefelabsätze knallten auf den Beton, und die gerade Linie seiner Truppen verwandelte sich auch in der Vertikalen in eine reglose Wand.

Die Wachen führten die gefangenen Mitglieder der Arkturusgarde im Parademarsch an der gesamten Linie der Avengers vorbei zu den wartenden Transportern. In Blüchers Gesicht erkannte Archer, dass ihn diese Respektbezeugung bewegte. Der Oberst blieb vor Archer stehen, und die gesamte Kolonne, Wachen und Gefangene, kam ebenfalls sofort zum Stillstand. Mit perfekter militärischer Präzision wandte er sich rechts um und salutierte. Archer erwiderte den Gruß.

»Sie erweisen uns eine Ehre, Colonel«, stellte Blücher laut genug fest, um von allen Anwesenden gehört zu werden.

Archer lächelte. »Im Grunde sind wir keine Feinde. Wir sind nur loyale Gefolgsleute verschiedener Anführer.«

»Sie könnten Recht haben. Aber lassen Sie mich einen anderen Militär zitieren: ›Die Zeit heilt alle Wunden. Der Irrtum lebt nur einen Tag. Die Wahrheit ist ewig.‹«

Archer erinnerte sich aus seinen Akademiezeiten an das Zitat. »General Longstreet, terranisch-amerikanischer Bürgerkrieg.«

Blücher nickte. »Denken Sie daran: Selbst Jahrhunderte später sind seine Aktionen noch immer kontrovers.

Ich hoffe, Ihre Wahrheiten werden sich als haltbarer erweisen.«

Dann setzte der Zug der Gefangenen sich wieder in Bewegung auf die Truppentransporter zu, die sie zu ihren neuen, geräumigeren Unterkünften bringen sollten. Als die Verletzten vorbeikamen, fiel Archer eine Tragbahre auf. Er verlies die Paradereihe und trat zu ihr hinüber. Die beiden als Träger fungierenden Avengers blieben stehen, als ihr Kommandeur auf den Mann hinabschaute, den sie zwischen sich trugen. Am Faltenwurf des Lakens, das ihn bedeckte, erkannte Archer, dass er einen Arm in Schulterhöhe verloren hatte. Er trug eine Klappe über dem linken Auge und sein Kopf war weitgehend bandagiert. Das schwarze Haar, soweit man es unter dem Verband erkennen konnte, war versengt.

Archer beugte sich über die Trage. »Leutnant Fisk. Freut mich, dass Sie noch leben.«

Fisk starrte ihn aus seinem unverletzten Auge kalt an. »Leben kann man das wohl kaum noch nennen. Ich habe ein Auge und einen Arm verloren. Mein Knie ist zertrümmert. Ich werde wahrscheinlich nie wieder einen BattleMech führen.« Seine Stimme klang verbittert.

»So ist es«, erwiderte Archer. »Und ich werde nie wieder mit meiner Schwester reden können. Sie war meine rechte Hand. Wenigstens leben Sie noch.« Archer drehte sich um und ging davon, aber Fisks Stimme verfolgte ihn.

»Warum lassen Sie mich nicht einfach sterben, statt mich zu zwingen, als Krüppel weiterzuleben?«

Archer drehte sich wieder um. »Ich bin zum Rächer geworden. Betrachten Sie es als geschehen.«

Später an diesem Tag saß Archer in seinem Büro, dem Raum der Festung, von dem aus vor ihm Oberst Blücher seine Einheit geführt hatte. Er starrte auf die sich vor ihm stapelnden Ausdrucke und Disketten. Das war der Teil seines Berufs, an den er sich wohl nie gewöhnen würde. Er wollte gerade den obersten Compblock nehmen, um eine Requisitionsliste durchzusehen, als es klopfte.

»Herein«, rief er, und Katya Chaffee trat ein. Er lächelte sie dankbar an. »Dem Himmel sei Dank, dass du es bist«, stöhnte er und ließ sich in die Polster des Bürostuhls sinken.

»Colonel«, stellte sie mit ungewohnt förmlicher Stimme fest. »Vor einer Stunde ist ein Landungsschiff von einem Piratensprungpunkt eingetroffen. Wir haben Besuch.«

Archer warf ihr einen skeptischen Blick zu und stand auf. Er stützte sich mit beiden Händen auf den Schreibtisch. »Ich weiß nicht, ob mir das gefällt.«

»Er sagt, dass er von einem Freund geschickt wurde, und ich habe seine Personalien überprüft.«

Archer nickte, und Katya verschwand im Flur, um den Besucher hereinzubitten. Es war ein kleinwüchsiger Mann mit zurückweichendem Haaransatz in der weißen Uniform der ComGuards. Außerdem trug er ein Sternenbund-Ehrenabzeichen, wie auch Archer es verliehen bekommen hatte. Sie waren sich zuvor schon einmal kurz begegnet und Archer erkannte ihn auf den ersten Blick.

»Ich überbringe Grüße von Prinz Victor Steiner-Davion«, sagte Alain Beresick.

»Vielen Dank, Commodore Beresick, und willkommen auf Thorin.« Dieser Mann war in der Freien Inneren Sphäre nicht minder legendär als Archer auf Thorin. Er hatte beim Angriff auf Diana das Kriegsschiff *Unsichtbare Wahrheit* befehligt. In allen Nachfolgerstaaten gab es niemanden, der es mit seiner Erfahrung im Raumkampf aufnehmen konnte.

»Freut mich zu sehen, dass es Ihnen gut geht«, stellte Beresick fest. »Ich benutze allerdings inzwischen wieder den Titel Präzentor.«

»Ihr Besuch ist mir eine Ehre.« Archer deutete auf einen freien Sessel.

Mit einer kurzen Handbewegung gab Beresick zu verstehen, dass er es vorzog stehen zu bleiben. Katya stand ein paar Schritte hinter ihm und beobachtete ihn geradezu ehrfürchtig. Der Präzentor war von ganz und gar nichts sagendem Äußerem, aber trotzdem verbreitete seine Präsenz Respekt.

»Ich war anderer Aufgaben wegen gerade ›in der Gegend‹ und werde Sie nicht lange aufhalten. Seine Hoheit der Präzentor Martialum hat von Ihren Erfolgen hier und auf Murphrid erfahren. Er hat mich gebeten, Ihnen persönlich eine HPG-Nachricht zu überbringen, sofern meine Zeit das zuließe. Außerdem möchte er Ihnen und Ihrer Einheit seine tiefste Dankbarkeit aussprechen.«

»Das ist wirklich nicht nötig«, wehrte Archer ab, dessen Gesicht brannte – wie das eines kleinen Jungen.

»O doch, das ist es.« Beresick zog einen Bogen Papier aus der Tasche, hob ihn hoch und las vor. »Auf Anweisung Prinz Victor Steiner-Davions wird Archer Christifori hiermit zum Lieutenant-General befördert.« Dann steckte er noch einmal die Hand in die Tasche, um die neuen Rangabzeichen herauszuholen.

Archer starrte die Ranginsignien in seiner Hand lange nur wortlos an. »Lieutenant-General?«, wiederholte er ungläubig.

»Ihre Leistungen sind eine Inspiration für andere. Und obwohl dieser Kampf erst begonnen hat, braucht der Prinz Männer und Frauen wie Sie an seiner Seite.«

Archer richtete sich zu voller Größe auf und salutierte. Beresick erwiderte seinen Gruß, ebenso wie Katya.

»Sind Sie sicher, dass Sie uns so schnell schon wieder verlassen müssen, Präzentor?«, fragte er.

»Ja, Lieutenant-General. Ich habe noch andere Aufträge.«

»Können Sie dem Prinzen dann eine Nachricht von mir übergeben?«

»Natürlich.«

»Sagen Sie ihm, es täte gut, wieder daheim zu sein.«

Präzentor Alain Beresick neigte ernst und förmlich den Kopf. »Das werde ich, Lieutenant-General Christifori. Das werde ich.«

GLOSSAR

Rangsystem der Lyranischen Allianz	**Rangsystem der Vereinigten Sonnen**
General des Heeres	Marshal of the Armies
General	Field Marshal
Generalkommandant	Marshal
Generalhauptmann	General
Generalleutnant	Major General
Oberst	Lieutenant General
Oberstleutnant	Colonel
Kommandanthauptmann	Lieutenant Colonel
Kommandant	Major
Hauptmann	Captain
Oberleutnant	Lieutenant
Leutnant	
Offiziersdiensttuender 1. Klasse (OD1)	Subaltern
Offiziersdiensttuender 2. Klasse (OD2)	
Offiziersdiensttuender 3. Klasse (OD3)	
Offiziersdiensttuender 4. Klasse (OD4)	

Seniorhauptfeldwebel	Command Sergeant Major
Stabshauptfeldwebel	
Hauptfeldwebel	Sergeant Major
Stabsfeldwebel	
Feldwebel	Sergeant
Hauptgefreiter	Corporal
Obergefreiter	Private 1st Class
Gefreiter	Private
Schütze	Recruit

ARROW-IV-RAKETENARTILLERIESYSTEM: Das Arrow IV ist ein autarkes Lafettensystem, das darauf ausgelegt ist, Raketensalven zur Unterstützung konventioneller Artilleriegeschütze wie *Long Tom, Sniper* und *Klopfer* abzufeuern. Der Hauptvorteil des Arrow IV ist sein relativ geringes Gewicht verglichen mit anderen Artilleriesystemen. Allerdings ist seine Munition äußerst teuer. Dies gilt besonders für die Clan-Version dieser Waffe, die noch kostspieliger ist als die der Freien Inneren Sphäre.

Das Arrow-IV-System benutzt zwei Grundtypen von Raketen. Die häufigere und (etwas) billigere Version ist die Standard-Arealeffektrakete, die nicht auf ein bestimmtes Ziel abgefeuert wird, sondern auf ein Zielgebiet, in dem sie jedem Objekt in einem Umkreis von 45 Metern um den Explosionspunkt massiven Schaden zufügt. Der zweite Raketentyp ist die zielsuchende Rakete, die sich auf ein spezifisches Zielobjekt richtet, das von einer auf dem Schlachtfeld befindlichen vorgeschobenen Beobachtereinheit mit Zielerfassungssystem markiert wird. Zielsuchende Raketen richten außer bei ihrem Zielobjekt kaum Schaden an.

ARTEMIS-IV-FEUERLEITSYSTEM: Das Artemis-IV-Feuerleitsystem erhöht die Treffsicherheit gewöhnlicher Raketenlafetten. Das in einer seitlich an der Lafette montierten Kuppel untergebrachte Artemis-FLS erfasst ein Ziel, markiert es mit einem Infrarotstrahl und feuert eine Raketensalve ab. Entsprechend den durch die Infrarotmarkierung errechneten Daten wird der Flug der Raketen konstant über eine Mikrowellenstrahlverbindung korrigiert, sodass eine größere Anzahl von Raketen das Ziel trifft.

ATLAS: Ein nicht sprungfähiger überschwerer BattleMech von 100 Tonnen Masse mit einer Höchstgeschwindigkeit von 54 km/h. Er ist bestückt mit zwei schweren Extremreichweitenlasern in den Armen, einem Gaussgeschütz im rechten Torso, einer überschweren LSR-Lafette und einem Raketenabwehrsystem im linken Torso und zwei mittelschweren Impulslasern im Rücken.

AUTOKANONE: Eine automatische Schnellfeuerkanone. Leichte Fahrzeugkanonen haben Kaliber zwischen 30 und 90 mm, während eine schwere Mechautokanone ein Kaliber von 80 bis 120 mm oder mehr besitzen kann. Die Waffe feuert in schneller Folge Panzer brechende Hochexplosivgranaten ab.

BATAILLON: Ein Bataillon ist eine militärische Organisationseinheit der Inneren Sphäre, die in der Regel aus drei Kompanien besteht.

BATTLEMECH: BattleMechs sind die gewaltigsten Kriegsmaschinen, die je von Menschen erbaut wurden. Diese riesigen humanoiden Panzerfahrzeuge wurden ursprünglich vor über 500 Jahren von terranischen Wissenschaftlern und Technikern entwickelt. Sie sind in jedem Gelände schneller und manövrierfähiger, besser gepanzert und schwerer bewaffnet als jeder Panzer des 20. Jahrhunderts. Sie ragen zehn bis zwölf Meter hoch auf und sind bestückt mit Partikelprojektorkanonen, Lasergeschützen, Schnellfeuer-Autokanonen und Raketenlafetten. Ihre Feuerkraft reicht aus, jeden Gegner mit Ausnahme eines anderen BattleMechs niederzumachen. Ein kleiner Fusionsreaktor liefert ihnen nahezu unbegrenzt Energie. BattleMechs können auf Umweltbedingungen so verschieden wie glühende Wüstenei und arktische Eiswüsten eingestellt werden.

BEAGLE-SONDE: Die Beagle-Sonde ist eine wertvolle Systemerweiterung für Scouteinheiten, da sie es ermöglicht, selbst abgeschaltete und getarnte Einheiten auf weit größere Entfernung zu entdecken und zu identifizieren, als dies mit herkömmlichen elektronischen Spürgeräten möglich ist.

BLAKES WORT/COMSTAR: Das interstellare Kommunikationsnetz ComStar wurde von Jerome Blake entwickelt, der in den letzten Jahren des Sternenbunds das Amt des Kommunikationsministers innehatte. Nach dem Zusammenbruch des Bundes eroberte Blake Terra und organisierte die Überreste des Sternenbund-Kommunikationsnetzes in eine Privatorganisation um, die ihre Dienste mit Profit an die fünf Häuser weiterverkaufte. Seitdem hat sich ComStar zu einem mächtigen Geheimbund entwickelt, der sich jahrhundertelang in Mystizismus und Rituale gehüllt hat, bis es nach der Entscheidungsschlacht gegen die Clans auf Tukayyid unter Prima Sharilar Mori und Präzentor Martialum Anastasius Focht zur Reformation des Ordens und Abspaltung der erzkonservativen Organisation Blakes Wort kam.

BLITZ-KURZSTRECKENRAKETEN: Blitz-KSR enthalten Zielsuchgeräte, die ein Abfeuern erst gestatten, wenn die in die Lafette geladenen Raketen ein Ziel erfasst haben. Ist dies einmal geschehen, treffen die Raketen das Ziel automatisch.

CASE (ZELLULARES MUNITIONSLAGER): Das zellulare CASE-Munitionslager ist eine Schadenskontrollvorrichtung, mit deren Hilfe die Druck- und Hitzewellen interner Munitionsexplosionen durch speziell verstärkte Seiten- und absprengbare Rückpaneele aus dem Innern des Mechs geleitet und der Schaden dadurch begrenzt wird.

CHAOS-MARKEN: Die als die Chaos-Marken bekannte Region des Weltalls war ursprünglich über Jahrhunderte Teil der Konföderation Capella und fiel im 4. Nachfolgekrieg als Mark Sarna des Vereinigten Commonwealth an die Truppen Haus Davions bzw. wurde als Freie Republik Tikonov für mehrere Jahre unabhängig, bevor dieses Gebiet ebenfalls in der Mark Sarna aufging. Erst der Krieg zwischen der Liga Freier Welten und dem Vereinigten Commonwealth Mitte 3057, der unter anderem zur Teilung des Commonwealth führte, als Archon Katrina Steiner die lyranischen Distrikte als Lyranische Allianz vom Reich ihres Bruders Victor abspaltete, bot dem mit der Liga verbündeten capellanischen Kanzler Sun-Tzu Liao Gelegenheit, mit seinen Truppen in die Mark Sarna einzufallen, mit dem Ziel, sie für die Konföderation Capella zurückzuerobern. Sein Feldzug kam jedoch zum Stehen, als Generalhauptmann Thomas Marik nach Erreichen seiner Kriegsziele einen Separatfrieden schloss. Ohne dessen Unterstützung konnte Liao den begonnenen Eroberungskrieg nicht zu Ende führen und die Mark Sarna zerfiel in ein Niemandsland einander bekämpfender Allianzen. Ein weiter Bereich von Systemen in größerer Nähe der capellanischen Grenze unterliegt jedoch besonders ausgeprägtem capellanischem Einfluss und wird gelegentlich als von den übrigen Chaos-Marken separates Gebiet mit dem Namen Umstrittene Territorien bezeichnet.

CHIPPEWA: Ein überschwerer Luft/Raumjäger mit einer Masse von 90 Tonnen. Er ist bestückt mit zwei schweren LSR-Lafetten, einer schweren KSR-Lafette und zwei mittelschweren Lasern im Bug, je zwei schweren Lasern in den Tragflächen und zwei leichten Lasern im Heck.

CLANS: Beim Zerfall des Sternenbundes führte General Aleksandr Kerensky, der Oberkommandierende der Regulären Armee des Sternenbundes, seine Truppen beim so genannten Exodus aus der Inneren Sphäre in die Tiefen des Alls. Weit jenseits der Peripherie, mehr als 1300 Lichtjahre von

Terra entfernt, ließen Kerensky und seine Leute sich auf fünf wenig lebensfreundlichen Welten nahe eines Kugelsternhaufens nieder, der sie vor einer Entdeckung durch die Innere Sphäre schützte. Innerhalb von fünfzehn Jahren brach unter ihnen jedoch ein Bürgerkrieg aus, der drohte, alles zu vernichten, für dessen Aufbau sie so hart gearbeitet hatten.

In einem zweiten Exodus führte Nicholas Kerensky, der Sohn Aleksandrs, seine Gefolgsleute auf eine der Welten im Innern des Kugelsternhaufens, um dem Krieg zu entfliehen. Dort, auf Strana Metschty, entwarf und organisierte Nicholas Kerensky die faschistoide Kastengesellschaft der Clans.

DIVISION: Eine von der Mechkampfstärke in etwa dem Regiment entsprechende, aber Truppen verschiedener Waffengattungen umfassende Einheit der ComGuards, des militärischen Arms ComStars, und der BlakeGuards, des militärischen Arms von Blakes Wort.

DONNER-LANGSTRECKENRAKETEN: Donner-LSR erzeugen Streuminenfelder. Die ›Donner‹-Kennzeichnung ist die in der Freien Inneren Sphäre gebräuchliche Bezeichnung für FA-(Feldartillerie-)Streuminen-Gefechtsköpfe. Die Clans benutzen praktisch identische Gefechtsköpfe.

DOPPELTER WÄRMETAUSCHER: Doppelte Wärmetauscher leiten Wärme durch eine spezielle Kühltechnik doppelt so schnell ab wie Standardwärmetauscher und kühlen einen BattleMech erheblich effektiver ab. Sie haben dasselbe Gewicht wie Standardwärmetauscher, sind aber erheblich wuchtiger gebaut und beanspruchen dadurch mehr Platz im Innern eines BattleMechs. Auf Grund dieser sperrigen Bauweise können doppelte Wärmetauscher nicht wie Standardwärmetauscher in den Beinen eines Mechs montiert werden.

ELEMENTARE: Die mit Kampfanzügen ausgerüstete Eliteinfanterie der Clans. Diese Männer und Frauen sind wahre Riesen, die speziell für den Einsatz der von den Clans entwickelten Rüstungen gezüchtet werden.

ENDOSTAHL: Endostahl wurde speziell für den Bau von Mechskeletten entwickelt. Mithilfe von Null-g-Produktionstechniken, die eine gleichmäßige Vermischung von hoch verdichtetem Stahl mit Titan und Aluminium ermöglichen, wurde auf Kosten erhöhten Platzbedarfs ein Material mit der doppelten Belastbarkeit üblicher Mechskelette hergestellt. Die Clans haben die Endostahlproduktion weiter verfeinert, während die Nachfolgerstaaten beim Einsatz von Endostahl durch den Mangel an Orbitalfabriken stark behindert werden.

EXTREMREICHWEITEN-LASER: Bei diesen Waffen handelt es sich um verbesserte Versionen des herkömmlichen Lasers, mit überlegenen Fokussier- und Zielerfassungsmechanismen. In der Clan-Ausführung haben diese Waffen eine deutlich größere Reichweite als normale Laser und erzielen einen etwas höheren Schaden. Allerdings verursachen sie dabei eine um 50 % höhere Abwärme. In der Freien Inneren Sphäre befindet sich die ER-Lasertechnologie noch im Entwicklungsstadium. Bisher machen Umfang und Größe der benötigten Ausrüstung eine Anwendung nur bei schweren Lasern möglich. Zudem erreicht der schwere ER-Laser der Freien Inneren Sphäre zwar eine größere Reichweite als ein schwerer Normallaser, der Reichweitengewinn ist jedoch geringer als bei entsprechenden Clan-Waffen, und die Schadenswirkung ist nicht höher als bei einem gewöhnlichen S-Laser. Die Wärmeentwicklung ist jedoch ebenso groß wie bei einem schweren Clan-ER-Laser.

EXTREMREICHWEITEN-PPK: Ebenso wie bei den Laserwaffen haben die Clans auch eine erheblich verbesserte Version der Partikelprojektorkanone entwickelt. Diese Extremreichweiten-PPK ist kleiner, leichter und leistungsfähiger als die Normalversion, mit größerer Reichweite und höherer Durchschlagskraft. Allerdings fällt auch die Wärmeentwicklung erheblich größer aus, was beim Einsatz dieser Waffe zu einem Problem werden kann. Die Freie Innere Sphäre besitzt ebenfalls eine ER-Version der PPK, diese Waffe ist jedoch weniger hoch entwickelt. Größe und Gewicht entsprechen denen einer Normal-PPK, ebenso wie die Schadenswirkung, während Reichweite und Abwärme in etwa denen der Clan-Version entsprechen.

FERROFIBRIT: Ferrofibritpanzerung ist eine verbesserte Version der normalen BattleMech-/Fahrzeugpanzerung, die aus verwobenen Ferrostahl- und Ferrotitanfasern gefertigt wird. Ebenso wie für Endostahlskelette gilt jedoch, dass Ferrofibrit sperriger ist als Standardpanzerung desselben Gewichts.

GAUSSGESCHÜTZ: Ein Gaussgeschütz benutzt eine Reihe von Elektromagneten, um ein Projektil durch den Geschützlauf in Richtung des Ziels zu beschleunigen. Obwohl sein Einsatz mit enormem Energieaufwand verbunden ist, erzeugt das Gaussgeschütz nur sehr wenig Abwärme, und die erreichbare Mündungsgeschwindigkeit liegt doppelt so hoch wie bei einer konventionellen Kanone.

IMPULSLASER: Ein Impulslaser verwendet einen Hochfrequenz-Hochenergiepuls zur Erzeugung gepulster Laserstrahlen. Der Effekt ist vergleichbar mit MG-Feuer. Diese Konstruktion erhöht die Trefferwahrscheinlichkeit des Laserangriffs und erzeugt einen größeren Schaden pro Treffer, allerdings unter Inkaufnahme erhöhter Hitzeentwicklung und verringerter Reichweite.

INNERE SPHÄRE: Mit dem Begriff ›Innere Sphäre‹ wurden ursprünglich die Sternenreiche bezeichnet, die sich im 26. Jahrhundert zum Sternenbund zusammenschlossen. Derzeit bezeichnet er den von Menschen besiedelten Weltraum innerhalb der Peripherie. Der nicht von den Clans besetzte Teil der Inneren Sphäre wird auch als ›Freie Innere Sphäre‹ bezeichnet.

K^3-COMPUTER: Das K^3-Computersystem (Kommando/Kontrolle/Kommunikation) steht nur Einheiten der Freien Inneren Sphäre zur Verfügung. Es ist für den Einbau in Befehls- oder Scout-Mechs bzw. -Fahrzeuge vorgesehen und soll den Einheitskommandeur bei der Koordination von Aktivitäten auf Lanzen- und Kompanieebene unterstützen, indem es angeschlossenen Einheiten gestattet, das Zielerfassungssystem einer beliebigen anderen Einheit des K^3-Netzwerks zu benutzen.

KAMPFFALKE: Ein leichter humanoider BattleMech von 30 Tonnen Masse mit einer Höchstgeschwindigkeit von 86 km/h und einer Sprungreichweite von 150 Metern. Er ist bestückt mit drei mittelschweren Impulslasern im rechten Arm, einer Blitz-KSR-Zwillingslafette im linken Arm und einem Raketenabwehrsystem im Kopf.

KOMPANIE: Eine Kompanie ist eine militärische Organisationseinheit der Inneren Sphäre, die aus drei BattleMech-Lanzen oder bei Infanteriekompanien aus drei Zügen mit insgesamt 50 bis 100 Mann besteht.

KÖNIGSKOBRA: Ein nicht sprungfähiger mittelschwerer BattleMech von 45 Tonnen Masse mit einer Höchstgeschwindigkeit von 87 km/h. Er ist bestückt mit je einem mittelschweren Laser und einer schweren LSR-Lafette in beiden Armen.

KRIEGERHÄUSER: Die Kriegerhäuser sind ordensartige, nur dem jeweiligen Haus-Meister und Haus Liao loyalen Vereinigungen von Elitekriegern in der Konföderation Capella, deren Mitglieder leicht an dem zu ihrer Uniform gehörigen Damdaoschwert erkennbar sind. Kandidaten für die Mitgliedschaft in einem Kriegerhaus werden vom jeweiligen Haus-Meister ab einem Alter von 12 Jahren persönlich ausgewählt. Die Mitgliedschaft gilt als große Ehre. Kriegerhausschüler führen ein Leben in einer abgeschlossenen, eigenen Welt, die bis zu seinem Tod für die Bedürfnisse, die Ausbildung, das Training und das Privatleben eines Mitglieds sorgt. Alle Häuser bemühen sich, ihren Schülern neben spezifischer politischer und militärischer Ausbildung auch grundlegende Kenntnisse in Philosophie und Disziplin zu vermitteln. In den halbreligiösen Orden werden von jedem Mitglied zahlreiche Eide verlangt, unter anderem persönliche Treueschwüre auf den Staat und die Person des Kanzlers.

KRÖTEN: Die in der freien Inneren Sphäre übliche Bezeichnung für mit Kampfanzügen ausgerüstete Eliteinfanterie, eine zuerst bei den Clans entwickelte Waffengattung. Diese so genannten Elementare sind wahre Riesen, die speziell für den Einsatz der von den Clans entwickelten Rüstungen gezüchtet werden. Die freie Innere Sphäre ist bei der Entwicklung ähnlicher Gefechtsanzüge deutlich im Hintertreffen, nicht zuletzt, da als Träger dieser Anzüge nur normale Menschen zur Verfügung stehen.

KSR: Abkürzung für ›Kurzstreckenrakete‹. Es handelt sich um ungelenkte Raketen mit hochexplosiven oder Panzer brechenden Sprengköpfen.

LANDUNGSSCHIFFE: Da Sprungschiffe die inneren Bereiche eines Sonnensystems generell meiden müssen und sich dadurch in erheblicher Entfernung von den bewohnten Planeten einer Sonne aufhalten, werden für interplanetare Flüge Landungsschiffe eingesetzt. Diese werden während des Sprungs an die Antriebsspindel des Sprungschiffes angekoppelt. Landungsschiffe besitzen selbst keinen Überlichtantrieb, sind jedoch sehr beweglich, gut bewaffnet und aerodynamisch genug, um auf Planeten mit einer Atmosphäre aufzusetzen bzw. von dort aus zu starten. Die Reise vom Sprungpunkt zu den bewohnten Planeten eines Systems erfordert je nach Spektralklasse der Sonne eine Reise von mehreren Tagen oder Wochen.

LANZE: Eine Lanze ist eine militärische Organisationseinheit der Inneren Sphäre, die in der Regel aus vier BattleMechs besteht.

LASER: Ein Akronym für ›Light Amplification through Stimulated Emission of Radiation‹ oder Lichtverstärkung durch stimulierte Strahlungsemission. Als Waffe funktioniert ein Laser, indem er extreme Hitze auf einen minimalen Bereich konzentriert. BattleMechlaser gibt es in drei Größenklassen: leicht, mittelschwer und schwer. Laser sind auch als tragbare Infanteriewaffen verfügbar, die über einen als Tornister getragenen Energiespeicher betrieben werden. Manche Entfernungsmessgeräte und Zielerfassungssensoren bedienen sich ebenfalls schwacher Laserstrahlen.

LB-X AUTOKANONE: Die LB-X (Large Bore-Extended, Großkaliber-erweiterte Reichweite) Autokanone ist eine verbesserte Version der gewöhnlichen Autokanone, bei der durch den Einsatz leichter, wärmeableitender Legierungen Gewicht und Wärmeentwicklung reduziert worden sind. Die eingesetzten Materialien machen die Waffe teurer als eine gewöhnliche Autokanone, aber die Vorteile wiegen die höheren Kosten auf. Die LB-X kann Bündelmunition abfeuern, die man mit Schrotmunition im BattleMechformat vergleichen kann. Nach Verlassen des Laufs zerfällt eine Bündelgranate in kleinere Geschosse. Dadurch wird die Chance auf einen Glückstreffer erhöht, gleichzeitig jedoch der erzielte Schaden über das gesamte Zielgebiet verteilt statt auf einen Punkt konzentriert. Bündelmunition kann nur in LB-X Autokanonen eingesetzt werden.

LICHTBRINGER: Ein mittelschwerer avoider BattleMech von 75 Tonnen Masse mit einer Höchstgeschwindigkeit von 65 km/h und einer Sprungreichweite von 120 Metern. Er ist bestückt mit zwei schweren Extremreichweitenlasern in den Armen, sechs mittelschweren Impulslasern im Torso und einem Raketenabwehrsystem im Kopf.

LSR: Abkürzung für ›Langstreckenrakete‹, zum indirekten Beschuss entwickelte Raketen mit hochexplosiven Gefechtsköpfen.

MASKIROVKA: Der Geheimdienst der Konföderation Capella, dessen Name das russische Wort für Finte ist, ging aus einem früheren Geheimdienst namens Deimosis hervor. Die Maskirovka dient gleichzeitig als interner Staatssicherheitsapparat.

MYOMERAKZELERATOR-SIGNALCODIERUNG (MASC): MASC gestattet einem BattleMech kurze Sprints mit normalerweise nicht erreichbarer Geschwindigkeit, was allerdings die Beinaktivatoren in Gefahr bringt. Beim Einsatz der MASC werden die Signale an die künstlichen Myomermuskeln der Mechbeine verstärkt, sodass diese sich schneller an- und entspannen als im Normalfall möglich. Dies erhöht die Geschwindigkeit, aber die Belastung der Aktivatoren und Myomerfasern kann zu einem Totalausfall führen, besonders nach längerem MASC-Einsatz. Die Myomerakzelerator-Signalcodierung wirkt ausschließlich auf die Beinmuskulatur.

NACHFOLGERFÜRSTEN: Die fünf Nachfolgerstaaten werden von Familien regiert, die ihre Herkunft von einem der ursprünglichen Lordräte des Sternenbunds ableiten. Alle fünf Hausfürsten erheben Anspruch auf den Titel des Ersten Lords. Sie kämpfen seit Ausbruch der Nachfolgekriege im Jahre 2786 gegeneinander. Ihr Schlachtfeld ist die riesige Innere Sphäre, bestehend aus sämtlichen einstmals von den Mitgliedsstaaten des Sternenbunds besetzten Sonnensystemen.

NACHFOLGERSTAATEN: Nach dem Zerfall des Sternenbunds wurden die Reiche der Mitglieder des Hohen Rats, die sämtlich Anspruch auf die Nachfolge des Ersten Lords erhoben, unter dem Namen Nachfolgerstaaten bekannt. Die Nachfolgerstaaten bestehen aus derzeit fünf Herrscherhäusern: Haus Kurita (Draconis-Kombinat), Haus Liao (Konföderation Capella), Haus Steiner-Davion (Lyranische Allianz/Vereinigtes Commonwealth) und Haus Marik (Liga Freier Welten). Zusätzlich existieren zurzeit zwei kleinere Staaten, der am Ende des 4. Nachfolgekriegs von der Konföderation Capella abgespaltene St. Ives-Pakt Haus Allard-Liaos und die einige Jahre später zwischen dem Lyranischen Commonwealth (der heutigen Lyranischen Allianz) und dem Draconis-Kombinat unabhängig gewordene Freie Republik Rasalhaag Haus Magnussons. Hinzu kommen die seit wenigen Jahren in zahllose Klein- und Kleinststaaten zerfallenen Chaos-Marken zwischen Terra und der Konföderation Capella. Die Clan-Invasion unterbrach die Jahrhunderte des Krieges seit 2786 – die Nachfolgekriege – einstweilen. Die Nachfolgerfürsten setzten ihre Streitigkeiten aus, um der Bedrohung durch den gemeinsamen Feind, die Clans, zu begegnen. Die trügerische Ruhe seit Abschluss des Waffenstillstands von Tukayyid hat diese Solidarität jedoch inzwischen sehr brüchig werden lassen, und im Jahre 3057 brechen die Kämpfe innerhalb der freien Inneren Sphäre wieder aus.

NARC-RAKETENBOJE: Das NARC-Raketenbojensystem, kurz auch einfach als NARC-Boje bezeichnet, ist eine weitgehend umgebaute Raketenlafette, die spezielle, als NARC-Module bezeichnete Raketen abfeuert. Diese verfügen über eine hinter einem Magnetkopf untergebrachte leistungsstarke Funkbake. Trifft die Rakete ihr Ziel, beginnt diese Bake ein Peilsignal für Raketen auszustrahlen, die auf das NARC-Signal eingepegelt sind. Wie das Artemis-IV-System erhöht auch die NARC-Boje die potenzielle Zahl von Raketentreffern. Das NARC-System ist dem Artemis IV insofern überlegen, als eine einmal erfasste Zielpeilung nicht mehr verloren gehen kann. Die Peilbake sitzt am Ziel fest und kann nicht zerstört werden.

PERIPHERIE: Jenseits der Grenzen der Inneren Sphäre liegt die Peripherie, das weite Reich bekannter und unbekannter Systeme, das sich bis in die interstellare Nacht erstreckt. Die einstigen terranischen Kolonien in der Peripherie wurden durch den Zerfall des Sternenbundes technologisch, wirtschaftlich und politisch verwüstet. Derzeit existieren in der Peripherie drei größere Nationalstaaten, die an der Grenze zwischen dem Draconis-Kombinat und dem Vereinigten Commonwealth gelegene Außenweltallianz Haus Avellars, das zwischen dem Vereinigten Commonwealth und der Konföderation Capella gelegene Tauruskonkordat Haus Calderons und das zwischen der Konföderation Capella und der Liga Freier Welten gelegene Magistrat Canopus Haus Centrellas. Der Rest der Peripherie ist größtenteils

Zufluchtsort für Banditenkönige, Raumpiraten und Ausgestossene.

PPK: Abkürzung für ›Partikelprojektorkanone‹, einen magnetischen Teilchenbeschleuniger in Waffenform, der hochenergiegeladene Protonen- oder Ionenblitze verschießt, die durch Aufschlagskraft und hohe Temperatur Schaden anrichten. PPKs gehören zu den effektivsten Waffen eines BattleMechs.

RAKETENABWEHRSYSTEM: Ein Raketenabwehrsystem ist ein Schnellfeuerflak-MG, das anfliegende Raketen selbsttätig verfolgt, unter Beschuss nimmt und vernichtet. Der Hauptnachteil dieses sehr effektiven Defensivsystems ist sein hoher Munitionsverbrauch. Dies gilt für Clan-Anlagen ebenso wie für solche der Freien Inneren Sphäre. Allerdings benutzen die Clans Schrapnellmunition, was die Anzahl der Salven pro Tonne Munition verdoppelt.

REGIMENT: Ein Regiment ist eine militärische Organisationseinheit der Inneren Sphäre und besteht aus zwei bis vier Bataillonen von jeweils drei oder vier Kompanien.

SALAMANDER: Ein nicht sprungfähiger überschwerer BattleMech von 80 Tonnen Masse mit einer Höchstgeschwindigkeit von 65 km/h. Er ist bestückt mit drei schweren LSR-Lafetten im Torso und linken Arm und zwei mittelschweren Lasern im rechten Arm.

SBVS: Die Sternenbund-Verteidigungsstreitkräfte SBVS waren der größte Militärapparat aller Zeiten. Zur Hochzeit des alten Sternenbunds umfasste die Reguläre Armee fast 15000 Regimenter, die Raumflotte ebenso viele Kriegsschiffe und Transporter. Die SBVS waren die unangefochtene Macht hinter den Gesetzen des Sternenbunds. Mit Neugründung des Sternenbunds 3058 wurden – hauptsächlich für den Kampf gegen die Clans – auch die SBVS wieder gegründet, allerdings bestehen sie in ihrer neuen Inkarnation nur über Einheiten, die von den Mitgliedsstaaten auf Verlangen des Hohen Rats und/oder des Ersten Lords an den Sternenbund abgestellt wurden.

SCHLEICHER: Ein mittelschwerer humanoider BattleMech von 45 Tonnen Masse mit einer Höchstgeschwindigkeit von 119 km/h und einer Sprungreichweite von 210 Metern. Er ist bestückt mit zwei mittelschweren Lasern, einer Blitz-KSR-Zwillingslafette und einer schweren KSR-Lafette im

Torso. Darüber hinaus ist er mit einer Beagle-Sonde und Myomerakzelerator-Signalkodierung ausgestattet.

SCHWARM-LANGSTRECKENRAKETEN: Schwarm-LSR sind Raketen mit Ziel suchenden Mehrfachsprengköpfen, die sowohl das anvisierte Primärziel als auch in dessen Nähe befindliche Einheiten angreifen.

SPLITTERKAPSEL: Splitterkapseln sind gerichtete Minen an den Unterschenkeln eines BattleMechs – also genau dort, wo Infanterie-Mechabwehrtruppen angreifen, um Sprengladungen an den empfindlichen Aktivatormechanismen anzubringen. Wird eine Splitterkapsel ausgelöst, stößt sie eine Schrapnellwolke mit einem effektiven Radius von 15 Metern aus. Der Effekt gegen Fußtruppen, die sich im Augenblick der Explosion im Wirkungsbereich der Splitterkapsel aufhalten, ist verheerend.

SPRUNGSCHIFFE: Interstellare Reisen erfolgen mittels so genannter Sprungschiffe, deren Antrieb im 22. Jahrhundert entwickelt wurde. Der Name dieser Schiffe rührt von ihrer Fähigkeit her, ohne Zeitverlust in ein weit entferntes Sonnensystem zu ›springen‹. Es handelt sich um ziemlich unbewegliche Raumfahrzeuge aus einer langen, schlanken Antriebsspindel und einem enormen Solarsegel, das an einen gigantischen Sonnenschirm erinnert. Das gewaltige Segel besteht aus einem Spezialmaterial, das gewaltige Mengen elektromagnetischer Energie aus dem Sonnenwind des jeweiligen Zentralgestirns zieht und langsam an den Antriebskern abgibt, der daraus ein Kraftfeld aufbaut, durch das ein Riss im Raum-Zeit-Gefüge entsteht. Nach einem Sprung kann das Schiff erst weiterreisen, wenn es durch Aufnahme von Sonnenenergie seinen Antrieb wieder aufgeladen hat.

Sprungschiffe reisen mithilfe ihres Kearny-Fuchida-Antriebs in Nullzeit über riesige interstellare Entfernungen. Das K-F-Triebwerk baut ein Raum-Zeit-Feld um das Sprungschiff auf und öffnet ein Loch in den Hyperraum. Einen Sekundenbruchteil später materialisiert das Schiff am Zielsprungpunkt, der bis zu 30 Lichtjahre weit entfernt liegen kann.

Sprungschiffe landen niemals auf einem Planeten und reisen nur sehr selten in die inneren Bereiche eines Systems. Interplanetarische Flüge werden von Landungsschiffen ausgeführt, Raumschiffen, die bis zum Erreichen des Zielpunktes an das Sprungschiff gekoppelt bleiben.

STERNENBUND: Im Jahre 2571 wurde der Sternenbund gegründet, um die wichtigsten nach dem Aufbruch ins All von Menschen besiedelten Systeme zu vereinen. Der Sternenbund existierte annähernd 200 Jahre, bis 2751 ein Bürgerkrieg ausbrach. Als das Regierungsgremium des Sternenbunds, der Hohe Rat, sich in einem Machtkampf auflöste, bedeutete dies das Ende des Bundes. Jeder der Hausfürsten rief sich zum neuen Ersten Lord des Sternenbunds aus, und innerhalb weniger Monate befand sich die gesamte Innere Sphäre im Kriegszustand. Dieser Konflikt hielt drei Jahrhunderte, bis zum Überfall durch die Clans, an. Die Jahrhunderte nahtlos ineinander übergehender Kriege werden in toto als die ›Nachfolgekriege‹ bezeichnet. Erst die Gefahr durch die Clan-Invasion führte 3058 bei der ersten Whitting-Konferenz auf Tharkad zur Neugründung des Sternenbunds und zur auf vier Jahre befristeten Wahl des capellanischen Kanzlers Sun-Tzu Liao zum neuen Ersten Lord.

ST. IVES-PAKT: Bevor diese Nation gegen Ende des 4. Nachfolgekrieges entstand, war sie als Kommunalität St. Ives Teil der Konföderation Capella. Vorher wie nachher wurden die 18 Systeme dieses Staates von Candace Liao regiert, der ältesten Tochter und bis zu diesem Zeitpunkt voraussichtlichen Thronerbin des capellanischen Kanzlers Maximilian Liao, die sich von der Konföderation Capella lossagte und Justin Xiang Allard heiratete, einen engen Vertrauten Hanse Davions, den sie kennen und lieben gelernt hatte, während er mit einem Geheimauftrag den capellanischen Geheimdienst Maskirovka unterwanderte. Ihr kleines Reich ist eng mit dem Vereinigten Commonwealth verbunden, dessen Streitkräfte mit mehreren Regimentern zu seiner Verteidigung beitragen.

TOTSCHLÄGER: Ein mittelschwerer humanoider BattleMech von 45 Tonnen Masse mit einer Höchstgeschwindigkeit von 64,8 km/h und einer Sprungreichweite von 120 Metern. Er ist bestückt mit zwei schweren Extremreichweitenlasern in den Armen und zwei Zwillings-Blitz-KSR-Lafetten im Torso.

ULTRA-AUTOKANONE: Mit einem kurzen, glatten Lauf, einem modifizierten Kammermechanismus, einer Schnellladevorrichtung und spezieller Munition ist die ursprünglich von den Clans entwickelte und erst seit kurzem auch in der Freien Inneren Sphäre eingeführte Ultra-Autokanone eine weit vielseitigere Waffe als die üblichere normale AK. Die Clans besitzen Ultra-Autokanonen in allen Standardgrößen, die sämtlich in Gewicht und Hitzeentwicklung den Standardmodellen entsprechen, aber ein verbessertes Leistungsprofil besitzen, das zu reduzierter Minimal- und erhöhter Maximalreichweite führt und das Feuern mit normaler oder doppelter Feuergeschwindigkeit gestattet. Die Ultra-AK-Modelle der Nachfolgerstaaten sind weit effizienter als eine Standard-AK, aber bei weitem nicht so technisch fortgeschritten wie die Clan-Waffen.

WÄCHTER-ECM-STÖRSENDER: Der Wächter-ECM-Störsender ist eine Breitband-Stör- und ECM-(Electronic Countermeasure) Phalanx, die darauf ausgerichtet ist, die Wirkung gegnerischer Langstreckenortungs- und -überwachungsapparaturen zu reduzieren.

WAFFENSTILLSTAND VON TUKAYYID: Der Waffenstillstand von Tukayyid hat eine fünfzehnjährige Waffenruhe zwischen den Clans und der Inneren Sphäre begründet. Khan Ulric Kerensky, ilKhan der Clans, vereinbarte mit dem Präzentor Martialum ComStars, Anastasius Focht, auf dem Planeten Tukayyid eine Entscheidungsschlacht. Bei einem Sieg der Clans verpflichtete sich ComStar, ihnen Terra auszuhändigen, bei einem Sieg ComStars verpflichteten sich die Clans zu einem fünfzehnjährigen Waffenstillstand. Der nach einem überwältigenden Sieg der ComGuards auf Tukayyid unterzeichnete Vertrag etablierte eine Grenzlinie, die durch den Planeten Tukayyid verläuft. Die Clans dürfen diese Grenzlinie bis zum Ablauf des Waffenstillstands nicht überschreiten.

WEGWERFLAFETTEN: Gelegentlich sind Fahrzeuge und BattleMechs mit Wegwerfversionen einer Standardraketenlafette ausgerüstet. Solche Lafetten benötigen keinen Munitionsvorrat, da sie bereits fertig geladen montiert werden und keinen Nachlademechanismus besitzen. Sie entsprechen in allen sonstigen Leistungsmerkmalen den normalen Systemen der betreffenden Version und Munition.

XL-(EXTRALEICHT-)REAKTOR: Fortschritte in der Abschirmungstechnologie für Fusionsreaktoren haben es möglich gemacht, Standardreaktoren nachträglich mit neuen, leichteren Abschirmungen zu versehen, die das Reaktorgewicht erheblich verringern. Allerdings sind diese extraleichten Reaktoren weit sperriger als die kompakter gebauten Standardmodelle und dadurch bei einem Bruch der Torsopanzerung anfälliger für Beschädigungen. Die Clan-Versionen der XL-Reaktoren sind jedoch deutlich kleiner als die bisher in der Freien Inneren Sphäre entwickelten Maschinen.

ZUG: Ein Zug ist eine militärische Organisationseinheit der Inneren Sphäre, die üblicherweise aus etwa achtundzwanzig Mann besteht. Ein Zug kann in zwei Abteilungen aufgeteilt werden.

Lichtbringer

Champion

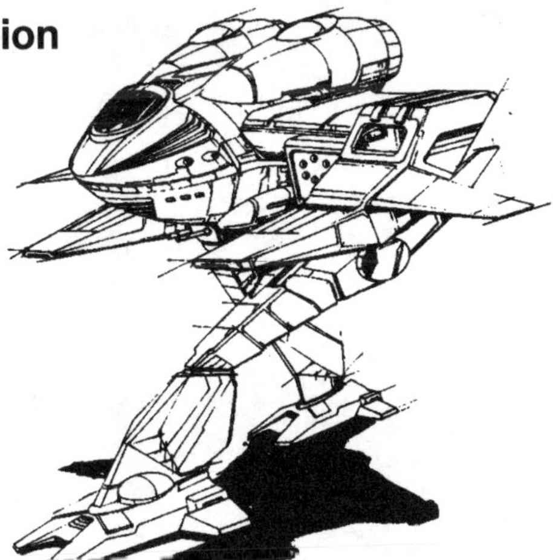

Kampffalke

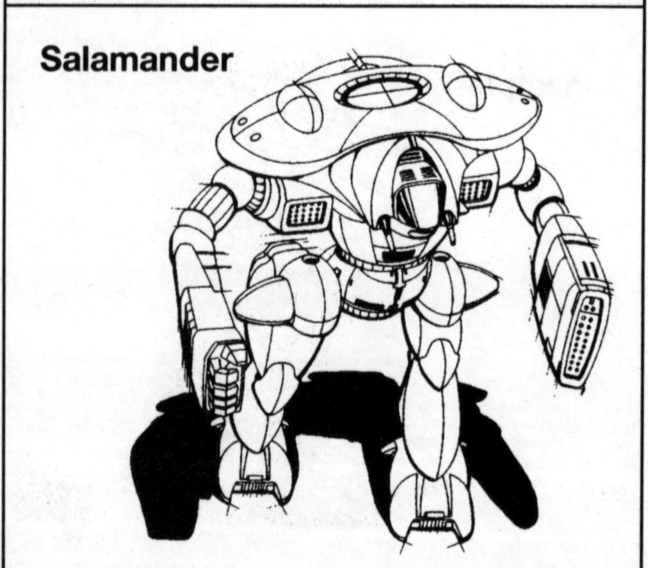
Salamander

Holländer

Atlas

Luft/Raumjäger Lucifer

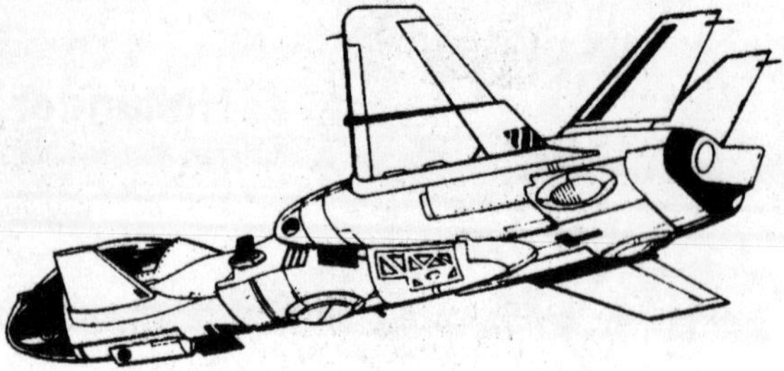

Luft/Raumjäger Chippewa

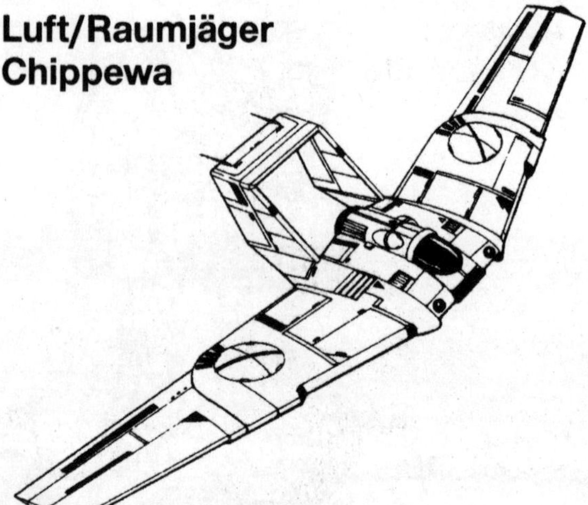

Savannah Master

Fahrbare KSR-Lafette

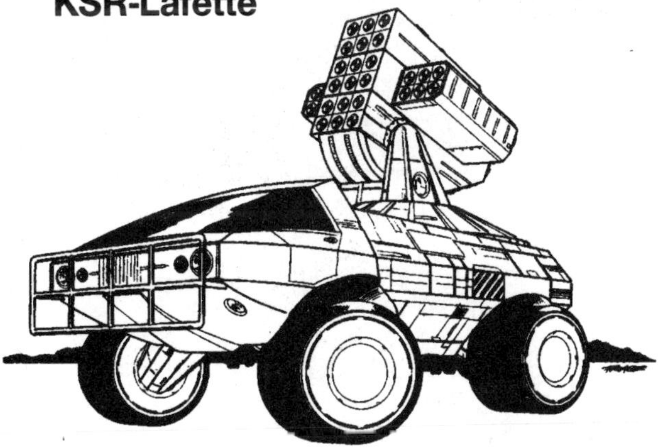

BATTLETECH®

Peter Rice: Fernes Land · 06/5168
James D. Long: Black Thorn Blues · 06/5290
Victor Milan: Auge um Auge · 06/5272
Michael A. Stackpole: Die Kriegerkaste · 06/5195
Robert Thurston: Ich bin Jadefalke · 06/5314
Blaine Pardoe: Highlander Gambit · 06/5335
Don Philips: Ritter ohne Furcht und Tadel · 06/5358
William H. Keith jr.: Pflichtübung · 06/5374
Michael A. Stackpole: Abgefeimte Pläne · 06/5391
Victor Milan: Im Herzen des Chaos · 06/5392
William H. Keith jr.: Operation Excalibur · 06/5492
Victor Milan: Der schwarze Drache · 06/5493
Blaine Pardoe: Der Vater der Dinge · 06/5636
Nigel Findley: Höhenflug · 06/5655
Loren Coleman: Blindpartie · 06/5886
Loren Coleman: Loyal zu Liao · 06/5893
Blaine Pardoe: Exodus · 06/6238
Michael Stackpole: Heimatwelten · 06/6239
Thomas Gressman: Die Jäger · 06/6240
Robert Thurston: Freigeburt · 06/6241
Thomas Gressman: Feuer und Schwert · 06/6242
Thomas Gressman: Schatten der Vernichtung · 06/6299
Michael Stackpole: Der Kriegerprinz · 06/6243
Robert Thurston: Falke im Aufwind · 06/6244

DIE CAPELLANISCHE LÖSUNG:

Loren Coleman: Gefährlicher Ehrgeiz · 06/6245
Loren Coleman: Die Natur des Kriegers · 06/6246

Thomas Gressman: Die Spitze des Dolches · 06/6247
Loren Coleman: Trügerische Siege · 06/6248
Loren Coleman: Gezeiten der Macht · 06/6249
Stephen Kenson/Blaine Lee Pardoe/Mel Odom:
Die Mechwarrior-Trilogie · 06/6250
Blaine Lee Pardoe: Die erste Bürgerpflicht · 06/6251